Elle van Rijn

Terug naar Insulinde

Historische roman

HOLLANDS DIEP
AMSTERDAM
2023

Alle namen van de personages in deze historische roman zijn gefingeerd. Overeenkomsten tussen bestaande personen en personages in dit boek berusten op toeval.

Eerste druk 2022
Derde druk 2023

Omslagontwerp: Margo Togni
Typografie: Crius Group, Hulshout
Lithografie omslagfoto: BFC, Bert van der Horst, Amersfoort
Cartograaf: Yde Bouma
Foto auteur: © Yvette Kulkens

ISBN 978 90 488 7147 6
ISBN 978 90 488 6453 9 (e-book)
NUR 301, 342

www.hollandsdiep.nl
www.overamstel.com

OVERAMSTEL
uitgevers

Hollands Diep is een imprint van Overamstel Uitgevers bv

Java, 1939-1946

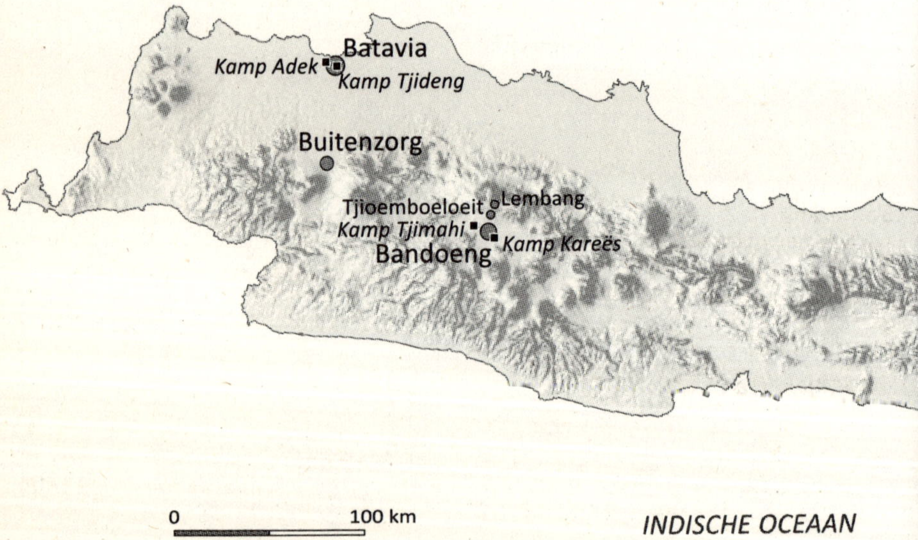

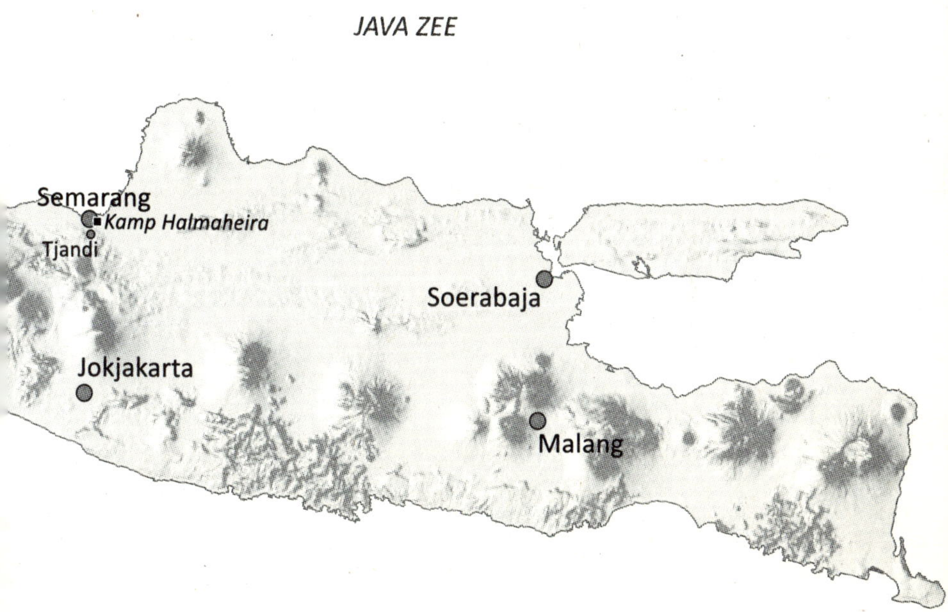
JAVA ZEE
Semarang
Kamp Halmaheira
Tjandi
Soerabaja
Jokjakarta
Malang

Proloog

Batavia
juni 1945

De lucht die uit het slakkenhuis ontsnapt als ik de dikke agaatslak van een tak trek, klinkt veel scheller dan ik had gedacht. Komt het doordat mijn zintuigen door de duisternis en de stilte op scherp staan, of maakt een reuzenslak altijd zoveel geluid? Snel duw ik de slak in de steekzak van mijn jurk, druk mezelf tegen de stam van de boom en wacht. Met ingehouden adem hoor ik het getjirp van krekels, een bromvlieg die traag voorbijvliegt, de zwerm muggen die nerveus om me heen zoemen. De geluiden dreunen in mijn hoofd. Achter me, in het kamp, huilt een kindje. Een moeder verheft haar stem, het huilen neemt toe. De slak, die even groot is als mijn hand, probeert zichzelf te redden door zich in zijn huis terug te trekken. *Dat zal je niet meer helpen, vriendje, als ik je straks in kokend water gooi is het voorbij, hoe hard je ook gilt.* Mijn maag reageert onmiddellijk door de gedachte aan die maaltijd. In mijn mond vormt zich speeksel.

Het blauwe licht van de wassende maan laat de contouren zien van ons interneringskamp. De stenen huizen, verschillend in vorm en grootte, waartussen slingers wasgoed hangen, zien er vredig uit. Vanuit hier zie je niet hoeveel mensen zich daarbinnen hebben opgestapeld, als lucifers in een doosje. Twee vrouwelijke leidsters, die we *hantjous* noemen, lopen hun eerste ronde van de avond. Op de uitzichttoren, net buiten mijn zicht, staan Japanse bewakers die loeren op vrouwen zoals ik, die door wanhoop gedreven in het donker hun huizen uit zijn geslopen en daarmee de regels overtreden. Aan de andere kant van dit rijtje bomen ligt een smalle strook landbouwgrond: een akker waar de oogst allang uit de grond is gegraven. Daarachter eindigt onze leefwereld plotseling bij een afscheiding van *bilik*. Deze wand van gevlochten bamboesplijten wordt door ons het *gedek* genoemd. De Japanners hebben *heiho's* – inlandse bewakers – aangesteld om aan de buitenkant van het gedek te patrouilleren. Het zijn eenvoudige dorpelingen uit de *kampong* een eind verderop. Daar praten en lachen ze op dit tijdstip nog wel uitbundig met elkaar. Als de wind gunstig staat kan ik ze horen, evenals het gekletter van pannen en de sissende olie. Ik weet dat de heiho's dit werk ook alleen maar doen voor hun dagelijkse portie rijst, maar dat maakt ze niet minder meedogenloos. Sommigen lijken zelfs fanatieker dan de jap.

Dan stopt het gehuil plotseling. De warme avondlucht heeft zich als een zware deken over het kamp gelegd. Zelfs voor de kinderen is het te benauwd om nog enig geluid te kunnen voortbrengen. Het enige wat we kunnen doen is slapen, in de hoop in elk geval een deel van dit ellendige bestaan niet meer bewust te hoeven meemaken. Tot het weer volle maan is. Dan wordt ons zelfs dat genoegen niet meer gegund. Sonei, de kampcommandant, krijgt de kolder in zijn kop als de maan zo rond is als de zon. In nachtelijke appels moeten wij kampbewoners staan luisteren naar zijn tirannieke toespraken in het Japans. De incapabele tolk roept hem met evenveel ijver na in het Nederlands. 'Maanziekte' noemen de vrouwen in het kamp Soneis gekte. Bij de laatste volle maan had hij de gaarkeukens drie dagen gesloten zodat we onze portie stijfselpap, een snee brood, een theelepel boter en twee eetlepels groenten niet meer kregen. Ik moet zorgen voor een reserve, voor mammie en mijn zusjes, zodat we ook de komende volle maan zullen overleven. En voor mijn vriendin Johanna, die alles heeft gegeven voor haar kinderen en nu zelf niet meer kan.

Schuin boven me zie ik ineens een nog dikkere slak op een tak zitten. Ik voel het slakkenhuis, waarin mijn eerste slachtoffer nu volledig is verdwenen door de stof van mijn jurk. Dan strek ik mijn arm uit en gris mijn tweede slachtoffer van zijn tak. Meteen weer die hoge toon. Ook nu duw ik het slijmerige beest in de stijve plooien van de jurk waar ik het vuil niet meer uit gewassen krijg. Wanneer het geluid is uitgedoofd, hoor ik iemand achter het gedek schuifelen. Ik vervloek mezelf omdat ik het niet bij één prooi heb gelaten. Tegen de stam van de boom laat ik me naar beneden zakken, tot ik op mijn hurken zit. Met mijn armen om mijn knieën en mijn hoofd tussen mijn schouders luister ik gespannen. Gescharrel van voeten in de aarde, zacht gerinkel van metaal tegen metaal. Is dit een Indonesiër die zijn handelswaar komt ruilen, of een bewaker? Dan hoor ik gekuch. Twee keer. Een teken dat degene achter het bilik contact wil maken. Ik twijfel. Wanneer ik opnieuw het gekuch hoor, schraap ik mijn keel twee keer als antwoord. Ik hoor hem iets zeggen in mijn moedertaal, maar hij is te ver weg om hem te kunnen verstaan. Ik kijk van links naar rechts en loop dan gebukt over de omgeploegde aarde naar de afscheiding, waar ik op een kleine afstand blijf staan.

Door een gaatje in het bamboe kan ik de glinstering van een oog zien. 'Kom maar dichterbij, hoor,' zegt de stem die bij het oog hoort.

'Dat doe ik niet.' Na die keer dat er een bajonet door het gedek werd gestoken die me op een haar na miste, kijk ik wel uit.

'Kom, *njonja*!' dringt hij aan.

'Nee, ik kan je hier goed horen. Wat wil je?'

'Njon, heb je *lapar*?'

Ik ben in de war. Sinds de martelingen van de betrapten voor iedereen te zien en te horen waren, is het nachtelijke handeldrijven onder de gaten in de omheining, tussen gevangenen en de vrije mensen buiten het kamp, al weken gestopt.

'Ja, natuurlijk heb ik honger.' De slak plakt slijmerig in mijn hand, waar hij zich op zijn trage manier aan mijn greep probeert te ontworstelen.

'Kom vanavond om twaalf uur naar deze plek, dan breng ik je wat te eten,' zegt de man met het zangerige accent van een inlander.

'Hoe weet ik dat dit geen val is?' vraag ik.

'Dat kun je niet weten. Je moet me vertrouwen,' zegt hij zacht. 'Hoe heet je?'

'Zeg ik niet.'

'Mijn naam is Wayan.' Die naam betekent eerste zoon, zo heten er zoveel. Het zegt niks. 'Ik wil je helpen.'

Kan ik hem vertrouwen? Ik weet het niet. Ik kijk naar de lucht, alsof daar het antwoord staat. Ik zie dat de maan bijna vol is. Nog een paar dagen en dan beginnen Soneis kwellingen weer; van uren op appel staan, van stilletjes bidden dat jij niet de persoon bent die hem opvalt in deze groep uitgemergelde vrouwen en kinderen en dat jij niet degene bent die het deze keer niet volhoudt.

'Mijn naam is Rosa.'

'Goed, Rosa. Om twaalf uur vannacht fluister ik je naam.'

'Tot dan, Wayan.'

'Tot dan, Rosa.'

I

Terug naar Insulinde

Amsterdam – Batavia
februari 1939 – maart 1939

1

Op de Javakade in Amsterdam speelde onder een dreigend wolkendek een orkest zijn vrolijke afscheidsliederen. Honderden mensen stonden daar met wapperende witte zakdoeken om hun geliefden uit te zwaaien. Ik voelde dat het schip een beetje naar één kant helde door de hoeveelheid passagiers die zich allemaal aan bakboord hadden verzameld om nog een laatste glimp van hen op te vangen. Tussen die wuivende mensen op de kade zou ook familie van ons moeten staan, maar ik zag ze niet. De scheepshoorn klonk; een lange en krachtige toon. Gejuich steeg op, tegelijkertijd begon het te donderen boven ons hoofd, alsof het zo was afgesproken, en spleet de hemel open. Gelukkig stond ik met mammie, mijn broertje William, mijn zus Vera en met Fred onder de reddingsboten, waardoor we droog bleven. '*Das ist die Liebe der Matrosen...*' hoorde ik mensen naast mij meezingen met het orkest, dat stug bleef doorspelen, ondanks de slagregen die ze van hun podium leek te willen vagen. De matrozen losten de trossen en het enorme stalen gevaarte kwam in beweging.

Wij voeren weg om naar huis te gaan. Of we hier ooit zouden terugkomen, wist ik niet. Wat mij betreft niet. Ik had in die twee jaar genoeg Holland gezien voor de rest van mijn leven: koeien, weilanden, regenplassen, aardappels en kerkbanken. Ik keek toe terwijl de leden van het fanfarekorps midden in hun opbeurende liedje voor een behouden vaart stopten met spelen en hun biezen pakten. Een mooie uitdrukking vond ik dat: je biezen pakken. Het deed me denken aan een Javaan die met zijn manden wegschoot in de steegjes van zijn kampong. Het evenwicht van de twee biezen aan zijn *pikolan* – zijn draagstok – gaf hem het loopje van een circusartiest. De Hollandse muzikanten waren een stuk minder soepel. Gebukt voor de regen – alsof dat nu nog hielp – drongen ze zich met hun instrumenten door de menigte om te gaan schuilen. Zonder hun muziek vormden nog slechts de rukwinden en woordflarden het klankdecor van ons vertrek.

De afstand tussen de drommen mensen op de kade en de reizigers die over de reling van het schip hingen werd steeds groter. De gezichten van de achterblijvers waren nu zo ver weg dat je niet meer kon zien of ze blij of verdrietig keken. Zwaaiende zakdoeken veranderden in dwarrelende sneeuwvlokken. Ik kon niet wachten om dit miezerige koude land van ons te zien afdrijven, daarvoor was ik nog wel bereid wat weesgegroetjes te bidden. Heilige Maria, moeder van God, bid voor ons zondaars.

'Rosa, zwaai je ook even?'

Ik deed alsof ik haar niet hoorde en bleef stug voor me uit staren, met mijn armen bewegingsloos langs mijn lijf.

'Toe nou, Rosa.'

Ik haalde al adem om haar een weerwoord te geven, maar Fred was me voor. 'Ach, laat die kinderen toch. Ga maar lekker spelen.' Zijn besnorde mond trok even naar rechts toen hij me een knipoog gaf. Voor mijn broertje William, die tussen Freds benen stond en net groot genoeg was om met zijn kin boven de reling uit te komen, was dit het teken om zich uit zijn positie te willen bevrijden.

'Jij blijft hier, jongeman,' zei Fred met gespeelde strengheid.

Ik spoorde mijn zus aan. 'Kom, Vera.' Maar ze kwam pas in beweging toen moeder haar een knikje gaf.

'Loop niet te veel in de weg!' hoorde ik haar ons nog naroepen met een stem die altijd veel lieflijker klonk wanneer Fred erbij stond.

De regenbui stopte net zo plotseling als hij begonnen was; kennelijk had de hemel maar weinig tranen over voor dit afscheid. Aan stuurboord, waar je enkel uitzicht had over de grijze Noordzee, waren nauwelijks passagiers. Er liepen wat matrozen en bedienden. 'Pas op, het kan glad zijn!' zei een van hen lachend toen we hem rennend passeerden. Ik schonk hem geen aandacht en trok mijn zus mee. We verkenden het immense schip alsof het een hindernisbaan was. Volgens Fred was de Marnix van Sint-Aldegonde nog altijd een van de meest luxueuze passagiersschepen. Het werd niet door één maar door twee reusachtige schroeven aangedreven, was bijna tweehonderd meter lang, had vier passagiersdekken, compleet met tennisbanen, een zwembad en een bioscoop. Wij zaten natuurlijk op het bovenste dek, bij de andere eersteklaspassagiers. Toen we twee jaar daarvoor vanuit Indië naar Nederland voeren, moest ik op het kinderdek blijven, dat was vreselijk. Dit werd mijn eerste overtocht bij de volwassenen. Ik was dertien jaar oud en al net zo lang als mijn twee jaar oudere zus, waardoor mensen vaak dachten dat ík de oudste was.

Ik hees mezelf overeind.

'Rosa, waar ga je heen?' vroeg Vera met de gebruikelijke ergernis in haar stem. 'Daar mag je niet komen.'

Ik keek naar haar om vanaf de stalen trap waar ik op was geklommen. 'Wie zegt dat?' vroeg ik uitdagend.

'Dat staat op dat bordje, je kunt toch lezen!'

'Nou en!' Ik klom verder het trapje op en kwam uit bij een van de twee immense felblauwe schoorstenen. Hierboven sneed de wind in mijn gezicht, en ik moest de opwellende tranen uit mijn ogen knipperen. Voor mij zag ik de wereld in het klein. Traag gleden we door het kale landschap van scheepswerven, havenkranen, schuren, landerijen, boerderijen, en in de verte huizen en een kerktoren. De mensen die nog steeds in plukjes langs de kade stonden leken net poppetjes uit mijn oude poppenhuis. De auto's waren de miniatuurautootjes waar William vaak mee speelde.

Voor me spuwden de vijf sleepboten hun rookpluimen uit. Ze naderden de sluis waar ze ons doorheen moesten trekken en kwamen steeds dichter bij elkaar. Als door een trechter werden ze de vaargeul in gedwongen. Nu pas kreeg ik de neiging om te gaan zwaaien. Nog vier weken en ik zou weer terug zijn op mijn geboortegrond.

2

Toen mijn vader en moeder nog gelukkig getrouwd waren woonde ik, samen met mijn twee jaar oudere zus en mijn peuterbroertje, in het drukke Batavia, waar verkeer en mensen een steeds complexere dans met elkaar uitvoerden. De zon scheen daar altijd. Tenminste, zo herinnerde ik het me. We kleedden ons net zoals alle andere *totoks* in het wit. Vader droeg een wit kostuum, mammie leek elke dag weer een nieuwe witte japon te dragen, Vera en ik hadden identieke witte jurkjes waar we geen vlekken op mochten maken, en mijn broertje wisselde wel drie keer per dag van hansopje, zodat ook die bij elk onverwacht bezoek wit was. De mensen die geen wit droegen, waren onze bedienden. Zij droegen *sarongs* en *kebaya's*, gemaakt van batikstof in verschillende kleuren en fantasierijke patronen waar ik uren naar kon kijken. In een verhaal dat regelmatig verteld werd in onze familie speelde ik de hoofdrol. Ik was net een jaar oud, en hoewel mijn moeder het de *baboe* – het kindermeisje – had verboden, droeg ze haar sarong niet over haar borsten wanneer ze met mij alleen was, maar om haar middel. Mijn moeder was net gestopt met borstvoeding geven, en de borsten van de baboe hadden me kennelijk op een idee gebracht. Ik had ernaar gehapt, wat de baboe had toegelaten. Mijn vreugde was echter van korte duur geweest, omdat er geen melk uit kwam. Daarop had ik mijn kleine tandjes in haar tepel gezet. Het verhaal eindigde er altijd mee dat mammie vertelde dat ze de baboe had ontslagen, want zoiets kon écht niet.

Het felle licht buiten contrasteerde sterk met het donker binnenshuis. De gesloten luiken van mijn vaders dienstwoning aan de Wilhelminaboulevard zorgden voor zoveel schaduw dat je nauwelijks kon zien of er iemand binnen was. Er stonden weinig meubels in dat schemerdonker. Vader zei dat die nog wel zouden komen. Ik vroeg me af hoe dan. Meubels kwamen niet vanzelf aanwandelen, zoveel wist ik wel. Niet dat het mij veel uitmaakte, maar mammie was er nogal mee bezig. We hadden een baboe, een kokkie, een *djongos*, een bediende, en een *kebon*, een tuinman. Mijn moeder hoefde zich alleen maar af en toe met ons bezig te houden. Dat was fijn voor haar, want ze vond ons druk, en ik denk dat we dat ook waren. Ze kon goed naaien: witte jurken voor ons en soms voor zichzelf. Dat laatste vond ze echter steeds minder leuk; ik hoorde haar daar weleens over ruziën met vader. Ze ging liever naar de winkelstraat, maar vader beweerde dat het geld hem niet op de rug groeide. Ik vroeg me af bij welke mensen dat wel zo was. Zou ik een van hen zijn, wanneer ik later groot was?

Ze was mooi, mijn moeder. Wanneer ze niet zat te naaien of zich opmaakte voor een receptie of diner, zat ze aan de keukentafel en waaierde de rook weg die uit haar sigaret kwam. Soms pakte ze me plotseling beet en zei dat ik haar mooiste dochter was. Ze vlocht mijn haren in en kleedde me aan alsof ik een pop was van porselein. Ik hield van haar handen die de stof over mijn lijf gladstreken. Van haar stem die me zacht vertelde dat ze altijd al een dochtertje had willen hebben zoals ik. Ik vroeg me weleens af of dit allemaal niet een beetje naar was voor mijn zus, totdat ik mammie een keer hetzelfde hoorde zeggen tegen Vera, toen ze niet had gezien dat ik ook in de donkere woonkamer was.

In de weekenden trokken we geregeld naar de bergen en logeerden we op de plantage Mira Mare, waar rubber en thee werden verbouwd. Het rubber stonk, de thee rook lekker. Toch had ik liever een balletje van rubber waarmee ik op de stenen vloer van de veranda kon stuiteren dan het saaie theedrinken waar mijn moeder me bij wilde hebben.

Mijn vader was goed bevriend met de eigenaar van de onderneming, zoals hij veel vrienden had. We sliepen met ons gezin in een huisje van gevlochten bamboe, waar de geluiden van apen, vogels en insecten niet werden tegengehouden door de dunne wanden. Het leek of we midden in het oerwoud sliepen. Mijn vader leefde op van de wildernis, maar hij was dan ook in de tropen geboren. Mijn moeder niet, zij kwam uit Holland. Toch vond ook zij het daarboven fijn, omdat het er koel was, en ze had er minder aan haar hoofd. Die laatste woorden gebruikte ze vaak. Wat zou ze dan aan haar hoofd kunnen hebben waar ze zo'n last van had, vroeg ik me soms af.

Het drinkwater werd elke dag door de kebon uit een lagergelegen poel gehaald en werd langdurig gekookt. Na afkoeling filterde hij het en goot het in een grote ton, die op de gang stond en waar een kraantje aan zat. Zo kon je er drinkwater uit tappen. De kokkie vulde flessen met het water, die ze in de ijskast legde. Daar werd om de dag ijs in gelegd door twee *koelies*, ongeschoolde dagloners of sjouwers, die die ijsklompen de berg op droegen in doeken die aan hun hoofden hingen. Mooi vond ik dat.

Tijdens een van die weekenden liep ik de galerij op en keek achterom naar de pratende beo, die nooit wilde praten op mijn commando, maar altijd pas wanneer ik wegliep. Hierdoor zag ik de baboe, die een zware pan droeg, niet aankomen. Ze kon me niet meer ontwijken en ik kreeg de pan met kokend water over me heen. De baboe gilde zo hard dat ik er bang van werd. Ik wist niet goed wat er gebeurd was, tot ik een scherpe pijn voelde die vanaf mijn huid naar binnen kroop en steeds heviger werd. Het leek alsof ik vanbinnen in brand stond. De kebon, die kwam aangesneld, greep me bij mijn middel, terwijl ik het uitgilde en me met al mijn kracht probeerde te verzetten. Toch lukte het hem om me in de regenton te krijgen, waar ik net met mijn kop bovenuit kwam. Daar bedaarde ik een tel, totdat mammie de hoek om rende. Ze kwam op het gekrijs af, zag mij in de ton staan en sloeg haar handen ontzet voor haar mond. Huilend en almaar buigend vertelde de baboe wat er gebeurd was. Mijn moeder werd zo kwaad dat ze een paar tellen vergat dat ik daar stond en ze gaf de baboe ervanlangs. Daarna tilde ze mij uit het water en schreeuwde om boter, terwijl ze mijn kleren van mijn lijf begon te pellen. Als verlamd liet ik haar begaan, ondanks de pijn die opnieuw opvlamde. Toen ik helemaal naakt was, greep ze met haar hele hand in het blik boter dat de baboe had gebracht en smeerde het gele vet op mijn huid. Het begon te sissen alsof ik een kookplaat was. Vader, die van de plantage was komen rennen, is toen meteen vertrokken. Drie uur later kwam hij terug met een arts, die hij van ver had moeten halen. De arts zei dat mijn moeder me in de ton water had moeten laten staan.

Na het ongeluk was vader met Vera en baby William teruggegaan naar Batavia en was ik met mammie achtergebleven in de bergen. De wonden heelden langzaam. Na vijf maanden was ik eindelijk genezen en herinnerden slechts kleine littekens op mijn linkerarm en buik nog aan de tragedie. Voor de rest had ik een zacht nieuw velletje gekregen dat zo blank was dat het wel een lelieblad leek. Tenminste, dat beweerde mijn moeder. Na zoveel tijd samen had ik het gevoel een speciaal plekje te hebben veroverd bij haar.

3

Bij de Golf van Biskaje was mijn jubelstemming allang voorbij, omdat ik hondsberoerd was door de hevige deining. Fred zei dat ik beter kon proberen om wat te gaan slapen in de hut die ik samen met Vera en William deelde. Ik weigerde en bleef ondanks het gure weer met een emmer in mijn armen bovendeks zitten. Mijn moeder had me een trucje geleerd: kies een punt aan de horizon, blijf daarnaar kijken, adem diep in door je neus en uit door je mond. Terwijl ik me concentreerde op een stuk land dat ik in de verte meende te zien, lachte mijn zus me uit. 'Rosa kijkt scheel!' Mammie lachte met haar mee, hoewel ze niet eens naar mij keek om te zien of het waar was. Fred reageerde door zelf scheel naar me te kijken en zei: 'Dan kunnen we elkaar feliciteren, juffrouw.' Hij stak zijn hand naar me uit, waarna hij voor de grap expres misgreep. Toen mammie en Fred hun aandacht weer op iets anders richtten, trapte ik mijn zus keihard op haar tenen. Ze schreeuwde het uit: 'Mammie, Rosa doet me pijn!' Nu stuurde moeder me alsnog naar de hut.

Pas in de avond, toen de golven minder hoog waren, voelde ik me wat beter. Ik waste mijn gezicht schoon boven de wasbak en draaide een patrijspoortje open voor wat frisse lucht. Daarna spoedde ik me naar het diner. In de eetzaal vol kroonluchters, waar de eersteklaspassagiers in hun avondkleding aan ronde tafels zaten, zocht ik naar mijn familie. Vera wuifde naar me en mijn broertje William stak zijn tong naar me uit.

'Ach, kijk, daar is ons zeezieke meisje,' zei Fred toen ik aan kwam lopen.

De rundbouillon die net werd opgeschept rook heerlijk. Ik had de hele dag nog niks gegeten. Ook William had kennelijk honger.

Met de lepel in zijn knuistje schepte hij de soep naar binnen. Het nat droop van zijn kin op zijn omgeknoopte servet.

Mammie lette niet op hem. Ze aaide mijn haar plat op mijn hoofd en legde het linnen servet op mijn schoot. 'Rug recht, Rosa,' smiespelde ze, terwijl haar ogen gericht waren op de kapitein die binnenkwam.

'Smakelijk eten! Familie De Graaf, toch?'

Ik beaamde zijn vraag beleefd met 'ja, kapitein' en kreeg meteen een vinnige trap onder de tafel. Ik kon niet zien van wie en kon ook zo snel niet bedenken waarom.

'Niet helemaal,' zei mammie. 'Van Gent is de naam.' Ze wierp een schalkse blik naar Fred, die meteen opstond. 'Aangenaam, Fred van Gent.'

'Blijft u toch zitten. Van Gent... Ken ik die naam niet ergens van?' vroeg de kapitein.

'Mijn familie handelt in koffie, dus dat zou goed kunnen,' zei Fred op zijn eigen charmante wijze, die zowel trots als nederigheid uitstraalde.

'Tuurlijk, ja, natuurlijk!' Hij zei het op een toon alsof hij alle plantagehouders kende.

'Zelf ben ik geen ondernemer, maar heb ik voor het bestuur gekozen. Ik werk voor het gouvernement.'

'Welke afdeling, als ik vragen mag?' informeerde de kapitein geïnteresseerd.

'Verkeer en Waterstaat, als civiel ingenieur.'

'Komt u er toch bij zitten,' zei mammie uitnodigend.

'Ach, waarom ook niet,' zei de kapitein joviaal en hij gebaarde naar een djongos.

Neergezegen op zijn stoel richtte hij zich tot mammie. 'Heeft iemand u al verteld dat u op Greta Garbo lijkt?'

'Ik hoor het weleens vaker,' antwoordde mijn moeder met valse bescheidenheid.

'Weleens vaker? Elke dag!' zei Fred volmondig. Mammie genoot ervan om vergeleken te worden met Greta Garbo. Alsof op iemand lijken een verdienste was. Ik zou vooral op mezelf willen lijken en niet op een wereldberoemde actrice, terwijl je zelf niemand was, zoals mijn moeder.

De rest van het diner werden wij kinderen genegeerd. Zwijgend luisterden we naar de gesprekken die een eeuwigheid leken te duren: over de politieke toestand in Nederland en over de economische crisis.

Terug in de hut lukte het me niet om in slaap te vallen. Het was boven op het stapelbed te warm en mijn zus had het raampje weer dichtgedaan. Ze zei dat ze bang was voor vliegende vissen. Totale onzin natuurlijk, maar als oudste had ze sowieso altijd gelijk. Ze lag ook op het bed onder mij, ook al was dat ook míjn eerste keus geweest. Mijn broertje had het echter nog beroerder dan ik: hij lag in een soort kribbe waar hij met zijn zeven jaar veel te lang voor was. Alleen met ingetrokken benen paste hij erin. Wanneer hij zich wilde omdraaien schommelde het hele ledikant. Waarschijnlijk was dat de oorzaak van zijn onrustige nachten, waarin hij hardop droomde in het Duits en soms huilde van de heimwee naar zijn oom en tante, die hij beschouwde als zijn ouders.

We deden ons voor als één familie, maar dat waren we niet. Fred was niet onze echte vader. Zijn voornaam was eigenlijk Frederik, maar iedereen noemde hem Fred. Hij was de nieuwe man van mammie. Net als onze echte vader werkte hij bij Verkeer en Waterstaat in Batavia, en we kenden Fred al als een collega van vader. Dat hij ooit met onze moeder zou gaan samenwonen, hadden we nooit kunnen vermoeden.

Het begon eigenlijk toen mijn moeder in Batavia vertelde dat ze ziek was. Wat ze precies had wist ik niet, maar ze vertrok naar een kuuroord om beter te worden. Wanneer ze terug zou komen was onduidelijk. Ik zette elke dag een streepje in mijn dagboek om de dagen te tellen, maar de dagen werden weken, en naarmate mijn heilige communie dichterbij kwam, maakte ik me steeds meer zorgen. Voor haar vertrek had ze een lap stof gekocht van zachte zijde, om een jurk van te maken. Ik had de zenuwen of ze wel op tijd terug zou zijn. Eén dag voor mijn communie kwam ze binnengewandeld. Ze complimenteerde de baboe met haar werk, want uiteindelijk had zij mijn jurk in elkaar gezet. Toen de baboe wegliep, fluisterde mammie in mijn oor dat zij zelf een stuk netter naaide. Ik had haar niet aangekeken en gezwegen. Ik was al blij genoeg dat ze in elk geval bij de mis aanwezig zou zijn, zoals alle andere moeders.

Even leek het erop dat mammie nu nooit meer weg hoefde. Na haar gezondheidskuur zat ze veel minder vaak aan de eetkamertafel met een sigaret in haar ene hand en een waaier in haar andere. Ze opende de luiken voor de ramen en liet het daglicht binnenvallen. Ook verzon ze uitstapjes naar een tempel of andere bezienswaardigheid, ging met ons paardrijden en nam ons mee naar een meer, waar we ons met vrienden vermaakten. Moeder naaide minder vaak, en dat hoefde ook niet, want ze kocht voortaan kleren in chique winkels. Jurken die niet langer wit waren, maar een zachte tint blauw, geel, groen of roze. De vreugde was groot toen er een vrachtwagen voor ons huis stopte met daarin de antieke meubels waar we jaren op hadden gewacht. De meubels kwamen uit de enorme villa van mijn grootouders in Buitenzorg. Mijn grootvader, die koloniale bestuurder was en in de Raad van Indië zat, had de pensioengerechtigde leeftijd bereikt. Mijn grootouders zouden naar Holland vertrekken om daar van hun welverdiende rust te gaan genieten. Hun vertrek zei me weinig; het enige wat voor mij telde was de tevredenheid op het gezicht van mammie.

Toch bleek moeder niet genezen te zijn. Slechts een paar maanden nadat ons huis in een soort paleis was veranderd, vertelde ze Vera en mij met tranen in haar ogen dat ze ons een tijdje moest verlaten. Het klimaat in de tropen kon haar klachten niet verminderen, dus vertrok ze samen met William – die volgens haar te jong was om zijn moeder te missen – naar de heuvels in Duitsland, waar haar zus woonde met haar Duitse man. Vader zou vanwege zijn drukke werk en de reizen die hij moest maken niet voor ons kunnen zorgen, dus hadden mijn ouders besloten om ons naar haar oudste zus Liesbeth te sturen. Zij was de directrice van een kweekschool die tussen de heuvels van Tjandi lag, boven Semarang. Inlandse meisjes van veertien tot negentien jaar uit de hogere kringen kregen een opleiding tot onderwijzeres. Volgens mammie zouden wij het goed hebben bij tante Liesbeth, dus we moesten Onze-Lieve-Heer juist bedanken voor deze kans. Bovendien zou vader ons zo vaak mogelijk op komen zoeken. Ik snapte er niks van: hoe kon ze ons nou achterlaten bij tante Liesbeth, in een omgeving die we nauwelijks kenden? Wat had ik gemist? Was ze dan echt zo ziek dat ze ons, haar dochters, over wie ze tegen iedereen die het maar wilde horen zei dat we zo mooi en lief waren, moest achterlaten? Dan moest ze er wel heel erg aan toe zijn.

Toen ik mammie vlak voordat ze ons naar Semarang bracht smeekte om bij ons te blijven, zei ze met een dramatische snik dat de risico's te groot waren. Ze pakte mijn handen en keek me zo intens aan met haar prachtige blauwe ogen dat ik verlegen werd. 'Rosa, ik heb het je nooit eerder willen vertellen, maar ik had nog een zusje,' zei ze met onvast stemgeluid. 'Vlak voordat ik jouw vader ontmoette is ze gestorven aan tuberculose. Je wilt toch niet dat mij hetzelfde overkomt, of wel?'

In ons nieuwe onderkomen op de kostschool, ver weg van onze vertrouwde wijk in Batavia, was ik jaloers op de Indonesische meiden, die weliswaar intern zaten, maar in de weekenden teruggingen naar hun moeders. Om te verklaren waarom onze moeder ons in de steek had gelaten, overdreef ik haar ziekte nog eens extra. Anders zouden ze haar weleens een harteloos en koud mens kunnen vinden, en dat was ze niet. Echt niet. Ze troostten me met lieve woordjes: '*Anak putih*, wit kind, huil niet. Je mammie zal snel herstellen, wij bidden voor haar.' Langzaam ging ik zelf geloven dat ze stervende was, en ik zette me schrap voor het bericht dat me op een dag zou bereiken. Maar op de eerste foto's die we na een paar maanden van mammie kregen opgestuurd, zat ze samen met een man breed lachend in een bootje. *Met de kapitein in de haven van Ceylon*, stond eronder. Ze zag er totaal niet stervend uit. Ook op de latere foto's, waar ze tussen besneeuwde bergtoppen op ski's stond, leek ze springlevend. Was ze dan nu weer beter? En waarom kwam ze dan niet terug?

De eerste paar maanden nadat mammie ons bij tante Liesbeth had achtergelaten, huilde ik mezelf vaak in slaap. Onze tante nam ons niet op schoot en haalde ons nooit aan. Geen idee waarom niet. Ik droomde vaak dat ik mammie terugzag en dat ze me in haar armen wiegde. Af en toe bezocht vader ons in de weekenden of nam hij ons mee voor uitstapjes, en eens per jaar gingen we met hem op vakantie. Daar keken we altijd naar uit. Drie jaar na het vertrek van mammie, toen het diepe gemis was verworden tot een vaag gevoel van heimwee, kwam hij met de mededeling dat we naar haar en William mochten afreizen, naar Nederland, het vaderland dat we alleen uit onze schoolboeken kenden. Ook al bracht vader het nieuws als een 'enorme verrassing', zijn gezicht stond somber.

Toen het moment was gekomen dat we mammie terugzagen, op de kade van Genua, waar ze ons met open armen stond op te wachten, verstijfden mijn zus en ik allebei. Het had simpelweg te lang geduurd. En dat hebben Vera en ik daarna nog vaak verwijtend moeten aanhoren: 'Die meiden lieten zich niet eens omhelzen, terwijl ik ze zo had gemist.' Het was aan het begin van dit ellendig lange verlof in Nederland, dat mammie ook vertelde dat ze van vader ging scheiden. Vreselijk vond ik dat. Hoe kon ze mijn vader zomaar verlaten? Haar verklaring was dat vader er bijna nooit voor haar was geweest en dat Fred haar veel beter begreep. Dit was een rare uitleg omdat, voor zover ik me kon herinneren, mammie juist zelf vaak weg was.

4

Na een week kwamen we aan in de haven van Port Said, waar jonge mannen in prauwen, gemaakt van uitgeholde boomstammen, naar ons schip roeiden. Passagiers gooiden stuivers en dubbeltjes over de reling, waardoor er gespetter in het water ontstond alsof er een dozijn krioelende palingen vocht om aas. Gefascineerd keek ik naar dit schouwspel van bruine lijven, sommige naakt. Deze jongens leken alles over te hebben voor een paar duiten. Twee van hen wisten de trossen te grijpen en klommen aan boord, waardoor er opeens commotie ontstond onder een paar angstige passagiers. 'Piraterij!' en 'Entering!' hoorde ik ze roepen. Niet veel later zag ik dat de twee jongens boven op het hoogste dek klommen, waar ze gevaarlijk balancerend op de reling gingen staan. Ze zetten zich af en doken rakelings langs de boeg het water in. Er ging een groot applaus op. 'Zag je dat, Lotta?' zei de vrouw naast me tegen het meisje dat ze op de arm had. 'Dat was knap, hè?'

'Ik zou het niet durven,' zei ik spontaan.

'Nou, wij ook niet hoor!' antwoordde de vrouw. Op haar gezicht verscheen een innemende glimlach. 'Mijn naam is Johanna, dit is Lotta, en jij bent...?'

'Rosa.'

'Je bent hier toch niet alleen, hoop ik?'

'O, nee hoor!' Hoewel ik pas dertien was, werd ik vaak ouder geschat door mijn lengte. 'Mijn ouders en mijn zus zijn aan wal gegaan. Ik moet op mijn broertje passen. We deden kop of munt om te bepalen wie er bij William moest blijven en ik verloor.'

'Had jij even pech,' zei ze lachend. 'Mijn man is ook aan wal gegaan, met een zakenrelatie, maar ik durfde het niet aan met de kleine.' Ze ging even met haar hand door de blonde krullen van het meisje dat kennelijk haar dochtertje was. 'En waar is je broertje dan nu?'

'Op het kinderdek. Ik moet hem zo ophalen.'

Nu de buit voor de Egyptische waaghalzen binnen was en de belangstelling van de passagiers was verdwenen, werd het stil aan bakboord. 'Zullen we even aan de andere kant gaan kijken?' stelde ik voor.

'Eigenlijk mogen wij hier niet komen,' bekende de vrouw. Haar gezicht kreeg iets besmuikts, iets olijks zelfs. 'Wij zitten in de tweede klasse.'

'O, dat ziet toch niemand,' zei ik overtuigend.

'Ikke lopen!' Het dochtertje probeerde haar heupjes los te wrikken uit de greep van haar moeder.

'Hoe oud is ze?' vroeg ik.

'Tweeënhalf, en helemaal niet eigenwijs.' Ze zette haar op de grond.

Terwijl het kind dapper tussen ons in over de ongelijke vloer stapte, pakte ze automatisch ook mijn hand.

Aan stuurboord werd de boot vanaf de wal bevoorraad door koelies gekleed in witte capes met een puntmuts.

'Het lijken wel spoken,' zei Johanna.

De mannen tilden enorme karkassen uit de slagerswagen. Kromgebogen kwamen ze ermee over de loopplank, waardoor het leek of die kadavers zelfstandig het laadruim in wandelden.

We hoorden een basstem naast ons zeggen: 'Ja, kijk maar goed!' Het was de chef-hofmeester. 'Dat is wat jullie nog allemaal opvreten in de komende weken.'

'Sommigen een beetje meer dan anderen,' zei ik.

Johanna lachte besmuikt.

'Zo, brutaaltje,' zei de chef tegen me, terwijl hij zijn hand op zijn dikke buik legde.

Ik dacht helemaal niet aan zijn buik, maar bedoelde dat ik die grote porties die ik op mijn bord kreeg meestal niet helemaal opat.

'Hoeveel passagiers telt dit schip?' vroeg Johanna, die mijn verlegenheid opmerkte.

'De Marnix van Sint-Aldegonde vervoert bijna achthonderd man.'

'Zo, dat is niet mis,' zei Johanna.

'Ja, allemaal om jullie totoks tevreden te stellen.' Hij grinnikte, waarna hij hoofdschuddend wegliep.

'Wat bedoelde hij met totoks?' vroeg Johanna.

'In Indië noemen ze volbloed Hollanders zo: totok Belanda's. Jij bent er nooit eerder geweest, zeker?'

'Nee, het is onze eerste keer.'

'Ik ben er geboren.' Ik kon de trots in mijn stem niet verbergen.

'Dan kan ik vast veel van jou leren,' zei ze. 'Als alles goed gaat, blijven we er voor de rest van ons leven. Mijn man heeft een aanstelling gekregen in Bandoeng, bij het gouvernement.'

'Daar gaan wij ook wonen,' zei ik verrast. 'Of eigenlijk iets daarbuiten, in het hogergelegen Tjioemboeloeit.'

'Waar in vredesnaam?' vroeg Johanna lachend.

'Tjioem-boe-loeit. Dat is een kleine wijk boven Bandoeng waar veel Europeanen wonen, omdat het er koeler is dan in de stad. Maar dat heb ik ook alleen maar van horen zeggen. Ik ben er nog nooit geweest.'

'Wat leuk dat we zo vlak bij elkaar gaan wonen,' zei ze. Het klonk gemeend, alsof ik geen kind van dertien was en zij geen volwassene van een jaar of dertig. 'En vertel eens, waar ben je geboren?'

'Op Oost-Java. Daarna verhuisden mijn ouders naar West-Java, vlak bij onze grootouders. Mijn opa woonde in Buitenzorg, omdat hij lid was van de Raad van Indië.' Ik keek even opzij om te zien of mijn woorden indruk op haar maakten, maar ze ging er niet op in.

'Ik maak me een beetje druk over de wilde dieren.' Ze tilde de kleine Lotta op van de houten planken van het dek, waar ze met haar vingertjes tussen zat te poeren. 'Zitten er veel tijgers en slangen?'

'Een tijger heb ik nog nooit gezien, maar die zijn er wel. Je hebt meer kans dat je slangen tegenkomt, in het gras of in de bomen.'

De ogen van de vrouw werden groot. 'O, hemeltje. En doen die iets?'

'Je moet natuurlijk bij ze uit de buurt blijven. Onze moeder vond een keer een python die tussen de paaltjes op de veranda kronkelde. De kebon...'

'Kebon?'

'De tuinman. Hij kwam op het gegil van mammie af. Met bamboestokken joeg hij net zo lang op de slang tot hij hem te pakken had. Hij stopte hem in een grote theekist, die hij met spijkers dichttimmerde. Vanuit mijn kamer hoorde ik het beest 's nachts tegen het hout bonken. Dat was best eng.'

'Dat kan ik me voorstellen,' zei ze ernstig.

'Gelukkig haalde de leerbewerker de kist na een paar dagen op en maakte hij van de slang een paar schoenen en een prachtige leren tas voor mijn moeder.'

Het was tijd om mijn broertje op te halen van het kinderdek. Meestal zag ik hem in zijn eentje in kleermakerszit op de grond zitten, maar deze keer kon ik hem nergens ontdekken. De kindermeisjes wisten van niks.

Die etter had zich natuurlijk expres verstopt om mij te stangen, of omdat hij er net als ik de pest in had dat mammie, Fred en Vera zonder ons waren vertrokken. Of misschien... Hij zou toch niet ongezien overboord zijn getuimeld?

Na ruim een uur, waarin ik mijn paniek moest onderdrukken, vond ik William in de kombuis, waar hij de koks aan het helpen was. Zodra hij me zag probeerde hij weg te duiken, maar helaas voor hem had ik hem al gesnapt. 'Deze kleine jongen wil kok worden!' zei de chef met een Frans accent.

'Eerst groot worden, dan kok worden,' zei ik, terwijl ik mijn broertje aan zijn arm meetrok.

Vlak voor het diner kwamen moeder, Vera en Fred terug; ze hadden genoten. Hoe het hier was geweest vroeg niemand. Moeder drukte een gulden in mijn hand. 'Voor het oppassen, Rosa.' Vervolgens ging het over de prachtige jurk van groen satijn die Fred voor haar had gekocht, en over de kuikentjes, de kamelen en slangenbezweerders die ze hadden gezien. Fred wist mijn moeder tot hoofdpersoon te maken in elke anekdote die hij vertelde.

Ik probeerde het leuk te vinden, maar soms leek het of mijn echte vader door mijn ogen meekeek naar deze situatie en zich afvroeg wat hij fout had gedaan. Had hij haar niet genoeg cadeaus gegeven? Had hij haar vaker moeten zeggen hoe mooi ze was? Het was allang te laat, dat wist ik, maar wat had ik de tijd graag willen terugdraaien naar het moment vóór hun scheiding, om met de kennis die ik nu had alles om te buigen. Liever nog was ik teruggegaan naar de dag dat wij naar kostschool werden gestuurd en mammie ons alleen achterliet. Dan zou ik haar nooit laten gaan.

Toen we naar bed gingen, ontdekte ik een briefje van tien gulden in mijn leesboek. Ik hoefde niet te raden van wie ik dat had gekregen. Toen ik Fred fluisterend bedankte, deed hij alsof hij van niks wist.

Ik kon niet meer slapen van de pijn in mijn buik. In het kleine badkamertje ontdekte ik tot mijn schrik waarom ik me zo naar voelde. Ik wist dat dit kon gebeuren; sinds mammie Vera ermee gefeliciteerd had, had ze me meer dan eens gewaarschuwd. In de kleine badkamer deed ik een schone onderbroek aan en stopte er wc-papier in. Het idee dat ik straks aan mammie moest gaan vertellen dat het bij mij nu ook zover was, stond me vreselijk tegen.

Buiten was het nog donker, maar toch was de bedrijvigheid al in volle gang. Op het dek werd gesopt en gedweild. De ligstoelen stonden al weer keurig op een rij. Alles werd klaargemaakt om een nieuwe dag op open zee zo aangenaam mogelijk te maken voor de passagiers. Via het Suezkanaal en de Rode Zee waren we door de Poort der Tranen gevaren. Fred had me verteld dat die doorgang zo genoemd werd omdat er veel schepen waren vergaan. Fred kende veel van dit soort weetjes, net zoals mijn vader. Alleen nam vader me in zijn verhalen nog net wat serieuzer. Fred daarentegen was grappiger. Vervelend dat ik het niet kon nalaten om mijn stiefvader en vader met elkaar te vergelijken. Ik hoopte dat dat overging wanneer we eenmaal terug waren in Indië en ik vader weer wat vaker zou zien.

Doelloos zwervend over het schip was ik ongemerkt in de tweede klasse beland, waar sommige passagiers gapend en in hun pyjama's hun hutten uit kwamen wandelen.

'Hé, Rosa, goedemorgen!' Nu pas herkende ik Johanna, die in haar negligé met een bos wilde krullen naast me stond. Ze volgde mijn starende ogen. 'O, mijn vogelnest,' zei ze. Ze greep naar haar hoofd. 'Zo word ik 's ochtends altijd wakker. Zeker na zo'n nacht waarin Lotta aan het spoken is. Wat brengt jou zo vroeg op de been?'

'Ik wilde naar de zonsopgang kijken,' verzon ik.

We staarden naar het oranje licht in de verte dat steeds sterker werd. 'Ben je blij dat je weer bijna thuis bent, Rosa?'

'Heel blij! Wij hebben de afgelopen jaren met onze moeder door

België, Duitsland en Nederland gezworven.'

'Wat een mondain leven,' zei Johanna vol bewondering. 'Ik ben geboren in de stad Utrecht en ik ben eigenlijk nooit verder geweest dan mijn eigen provincie.'

'Ik denk dat ik juist te vaak verhuisd ben, waardoor ik hierna eeuwig op dezelfde plek wil blijven wonen.'

'Dat snap ik.' Ze stak haar hand op naar de djongos. 'Wil je koffie?' vroeg ze aan mij.

Ik knikte; van mijn ouders mocht ik nooit koffie.

'Kom, dan gaan we zitten.' Ze plofte op een van de dekstoelen en wees op de stoel naast zich. 'Waar zat je op school?' vroeg ze aan me.

'In Batavia woonden we op loopafstand van ons schooltje, waar de nonnen mij en mijn zusje met de rozenkrans sloegen wanneer we een paar minuten te laat waren, of als we vergeten waren witte sokken aan te doen, of als we met ketters hadden gespeeld – kinderen die niet katholiek waren,' vertelde ik. 'Ik wilde niet naar school, want ik speelde liever in de tuin met de planten en bloemen. Vader zei dat als ik later leuk werk wilde doen, ik naar school moest. Dan zou ik zelfs biologe kunnen worden.'

'Je hebt een verstandige vader,' antwoordde ze.

Ik had geen zin om te zeggen dat ik mijn vader nauwelijks meer zag en dat de man die zich Fred noemde niet mijn vader was. Gelukkig kwam de djongos op dat moment met koffie, zodat ik mijn ongemak niet hoefde te laten merken.

'Ik wilde altijd verpleegster worden, of lerares, maar voordat ik aan mijn opleiding kon beginnen, had Josef me al geschaakt.' Ze haalde haar schouders op. 'Ach ja, dat is zoals het leven loopt. En ik ben er zeker niet rouwig om.'

'Nee, als je zo'n leuke dochter hebt...' zei ik.

'Mijn dochter zal zich haar jeugd in de tropen herinneren, net zoals jij,' zei Johanna en ze keek me met een dromerige blik aan. 'Toen ik een jaar of tien was, hoorde ik zo'n wonderlijk verhaal. Het ging over een naamgenootje dat op de ss Insulinde was geboren, een passagiersschip dat net zoals dit naar Indië voer. Ze werd Johanna Insulinde genoemd. Vanaf dat moment ben ik enorm gefascineerd geweest door dat onbereikbare verre land en las ik er alles over wat ik maar kon vinden: "'t Prachtig rijk van Insulinde, dat zich daar..."'

'"... slingert om den evenaar, als een gordel van smaragd",' vulde ik aan.

'Zo, een belezen meisje.' Johanna nam een slok van haar koffie.

'Valt wel mee, hoor. Ik ken alleen die ene zin,' zei ik schouderophalend. 'Ik woonde bij mijn tante, die de directeur was van een kweekschool voor inlandse meisjes. Zij moesten *Max Havelaar* lezen op hun opleiding.'

'O, wat bijzonder.'

'Ja, volgens mijn vader was dat gek. Alsof je mohammedanen verplicht de Bijbel liet lezen.'

Johanna's gedachten leken plotseling heel ergens anders heen te gaan. Ze boog zich naar mij toe en zei: 'Ik ben katholiek opgevoed, net zoals mijn man, maar mijn vader is Joods. Sinds er zoveel haat is tegen de Joden, durf ik dat al bijna niet meer te zeggen.'

'Wat naar,' zei ik, niet goed wetende hoe ik moest reageren.

'Ja, vreselijk, want moeder wilde per se in Holland blijven en dus bleef mijn vader ook, maar na de Kristallnacht in Duitsland zei ik tegen Josef: "Dit gaat ook bij ons gebeuren." Het is steeds normaler om tegen elkaar zeggen: "Maar die Joden deugen ook niet," al zullen Hollanders dat niet openlijk durven toegeven.'

Ik aarzelde en zei: 'Ik heb een tijdje in Duitsland gewoond, bij mijn Duitse oom. Hij wilde niks met de nazi's te maken hebben en is voor ze gevlucht.'

'Gelukkig denk jij er zo over,' zei Johanna opgelucht, waarna ze haar hand op mijn arm legde. 'Zeg het maar tegen niemand, hoor.'

'Beloofd,' zei ik plechtig. Nu Johanna me in vertrouwen had genomen, had ik het gevoel niet achter te kunnen blijven. 'Mijn moeder heeft ons in de steek gelaten,' zei ik plompverloren. 'Toen ik acht jaar oud was, moesten we bij onze tante gaan wonen. Onze moeder zei dat ze ziek was, maar ze vertrok omdat ze niet meer van onze vader hield.'

Johanna keek me verbaasd aan. 'Dan hoefde ze toch nog niet haar kinderen achter te laten?'

'We werden goed opgevangen, hoor. We hadden een eigen gouvernante, die heel goed voor ons zorgde.' Ik had bijna 'baboe' gezegd, maar dat was Sumarti zeker niet. Ze was de dochter van de regent van Kediri, en ook al was ik pas acht, het was mij meteen duidelijk dat Sumarti tot een andere klasse behoorde dan de meeste inlandse vrouwen. Ze had een heel grote familie, omdat haar vader met meerdere vrouwen was getrouwd. Soms nam Sumarti haar halfzusje mee, die van mijn leeftijd was en met wie ik hutten bouwde. Tot grote opluchting van Vera, die dan even van mij af was. 'Onze gouvernante vertelde ons vaak sprookjes over het vorstenhuis van Soenan Pakubuwono, want daar stamde zij zelf van af. De verhalen gingen over prinsessen en prinsen die oorlogen en natuurrampen overwonnen, soms geholpen door spirituele krachten, en die dan beloond werden met rijkdom en liefde. De Indische versie van "en ze leefden nog lang en gelukkig".'

Johanna lachte. Ze had mooie rechte tanden. 'En je vader, waar was die dan?'

'Die moest veel weg voor zijn werk, maar hij heeft ons vaak meegenomen, hoor,' zei ik verdedigend. 'Dan mocht ik met hem mee naar het vulkanische oerbos van het Kamojang-gebergte, waar het zo stonk door de zwaveldampen dat je er bijna flauwviel. We wandelden langs kokende moddermeren, waar de aardkorst elk moment onder ons kon openbarsten.'

'Dat is nogal een schrikbeeld,' zei ze een beetje geschrokken.

'Mijn vader heeft er veel verstand van. Hij heeft me de irrigatiewerken laten zien, en de plantages van rubber, thee en koffie. Soms kwam hij mijn zus en mij bij onze tante ophalen en nam hij ons mee op een zogenaamde expeditie. Hij vertelde dan verhalen over zijn vader, onze grootvader dus, die écht op expeditie is geweest toen hij jong was. Hij liet ons op de landkaart zien waar het De Graaf-gebergte ligt, dat vernoemd is naar onze opa. 's Nachts lagen we dicht tegen hem aan in ons kleine tentje om warm te blijven, terwijl de chauffeur buiten het kampvuur opstookte om de tijgers af te schrikken.'

'Een echt junglekind,' antwoordde Johanna. 'Hoe was het voor je om in Nederland te zijn?'

'Nog geen week nadat we waren aangekomen in Den Haag stond de politie aan de deur. De buren hadden geklaagd dat wij exhibitionistische kinderen waren: ze hadden mijn zus en mij naakt voor het raam zien dansen. "Onkuis en schandalig", werd het genoemd. We hadden in ons ondergoed op het bed staan springen, meer niet.'

'We zijn inderdaad maar een stijf en puriteins volkje.' Johanna keek me hoofdschuddend aan. 'Maar het was toch ook weer leuk om je moeder in Nederland te zien?' vervolgde ze, serieuzer nu.

'Jazeker!' loog ik. 'Ze zal zich wel afvragen waar ik ben,' zei ik, terwijl ik mezelf omhooghees uit de stoel. Toen voelde ik pas weer de dikke prop wc-papier tussen mijn benen. Mijn hemel.

'Wat is er?' vroeg Johanna, die mijn geschrokken gezicht zag.

Mijn blik schoot van links naar rechts, om te zien of er niemand meeluisterde. Zacht fluisterde ik: 'Ik ben... Je weet wel, voor het eerst...'

'Ach, lieve schat. Was je daarom al zo vroeg op?'

Ik knikte beschaamd.

'Rosa, dat is heel erg mooi. Je bent een vrouw geworden.'

5

Elf dagen lang zagen we alleen maar zee. Soms zwommen er langs het schip dolfijnen met ons mee, of we zagen vliegende vissen en grote bruinvissen. Fred ontdekte vanaf zijn luie stoel met zijn verrekijker zelfs haaien. Vera en ik hadden geen aandacht meer voor wat er in het water zwom sinds het dekzeil van het zwembad was gehaald, tot grote ergernis van William, die het moest stellen met een klein pierenbadje op het kinderdek. Na een stop in Colombo waren we inmiddels via het noordelijkste eilandje van Sumatra in Singapore aangekomen. Hier gingen veel passagiers van boord en kwam er meteen een verse lading bij. Met mijn kin op de reling stond ik naar de nieuwe reizigers te kijken. Knappe Aziatische zakenmannen in soepel vallende pakken die zich naar de tweede klas begaven. Slanke vrouwen in de meest kleurrijke sarongs en kebaya's, die zich gracieus bewogen, ook al hadden ze slechts een derdeklasticket. De paar mensen die zich bij ons voegden, waren mannen van middelbare leeftijd met strakgespannen overhemden over hun buiken, vlezige wangen die bij elke stap trilden, en hoeden die stonken van het zweet.

'Sta je hier?' vroeg mammie geagiteerd. 'We konden je niet vinden.'

'Ik was alvast gegaan.' Het was ook nooit goed. Of ze vonden dat ik te laat was, of ik was te vroeg.

'Dat zeg je dan toch even!' Ze zuchtte geërgerd. 'Kom, de rest staat al bij de sloepen.'

Ze ging me voor in een jurk die Fred voor haar in Ceylon had gekocht, van zuivere roze zijde met honderden kleine kraaltjes. Op haar rug zag ik het prijskaartje er nog aan hangen. 'Mammie, wacht.'

Ze draaide zich om met een blik van: wat nou weer. Ik haalde het kaartje eraf en las dat de jurk tweehonderdtwintig pond had gekost. 'Dit zat er nog aan.'

'Och gut, wat stom. Dank je, schat.'

'Was die jurk zó duur?'

'Dat weet ik niet, hoor. Van een cadeau vraag je nooit de prijs.'

Ik wist dat ze loog. Met een zelfingenomen glimlach stopte ze het prijskaartje in haar tasje.

We kwamen binnen bij het beroemde Raffles Hotel, waar Fred had afgesproken met familie van hem. De ober leidde ons naar de juiste tafel. Ik kon merken dat mammie nerveus was, door de vinnige correcties die ze ons gaf, doordat ze onze kleding maar bleef gladstrijken en door de snibbige woorden tegen William: 'Als je geen Nederlands kunt spreken, hou dan je mond.' Daarna duwde ze haar schouders een tikje naar achteren en toverde een lieflijke glimlach op haar gezicht. Met haar licht gebogen arm bood ze de rug van haar hand aan de neef van Fred en zijn vrouw. '*Hello*, Mina van Gent. *So nice to meet you.*' Ik had zin om te zeggen dat ze eigenlijk Mien Schilder heette, maar hield uiteraard mijn mond. Ze zeeg gracieus neer op de stoel die Fred voor haar naar achteren had geschoven, waarna wij het teken kregen om te gaan zitten. Het converseren kon beginnen. Mammie speelde haar rol perfect. Zo nu en dan gooide ze haar hoofd in haar nek om smakelijk te schateren om een of ander grapje en Fred lachte altijd braaf mee. Pas toen het gezelschap zich op de menukaart richtte, leek het weer tot haar door te dringen dat ze ook nog drie kinderen had.

'Wat zit je nou te staren?' vroeg ze mij bits. 'Weet je al wat je wil eten?'

'Nasi goreng,' antwoordde ik zonder de kaart open te slaan.

'Jeetje, Rosa, waarom bestel je niet een mals biefstukje of een lekkere tonijnsteak?' Haar stem klonk geforceerd aardig.

'Ik heb zin in nasi goreng met een spiegelei.'

Mammie haalde adem om opnieuw bezwaar te maken, maar de neef was haar voor. 'Het staat op de kaart, dus dat kunnen ze hier vast heel lekker maken.' Hij stak zijn hand op naar de ober. Tevreden schoof ik het menu van me af en nipte aan mijn limonade.

Terug op het schip kwam ze ons in de kinderhut welterusten wensen. Dat deed ze eigenlijk alleen wanneer ze William of mij een standje wilde geven; Vera niet, die deed nooit iets fout. 'Rosa, jouw gedrag was vreselijk. Je hebt de chef beledigd door het meest ordinaire straatvoedsel te bestellen dat er maar bestaat.'

Ik liet me niet uit het veld slaan. 'Stel dat ik daar nou toevallig zin in had?' zei ik, terwijl ik op mijn bed klom. Na een middag van opzitten en pootjes geven was ik kapot.

Ze bleef tegen me tetteren: 'Dan nóg bestel je wat anders. Wat moeten ze wel niet van ons denken?'

Vera deed ook een duit in het zakje en zei: 'Ze deed het om te pesten.'

'Dat is niet waar!' Waarom moest zij zich er nou weer mee bemoeien?

'Er komen nog zat momenten waarop je nasi kunt eten,' ging mammie door.

'Genoeg. Of voldoende,' zei ik, terwijl ik me achterover op mijn bed liet vallen.

'Wat bedoel je?' Haar toon klom bij elke zin een stukje hoger.

Ik was benieuwd hoe ver ik het kon oprekken. Ik kwam een stukje overeind. 'Je zei "zat" momenten, maar het is "genoeg" of "voldoende" in goed Nederlands.'

'Rotkind,' gilde ze, nu bijna een octaaf hoger. Haar vlakke hand miste zijn doel; alleen een van haar nagels maakte een kras op mijn kin. 'Dat zal je leren, brutale meid!'

Zonder nog iets te zeggen ging ik weer liggen en draaide mijn rug naar haar toe.

'Ik eis excuses, anders vertel ik het aan Fred,' zei ze.

Ik hield mijn lippen stijf op elkaar.

'Goed, dan moet je het zelf maar weten.'

'Heb je nou je zin?' vroeg Vera toen mammie de hut uit was gelopen. 'Zeker omdat we er bijna zijn, en je tegen vader kunt gaan klagen over mammie.'

'Ik wil helemaal niet gaan klagen tegen…'

'*Scheiss Mutti*,' onderbrak William mij. Zijn gezicht stond guitig en ik schoot onbedaarlijk in de lach. Ons broertje was een rare snuiter, maar wel de enige die hardop durfde uit te spreken wat hij dacht.

De deur zwaaide open en geschrokken keek ik om. Fred kwam voor mijn bed staan, waardoor hij precies op ooghoogte met me kwam te staan. 'Kom je me slaan?'

'Nee, ik kom je niet slaan.' Hij zuchtte diep. 'Je moet alleen weten dat het behoorlijk zwaar is voor je moeder, met drie kinderen. Kun je haar niet wat meer tegemoetkomen?'

'Dat zei ik ook al,' reageerde Vera.

Ik deed mijn best om mijn blik niet af te wenden. 'Maar ze is zo… Ze wil dat we perfecte kinderen zijn.'

'Ach, als jij later zelf kinderen hebt, dan hoop je ook dat ze zich goed gedragen. Bovendien toont het aan hoeveel ze om jullie geeft. Serieus waar.' Kennelijk zag hij het ongeloof op mijn gezicht. 'Ze heeft me zo vaak verteld hoe lastig de tijd was toen ze in Nederland was en ze jullie in Semarang moest achterlaten. Je hebt daar geen idee van.'

Ik sloeg mijn ogen neer en probeerde de opwellende tranen in mijn ogen weg te zuchten.

'Zal ik tegen haar zeggen dat het je spijt?' Ik voelde zijn hand op mijn hoofd.

'Doe maar,' mompelde ik.

'Schijnheiligerd,' hoorde ik Vera mompelen toen hij de deur achter zich had dichtgetrokken. Ik deed of ik het niet had gehoord.

Eindelijk meerde het immense schip aan in Tandjong Priok, de drukke haven van Batavia, en kon ik weer voet zetten op mijn geboortegrond. We hadden onze hutkoffers al ingepakt. Mammie en Fred namen opzichtig afscheid van al hun nieuwe 'vrinden'. Vera zei de jongen gedag naar wie ze de afgelopen vier weken had lopen lonken en met wie ze gisteren pas voor het eerst had gepraat. Ik omhelsde Johanna en haar dochtertje, nadat we adressen hadden uitgewisseld. Ze beloofde dat ze me zou komen opzoeken zodra zij en haar man geïnstalleerd waren. Ik hoopte het van harte.

Met mijn blik zocht ik de kade af. Toen de poppetjes aan wal langzaam duidelijker contouren kregen en gezichten herkenbaar werden, zag ik hem. 'Daar, daar staat-ie!' Ik stootte Vera aan. 'Vader! Hier, hier!' Ik zwaaide wild met mijn armen. Ook Vera begon nu te schreeuwen en te springen.

Mijn broertje gaf geen kik. Voor hem was het bijna vijf jaar geleden dat hij zijn vader voor het laatst had gezien, en waarschijnlijk herkende hij hem niet eens.

Mammie probeerde ons tot rust te manen en riep: 'Jongens, toe! Er zijn meer mensen aan boord!' Ze drukte William met zijn rug tegen zich aan, alsof ze hem wilde beschermen tegen haar ex-man.

Samen met zijn broer, oom Alfons, stond vader achter de dranghekken. We lachten naar elkaar, mijn vader en ik. In mijn buik voelde ik een kriebel. De passaatwind blies ons in het gezicht en waaide plukjes haar los die zich niet langer in mijn vlecht lieten dwingen. Ik snoof met volle teugen de geur van mijn thuisland op: een bont pallet van trassi, ananas, doerian, wierook... Even sloot ik mijn ogen voor dit intense moment van geluk, maar ik kreeg meteen een duw in mijn rug van mijn zus. 'Wij mogen.'

Zodra we vaste grond onder onze voeten voelden, renden we op hem af. In zijn armen rook ik het luchtje dat me even lief was: Old Spice, de aftershave die hij al zo lang ik me kon herinneren op zijn geschoren gezicht bette. Ik begon prompt te huilen. Toen Vera aan de beurt was voor een omhelzing veegde ik snel mijn gezicht droog voordat mammie mijn tranen kon zien.

Vader keek mij over de schouder van mijn zus aan. 'Ik heb een verrassing voor jullie, en daar passen zeker geen tranen bij.' Hij was ouder geworden in de tussenliggende jaren. Er zat grijs door zijn zwarte haren, lijnen tekenden zich scherper af in zijn gezicht, alleen zijn ogen hadden niet aan glans verloren.

Mammie schoof William naar voren. 'Hier is je zoon, Gerard,' zei ze afgemeten.

Een ridicule zin, waar vader gelukkig gevat op reageerde. 'Ik dacht al, wat lijkt die jongen op mij.'

'Nou, daar zijn we dan,' zei mammie koeltjes tegen mijn vader.

Hij leek ook slecht op zijn gemak te zijn en gaf haar een formele hoofdknik, niet eens een hand. Daarna draaide hij zich om naar mijn oom. 'Fred, dit is mijn broer Alfons, en dit is...' Hij draaide zich naar de andere kant. Ik had nog helemaal niet in de gaten gehad dat die vrouw bij het gezelschap hoorde. 'Dit hier is mijn verloofde, Janneke.'

Sprakeloos staarde mammie de vrouw aan. Ik zocht met mijn blik steun bij mijn zus. Zei hij nou echt 'verloofde'? Fred was degene die de stilte verbrak. 'Aangenaam kennis te maken,' zei hij op zijn eigen charmante wijze.

Natuurlijk, het was te verwachten dat vader ook een vriendin zou krijgen. Ze zag er mooi uit, met donker golvend haar en een huid die nog bleker was dan die van mammie. Haar lippen waren felrood gestift, wat bijna een provocatie leek. Toch liet haar ingetogen oogopslag juist bescheidenheid zien. 'Heel leuk om jullie te ontmoeten,' zei ze, nadat ze ook mij de hand had geschud.

Dus dit was de verrassing waar vader het over had, dacht ik teleurgesteld. Maar toen trok hij ons kinderen bij zich en zei: 'Zo, en dan nu de vraag: hoe graag jullie willen gaan vliegen?'

Ik wisselde een blik met Vera. Waar had hij het over?

William begon vrijwel meteen te joelen: 'Ja! Ik wil vliegen!'

'Dat komt goed uit,' zei vader, 'want terwijl oom Alfons jullie moeder en Fred naar Bandoeng brengt...' Hij liet een stilte vallen om de spanning te vergroten. '... mogen jullie met mij mee in het vliegtuig naar jullie nieuwe woonplaats!'

'Vliegtuig? Wat bedoel je?' vroeg ik vol ongeloof. We hadden nog nooit van ons leven gevlogen.

'Wat ik bedoel, lieve schat, is dat ik een catamaranvliegboot heb geregeld waar precies vier passagiers in passen. Ik tel hier een, twee drie en vier...' Bij de vier wees hij op zichzelf. 'Vier mensen die dat dolgraag zouden willen. Of niet?'

Waar blijft die Janneke dan, flitste het door mijn hoofd, maar vader was al vertrokken. Rennend achtervolgden we hem naar de catamaran.

We vlogen over de glinsterende rijstvelden, het dichtbegroeide oerwoud, de vulkaankrater, de strodaken van de hutten, en uiteindelijk de statige gebouwen in de stad, en ik besefte dat ik dit niet droomde. Dit was echt, ik was weer thuis.

II

Bruine suiker, witte suiker

Tjioemboeloeit en Bandoeng
mei 1940 – december 1941

1

Op de radio klonk koningin Wilhelmina: 'De regering bevindt zich thans in Engeland. Zij wenst een regeringscapitulatie te voorkomen. Daarbij blijft het Nederlandse grondgebied in Nederlandse handen, in Europa zowel als in Oost- en West-Indië, één soevereine staat, die zijn stem als volwaardig lid der statengemeenschap en in het bijzonder...'

'Waarom is ze naar Engeland gevlucht en niet naar Oost-Indië?' vroeg Fred zich hardop af.

'Er gaan geen schepen meer vanuit Europa, toch?' Vera probeerde altijd elk vraagstuk op te lossen, alsof het een raadspelletje was.

'Alsof de koningin per schip zou gaan, dommie. Met het vliegtuig is ze er zo,' zei ik.

Ik zag dat Vera zich op haar nummer gezet voelde. Ik probeerde oogcontact te maken, maar ze wendde arrogant haar blik af.

'Mag die radio uit?' klonk het vanuit de slaapkamer. Mammie lag in het kraambed met ons piepkleine zusje.

'We noemen haar Greta,' had Fred gezegd toen ze de vorige dag geboren was nadat we de hele de middag mammies barenskreten door het huis hadden gehoord. Ik was in de lach geschoten, omdat ik meteen moest denken aan Greta Garbo, met wie onze moeder altijd vergeleken werd. Dat kwam me meteen op een vermaning van Fred te staan, want daar had het zogenaamd niets mee te maken. Vera en ik vonden dat de naam Greta veel te Duits klonk. De laatste tijd leek alles wat met Duitsers of Duitsland te maken had besmet te zijn. Ons broertje trok zich er weinig van aan en weigerde nog steeds Nederlands te spreken. 'Ik hou niet van baby's,' had hij in het Duits gemopperd. Al onze bezwaren waren in één klap vergeten toen we ons kleine zusje hadden gezien. We waren meteen verliefd geweest. Zelfs William had het niet koud gelaten.

Het huis dat Fred voor ons had laten bouwen, was nog mooier dan op de tekeningen. De bekende architect had zichzelf als doel gesteld de glooiende vormen van het landschap te laten terugkomen in de woning. Alles was rond: de muren, het grote terras aan de achterzijde, de erkers. Hij had het huis zo ontworpen dat je vanuit iedere kamer van het uitzicht kon genieten; aan de ene kant over Bandoeng en aan de andere kant over de heuvels van Lembang. Zonlicht viel op het gezicht van de baby. Het fluwelen gezichtje van mijn kersverse zusje leek het licht van twee kanten te vangen; ze was net een engeltje. Ik vroeg aan moeder of ik haar even mocht vasthouden. Dat mocht, als ik heel voorzichtig was.

Behoedzaam ondersteunde ik het hoofdje terwijl ik haar optilde en in mijn armen legde. Zwarte donshaartjes stonden piekerig omhoog. Haar oogjes waren in een frons dichtgeknepen. Ze draaide haar wangetje naar mijn borst, terwijl haar mondje zocht.

'O, mammie, ze denkt dat ik ook melk heb,' zei ik zacht om de magie niet te verbreken.

'Sst, mammie. Ze is in slaap gevallen,' fluisterde Fred, die naast me was komen staan. 'Kun jij je voorstellen dat jij zelf zo'n kleintje hebt?'

'Nee, eigenlijk niet.'

'Je bent ook nog veel te jong, natuurlijk.'

'Ik hoef nooit kinderen. Ik heb nu een klein zusje, dat is toch genoeg?'

Fred lachte naar me. 'Jij bent een rare.'

Ik kaatste de bal terug: 'Wat je zegt ben je zelf.'

Mijn stem maakte mijn moeder onbedoeld weer wakker. 'Leg haar nou maar weer in haar wieg,' zei ze vermoeid. 'Greta moet slapen.'

Fred pakte zijn dochter, zijn eerste kindje, van me over en legde haar in de kribbe die ze speciaal voor haar hadden laten maken. Zorgvuldig schoof hij de kanten gordijntjes dicht en daarna kuste hij mammie liefdevol op haar voorhoofd. Zo van een afstandje leek dit het gedroomde gezinnetje en was ik slechts van een eerdere mislukte relatie.

Buiten ging ik op zoek naar William, die hele dagen met de kebon doorbracht. Ik vond hem in de schuur, waar hij met een mes een stuk hout zat te bewerken. 'William, zullen we doorgaan met mijn plantenproject?' Mijn broertje en ik deelden de liefde voor de natuur. Door zijn jaren op het Duitse platteland wist hij behoorlijk veel over planten en dieren. Hij had een soort praktische kennis waar ik echt bewondering voor had. Eigenlijk was William in alles heel praktisch. Hij haatte school, en zocht liever zelf dingen uit door ze gewoon te doen.

Mijn broertje liet de spullen uit zijn handen vallen en stond meteen op. De kebon ging ons als vanzelfsprekend voor sinds die keer dat we op een schorpioenennest waren gestuit.

Voor school moest ik de flora in onze tuin in kaart brengen. Met een boek uit de schoolbibliotheek en de hulp van de kebon waren we al een heel eind. We hadden nu al achtentwintig plantensoorten ontdekt, die zestien verschillende bloemen voortbrachten en dertien vruchten of noten.

'Wat vind jij ervan dat Nederland de oorlog verloren heeft?' Ik vroeg me af of een tienjarige daar al een mening over had.

'Niet oké, natuurlijk.' Ook tegen mij bleef hij consequent Duits praten.

'Gelukkig is het ver weg,' voegde ik eraan toe.

De kebon hield zijn pas in en keek om. 'Oorlog is altijd dichtbij,' zei hij. Het was een ernstige man met een gezicht dat veel gedachten verraadde, die hij echter bijna nooit uitsprak.

Ik ging er meteen op in. 'Is dat echt zo? Hier is het al bijna honderd jaar vrede, toch?'

'Vrede...' verzuchtte de kebon. 'Vrede is schaars.' Daarna begon hij weer te lopen en sloeg met zijn machete het hoge gras voor onze voeten weg.

Ik keek William aan. Die inlanders waren soms echt niet te volgen. Ik praatte door tegen mijn broertje en vroeg: 'Maar is het niet extra rot voor jou, omdat iedereen de Duitsers al haatte en nu nog meer?'

'Ik ben niet Duits,' zei hij. 'Ik praat misschien Duits, maar ik ben ook tegen de nazi's.'

'Misschien moet iedereen in Holland nu Duits gaan spreken, net als jij.'

William haalde zijn schouders op. 'Is dat erg?'

'Ik vind van wel, ja, maar jij kennelijk niet.'

'Het is erg als de Duitsers ons als slaven gaan behandelen of zo,' zei mijn broertje wijs. 'Maar een taal is maar een taal.'

'Daar heb je gelijk in.' Het viel me ineens op dat hij op vader leek. Eerder had ik nooit de gelijkenis gezien. Zou vader dat zelf ook zien, vroeg ik me af. Mijn wens om vader vaker te zien was niet uitgekomen. Vlak na onze aankomst kondigde hij aan dat hij was overgeplaatst naar Sumatra, waar hij zich met Janneke zou vestigen. Ik had moeder en Fred horen smiespelen dat vader zich had láten overplaatsen, omdat hij niet meer tegen de aanwezigheid van Fred kon op het hoofdkantoor van Verkeer en Waterstaat, waar ze vroeger zij aan zij aan dezelfde projecten werkten. Ik wist niet of dat slechts geroddel was of dat vader er echt zo'n last van had gehad. Ik deed mijn best om dat niet te willen geloven. Vader drukte ons op het hart dat we altijd mochten langskomen. Langskomen? Het was bijna duizend kilometer verderop! Vera en ik waren er één keer naartoe gereisd voor een korte vakantie, maar William was er met geen stok naartoe te krijgen. Hij zag onze Duitse oom veel meer als zijn vader.

'Mis je Duitsland nog?' vroeg ik nu aan hem.

Hij krabde even in zijn haar. 'Niet echt. Ik hoef er nu in elk geval niet heen.'

'In Nederland moet je nu al helemaal niet zijn,' zei ik. 'Moet je je voorstellen dat de Duitsers nu de baas spelen, in óns land.'

Onverhoeds botsten we tegen de kebon aan, die weer was blijven stilstaan en naar ons omkeek. 'O, pardon!' zei ik geschrokken.

De man schudde even met zijn hoofd en draaide zich vervolgens weer om, om door te gaan met zijn werk. Ik trok een gekke bek naar William, die niet meer bijkwam van het lachen.

2

We zaten bij de ventilator op de veranda. Ik probeerde me te concentreren op mijn geschiedenisboek over de Franse Revolutie, Fred zat met zijn neus in de krant en mammie wiegde mijn babyzusje op schoot in slaap. Af en toe wendde ze haar gezicht naar de elektronische waaier, om met gesloten ogen van de koelte te genieten. 'Die Japanners houden maar niet op over die zogenaamde "Gemeenschappelijke Welvaartssfeer van Oost-Azië",' zei Fred, waarmee hij de stilte doorbrak.

'Wat bedoelen ze daarmee?' vroeg ik.

'Ze vinden dat alle Europeanen moeten oprotten,' zei hij, terwijl hij zijn hoofd schudde. 'Alsof het land hier dan nog steeds zo goed bestuurd wordt.'

'Sommige mensen zijn hardleers,' antwoordde mammie, zoals ze meestal reageerde met algemeenheden. Maar dat leek Fred niet te boeien.

Hoewel de onrust over de oorlog in Nederland allang was weggeebd, wond Fred zich nog elke dag op over de problemen in de wereld.

'Het is pure propaganda ten behoeve van hun eigen expansiedrang. Het is maar goed dat minister Van Mook zulke harde sancties handhaaft.'

Mammie praatte hem naar de mond en zei: 'Dat is het zeker,' terwijl ze liefdevol over de zachte haartjes van mijn zusje streek.

Ik verveelde me. Vera zat te leren voor haar examen en William logeerde bij een vriendje. Mijn lievelingsdagen waren de schooldagen, omdat ik die met vriendinnen en vrienden kon doorbrengen op het lyceum in Bandoeng. In het weekend moest ik in onze villawijk blijven, terwijl Vera allang zelfstandig op stap mocht. Sterker nog: ze had verkering met een jongen, Han, die ze vaak tot laat in de avond zag. De vorige avond was hij zich komen voorstellen en voerde mammie weer een prachtig toneelstukje op. Zelfs Fred gaf me op een bepaald moment een knipoog toen ze hem geaffecteerd vroeg uit wat voor 'nest' hij kwam. Toen Han antwoordde dat zijn vader als ambtenaar voor het ministerie van Financiën in Den Haag werkte, had mammie Vera een goedkeurende glimlach geschonken. Ik vond hem vooral een saaie kaaskop die deed alsof hij al alles van dit land wist, terwijl hij hier pas een paar jaar woonde.

'Mammie, mag ik alsjeblieft naar de stad om met Sonja te spelen?' vroeg ik op mijn allerliefst. Sonja was mijn beste vriendin uit de klas en kwam uit de benedenstad, waar de meeste Indische families woonden.

'Kan Sonja niet een keer hierheen komen? Of durft ze dat niet?' vroeg mammie. Ze was opgestaan om Greta in de box te leggen.

'Waarom zou ze dat niet durven?' Het was waar dat Sonja nog nooit bij ons was geweest; ik ging altijd bij haar spelen. Ik was ervan uitgegaan dat dat een puur praktische reden had, omdat onze school vlak bij haar huis was.

'Omdat ze van een andere komaf is. Dat snap je toch wel?' Met een zucht ging ze weer in haar rotanstoel zitten.

Ik had geen zin om er verder op in te gaan; wat kon mij die zogenaamde 'komaf' schelen. 'Maar mag het, toe?' Ik stond op en pakte haar bij haar schouders, die ik krachtig begon te masseren.

'Zie je dat, Fred? Zo maakt mijn dochter mij duidelijk dat ze iets van me wil.'

'Heeft ze zeker van jou geleerd,' reageerde hij snedig. 'Laat dat meisje toch gaan.'

Ik keek Fred dankbaar aan. Hem spontaan om de hals vliegen deed ik niet meer sinds ik had gemerkt dat mammie dat niet fijn vond.

'Ik kan met de fiets gaan,' zei ik om haar nog een laatste zetje te geven.

'Dat vind ik al helemaal niks, hoor,' zei mammie.

De weg naar boven was behoorlijk steil. Meestal gingen we met de *opelet*, een klein busje dat alle kinderen op schooldagen heen en weer reed. Of we namen een *betjak*, een fietstaxi.

'Ik breng je wel even.' Fred sloeg zijn krant dicht en stond op.

'Veel plezier hè, meid!' zei Fred toen hij me met de auto voor het huis van Sonja afzette. 'En zorg ervoor dat je om vijf uur weer klaarstaat.'

Ik liep naar de achterkant van de kleine bungalow, waar ik Sonja's moeder aantrof. 'Rosa, wat gezellig! Wat heb je weer een prachtig jurkje aan, kind.' Ik mocht haar graag. Ze was net zoals Sonja's vader vrij klein, waardoor ik me onbewust ook klein probeerde te maken. 'Heeft je moeder dat genaaid?'

'Ik geloof het wel.' Ik keek naar het wit-geel geblokte jurkje dat ik droeg. Geen idee of ze dat zelf had gemaakt, waarschijnlijk niet. Mammie kocht mijn kleren meestal zonder mij en legde nog steeds elke ochtend voor me klaar wat ik moest aandoen. Volgens haar had ik geen smaak.

'Sonja is op het veldje met een paar meisjes. Wil je eerst wat drinken voordat je daarheen gaat?'

'Hoeft niet, ik ga eerst wel naar Son.'

Op het veldje zag ik haar radslagen maken met twee Indische meiden die ook bij ons op school zaten. 'Hé, Sonja!' Ze keek op en kwam meteen op me afgelopen, gevolgd door de twee anderen.

Sonja was een beeldschoon meisje met een zachte huid en verfijnde trekken. Toen ik bij de gymles een keer naast haar op het bankje zat, deed ik de schrikbarende ontdekking dat mijn bovenbenen twee keer zo dik waren als die van haar. Vanaf dat moment tilde ik mijn dikke benen altijd een stukje omhoog als ik zat, zodat ze wat smaller leken. Ook probeerde ik haar handgebaren en haar sierlijke manier van bewegen te imiteren, uit pure bewondering.

'Wat doe jij hier nou?' zei Sonja met een lach.

Ik voelde me meteen ongemakkelijk. Alsof het heel vreemd was dat ik haar op een zaterdagmiddag opzocht. 'O, ik was in de buurt,' zei ik nonchalant.

'Gezellig! Je kent mijn vriendinnen, hè. We zijn aan het turnen.' Ter demonstratie nam ze een aanloop en maakte een radslag en een flikflak achter elkaar.

Ik begon te klappen en de twee vriendinnen keken me verbaasd aan, waarna ze achteloos lieten zien dat het heus niet zo moeilijk was.

‘Nu jij, Rosa!’ riep Sonja naar me. ‘Of moet ik je helpen?’

‘Nee, hoeft niet!’ Zonder na te denken trok ik een sprintje en probeerde een perfecte radslag te maken. Het stomme was dat ik zo mijn best deed dat ik totaal vergat dat ik een jurk aanhad, zodat iedereen mijn onderbroek kon zien. Tot overmaat van ramp landde ik niet op mijn voeten, maar kwam ik al struikelend op mijn billen terecht. Door het lachsalvo dat volgde schaamde ik me nog dieper.

‘Misschien niet zo handig met deze jurk,’ mompelde ik gegeneerd, terwijl ik overeind krabbelde.

‘Joh, wat maakt jou het uit,’ zei Sonja schouderophalend. ‘Er zijn alleen maar meiden hier.’

‘Dat weet je nooit zeker.’ Op het dak van een van de huizen rond het veldje zag ik werklui bezig. ‘Gaan jullie maar, ik kijk wel. Jullie kleine Indische donderstenen kunnen dat toch veel beter.’

Sonja’s altijd lachende gezicht verstrakte plotseling. ‘Wat zei je?’

Ik begreep niet zo goed wat ze bedoelde, dus ik herhaalde: ‘Jullie Indische meiden zijn een stuk leniger.’

‘Wat een stomme opmerking,’ reageerde nu een van de twee.

Waar deden ze nou zo moeilijk over? In plaats van me in te dekken, maakte ik nog een keer mijn punt. ‘Het is toch zo? Met jullie korte lengte zijn jullie ook veel dichter bij de grond, waardoor de kans op vallen een stuk kleiner is.’ Ik lachte erbij.

Sonja keek me venijnig aan en trok vervolgens haar vriendinnen mee. Met zijn drieën stonden ze te smoezen, waarbij ze af en toe een steelse blik naar mij wierpen. Vervolgens gingen ze weer door met hun turnoefeningen en negeerden mij volledig. Na een halfuur droop ik af.

Johanna was blij verrast toen ze de voordeur van haar schattige huis opendeed. ‘Rosa, wat leuk! Lotta, kom eens kijken wie hier is!’ Het meisje kwam op me af gerend en sloeg haar armen om mijn benen. Sinds onze scheepsreis hadden Johanna en ik contact gehouden. Ze was een paar maanden na mijn moeder ook zwanger geraakt en had een zoontje gekregen. Mammie en zij spraken soms met elkaar af, samen met hun baby’s.

'Rosa is lief!'

Ik aapte haar na en zei: 'Nee, Lotta is lief!'

'Ben je alleen?' vroeg Johanna.

'Ja, ik ging bij een vriendin spelen, maar het was niet leuk.'

We dronken ananassap en zaten op het gras in het kleine achtertuintje met Lotta en haar kleine babybroertje Levi. Ik had Johanna net het hele verhaal verteld over Sonja en had gezegd dat ik niet snapte wat ik fout had gedaan.

'Het ligt allemaal zo gevoelig,' zei ze meelevend. 'Ik was laatst met Josef mee naar een zakenborrel en liet toen per ongeluk een glas vallen. Dus ik wilde de djongos een beetje helpen, want het was tenslotte mijn schuld. Nou, je had Josef moeten horen daarna. Of ik helemaal gek was geworden. Dat ik me had verlaagd en dat het vreselijk beschamend voor zijn collega's was geweest. Je doet het nooit goed.'

Ik voelde me gesteund door haar verhaal, hoewel het niet helemaal vergelijkbaar was. 'Waar is Josef eigenlijk?' Ik had de man van Johanna pas een paar keer gezien. Hij was knap, zoals Fred, maar dan zo'n tien jaar jonger.

'Druk met een aantal projecten voor zijn werk,' antwoordde Johanna. 'Wanneer die goed gaan, krijgen we misschien zelfs een groter huis.' Ze deed haar best enthousiast te zijn, maar toch klonk het niet overtuigend.

'Gaat het allemaal wel?' vroeg ik voorzichtig.

'Zeker wel. Het is alleen…' Ze zocht naar woorden. 'Ik ben nog altijd blij dat we hierheen zijn gevlucht, maar ik maak me zorgen over mijn familieleden in Europa. Het schijnt dat steeds meer plekken voor Joden verboden zijn. Tegen niemand zeggen, hè, dat ik een Joodse vader heb. Josef is als de dood dat dat uitkomt.'

'Hand op mijn hart!' beloofde ik. Hoewel ik best een flapuit kon zijn, was ik blij dat ik haar geheim nooit aan iemand had doorverteld.

'Weet je wat wij gaan doen?' Johanna stond energiek op. 'We gaan even door de stad wandelen, als chique dames.'

'Ik weet niet...' Ik liet haar de groene vlek zien die achter op mijn jurk was gekomen door mijn val.

'Ach kind, dan doe je toch een jurk van mij aan?'

Ik liep achter de kinderwagen, terwijl Johanna Lotta bij de hand hield. Zo vergaapten we ons aan de mooie etalages in de winkelstraat van Bandoeng. We fantaseerden over de dag dat we genoeg guldens zouden hebben om een prachtige jurk of een sieraad te kopen. Het was best gek dat Johanna zowel een vriendin was met wie ik lol kon hebben als een soort moeder die me raad gaf.

'Zullen we hier wat gaan drinken?' vroeg ze toen we langs het Savoy Hotel kwamen.

'Ik heb geen geld bij me, hoor!'

'Ik trakteer, lieve schat.'

Ik zag hem meteen zitten. Het eerste wat ik dacht was: het is toch nog lang geen vijf uur? Want dat was het tijdstip dat ik met Fred had afgesproken voor Sonja's huis. Verbaasd keek ik naar de vrouw die tegenover hem zat. Ze had prachtig glanzend haar en droeg een elegante jurk. Kende ik haar niet ergens van?

Zonder enige terughoudendheid liep ik op hem af. 'Hé, Fred!' zei ik toen ik voor hem stond. Misschien was het door Levi die ik op mijn arm had, of door Johanna's jurk die ik droeg, maar hij had niet meteen door dat ik het was. 'Goedemiddag,' antwoordde hij en hij knikte beleefd.

Toen zag ik zijn ogen groter worden. 'Rosa, wat doe jij hier nou?'

'Ik ben hier met Johanna. En wie ben jij?'

'Ken je me niet meer?' vroeg de dame tegenover mijn vader. 'Ik ben Freds ex-vrouw, Bernadette.'

Johanna kwam erbij staan, wat de situatie nog ongemakkelijker maakte. 'Willen jullie wat drinken?' vroeg Fred op een toon die verried dat hij hoopte op een 'nee'.

Johanna voelde het feilloos aan en zei meteen: 'Wij gaan even daar verderop zitten met de kinderen. Ik zag dat er nog een plekje vrij is. Dan kunnen jullie rustig praten.'

Ik was stil door het voorval. Het voelde alsof Fred ontrouw was aan mammie, terwijl ikzelf niks liever zou hebben gewild dan dat mijn ouders zo vriendelijk met elkaar zouden omgaan.

'Gaat het?' vroeg Johanna, terwijl ik mijn limonade dronk.

'Jawel, hoor.' Ik boog me wat naar voren. 'Waarom zouden ze uit elkaar zijn gegaan? Ze is prachtig, toch?'

'Ja, heel mooi. Hebben ze kinderen?' vroeg Johanna.

'Nee, niet dat ik weet.'

'Misschien is dat dan het antwoord.'

Na ons drankje nam Fred me mee naar huis. In de auto vroeg hij of ik niet tegen mammie wilde zeggen dat hij Bernadette gezien had. Ze spraken zo nu en dan af omdat ze nog bevriend waren; ze waren niet voor niks twintig jaar samen geweest.

'Waarom mag mammie dat niet weten?' vroeg ik.

'Je kent haar,' zei Fred met zijn blik op de weg. 'Jaloerser vind je ze niet.' Even keek hij me zijdelings aan. 'Probeer maar om die eigenschap van je mammie niet over te nemen, kind.'

3

In het zwembad dat tussen het lyceum in Bandoeng en onze hogergelegen wijk Tjioemboeloeit lag, vierde ik mijn zestiende verjaardag met mijn vriendin Fiona. Ik had ze allang gezien, de jongens van school, maar Fiona en ik deden alsof ze lucht waren.

'Zullen we weer in het water gaan?' vroeg Fiona. Ze stond voor me en maakte een schaduw voor de zon.

'Prima.' Ik stopte mijn boek in mijn tas en hees me uit mijn stoel. 'Zoek je iets?' vroeg ik aan Fiona, die naar mijn voeten op de natte tegels keek.

'Wat heb jij rare tenen,' zei ze en ze wees naar mijn voeten. 'Hamertenen!'

Schielijk keek ik om me heen om te zien of iemand haar gehoord had. 'Niet leuk, Fiona!' Ik ging op de rand van het zwembad zitten en liet me in het water glijden.

Fiona verontschuldigde zich: 'Sorry, ik bedoelde het niet zo,' zei ze, terwijl ze naast me kwam zwemmen. 'Ik heb alleen nog nooit zulke kromme tenen gezien.'

'Ja ja, nu weet ik het wel,' zei ik geïrriteerd. Het was niet mijn schuld dat ik zulke rare voeten had. Mijn moeder had bij Maison de Bonneterie schoenen voor me gekocht die al na een paar maanden te klein waren. Ik had geklaagd dat ze pijn deden, maar mammie had dat onzin gevonden.

Ik wist de aandacht te verleggen naar een leuker onderwerp: de aankomende fuif van het Christelijk Lyceum in Bandoeng. Dat was hét jaarlijkse evenement waar iedereen op school naar uitkeek. Maanden van tevoren ging het er al over in welke commissie je zat, welke jongen jou had meegevraagd naar het bal en wat voor jurk je zou aandoen. Terwijl ik naar Fiona luisterde die over haar nieuwe jurk vertelde, werd ik plotseling in mijn zij geknepen.

'Hé! Niet doen!' Ik probeerde te ontdekken wie het was.

Sputterend kwam de schuldige boven water. 'Jij bent 'm, Rosa.' Het was mijn buurjongen John, die ik graag mocht, maar niet als hij me onder water begon te betasten.

'Ik ben 'm helemaal niet!'

'Jawel. We spelen tikkertje en ik heb je aangeraakt. Dus.'

Op de kant zaten de jongens zich te bescheuren over de actie van John. Jongens naar wie ik al maanden heimelijk loerde, wat ik echter nooit zou toegeven.

Fiona bemoeide zich ermee en zei: 'Wij doen niet mee. Rosa is jarig.'

'Alsof ik dat niet weet,' zei John, die er belachelijk uitzag met zijn rood-wit-blauwe badmuts. Het ding leek wel uit een vlag te zijn geknipt. 'Wij hebben vanochtend al taart gegeten, hè, Rosa.'

John was mijn maatje zolang we boven in ons villadorp waren, maar op alle openbare plekken negeerden we elkaar meestal.

'John, laat toch zitten!' riepen zijn vrienden hem van de kant toe. 'Als ze niet willen.'

Op dat moment zag ik Sonja en haar twee vriendinnen naar de jongens toe zwemmen. Ze maakten kennelijk een grap, want de jongens kwamen niet meer bij. Waarschijnlijk was het een rotopmerking geweest over ons. Ik kon die Indische meiden niet meer uitstaan sinds dat voorval op het veldje. Ze noemden zichzelf nu de KID's – Kleine Indische Donderstenen – en deden vervolgens ontzettend flauw tegen mij. Gelukkig was Fiona net verhuisd naar onze wijk en samen vormden we een front tegen de KID's.

'John, wacht!' riep ik, want mijn buurjongen had zijn pogingen om ons in hun spel te betrekken opgegeven.

Soepel als een vis draaide hij zich om en na twee zwemslagen stond hij weer voor ons. 'Spijt?'

'We doen mee op één voorwaarde: Sonja en haar twee aanhangsels doen niet mee.'

John keek even om. 'Ik vrees dat het daar te laat voor is.'

'Nee hoor, want het is vandaag mijn verjaardag!' zei ik arrogant.

John rolde met zijn ogen. 'Rosa, moet dat nou?'

'Ja, dat moet,' zei ik.

Niet zonder leedvermaak zag ik dat het trio even later letterlijk afdroop toen ze uit het water stapten om op hun handdoekjes te gaan liggen.

Het was de jongens tegen de meiden. Twee andere meiden hadden zich nog bij ons aangesloten en zo streden we, vier tegen vier. Iedereen was 'm, en als je getikt was moest je blijven staan tot je bevrijd werd door iemand van je eigen team. Het spel leverde zoveel spetterend geweld op dat de badmeester ons een reprimande had gegeven.

'Geef het maar op, dit gaan jullie niet meer winnen,' zei John, die dreigend dichterbij kwam.

Ik wendde teleurstelling voor, waarna ik hem snel op zijn rug tikte.

'Ah nee, dat is flauw!' riep hij uit.

'*That's life!*' riep ik terug en ik wilde me snel weer omdraaien om mijn vriendin te bevrijden, maar John was me sneller af.

'Haha, ik heb gewonnen!'

Het overdonderde me; niet omdat ik getikt werd, maar omdat zijn hand onder mijn oksel mijn borst schampte. Door mijn geschrokken blik leek hij zelf pas te beseffen wat hij had gedaan.

'O sorry, ik dacht dat ik je arm…'

'Is al goed,' zei ik snel, waarna het schelle geluid van het fluitje van de badmeester klonk. 'Klaar nu. Allemaal uit het zwembad komen!' Terwijl mijn vrienden naar de kant zwommen keek de badmeester, een Indische jongen, me aan. 'Zestien hè, en dan nog steeds zo kinderachtig.'

'Nou ja, zeg, we doen alleen een spelletje,' reageerde ik verontwaardigd.

'Daar heb ik het niet over.' Hij was bijna een kop kleiner dan ik, maar toch had ik het gevoel dat hij op me neerkeek. 'Ik heb het erover dat mijn zusje niet mag meedoen.'

Ik schrok en keek naar Sonja, die vanaf haar handdoek naar ons loerde. Stom; ik wist niet dat dit haar broer was. Mijn verbale reactie was, zoals zo vaak, sneller dan ik kon denken en ik zei: 'Zij is begonnen. Al een hele tijd geleden.'

'Is dat zo?' zei hij met een blik vol minachting. 'Het lijkt anders meer op buitensluiten.'

Pas toen realiseerde ik me dat alle totoks het zwembad hadden ingenomen, terwijl alle indo's aan de kant zaten. 'Mijn oma is Indisch, dus wat weet jij nou?' zei ik nog steeds met de bluf die altijd de overhand kreeg als ik me in het nauw gedreven voelde.

'Jouw oma?' Met opgetrokken wenkbrauwen keek hij me aan, waarna hij hoofdschuddend wegliep.

Fiona en ik droogden ons af en pakten onze spullen. Het was mooi geweest. Bij de uitgang viel mijn oog op het bordje dat op het hek van het zwembad zat: ALLEEN VOOR (INDO-)EUROPEANEN EN VREEMDE OOSTERLINGEN. Inlanders waren hier niet welkom, alle mengbloedjes wel.

'Wat zeurde die badmeester nou?' vroeg ik aan Fiona. Mijn vriendin was het met me eens. Samen stapten we in een betjak, die ons de heuvel op fietste.

Op de veranda waggelde mijn kleine zusje me tegemoet, op de voet gevolgd door de baboe, die haar geen moment uit het oog durfde te verliezen. 'Greta! Kom je me een kusje geven?' Zonder vallen bereikte ze mijn uitgestoken handen. 'Goed zo, meisje. Heel knap!' Met mijn zusje in mijn armen draaide ik me om naar Fiona. 'Zwaai maar met je handje naar mijn vriendinnetje,' zei ik, terwijl ik zelf voordeed hoe het moest.

'Wat is ze schattig!' zei Fiona.

'Ja, hè!' Ik voelde me trots. Niet alleen op mijn zusje, ook op ons grote huis, ons leven.

Vanuit de eetkamer klonk een belletje: het teken dat we aan tafel konden. De lange eettafel was feestelijk gedekt met een linnen tafelkleed en bewerkte glazen, die nog uit de uitzet van mammie en vader kwamen. Voor de gelegenheid was het crèmekleurige Bavaria-servies met een gouden randje uit de kast gehaald, dat mammie in Duitsland had gekocht. Het zilveren bestek van Van Kempen & Begeer dat zij en Fred voor hun huwelijk hadden gekregen glinsterde het meest. Speciaal voor mijn verjaardag had mammie door kokkie een rijsttafel laten bereiden. Onze kokkie, Ida, die bij ons inwoonde, was de beste kokkie die we ooit hadden gehad. Misschien vond ik dat vooral omdat ze meestal Indisch kookte. Mijn vader had elke dag aardappels, vlees en groente gewild, terwijl ik veel liever rijst at. Gelukkig had Fred dezelfde smaak als ik.

Terwijl ik Fiona een stoel naast de mijne aanwees, raakte de tafel langzaam gevuld met mijn familieleden. Ik had me al weken op dit verjaardagsetentje verheugd. Alleen Fred leek nog met zijn hoofd bij zijn werk te zijn, want hij groette ons nauwelijks. Vera had vermoedelijk liggen slapen: er liep een vouw over haar wang en haar haar zat aan één kant plat tegen haar hoofd. William zag er armoedig uit, alsof hij letterlijk een uur geleden uit zijn korte broek en overhemd was gegroeid. Alleen mammie presenteerde zich met een onberispelijkheid waar zelfs onze koningin nog wat van kon leren.

'Wat leuk, Fiona! Welkom in huize Van Gent,' zei mammie geaffecteerd. 'Waar woon jij precies?' Ze was altijd extreem nieuwsgierig; niet omdat ze nou zo geïnteresseerd was in anderen, maar omdat ze meteen wilde kunnen inschatten waar die persoon stond ten opzichte van ons.

'Wij woonden altijd in de stad, mevrouw,' antwoordde Fiona beleefd, 'maar sinds twee weken zijn we verhuisd naar het pleintje bij de vijver.'

'Ze wonen tegenover de opstapplaats van de opelet.' Ik had het over het busje dat ons elke dag vanaf daar naar school bracht.

'Ooo?' zei mammie langgerekt, alsof ze verbaasd was dat er mensen in onze wijk waren komen wonen zonder dat zij daarvan op de hoogte was gesteld. Tegelijkertijd moest het haar geruststellen, omdat de huizen rondom de vijver relatief klein waren. Ze maakte haar nek nog een stukje langer. 'En wat doet je vader, als ik vragen mag?'

'Mijn vader is muziekleraar,' zei Fiona. 'Hij verzorgt de muzieklessen op school, maar hij organiseert ook de klassieke concerten in het stadstheater.'

'Wat enig!' reageerde mammie overdreven. 'Hoor je dat, Fred? Haar vader zit in de muziek.' Toen weer tegen Fiona: 'Nou, als hij ooit om een violist verlegen zit, dan weet hij waar hij terechtkan.' Ze wees naar Fred, die geërgerd opkeek.

'Schat, dat is toch een totaal ander niveau,' mopperde hij.

'Hij is te bescheiden, hoor,' zei mammie. 'Maar wat énig dat je vader in de muziek zit! Wij zeggen altijd tegen de kinderen: radio, daar doen we niet aan, daar komt alleen maar Amerikaanse herrie uit. Speel zelf maar, daar steek je veel meer van op.' Ze lachte om haar eigen anekdote, waarbij je haar roze tandvlees zag – iets wat me nooit eerder zo was opgevallen. 'Nou, eet smakelijk allemaal, op onze Rosa.' Ze hief haar wijnglas.

Het was alsof we een gezin 'speelden' in plaats van het echt te zijn. Onder het zoemende geluid van de draaiende ventilator zaten we zwijgend te eten. Ik dacht dat ik me anders zou voelen wanneer ik eenmaal zestien zou zijn. Vijftien was nog een kinderleeftijd, terwijl je op je zestiende al echt kon meepraten met de volwassenen. Tenminste, zo gedroeg Vera zich de laatste twee jaren. Ook daar had ik me vast te veel bij voorgesteld.

'We kregen een uitbrander in het zwembad omdat we de indo's zouden hebben buitengesloten,' zei ik om een gesprek op gang te brengen.

'Wat is dat voor iets idioots?' Mammie depte haar mond af met haar servet. 'Of liet je ze expres niet meedoen?'

'Nee, dat was toevallig, toch?' Ik keek naar Fiona voor bijval.

'Nou, jij had wel gezegd dat Sonja niet mee mocht doen,' zei Fiona.

'Maar dat heeft een totaal andere reden,' zei ik verdedigend. 'Zij doet gewoon heel flauw tegen mij.'

Fred bemoeide zich er ineens mee en vroeg: 'Waarom doet ze flauw tegen jou?'

'Omdat ik haar Indisch had genoemd. Raar, toch?' Mijn opmerking zorgde voor verontwaardiging aan tafel.

Vera viel me spontaan bij. 'Ze zijn toch ook Indisch? Waarom zou je daar een probleem mee hebben? Mijn Hollandse vriend was het ook al opgevallen dat ze zich hier zo snel beledigd voelen.'

'Die overgevoeligheid altijd,' zei Fred hoofdschuddend. 'Als ze zich eens zouden realiseren hoe tolerant wij zijn, en hoeveel ze aan ons te danken hebben, dan zouden ze wel anders piepen.'

Mammie begon te giechelen. 'Ik weet nog dat je vroeger van de baboe op het potje moest...'

'Mammie, alsjeblieft, wat heeft dat er nou mee te maken?' Ik wist precies welk verhaal ze wilde gaan vertellen.

'Laat me nou uitpraten,' snibde ze tegen mij. Daarna richtte ze zich weer tot Fiona. 'Rosaatje wilde niet op het potje, en dan zei onze baboe: "Njon, doe nou een plasje, toe nou. Wees nou maar zoet, zoals *gula djawa*, bruine suiker." En dan begon onze Rosa vreselijk te huilen. Ze wilde niet lief zijn als bruine suiker, maar als witte suiker, *gula putih*. En dan gierde de baboe het uit.'

Mijn blik kruiste een moment die van onze huidige baboe, die kokkie hielp met bedienen. In tegenstelling tot onze kokkie woonde de baboe niet bij ons in huis, maar in de kampong een eind verderop. Ik mocht haar niet; ze was heel zwijgzaam en stug. Omdat mijn moeder meer dan eens een baboe had ontslagen, en door de vele verhuizingen, had ik me nooit kunnen hechten aan een bepaald kindermeisje.

'Een baboe is toch niet Indisch, maar Indonesisch,' merkte mijn broertje droog op.

'Natuurlijk,' beaamde Fred. 'Je moeder probeert alleen maar aan te geven dat we nu eenmaal geboren worden met verschillen.'

'Ja, en dat de indo's blij mogen zijn dat ze dichter bij ons staan, qua stand. Snap je?' voegde mammie eraan toe met een air van iemand die ervoor gestudeerd zou hebben.

Fiona zat er zwijgend bij. Ik had spijt dat ik dit onderwerp überhaupt had opgeworpen.

'Indo's worden in principe getolereerd,' zei Fred. 'Uiteindelijk stammen zij natuurlijk ook af van de Europeaan: eentje die zich ertoe heeft laten verleiden om met een inlandse vrouw kinderen te krijgen.' Zijn plotselinge bulderlach rolde over tafel. 'Zo stom was ik in elk geval niet.' Hij gaf ons een knipoog, hikte nog wat na en pakte ten slotte mammies hand over de tafel om er een kus op te drukken.

'Maar onze oma is toch ook een beetje gemengd?' vroeg ik provocerend.

'Welke oma?' vroeg William.

'Jouw oma is niet gemengd, zij heeft een Spaanse grootvader, vandaar haar donkere haar. Tenminste, dat is wat je vader beweert.'

'Mam, dat geloof je toch zelf niet?' Ik lachte om deze ridicule theorie.

Mammie speelde plotseling de vermoorde onschuld. 'Iedereen gelooft wat hij wil geloven. Mij maakt het niet uit.'

Mijn zus haalde fel uit en zei: 'Ze is echt Spaans, hoor, Rosa, dat heeft omi me zelf verteld.' Meteen daarna stond ze op en vroeg of ze van tafel mocht.

'Schat, we hebben nog taart.'

'Sorry, ik heb met Han afgesproken.'

Ik rolde met mijn ogen naar Fiona, die mijn signaal niet oppikte. Ik vond mijn zus onuitstaanbaar. Dat had ik altijd al gevonden, maar sinds ze een vriendje had was het nog erger geworden. Het leek wel of ze altijd een statement moest maken, iets waarbij ze mij standaard moest afvallen.

'Fred, vind je het leuk om met Fiona en mij een potje te kaarten?'

Fred keek afwezig. 'Vooruit dan,' zei hij. Mijn broertje was al naar de kast gelopen om de speelkaarten te pakken.

Ik was altijd bloedfanatiek als het ging om winnen, en binnen de kortste keren kregen mijn broertje en ik ruzie. 'Jongens, zo heb ik er geen zin in, ik ga naar bed.' Fred schoof zijn stoel naar achteren en rekte zich geeuwend uit.

De avond was nog maar net begonnen en nu eindigde hij al weer. Zouden ze eigenlijk nog doorhebben dat het mijn verjaardag was? Mammie, die Fred in zijn voetsporen volgde, gebood ons om ook te gaan slapen. Morgen moesten we weer vroeg naar school.

Ik knikte naar Fiona, zo van: kom. Ze zou blijven logeren, en zo zouden we in elk geval nog gezellig kunnen kletsen in bed. Nadat we langs Fred waren gelopen, die naar buiten staarde alsof hij daar wat zag in het donker, viel hij opeens om, waarbij hij met een doffe klap op de vloer neerkwam. Van schrik deinsde ik naar achteren, terwijl Fiona juist als verstijfd bleef staan.

'Kun je niet uitkijken!' schreeuwde Fred tegen mij.

'Rosa, wat doe je nou stom!' Mammie haastte zich naar hem toe.

'Ik raakte hem niet eens aan,' zei ik naar waarheid.

'Maak dat je weg...' Fred, die zich door mammie overeind liet helpen, keek me met een lodderige blik aan. 'Maak dat je... Weg, Rosa!' Zijn hand bewoog op een rare wapperende manier.

Waarom maakte hij zijn zin niet af? Waarom schudde hij zo idioot met zijn hand? Waarom was hij zo humeurig? Fred liep altijd over van grapjes en vrolijkheid, maar de laatste tijd leek alles hem te irriteren. Ik had verwacht dat hij op zijn minst op mijn verjaardag een beetje in een vrolijke stemming zou zijn geweest.

'Ik wil niet meer dat je in de middag drinkt,' zei mammie streng tegen hem. 'Dan maar geen borrel voor het eten.' Was dat de reden voor zijn vreemde gedrag?

Van mijn echte vader had ik ondertussen nog niks gehoord. Ik had niet eens een verjaardagskaart gekregen. Ook had ik geen post ontvangen van mijn familie in Nederland. Het zou voor de pakketboot te onveilig zijn om naar Batavia te varen, omdat er Duitse mijnen in de zee zouden liggen. Dat leek me nogal sterk; de zee was erg groot.

Twijfelend stond Fiona met haar logeerkoffertje in mijn slaapkamer. 'Wil je dat ik even wegga zodat je je pyjama kunt aantrekken?' stelde ik voor. Toen kwam het hoge woord eruit. Ze wilde naar huis. Met een uit gêne afgewende blik vertelde ze me dat ze altijd heel erg heimwee had. Irritant, zoiets bedacht je toch van tevoren? Of vond ze het zo naar hier dat ze het als smoes gebruikte?

Terwijl de djongos haar naar huis bracht, lag ik mokkend in mijn bed. Het was geen leuke verjaardag geweest: eerst dat incident in het zwembad, daarna die ongemakkelijke tafelgesprekken, Fred die blijkbaar dronken was en tot slot Fiona die naar huis wilde.

Qua karakter paste Sonja veel beter bij mij. Zij had tenminste humor, was lekker fanatiek en zat vol ideeën. Maar nu ik niet alleen haar maar ook haar broer had beledigd, wist ik niet of het nog goed zou komen tussen ons.

Ik vroeg me af hoe het voor hen zou zijn. Hoe was het voor Sonja en haar vriendinnen, voor haar broer en al die andere indo's wanneer je werd behandeld alsof je minderwaardig was? Mijn vader had me eens verteld over een incident waarin de rollen plotseling waren omgedraaid. Het speelde in de tijd dat mijn grootvader lid was van de Raad van Indië. De jongste zus van mijn vader, die een relatief donkere huidskleur had, was verliefd geworden op de zoon van een wat lagere ambtenaar. Toch wilde die ambtenaar niet dat hun zoon zou trouwen met mijn 'donkere' tante. Het was een grove belediging geweest, want onze familie stond zoveel hoger op de maatschappelijke ladder dan hun familie, daar deed mijn zogenaamd Spaanse oma niets aan af. Mijn grootvader heeft zich er toen persoonlijk mee bemoeid. Hij is naar de vader van de jongen gegaan en dreigde hem te laten overplaatsten naar een uithoek op Java waar niemand wilde worden aangesteld. Dat hielp. Mijn tante mocht trouwen met haar grote liefde.

Toen ik op de kweekschool woonde bij mijn tante Liesbeth was ík de uitzondering geweest als wit meisje bij die inlandse meiden, en ik had vaak gewenst dat ik een van hen was. Dat ik een donkere moeder had gehad die me nooit in de steek zou hebben gelaten. Want indo of inlands, hun familiebanden leken allemaal sterker dan die van ons Hollanders.

Ik kreeg ineens een idee. Ik knipte mijn nachtlampje aan en stapte uit bed. Uit de lade van mijn bureau pakte ik een schrijfblok en een vulpen.

Binnen een week kreeg ik een reactie op mijn brief. Niet van Sonja, maar van haar broer, Rudi.

Beste Rosa,

Sonja heeft me je brief overhandigd en ik heb hem aandachtig doorgelezen. Je hebt het enigszins bij het rechte eind: Sonja is zeer gevoelig als het gaat over uitingen als 'dat Indische kind' of 'Indisch gedoe'. Wij Indische kinderen hebben vaak zeer pijnlijke dingen meegemaakt. Om een voorbeeld te geven: in de soos zat een Indische man met een mismaakt gezicht te eten. Ik hoorde een Hollander zeggen: 'Kijk, die aap kan toch wel netjes eten, zo met mes en vork.' Iedereen in zijn kring, allemaal Hollanders, lachte. Die 'aap' was een kolonel, drager van de Militaire Willemsorde, met vier strepen voor moedig gedrag en een verminkt gezicht dat hij had verdiend in de Atjeh-oorlog, dertig jaar geleden.
En kijk eens naar de handelshuizen, Rosa. De ondernemingen en verenigingen waar ze weigeren Indische mensen aan te nemen voor de hogere functies. Dat is een tragisch feit, maar hevig waar!

Laatst speelde ik een hockeywedstrijd op Toebang. Tijdens de wedstrijd was ik het middelpunt, maar 's avonds werd ik straal genegeerd. Een Hollands meisje wilde wel met me uit. Ik had bijna ja gezegd, tot ik haar tegen een ander hoorde zeggen: 'Ach, hij is ontzettend aardig, maar wel een Indische jongen, hè.' Dat zal ik nóóit vergeten! Ik gedraag me gewoon, doe gewoon, maar zodra mensen me als minderwaardig behandelen, is het afgelopen. Dat heeft Sonja even sterk als ik.
Ik ben er trots op een zoon te zijn van dit mooie land en een zoon van het vaderland. Maar ooit zal ik een boek schrijven, een boek dat een felle aanklacht zal zijn tegen alle Hollanders die denken dat ze, omdat ze wit en blond zijn, hoger staan dan een Indische jongen, een indo of een inlander. Ik heb dit zelf meegemaakt, zelf ondervonden, van kinds af aan.
Ik zal wel met Sonja spreken, maar Rosa, hou je scherpe tong in bedwang en doe niet al te toeschietelijk tegen Sonja, maar gewoon, wil je? De rest zal ik proberen te doen.

Rudi

4

'*Bei mir bist do schön*,' klonk het vanaf het podium. Inmiddels waren alle stoelen aan de kant gezet, waarbij ik de ordecommissie een handje had geholpen. Mijn biologiedocent zag me met een glas limonade uitpuffen bij de bar. 'Kom, Rosa, voetjes van de vloer!' Hij pakte mijn hand en draaide me zo de dansvloer op. Ik was John uit het oog verloren toen ik ging helpen met de stoelen. Terwijl ik aan de hand van mijn leraar rondzwierde, spotte ik hem met een groepje vrienden. 'Even uitrusten, hoor,' zei ik na het nummer tegen mijn enthousiaste docent, die meteen een andere meid mee de dansvloer op sleurde.

John stond met zijn rug naar mij toe te kletsen met wat jongens. Sinds mijn verjaardag leek er iets te zijn veranderd tussen ons. Ons vanzelfsprekende contact was stroever geworden en ik dacht ineens na over elke zin die ik tegen hem uitsprak. Het moest iets zinvols zijn, zodat hij me niet meer alleen als zijn grappige buurmeisje zou zien. Ik voegde me bij de groep. 'Geheim overleg of mag ik meepraten?' John keek betrapt opzij en pas toen zag ik wat ze aan het doen waren. Een vriend van hem schonk een fles drank leeg in een aantal borrelglazen op een dienblad. Hij herpakte zich. 'Hé, Rosa. Je ziet het: geheim overleg.' John hield een glaasje op dat tot de rand toe gevuld was. 'Je mag meedoen zolang je je mond houdt.' Hij en zijn maten keken me grijnzend aan.

'Ik doe wel mee, hoor.' Ik pakte het kleurloze drankje van hem aan en sloeg het in één keer achterover. Het leek wel alsof ik pure petroleum in mijn keelgat gooide. Hoestend probeerde ik me te herpakken.

'Hier, water.' John reikte me een fles aan.

Dankbaar zette ik de fles aan mijn mond en dronk hem zowat leeg. 'Het was niet de bedoeling om me te vergiftigen, hoop ik,' zei ik hijgend.

'Nee, kijk maar.' Hij vulde alle glaasjes nog eens bij en op 'één, twee, drie' gooiden ze het spul weer door hun keel. John keek me uitdagend aan. 'Jij wil zeker niet meer?'

'Tuurlijk wel.' Ik griste het glaasje al van het blad. Met mijn ogen dicht liet ik het weer in één keer door mijn keel glijden.

'Hé, Rosa, dansje?' Het was een jongen uit mijn klas die al een hele tijd achter me aan zat. De drank had mijn reactie vertraagd. Nog voor ik kon weigeren had hij me al bij mijn middel gepakt.

Ik keek hulpeloos naar John.

'Ik zie je zo wel.' Hij knipoogde lachend naar me.

Zijn woorden gonsden in mijn hoofd. Was het de drank of was ik verliefd aan het worden op John? Mijn bloed stroomde warm door mijn aderen, mijn ledematen leken van elastiek, mijn lach was niet meer van mijn lippen te vegen. 'Zo, jij danst echt lekker,' zei de jongen smalend tegen me, waarbij hij me nog steviger tegen zich aan drukte.

Ik was blij dat het liedje ten einde liep. Hij slingerde me nog een laatste keer rond aan zijn arm, waarbij mijn hand uit zijn vochtige vingers gleed en ik tegen iemand anders tot stilstand kwam. Het was Sonja. 'Hé, Son. Sorry voor mijn lompheid,' flapte ik eruit. 'Nu en in het al-ge-meen.' Bij het laatste woord maakte ik een grote cirkel met mijn armen. Als ze het nu niet begreep, láát dan maar. 'Fijne avond.' Ik stoof terug naar de plek waar ik John eerder had achtergelaten en zag dat hij er niet meer stond. 'Verdomme!' Enigszins beteuterd zakte ik op het gymbankje dat tegen de muur stond. Kijkend naar mijn dikke bovenbenen bedacht ik me dat ik ze moest optillen, maar voor wie? Ik werd overvallen door een gevoel van treurnis. Nou, als dit was wat sterkedrank met je deed, vijf minuten euforie en dan droefenis, dan kon ik maar beter van dat spul afblijven.

Ineens zat Fiona naast me. Hoe kon dat? Ik had haar niet zien aankomen. 'Je zus zoekt je.'

Ik was onmiddellijk weer bij zinnen. Vera was iemand die zich voor haar kleine zusje geneerde, dus als ze me zocht moest er iets aan de hand zijn. 'Waar is ze?'

In de betjak naar het ziekenhuis bleef ik vragen stellen, waar Vera steeds weer dezelfde antwoorden op gaf. 'Ik weet alleen dat hij gevallen is en dat het ernstiger is dan ze dachten.'

'Wát is ernstiger: zijn aandoening of zijn val?' In het eerste geval was het echt mis, in het tweede geval eigenlijk ook.

'Rosa, stop nou!' zei ze kwaad. 'Het enige wat ik weet is dat Fred gevallen is op de sociëteit, en dat mammie uit het ziekenhuis heeft gebeld omdat het erger is dan ze dachten.'

'Dat kun je toch ook meteen zeggen?' Bij het uitspreken van die woorden leek mijn tong plotseling van rubber te zijn.

'Dat zei ik ook meteen.' Vera keek me onderzoekend aan. 'Wat heb jij? Heb je gedronken of zo?'

'Nee, natuurlijk niet!' Met een ruk draaide ik mijn hoofd naar de andere kant, een beweging die de inhoud van mijn maag bijna naar boven deed komen. Waarom fietste deze koelie zo hobbelig? Dat kon toch wel rustiger? Op deze manier wist ik niet of ik mijn misselijkheid de baas kon blijven. Ik dacht van niet... De fietstaxi stopte plotseling, waardoor ik zowat voorover van het bankje viel en een klein beetje in mijn mond overgaf. Wankel stapte ik uit. Uitspuwen of doorslikken, dat was de vraag. 'Borromeus-ziekenhuis,' zei de pezige man die zich drie slagen in de rondte had gefietst voor ons. Van zijn omlaag gerichte voorhoofd vielen dikke druppels zweet.

'Rosa, kom nou!'

Dan maar doorslikken. 'Ja ja, altijd die haast,' mompelde ik. '*Terima kasih*,' zei ik tegen de fietser. 'Heb jij hem betaald?' vroeg ik aan Vera.

Ik zag het gebogen hoofd van de man lichtjes heen en weer gaan. Nee dus.

'Rosa, nu!'

'Sorry, ik heb geen geld,' zei ik tegen de man, waarna ik achter mijn zus aan rende.

Mammie schoot overeind toen we de wachtkamer binnenkwamen. 'Waar bleven jullie?' Haar rood behuilde ogen stonden kwaad.

Vera gaf mij de schuld en zei: 'Ik kon Rosa niet vinden.'

'O, mammie.' Ik viel haar om de nek. 'Is Fred gestorven?'

Haar antwoord was een duw naar achteren en een klap in mijn gezicht. 'Verman je, Rosa! Fred is opgenomen, de arts komt zo vertellen wat er precies aan de hand is.' Ze keek me aan alsof ze iets vies proefde. 'En doe wat aan je mascara, die is helemaal uitgelopen.'

'Mevrouw Van Gent?' In de deuropening stond een arts.

'Ja, dat ben ik,' antwoordde mammie.

De arts, een stevige man met een pafferig gezicht, zuchtte diep en sloot toen de deur achter zich. 'Mevrouw Van Gent, ik vrees dat ik niet zulk goed nieuws heb. We hebben röntgenfoto's laten maken die we met spoed hebben laten ontwikkelen, en daarop hebben we helaas bevestigd gekregen wat we al vermoedden.'

'Wat dan?' Mijn stem kraste. 'Wat heeft Fred?'

'Hij heeft een tumor in zijn hoofd ter grootte van een eh... mandarijn.'

Mammie richtte zich op. 'Een mandarijn? Wat bedoelt u? Hoe kunt u zoiets zeggen?'

‘Mevrouw Van Gent, we hebben al besproken dat er wellicht sprake zou kunnen zijn van een hersentumor. Dit is ongeveer de grootte van de tumor.’ Hij kromde zijn vingers tot een denkbeeldige bal om aan te geven hoe groot het ding was dat in Freds hoofd groeide. ‘Het gezwel zit in de frontale kwab van de grote hersenen.’ Hij reikte naar zijn eigen kale hoofd, waar hij de locatie met zijn gekromde vingers aanduidde, alsof het om een bult erbovenop ging. ‘Daar drukt het tegen het zogenaamde centrum van Broca, waar het zowel de motoriek als de spraak van meneer Van Gent aantast.’

‘Zijn daar medicijnen voor?’ Mammie klemde zich plotseling zo stevig aan mijn arm vast dat het pijn deed.

‘Nee, helaas niet. Maar hij zou geopereerd kunnen worden,’ voegde hij er haastig aan toe.

‘En wanneer zou dat dan moeten?’ Er klonk weer een beetje strijdvaardigheid door in haar stem.

‘Liefst zo snel mogelijk. U zult echter naar Batavia moeten. Omdat het relatief nieuwe behandeltechnieken zijn waarvan wij de kennis nog niet in huis hebben, voeren wij dit soort operaties hier nu nog niet uit.’

‘Ik ga met hem naar Batavia!’ Hiermee leek mammie het gesprek te willen afsluiten.

‘Mogen we naar Fred toe?’ Het voelde kinderlijk dat ik mijn tranen niet kon inhouden.

‘Ja hoor, meisje. Ik denk niet dat hij wakker is, maar als jullie zachtjes doen, mogen jullie om de beurt wel even gaan kijken.’

De arts hield de deur open voor mammie en sloot hem meteen weer om te voorkomen dat wij meeglipten. Daarna mocht Vera naar binnen. Mammie schudde hevig haar hoofd. ‘Hoe kan hij toch zo ziek zijn?’ Onbedaarlijk snikkend viel ze prompt de arts om de hals. De man liet het stijf en emotieloos toe, alsof dit nou eenmaal het onplezierige deel was van zijn werk.

‘Zo gek, je ziet er niks van,’ zei Vera toen ze de kamer uit kwam.

Ik keek met bewondering naar de manier waarop ze haar verdriet onder controle hield. Nu was ik aan de beurt. In de witte kamer rook het vies; een combinatie van petehbonen en jodium. Ik trok de hakjes uit, die me blaren op mijn hielen hadden gegeven, en liep op blote voeten naar het bed waarin Fred op zijn rug lag. De lamp die op het nachtkastje stond legde een warme gloed over zijn gezicht. Je zag er inderdaad niks van, van die mandarijn in zijn hoofd. De snor die hij altijd zo goed verzorgde prijkte fier omhoog. Zijn weerbarstige wenkbrauwen hadden moeten worden bijgeknipt. Ik streek ze voorzichtig plat, want hij zorgde er altijd voor dat hij er netjes bij liep. Toen mijn hand zijn huid raakte en ik zijn adem tegen mijn pols voelde, kreeg ik het toch weer te kwaad. 'Fred, niet doodgaan... Jij houdt ons bij elkaar... Zonder jou...'

Plotseling opende hij zijn ogen. Ik schrok me rot.

'Hé, aap,' zei hij en zijn stem kraakte. Daarna keek hij onderzoekend om zich heen. 'Waar zijn we nou?'

'In het ziekenhuis.'

'Dat is...' Hij liet een lange stilte vallen. 'Dat is goed.' Meteen sloot hij zijn ogen weer en sliep verder.

De volgende dag kwam John bij ons langs toen hij had gehoord over mijn overhaaste vertrek van het feest. Ik was nogal verbaasd om hem aan de voordeur te zien staan met een gele orchidee in zijn hand, want normaal gesproken kwam hij gewoon achterom. Ik had nauwelijks geslapen die nacht en was bovendien druk met mammie helpen. Ze zou de volgende dag al met Fred naar Batavia gaan voor de hersenoperatie en er moest nog van alles geregeld worden. Voor ik überhaupt kon zeggen dat het nu niet uitkwam, begon hij een omslachtig verhaal over de medische wetenschap: dat die inmiddels heel ver gevorderd was, dus dat het allemaal goed zou komen, ik zou me echt geen zorgen hoeven maken. Mijn reactie bestond uit een bot 'het komt nu niet uit'. Ik weet niet waarom ik zo afwijzend tegenover zijn aardige bezoek stond. Misschien omdat ik alleen mijn leukste zelf aan hem wilde laten zien, en die kon ik even niet oproepen. Plotseling voelde ik mammie in mijn rug; ze was komen kijken wie er aan de deur was. John gaf haar de orchidee en wenste haar veel sterkte. Mammie nam de tak met gele bloemen aan met een uitdrukking alsof ze nog nooit eerder zoiets had gezien. Ik was bang dat ze weer in huilen zou uitbarsten, wat sinds het slechte nieuws aan de lopende band gebeurde, maar ze keek op en zei enkel: 'Geel.' Daarna bedankte ze hem en duwde de deur voor zijn neus dicht.

5

De operatie van Fred was gelukt. Maar wat betekende 'gelukt' als het vierkante stuk schedel van vijf bij vijf centimeter dat ze uit zijn hoofd hadden gezaagd niet meer paste? Het zou aan de lengte van de operatie hebben gelegen, waardoor er een zwelling was ontstaan en het zogenaamde 'botluik' niet meer teruggeplaatst kon worden. Dat scheen vaker voor te komen, dus mijn moeder moest zich daar volgens de hersenchirurg vooral geen zorgen over maken. Ze hadden het vierkant een paar dagen in de ijskast bewaard, tot de zwelling wat geslonken was, en toen hebben ze opnieuw geprobeerd het ontbrekende stukje erin te passen. Maar toen herkende zijn hersenpan zijn eigen bot niet meer en stootte het na een paar dagen af. Vervolgens had de neuroloog Fred en mammie naar huis gestuurd, met de plechtige belofte te gaan puzzelen op een oplossing. Ik vond dat een wrange woordspeling, maar het kon zijn dat het niet zijn letterlijke uitleg was, maar de onhandige woordkeuze van mammie.

John was me komen halen. Hij wilde me wat belangrijks zeggen. We wandelden aan de schaduwzijde van de onverharde weg en vooralsnog zeiden we niet veel tegen elkaar. De dag was al op zijn retour, maar toch was de lucht nog zinderend warm. Een kadaver dat langs de weg lag om opgehaald te worden, was al van ver te ruiken. Er werden vaker dode dieren langs de weg gelegd en ook al wilde ik nooit kijken, toch keek ik altijd. 'Kom.' John trok me mee naar de overkant van het pad, maar dat kon niet verhinderen dat ik zag dat het een hond was, waar honderden vliegen op af waren gekomen. Geen goed moment om me verkering te vragen, schoot het door mijn hoofd. Ik dacht dat John daarvoor gekomen was. In de paar weken die waren verstreken sinds de fuif was hij elke dag langsgekomen om te informeren naar Fred. Op schooldagen kwam hij altijd naast mij zitten op het bankje van de opelet, en dan voelde ik dat zijn been de hele rit naar het lyceum het mijne raakte. Toch deden we of er niks veranderd was. We waren buurjongen en buurmeisje, meer niet. Mijn keel voelde droog en nu scheen de laaghangende zon ook nog recht in mijn gezicht. De hand van John, die mijn bovenarm nog steeds vasthield, gleed langs mijn onderarm naar mijn hand. Zo wandelden we even door, tot ik het niet meer langer uithield. 'John, wat wilde je zeggen?' Ik maakte mijn zweterige hand van hem los.

Hij draaide zich naar me toe en in plaats van de vraag te stellen waar ik al een tijd op hoopte, zei hij: 'Ik heb me aangemeld bij het KNIL. Volgende week mag ik langskomen op de kazerne en word ik gekeurd.'

'Bij het KNIL?' reageerde ik stomverbaasd. 'Je hebt bijna je gymnasiumdiploma!'

'Ik kan me er niet meer toe zetten. Er lijken de laatste tijd zoveel dingen belangrijker dan Franse woordjes leren, of de Stelling van Pythagoras.'

'Dat snap ik wel, maar dat is toch eeuwig zonde?'

'Niet als ik me nuttig kan maken in het leger.'

Het was of alle energie ineens uit me ontsnapte. 'Kan ik nog iets doen om je om te praten?'

'Ik vrees van niet, lieve Rosa.' Hij keek me medelijdend aan, alsof hij mijn reactie al verwacht had.

'Nou, dat wordt dan duimen dat er iets aan je mankeert,' mompelde ik sip.

'Dan moet ik je teleurstellen,' zei John. 'Ik ben zo fit als een tijger.'

'De uitdrukking is: zo fit als een hoentje,' corrigeerde ik.

John moest lachen. 'Toch ben ik liever zo fit als een tijger.'

Terwijl hij me nadrukkelijk in mijn ogen keek, probeerde ik niet de straaltjes zweet te zien die aan weerszijden vanuit zijn bruine krullen over zijn slapen naar beneden liepen. De linkerdruppel lag net wat voor op de rechterdruppel.

'Word dan topsporter in plaats van militair,' zei ik in een laatste poging om hem van zijn plan af te brengen.

John ging er niet op in. Hij pakte mijn kin beet en kwam met zijn gezicht dichterbij. 'Of vind je me soms niet meer aantrekkelijk als soldaat?'

Ik duwde zijn hand weg. Niet alleen zijn voornemen irriteerde me, maar ook zijn zelfingenomenheid. 'Wat is het nut van bij het leger gaan als er geen oorlog is?'

'Rosa, kom op! We weten nu toch hoe snel iets kan gaan als een land zich niet kan verdedigen?' We hadden het vaak met vrienden onder elkaar over de toegenomen spanningen en over de dreigende taal waarmee Japan uithaalde naar onze kolonie. 'Azië voor de Aziaten' was hun credo, waarmee ze de lokale bevolking tegen ons Europeanen probeerden op te zetten. Maar je wierp niet zomaar driehonderd jaar overheersing omver met een loze belofte op een beter leven. Iedereen wist dat het Japan enkel te doen was om onze grondstoffen, en dat hun retoriek even leugenachtig als bespottelijk was.

'Misschien vind je me onnozel,' zei ik. 'Maar ik geloof gewoon niet in oorlog.'

'Ook niet als het gaat om het verdedigen van ons land?' John trok zijn rechterwenkbrauw op, waardoor de zweetdruppel aan die kant ineens twee centimeter naar beneden zakte.

'Natuurlijk moeten we onszelf kunnen verweren. Maar laat dat over aan de vechtersbazen, de jongens die vooraan staan als er ergens gemat wordt, de bullebakken van deze wereld,' pleitte ik vurig. 'We kunnen toch niet zulke leuke jongens als jij verliezen aan het leger?'

'Wat voor jongens als ik?' herhaalde hij met geamuseerde glimlach.

Ik wendde me van hem af en beende weg. Zelfingenomen en ook nog dom.

John kwam op een drafje om me heen gelopen en versperde me de weg.

'Hé, Rosa, ik ben geen vechtersbaas, maar er zijn ook genoeg andere functies te vervullen. Ik wil piloot worden. Hou je van vliegen?'

'Ik heb het pas één keer gedaan,' zei ik met neergeslagen ogen. 'Was wel leuk.' Ik voelde dat zijn handen mijn schouders beetpakten om me te dwingen hem aan te kijken.

'Rosa, zou je een vriendje als vliegenier wel zien zitten?'

Nu richtte ik mijn blik weer naar hem op. Zijn ogen stonden verwachtingsvol. 'Misschien...' zei ik zacht.

Om zijn mond verscheen een zachte glimlach. Daarna leek het vanzelf te gaan. Zijn gezicht verloor zijn contouren toen het langzaam dichterbij kwam. Ik raakte bevangen door het mosgroen van zijn ogen. Ik had nog kunnen weigeren, maar dat deed ik niet. Langzaam landden zijn lippen op de mijne en sloot ik mijn ogen. Ik voelde dat zijn mond openging en zijn tong me raakte, ik liet hem leiden. Het was nat en gek, en een beetje vies. Maar toch ook fijn... Het was mijn eerste echte kus.

In gedachten verzonken over wat er net gebeurd was, liep ik ons erf op. Pas toen ik vlak voor haar stond zag ik Sonja op het bankje naast onze voordeur zitten. 'Wat doe jij hier nou?' flapte ik eruit. Mijn hoofd was niet in staat zo snel te schakelen, anders had ik wel andere woorden gebruikt.

Sonja ging rechtop staan. 'Ik heb met Rudi gesproken.'

'Als hij je heeft gestuurd, dan hoeft het niet voor mij, hoor.'

'Nee, nee,' zei ze verdedigend en met grote ogen. 'Ik wilde zelf komen.' Met haar smalle hand streek ze kort over haar gezicht, alsof ze zichzelf aaide. 'Het spijt me. Ik had niet zo boos moeten worden. Maar...'

'Laat maar. Ik begrijp het, en het spijt míj juist,' zei ik, en ik meende het.

Op haar gezicht verscheen een glimlach van oor tot oor. Ik kon niet anders dan met haar meegrijnzen.

III

Kookpot op je hoofd

Tjioemboeloeit en Bandoeng
december 1941 – november 1942

1

Het was zeven uur 's avonds, we hadden net gegeten en ik was geconcentreerd mijn wiskundehuiswerk aan het maken op mijn kamer. Plotseling ging het volume van de radio omhoog. 'Fred, kan het wat zachter?' reageerde mammie fel.

'Stil nou, mens!' schreeuwde Fred terug. De klanken van het Wilhelmus schalden uit het toestel. Gealarmeerd stond ik op en ging de woonkamer in. William en Vera kwamen ook net uit hun kamers gelopen. De orkestklanken stierven weg. 'Door de onverhoedse aanvallen op Amerikaans en Brits gebied heeft het Japanse keizerrijk bewust gekozen voor een beleid van geweld,' klonk de stem van gouverneur-generaal Tjarda van Starkenborgh Stachouwer.

'Welke aanval?' vroeg ik.

'Mond dicht, Rosa!' snauwde Fred. We hadden ons nu allemaal om de radio verzameld: mammie, Vera, William, Fred en ik.

'Deze aanvallen, die welhaast aan waanzin doen denken, beogen de vestiging van een Japanse heerschappij over heel Oost- en Zuidoost-Azië. Medeburgers, mannen en vrouwen van welk ras of geloof gij zijt, ik roep u tot vervulling van een harde maar verheven plicht jegens koningin en koninkrijk, de Indische gemeenschap en uzelve. De plicht van een onderdaan in oorlogstijd...'

Oorlog? Had Nederland Japan de oorlog verklaard? Ik kon het haast niet geloven, na alle grappen die we over de Japanners hadden gemaakt. Hadden die schertsfiguren nu daadwerkelijk de Britten en Amerikanen aangevallen? Betekende dit dat wij ze onderschat hadden, of dat zij zichzelf óverschat hadden? Ik probeerde iemands blik te vangen, maar ze staarden als bevroren naar het radiotoestel.

Toen de toespraak was afgelopen, draaide Fred de radio uit. 'Zo, dat is dat,' zei hij. 'Nu zullen onze jongens van het KNIL aan de bak moeten om dit land te verdedigen.' Ik dacht aan wat ik op school had geleerd: de kustlijn van Nederlands-Indië is net zo lang als de omtrek van de hele wereld. Hoe kon je die beschermen?

Ik ging dichter bij mammie staan en wilde haar vasthouden, maar ze trok verschrikt haar arm weg. 'Rosa, wat doe je?'

'Niks.'

'Vuile jappen, laat ze allemaal verrekken,' mompelde mijn broertje in het Hoogduits. Niemand van ons reageerde op zijn commentaar. Doorgaans reageerden mensen niet op mijn broertje, alsof hij er tegelijkertijd wel en ook niet was.

'Waren jullie niet bezig met huiswerk?' vroeg mammie op een toon of het een gewone dag was.

'Ik ga niet meer naar school!' schreeuwde William.

'O, zeker wel, jongeman.' Fred keek hem streng aan. 'We mogen ons niet laten kisten!'

Ik vroeg me af wat school daarmee te maken had. Aan het gezicht van mijn broertje kon ik zien dat hij zich hetzelfde afvroeg.

Ida, onze kokkie, kwam zoals altijd blootvoets en onhoorbaar uit de keuken gelopen. Op haar arm had ze Greta, die haar handjes uitstak zodra ze mij zag. 'Losa, spelen!' Ze kon mijn naam nog niet uitspreken. Ik nam mijn kleine zusje over en zag dat Ida haar natte wangen met een doekje droogdepte. 'Ik vind het zo erg,' lispelde ze. 'Oorlog is nooit goed.'

De volgende dag begon school met een lange toespraak van het schoolhoofd. Zichtbaar aangedaan deelde hij ons mee dat Japanse troepen eerst Malakka – een schiereiland op Brits grondgebied – hadden aangevallen. Nog geen uur later volgde een veel grotere aanval op de Amerikaanse basis Pearl Harbor, dat op Hawaï lag, in de Stille Oceaan. Bij deze verrassingsaanval waren een groot deel van de marinevloot en bijna alle vliegtuigen die aan de grond stonden vernietigd. Hoeveel slachtoffers er gevallen waren was nog niet duidelijk, maar het zouden er zeker tientallen zijn, of misschien zelfs honderden. Er ging een zucht van ontzetting door de grote aula van het lyceum. 'Nederland heeft vrijwel direct de oorlog aan Japan verklaard, waarna

Amerika en Groot-Brittannië een paar uur later volgden,' deelde de directeur ons mee. Alsof wij Nederlanders het moedigst zouden zijn in dit rijtje.

Vervolgens herhaalde hij een paar keer dat we kalm en vol goede moed moesten blijven. Hij hamerde op onze plichten, waarbij hij zijn kin steeds een stukje hoger tilde en zijn geëxalteerde stem een paar keer vals oversloeg. Zijn optimisme kon echter niet voorkomen dat meerdere leerlingen huilden. Het waren vooral de oudere meisjes, wier vriendjes bij het leger of de vloot zaten. Ineens realiseerde ik me dat ik feitelijk een van hen was. Hoewel John en ik nog maar net verkering hadden, kon dit ook voor ons een afscheid voor onbepaalde tijd betekenen. Ik besloot om meteen naar hem toe te gaan en zigzagde tussen de druk pratende leerlingen door. In de gangen en op de binnenplaats heerste al net zo'n opgewonden stemming. Het leek wel of de jongens twee keer zoveel volume gebruikten als normaal, met boosheid, verhit enthousiasme en luid gelach. Eindelijk gebeurde er iets wat normaal alleen in geschiedenisboeken stond, waar bioscoopfilms en romans over vertelden. Bij de uitgang liep ik Sonja tegen het lijf. 'Hé, gaat het?' Kennelijk zag ze de schrik op mijn gezicht.

'Ik... John heeft zich net aangemeld bij het leger.'

'O nee, wat erg!' Ze schudde haar hoofd. 'Ik had je dit wel kunnen vertellen.'

Haar opmerking deed me uit mijn slof schieten. 'Als zelfs de Amerikanen van niks wisten, hoe had jij dit dan kunnen weten?' Mijn stem klonk hoog en schril.

Ze legde sussend haar hand op mijn schouder. 'Je weet toch dat mijn vader voor de BPM werkt?' De Bataafse Petroleum Maatschappij. 'Hij zei dat Japan nog maar voor een jaar of twee olie heeft.'

'Waarom verkopen wij dan niet wat olie aan Japan?' vroeg ik haar.

'Omdat die jappen doen alsof ze een beter Azië willen, maar ze willen simpelweg meer olie en metaal, en daarvoor moeten ze dus meer grondgebieden veroveren. En dat pikt Amerika natuurlijk niet. Net zomin als de Britten en de Hollanders,' antwoordde Sonja.

'Dat snap ik allemaal wel,' zei ik geagiteerd, alsof zij deze hele situatie had veroorzaakt. 'Maar nu hebben we ze in het nauw gedreven.' Ik moest denken aan de woorden van onze kokkie: oorlog is nooit goed.

'Soms moet je principieel zijn, Rosa.' Haar stem klonk vastberaden. 'Trouwens, ze zijn met veel minder dan wij.'

Ik bleef de discussie opstoken. 'Dat is precies wat ik niet begrijp. Hoe kan het dat Japan het durft op te nemen tegen zulke grote landen? Daar zijn ze toch helemaal niet toe in staat, of mis ik iets?'

Voordat Sonja kon reageren, sprak mijn biologiedocent mij aan. 'Hé Rosa, wat goed dat ik je tref. Ik kom afscheid nemen.'

'Afscheid? Waarom?'

'Ik moet me melden bij de kazerne. Het ziet ernaar uit dat het KNIL zelfs oude veteranen zoals ik wil inzetten.' Hij snoof afkeurend.

'Wat erg, meneer. Ik zal uw lessen missen.' Ik had medelijden met de man, die zo vurig over de flora en fauna van de tropen kon praten. Hij was degene die elke week wel een keer tegen mij zei dat ik na het lyceum beslist naar Wageningen moest gaan om te gaan studeren, waarna ik hem steevast antwoordde: 'Als Wageningen hierheen komt, doe ik het meteen, meneer.'

'Niet alleen biologie valt uit,' zei de docent gelaten. 'De meeste lessen zullen niet meer doorgaan.'

Mijn blik schoot naar Sonja. 'Dat heeft de directeur ons niet verteld.'

'Slecht nieuws moet je in fasen brengen,' zei mijn docent. 'Net zoals je een plant niet meteen alle stekken kunt ontnemen.'

Vanuit de betjak die me naar Tjioemboeloeit reed, zag ik verscheidene mannen in witte matrozenuniformen met donkerblauwe kragen. Sommigen liepen innig gearmd met hun geliefde, anderen hadden een of twee kinderen aan de hand. Voor het station zag ik een vader die zijn kinderen overlaadde met kusjes, zijn vrouw stond er hartverscheurend bij te huilen. Op de steile weg omhoog naar onze wijk passeerden we een jongen in legeruniform die moederziel alleen naar beneden wandelde. Ik herkende hem vaag uit het zwembad. Onwillekeurig stak ik mijn hand naar hem op. Met een triest gelaat zwaaide hij terug.

Ik liet me afzetten voor het huis van de buren. Johns moeder depte haar wangen droog met een zakdoek, terwijl ze met haar andere hand de deur voor me openhield. 'Is hij al weg?' vroeg ik verschrikt.

Ze schudde haar hoofd. 'Nog niet, maar dat zal niet lang meer duren.' Met haar volle lijf ging ze me traag voor naar de zitkamer, waar ze op de bank neerzeeg. 'Hij is mijn enige zoon, Rosa. Ik wil niet mijn enige zoon kwijtraken aan een oorlog waar hij niks mee van doen heeft. Helemaal niks.' Ze ging met de zakdoek over haar ogen, die meteen weer volliepen. 'Ik lag er al weken van wakker, maar nu doe ik helemaal geen oog meer dicht.'

'Kan hij niet alsnog weigeren? Hij zou kunnen zeggen dat hij last heeft van astma of zo.'

Ze trok haar wenkbrauwen op. 'Dan ken jij John nog niet, kind. Die zou dat nooit doen, dat is zijn eer te na. Daarbij: hij is juist opgetogen omdat hij kan gaan vliegen.'

'O? Ik wist nog niet dat dat gelukt was.' Ik voelde me oenig, omdat John me dat nog niet zelf verteld had.

'Die jongen heeft zelfs moeite met fietsen, laat staan dat hij een vliegtuig kan besturen,' praatte ze door. Het was inderdaad zo dat John niet de beste motoriek van de wereld had. Toen we laatst gingen dansen, waren we de hele tijd tegen andere stellen op gebotst. Ik had er de slappe lach van gekregen.

'Wilt u hem vragen of hij me komt opzoeken zodra hij thuis is?'

Ik hoorde een stem uit de gang komen. 'Niet nodig! Ik ben er al.' Johns gezicht, dat om de hoek tevoorschijn kwam, straalde een en al vrolijkheid uit.

'Ze weet het al.' De woorden van mevrouw Coenen klonken futloos, als de laatste lucht die uit een ballon ontsnapte.

'Wat? Mam, ík zou het haar vertellen.' Hij zuchtte geërgerd en keek toen weer opgewonden naar mij. 'Wat vind je ervan dat ik piloot word?' Hij strekte zijn beide armen uit om zijn vraag kracht bij te zetten. Maar het zag eruit alsof hij een vliegtuig uitbeeldde.

In onze gang zag ik een brief liggen op de stapel post met mijn naam erop. Ik herkende meteen het handschrift van mijn vader en scheurde de envelop open.

Lieve Rosa,

Wat ontzettend jammer dat je niet bij onze bruiloft kon zijn. Ik begreep dat mammie jullie niet wilde laten gaan vanwege school. Maar ik vond het jammer dat jullie ook helemaal niet meer hebben gereageerd op onze uitnodiging. Nou ja, Janneke en ik hebben het toch erg leuk gehad. Ik hoop dat het beter gaat met Fred en de tumor in zijn hoofd. Verder hoop ik dat we elkaar weer heel snel zien.

Liefs, je vader

Ik wilde op hoge poten naar mammie gaan, maar ik botste tegen een opgetogen Fred aan, die daar in een legeruniform stond. Op zijn hoofd droeg hij een pet, die zijn litteken bedekte. 'Hoe staat het me?'

'Wel goed,' zei ik. Even vergat ik mijn boosheid. 'Weet je zeker dat je gezond genoeg bent om je bij het leger te melden?'

Fred rolde met zijn ogen. 'Begin jij nu ook al? Je moeder zit de hele dag tegen me te mekkeren dat ik niet in staat zou zijn om te vechten, maar ik word juist ziek van het niks doen. Geef me een taak en verantwoordelijkheid en ik zal weer beter worden. Dat is de crux.'

Misschien had hij gelijk; zijn spraak leek in elk geval helemaal terug. Hij liep nog wel scheef, maar dat zou volgens de artsen ook beter moeten gaan door te oefenen. 'Er zit nog een heleboel leven in me, en dat ga ik bewijzen ook.'

'Gefeliciteerd dan maar,' zei ik.

Achter Fred zag ik mammie binnenkomen. 'Je bent het toch niet aan het aanwakkeren, hoop ik, die idiote plannen van hem? Dat is toch een bezopen idee! Of niet dan?'

Ik wist niet wat ik moest antwoorden. Fred en mammie keken me beiden verwachtingsvol aan, alsof ik met een oplossing voor hun meningsverschil moest komen. Alsof ik de jury was in een conflict dat in een patstelling was geraakt. 'Geen idee,' zei ik. 'Jullie zijn de volwassenen.'

'Ze heeft gelijk,' antwoordde Fred. 'Ik ga, en Mina...' Hij keek mammie ingespannen aan. 'Liever een man die sterft in de strijd dan eentje die wegkwijnt op de bank.' Daarna pakte hij een leren dienst-tas – geen idee wat hij daarin nog had bewaard – en liep de deur uit.

'Fred, alsjeblieft...' Mammie ging hem achterna. Ik telde de seconden tot ze terug zou komen. Bij negen stormde ze weer naar binnen. Kwaad keek ze me aan. 'Heb je nou je zin?'

In mijn slaapkamer ging de deur krakend open. Het was Vera. 'Hé, Rosa. Han moet vanaf nu op de kazerne slapen. Ik hoorde dat John zich ook heeft gemeld.'

'Ja, maar zijn vliegopleiding is nog niet begonnen.' Ik staarde naar mijn zus, wier witte nachthemd oplichtte in het schemerdonker. 'Wil je bij mij komen liggen?' vroeg ik, niet zeker wetend hoe ze zou reageren.

'Nee, ik wilde even...' Ze praatte niet verder, maar begon onverwacht te snikken.

Ik stond meteen op uit bed om haar te troosten. 'Hé, ben je zo bang om Han te verliezen?'

Het duurde even voor ze zichzelf herpakt had en verder kon praten. 'Het is alles bij elkaar... De oorlog zo plotseling, Fred die ziek is, mammie die het niet aankan...'

Ik trok haar mee naar mijn bed. 'Kom maar liggen, Veer.' Ze liet zich langzaam achterover zakken. Ik begon de vlecht die Vera dag en nacht droeg los te knopen. Ik maakte mijn ingevlochten haren 's nachts altijd los, dat voelde fijner. 'Fred wordt weer beter, dat weet ik zeker. En de oorlog is ook zo afgelopen. Wij zijn met veel meer.'

'Denk je?' vroeg ze zwak.

'Dat is een feit.'

In mijn armen werd ze langzaam weer rustig. Ik moest denken aan toen we als meisjes van acht en tien zonder onze moeder en vader weg werden gestuurd om bij tante Liesbeth te gaan wonen. Vaak was mijn zus bij mij in bed gekropen wanneer ze me had horen huilen. Nu leken de rollen voor het eerst omgedraaid en kon ik haar troosten. Zwijgend lagen we op onze rug, ik met mijn arm onder haar nek en zij met haar wang op mijn schouder. Ik rook de zoete parfum die ze van haar vriendje voor haar verjaardag had gekregen en die ze sindsdien elke dag opspoot, ik rook haar haren en haar zweetlucht. Haar hand, die losjes op mijn buik lag, bewoog op en neer met mijn ademhaling. Hoe stiller het werd in de slaapkamer, hoe luider de natuurgeluiden buiten leken te worden: krekels, vogels, ruisende bomen, blaffende honden en een enkele schreeuwende aap.

'Wist jij dat vader ging trouwen?' fluisterde ik.

Vera reageerde niet. Ik vermoedde dat ze in slaap gevallen was.

'Ik hoorde het toen ze al getrouwd waren,' antwoordde ze toen met enige vetraging.

'Dat is toch niet normaal, Veer?' Ik kwam een stukje overeind, waarbij haar hoofd van mijn schouder gleed.

'Ach, wat is normaal? Zo schijnt het vaker te gaan met gescheiden ouders. Er is altijd wel iets waar ze elkaar op proberen terug te pakken.'

'Vind jij het dan niet erg dat je niet bij hun trouwerij was?'

'Ik zie vader bijna nooit,' antwoordde ze mat. 'Hij voelt allang niet meer als een vader.'

'Maar dat is niet zíjn keuze.' Ik keek haar aan. 'Híj wilde nooit scheiden. Zeker niet van ons.'

Mijn zus leek het onderwerp allang zat te zijn. 'Ik ga slapen, ik ben moe.' Ze maakte zich van me los en liep zonder nog iets te zeggen de slaapkamer uit.

Ik vroeg me af of ik iets verkeerds had gezegd.

2

De lokale krant schreef: 'Stadsgemeente Bandoeng! Kom, stroop je mouwen op, vooruit en toon je knuisten, zeg dat tennissen maar af en stop een *klewang* in je vuisten. Stel dat *dansi dansi* uit, weg met die flanellen broek, maar grijp een goede spuit in plaats van thee met koek. Het gaat om eer en recht en vrijheid en geweten, als wij in het gevecht straks onze krachten meten. Zijt gij dan ook paraat en degelijk getraind of slechts een papsoldaat, een knulletje dat weent? Als hier het vreemd gespuis ook zijn bevelen brult, ben je geen baas in huis en is het je eigen schuld. Ga naar het VOC en versterk daar het gelid, want daar bewijs je mee dat er nog pit in zit.'

Iedereen maakte zich op om te gaan vechten, al was John nog steeds niet aan zijn opleiding tot vliegenier begonnen. Ik was blij toe. Toen we vorige week een eind gingen rijden met wat vrienden in de open auto van zijn vader, had hij op het gaspedaal getrapt in plaats van op de rem, waardoor hij een rij verkeerskegels omver had gereden. We waren ons allemaal kapotgeschrokken. Later had hij doodleuk gedaan of het een grapje was, maar daar was ik niet in getrapt. Die jongen had geen gevoel voor afstand. Ik had gevraagd of hij misschien een bril nodig had, maar daarop had hij me arrogant aangekeken. Zijn ogen waren net getest voor zijn opleiding en daarvoor had hij bijna een tien gescoord.

Aan het begin van de oorlog had John zijn dagen gesleten met loopgraven uitscheppen aan de rand van de stad, vlak bij onze school. Ik was er een keer op de fiets langs gereden met vriendinnen om te kijken, maar John groette me nauwelijks en deed heel stoer tegenover zijn maten, waarna ik me maar weer snel had omgedraaid. Nu die verdedigingsgreppels diep genoeg waren, was hij overgeplaatst, waardoor we elkaar alleen nog maar tijdens verlofdagen konden zien. Vandaag was zo'n dag. We waren samen de stad in geweest en ik had een roze pyjama met bloemetjes van hem gekregen. Hij had zacht in mijn oor gefluisterd dat hij hoopte om ooit naast mij in die pyjama wakker te worden. Hoewel ik een aangename kriebel in mijn buik voelde, vond ik het een behoorlijk vrijpostige opmerking en zei dat we dan echt eerst zouden moeten gaan trouwen. 'Wacht maar,' zei hij, 'wanneer we deze oorlog hebben gewonnen, dan ga ik voor jou op mijn knieën.'

Mammie had gevraagd of John niet eens wilde komen eten bij ons thuis. Ik zag dat niet zitten vanwege Fred, die zich steeds vreemder gedroeg. Dat zal ook precies de reden zijn geweest waarom zij juist wél wilde dat John langskwam. Waarschijnlijk had ze behoefte om weer eens een normaal gesprek met iemand te voeren. Vera at vaak bij Han, en William logeerde sinds de vele ziekenhuisbezoeken in Batavia meestal bij een vriendje. Ik had oprecht met mammie te doen en stemde in met het etentje. Pas aan tafel bleek dat ze het helemaal niet met Fred had overlegd. 'Er zit hier al een militair aan tafel, Boy!' klaagde hij. Het eten droop aan één kant uit zijn mond.

'Hij heet John, Fred.'

'Maar John is toch ook een boy?' De scheve grijns op zijn gezicht maakte hem nog afschrikwekkender. In de laatste weken was de tumor in zijn hoofd weer gaan groeien. Met een snelheid die bijna waarneembaar was met het blote oog vond het ding de weg van de minste weerstand. Het was begonnen met een flauwe bult, die via een steeds groter wordende uitstulping inmiddels was getransformeerd tot een soort bloemkool die uit zijn hoofd groeide.

Het zag er heel onaangenaam uit, maar hoezeer ik ook mijn best deed om er niet naar te kijken, mijn blik werd er steeds weer naartoe getrokken.

'In een kippenren past ook maar één haan. Snap je wel, Boy?' Fred gebruikte wéér de verkeerde naam.

'Begrijp ik helemaal, meneer Van Gent.'

'Dat is mooi, Boy. Mooi.' Hij kakelde er nog wat achteraan, als een kip zonder kop. Ik geneerde me dood, maar gelukkig greep mammie in. Ze nam het woord en zorgde ervoor dat er geen enkele stilte meer viel waarin Fred eventueel zou kunnen inbreken. Doorlopend stelde ze vragen aan John, hoewel ze zeker de helft van de antwoorden al kende.

Na afloop wandelde ik met John door de avondlucht, die nog vochtig was van de kortstondige bui die even daarvoor was gevallen. Insecten leken feestjes te vieren onder de straatlantaarns. Wanneer we in de buurt kwamen, sloeg ik ze wild weg. Tot John me lachend bij mijn armen pakte en zei: 'Ze steken het minst als je gewoon doorloopt.'

Ik was er niet van overtuigd, maar ik kon niets meer doen. Hij had mijn polsen zo stevig vast dat het voelde alsof ik handboeien omhad.

'Rosa,' zei hij toen ernstig. 'Ik verwacht dat ik binnen een paar dagen moet vertrekken. Zou ik een foto van je mogen meenemen?'

'Een foto?' vroeg ik, alsof dat iets was waar ik nooit van had gehoord. 'Natuurlijk mag dat. Alleen als ik ook een foto van jou krijg.'

'Ja, ik heb er toevallig een bij me,' zei hij en hij greep in zijn binnenzak van zijn groene uniformjasje.

'Ja hoor, toevallig.' Ik keek hem uitdagend aan.

Hij haalde nonchalant zijn schouders op. 'Of niet toevallig, maakt dat iets uit?' Plechtig overhandigde hij een kleine rechthoekige foto waarop hij lachend in de lens keek. Zijn krullen waren in een nette scheiding gekamd en het boord van zijn overhemd was net iets te ruim.

'Dank je wel,' zei ik zacht. 'Ik zal een mooie foto van mij zoeken.'

'Dat moet niet moeilijk zijn. Jij bent altijd mooi.' Zijn opmerking maakte me verlegen. Voorzichtig pakte hij mijn kin tussen zijn vingers en boog zich naar me toe. Ik merkte dat hij me met steeds meer passie zoende, terwijl zijn handen steeds verder omhoogschoven richting mijn borsten. Wanneer ik ze met zachte dwang weer omlaagduwde, gleden ze juist door naar beneden, naar mijn billen.

'Ik moet terug, anders krijg ik gedoe,' zei ik tegen John om mijn ongemakkelijkheid te verbergen.

'Wacht, ik wil je nog iets vragen.' Hij frummelde nerveus aan een pluk van mijn haar, dat ik voor de gelegenheid los droeg en met een klemmetje aan één kant had vastgezet. 'Kan ik je wel vertrouwen met de nog loslopende jongens hier, wanneer ik in het buitenland zit?'

Ik proestte het uit. 'Waarom denk je van niet? Ik heb toch verkering met jou.'

John lachte niet. 'Jij hebt soms niet door hoe jongens naar je kijken. En omdat jij altijd zo spontaan bent, zouden sommigen zomaar kunnen denken dat je...'

'Daar ben ik altijd nog zelf bij, hoor!' Ik merkte dat het me trots maakte dat hij bang was dat een ander me wegkaapte.

'Beloof je me dat?'

'Alleen als jij me dat ook belooft.'

Mammie zat een sigaret te roken op de veranda en staarde naar de lichtjes van Lembang, een kleine stad die je in de verte kon zien liggen. 'John is echt een leuke knul geworden,' zei ze zonder naar me om te kijken. Ik meende spijt te horen in haar stem.

'Bedankt, mammie, dat je hem had uitgenodigd.'

Pas toen draaide ze zich naar me om. 'Wist jij eigenlijk dat je vader getrouwd is met die Janneke?'

'Het was vast niet zo'n mooie bruiloft als die van Fred en jou,' zei ik om haar gerust te stellen.

'Nee, dat denk ik ook niet.' Nog voor het einde van de zin had ze zich weer omgedraaid, waardoor haar woorden wegstierven. De bruiloft van mijn moeder en Fred was in Den Haag geweest, vlak nadat mammie aan ons had verteld dat zij en vader zouden gaan scheiden. Ik had bijna niemand gekend.

Ik liep naar binnen, waar Fred in zijn vaste stoel in de voorkamer zat, naast de radio. Met zijn legerplunje aan gedroeg hij zich als een soort verslaggever aan de grond. Enthousiast zette hij kruizen en pijlen op een landkaart en schreef verschillende hoofdletters op als een soort codetaal. Mammie beweerde dat hij maar wat deed, maar ik was daar niet zeker van. 'Wat betekent ABDAC?' vroeg ik, meekijkend over zijn schouder. Hij keek me aan alsof ik dom was en met moeite sprak hij uit: 'American-British-Dutch-Australian Command!'

'En die J staat die voor Japan?'

Fred knikte geestdriftig. Het viel me opeens op hoe ongelofelijk veel J's hij op de kaart had gezet: Malaka, Birma, Celebes, Borneo, Ambon, Tibor.

'Dus Singapore is nu ook van de Japanners?'

Weer knikte Fred, waarna hij zijn aandacht verloor.

Ik ging weer naar buiten om aan mammie te vragen of het waar was dat Singapore gevallen was. Mismoedig schudde ze haar hoofd. 'Tuurlijk niet. Fred heeft zijn verstand verloren.'

Voor ik ging slapen deed ik een envelop in de bus van de buren met een foto van mezelf erin. De mooiste die ik had kunnen vinden.

De volgende dag hoorde ik op school dat Singapore daadwerkelijk gevallen was. Ik kon het nauwelijks geloven. Die immense havenstad, het centrum van de koloniale handel, waarvan altijd beweerd werd dat het een onneembare vesting was, was niet langer in handen van de Britten. Als dit kon gebeuren, klopten de voorspellingen over de uitkomst van deze oorlog dan überhaupt wel? Waren het KNIL, de marine en de luchtmacht wel echt goed genoeg voorbereid om de Japanse legers te kunnen tegenhouden? De meeste jongens en mannen die ik kende hadden nauwelijks voldoende training gehad om een wapen te kunnen vasthouden. Ineens bevloog me de angst dat John misschien al was opgeroepen. Ik rende de school uit en haastte me terug naar onze wijk.

'Waar is John?' bracht ik hijgend uit toen ik door de achterdeur kwam. Mevrouw Coenen keek me vol medelijden aan en zei: 'Kind toch...' Ze nam me in haar armen en drukte me tegen haar borst. Ik rook haar transpiratielucht en moest er onverwachts door huilen. 'Meisje toch, meisje,' zei ze troostend. 'Johnnie had nog afscheid van je willen nemen, maar jij was nog niet thuis en hij moest terug.'

Nadat mevrouw Coenen een glas ijskoude tjendol voor me had ingeschonken, vertelde ze me dat John was gebeld en dat hij zich binnen een uur bij de kazerne had moeten melden. 'Er was geen tijd te verliezen,' zei ze met een uitdrukking vol bezorgdheid. 'De vliegeniers moesten worden geëvacueerd naar Australië.'

'Maar moeten ze niet juist hier blijven om de jappen tegen te houden?'

'Zou je zeggen, hè, maar ik denk dat de luchtmacht opereert vanuit

Australië.' Zuchtend keek ze me aan. 'Kind, ik weet het ook allemaal niet. Het is niet te volgen. In elk geval moest ik tegen je zeggen dat hij jouw foto heeft meegenomen.' Over haar gezicht gleed een trieste glimlach. 'Dat is een hele eer, want van mij heeft hij geen foto op zak, hoor.'

Ik lepelde de laatste groene sliertjes uit mijn glas en stond op om haar te bedanken. 'Zullen we elkaar op de hoogte houden als we iets horen?'

'Dat lijkt me een uitstekende afspraak, Rosa.' Weer pakte ze me zo stevig beet dat ik in haar armen leek te verpulveren. 'Ik heb maar één zoon, maar nu heb ik gelukkig ook een dochter.'

3

Naar het zwembad of naar het lyceum gaan was er niet meer bij. De verslaggevers van de Nirom, de Nederlands-Indische Radio-Omroep, bleven maar zeggen dat er geen reden was tot paniek, maar het luchtalarm dat nu minstens twee keer per dag afging en soms uren aanhield, vertelde ons iets anders. Onze villa had geen schuilkelder. Dat het ook oorlog kon worden in Indië, daar had de architect geen rekening mee gehouden. De kebon had geholpen om van onze garage een schuilplek te maken, met bultzakken – de dunne matrassen van kapok – tegen de wanden en een versteviging van het dak. Om Fred snel naar de garageschuur te kunnen vervoeren zodra het luchtalarm afging, hadden we de wieltjes van de theetafel onder een rotanstoel bevestigd, zodat we hem er gemakkelijk heen konden rollen. Fred had sinds de eerste luchtaanvallen niet meer gesproken. Misschien had hij het opgegeven, of hadden de bommen de kortsluiting in zijn hoofd compleet gemaakt. De verzorging van Fred kwam nu voor een groot deel op mij terecht, aangezien mammie onze baboe en de djongos had ontslagen. Toen ik aan haar vroeg waarom ze dat had gedaan, zei ze dat ze om opslag hadden gevraagd, omdat het steeds gevaarlijker zou zijn om elke dag de tocht naar ons huis te maken. 'Daar trap ik mooi niet in!' had mammie zelfvoldaan gezegd. 'Ik vind wel nieuwe die me niet proberen af te persen.' Gelukkig woonde onze kokkie Ida nog bij ons en kwam de kebon om de dag. Omdat Vera er overdag ook niet was – ze had een baantje op de administratie van het wijkkantoor gevonden –, verwachtte mammie dat ik zowat alles deed.

Met alleen een handtas en een aktekoffer stonden vader en Janneke plotseling bij ons in huis. Mammie was net bezig om Fred eten te geven. Prompt liet ze hem met de slab onder zijn kin zitten om haar haar op te duwen en haar jurk recht te trekken. Daarna begroette ze haar ex-man en zijn nieuwe vrouw met overdreven egards. Palembang – de hoofdstad van Zuid-Sumatra – was gevallen, zo vertelde vader ons. Ze hadden ternauwernood weten te ontkomen, maar hadden daarbij al hun spullen moeten achterlaten. Terwijl hij over hun onverhoedse vlucht vanuit zijn kantoor vertelde, waar hij Janneke met een smoes heen had gelokt om geen paniek te veroorzaken, kon ik zien dat Janneke haar best deed om niet naar Fred en zijn mismaking te kijken. 'En het zijn niet alleen die jappen op Sumatra, hè, ook alle Duitsers die wij daarheen hebben geëvacueerd, hebben ze uit die kampen bevrijd. Die vechten nu aan hun kant mee,' vertelde vader driftig. 'Maar gelukkig zijn we nu veilig, hier.' Hij legde beschermend zijn arm om me heen, alsof ik niet inmiddels net zo lang was als hij. Toch was ik blij met zijn gebaar.

'Wat kan ik jullie aanbieden? Hebben jullie dorst, honger?' vroeg mammie op haar allercharmantst. 'Of willen jullie eerst het huis even zien?'

Fred keek mammie hulpeloos na toen ze als vrouw des huizes een kleine rondleiding ging geven door onze villa. Alsof het er nog iets toe deed in deze tijd dat je in een huis woonde dat ontworpen was door een beroemde – maar kortzichtige – architect. Ida probeerde Fred te helpen met de rest van zijn maaltijd. 'Vooruit, *tuan*, nog een hapje.' Kwaad sloeg hij de lepel uit haar handen. Onopvallend maakte ik me los van het gezelschap. Ik knikte naar Ida om aan te geven dat ze kon gaan en schoof naast Fred. Ik knoopte het servet van zijn nek, veegde zijn mond af en zette heel voorzichtig zijn pet op. Dankbaar keek hij me aan.

Met zijn drieën gingen ze in de achterkamer zitten. Het was lastig om vanaf mijn positie te volgen waar het gesprek over ging, maar uit de losse woorden die ik opving, maakte ik op dat vader meer wist over de oorlogssituatie. 'Opgeblazen… weinig weerstand… totaal onderschat… olievelden… brand… hun jarenlange voorbereiding.'

Ik stond op om te kunnen meeluisteren.

'Dat vonden wij ook zo schokkend, hè schat, dat veel inlanders stonden te juichen.'

'Ja, dat verwacht je niet,' beaamde Janneke. 'Het leek wel of de jappen hun bevrijders waren in plaats van hun vijand.'

'Wat kom je doen?' Mammie keek me strak aan.

'Ach, laat Rosa er toch bij zitten,' antwoordde vader. 'Ze is tenslotte geen kind meer.'

'Dat lijkt maar zo,' grapte moeder nu. Iedereen lachte. Daarna viel het even stil.

'Zeg, Mien, rare vraag misschien, maar zouden Janneke en ik wat kleding kunnen lenen? Al onze *barang* is nu ongetwijfeld verramsjt door de jap,' zei mijn vader toen.

Mammie ging niet in op de vraag naar kleren, maar bood spontaan aan om mijn fiets en die van William mee te nemen. Pas nu leek het vader op te vallen dat zijn zoon er niet was. Nog voor hij de vraag kon stellen zei moeder: 'Hij logeert bij een vriendje, ik kon hem er even niet bij hebben. En Vera werkt op het wijkkantoor,' voegde ze eraan toe.

'Ja dat wisten we al. We hebben haar al even opgezocht.' Hij gaf een liefdevol kneepje in de knie van Janneke, die daar met een innemende oogopslag op reageerde. Mijn blik schoot naar mammie. Die probeerde te blijven glimlachen, waardoor haar gezicht een verbeten grimas was. Soms vroeg ik me af of ze spijt had. Zij was degene die bij vader was weggegaan voor een betere optie, maar die betere optie bleek een kat in de zak te zijn. Ze dacht dat ze de hoofdprijs had gewonnen, maar kwam bedrogen uit. Fred droeg de tumor waarschijnlijk al mee in zijn hoofd op het moment dat ze verliefd op hem werd. Op hun trouwerij, toen ze beiden straalden van verliefdheid, moest die sluipmoordenaar al zo groot zijn geweest als een kwartelei. Zielig voor Fred; hij had mammie en ook ons zo graag gelukkig willen maken.

Na de theekrans vertrokken vader en Janneke, met een zak kleren die ik haastig voor ze had ingepakt. Ze konden logeren in het paviljoen bij de directeur van Verkeer en Waterstaat. Aan contacten had het mijn vader nooit ontbroken. Mammie riep ze na dat ze moesten uitkijken. 'Niet echt een knappe vrouw, die Janneke,' smiespelde ze toen we ze op de fiets de heuvel af zagen rijden. 'Of vind jij haar wel mooi?' Ze draaide zich naar mij voor een antwoord.

'Nee, niet echt,' zei ik om haar ter wille te zijn.

'Die kleren had je echt niet hoeven meegeven, hoor. Zij hebben geld genoeg.' Daarop volgde een harde kreet uit het huis. Ida kwam naar buiten gesneld. 'Fred is uit zijn stoel gevallen!'

'Hoe kan dat nou toch gebeuren?' riep mammie kwaad.

4

In de nacht werden we wakker van loeiende sirenes: het luchtalarm. Wankel van de slaap vluchtte ik mijn bed uit. Zoals we inmiddels gewend waren, ontfermden we ons eerst over Fred. Overdag, wanneer hij wakker was, werkte hij zelf mee. Nu moesten we een slapende man uit zijn bed tillen en in zijn geïmproviseerde rolstoel zetten. Zelfs met zijn vieren – Ida, mammie, Vera en ik – redden we het maar net. Toen Fred eenmaal in de rotanstoel zat, haastten we ons naar buiten.

We durfden geen lichten aan te steken en onzeker vervoerden we hem in het donker door het stukje tuin dat naar onze schuilplek liep. In de chaos van het gekmakende geloei uit de lucht duwden we hem per ongeluk zo hard naar binnen dat hij werd gelanceerd en plat op de stenen vloer terechtkwam. Kermend lag hij op het beton in de pikdonkere schuur. 'Doe wat! Help!' riep moeder. Maar niemand kon wat zien, tot Ida eindelijk de lichtknop had gevonden.

Zodra we hem weer rechtop hadden gekregen, zagen we dat het leed al was geschied. Zijn wond lag open en dikke strepen bloed liepen over zijn gezicht naar beneden. Ida veegde met haar sarong het bloed van Freds gezicht, terwijl ik kokhalzend het bloeden probeerde te stelpen door de wond dicht te drukken met mijn snel uitgetrokken pyjama, de nieuwe, die ik van John had gekregen. Ik zag dat het bloed in de stof trok, als inkt in vloeipapier, en zo langzaam het bloemetjespatroon uitwiste.

Ondertussen knalde het zo hard om onze oren dat het leek of de mitrailleur naast onze schamele schuilplaats stond. De bominslagen leken verder weg plaats te vinden, maar ook die werden steeds luider. In mijn hemdje en onderbroek voelde ik me nog kwetsbaarder voor wat er zich buiten afspeelde.

'Laten we gezamenlijk bidden,' zei mammie zacht. Met z'n zessen zaten we in een kring, met onze handen in elkaar gehaakt, en zeiden de gebeden van mammie na, terwijl buiten de wereld leek te vergaan. Ik keek naar mijn kleine familie. De angst in de ogen van mijn grote en mijn kleine zus, van mijn biddende moeder, de gewonde Fred en onze kleine kokkie deed me plotseling beseffen dat ik zelf ook doodsbang was. Even schoot het door mijn hoofd: gooi maar een bom op de schuur, dan zijn we overal van af. Maar die vluchtige gedachte verdween even snel als hij gekomen was toen het geknal afnam.

Mammie had zich herpakt en probeerde Freds gezicht schoon te maken. Het bloeden leek te zijn gestopt, maar hij zag er nog steeds gruwelijk uit, met een gezicht dat nu egaal rood kleurde door mammies wrijven, en een nachthemd dat eruitzag alsof hij een zwaargewonde soldaat was. Ida pakte de natte pyjama van me aan en gaf me een schone doek om mijn handen aan af te vegen. Ik keek dankbaar naar de vrouw die zoveel meer was geworden dan enkel onze hulp. Zoals ze repen van een dunne lap stof af trok en er Freds wond mee verbond, de vanzelfsprekendheid in haar doeltreffende handelingen, waarmee ze zich als een moeder over ons allemaal ontfermde, raakte me plotseling. 'Rosa, koud,' zei Greta, die bij me op schoot kroop.

'Kom maar, liefje,' zei ik.

Vera sloeg een deken om me heen, en ik besefte ineens dat mijn kleine zusje mij bedoelde: ík bibberde van de kou.

De volgende dag begroeven we net zoals veel mensen in de wijk al onze belangrijke spullen in de tuin. Mijn waardevolste bezit was een horloge dat ik net voor de oorlog voor tachtig gulden van mijn spaargeld had gekocht. Ik gaf het aan mammie, die het doosje met het horloge in een hutkoffer legde die vol zat met tafelzilver, kandelaars, fotolijsten en porselein.

'Moet William niet naar huis komen?' vroeg ik aan mijn drukdoende moeder, aangezien hij al weken bij een vriendje logeerde.

Ze keek me aan alsof ik iets heel raars zei en vroeg: 'Willen ze hem kwijt?'

'Dat weet ik niet, maar als we straks moeten vluchten, kunnen we hem misschien beter meenemen,' zei ik. 'Ik ga hem wel halen.' Zonder haar verdere commentaar af te wachten stond ik op.

'Neem wel de pan mee,' riep ze me na. Enkel een gummetje om op te bijten, zodat je trommelvliezen niet knapten bij een bominslag, was niet meer voldoende voor je veiligheid. Inmiddels liep iedereen door de wijk met een aluminium pan in zijn hand, om zijn of haar hoofd mee te beschermen. De bommenwerpers vormden nog altijd het grootste gevaar, maar het schieten vanuit de kleinere gevechtsvliegtuigen was beangstigender wanneer je over straat liep. Terwijl ze laag overvlogen schoten de jappen op alles wat bewoog; het leek een spel voor ze te zijn geworden. Waarschijnlijk gaven ze elkaar een high five als ze iemand geraakt hadden. Ik begreep niet waarom ze zo hun gang konden gaan. Waarom hielden onze vliegtuigen ze niet tegen? Door de afwezigheid van onze luchtmacht hadden de Japanners volledig vrij spel. Ik zou het aan John willen vragen, maar van hem had ik helemaal niks meer vernomen. Mevrouw Coenen had er afgetobd uitgezien toen ik vanochtend was langsgegaan om te kijken of zij en haar man de nacht goed waren doorgekomen. Haar normaal zo bolle wangen waren ingevallen geweest. Het had geleken of haar huid langzaam van haar gezicht aan het afdruipen was, als kaarsvet. Ook zij had niks meer van John gehoord.

Met een pan in mijn hand liep ik naar buiten, waar ik de kebon zag, die met een druppel zweet aan zijn neus in de bodem stond te spitten. Ik groette hem, waarop hij zijn *patjol* stilhield en rechtop ging staan. Eerder had ik mammie aan hem horen vragen of hij voortaan ook 's nachts kon blijven slapen, zodat we – indien nodig – meer mankracht hadden. De oude tuinman had 'nee' geschud, een antwoord waar mijn moeder geen genoegen mee had genomen. Toen ze was blijven aandringen, had hij beschroomd gemompeld dat zijn kinderen eigenlijk wilden dat hij niet langer voor ons zou werken. Hijzelf vond dat wij altijd goed voor hem waren geweest. Mammie had hem meteen opslag gegeven, waarna hij aarzelend had toegezegd. 'Njon, Rosa…' Twijfelend kwam ik dichterbij; hopelijk was hij niet op zijn beslissing teruggekomen. 'Rosa, de jap komt niet voor ons, dat weet je, hè,' zei de kebon. Hij stak zijn armen naar me uit en draaide zijn eeltige handpalmen naar boven. 'Deze handen hebben altijd voor jullie gewerkt.' Zijn verweerde gezicht keek me ingespannen aan. 'Maar onze kinderen gaan dat niet meer doen…' Het leek of hij midden in een zin was blijven steken. Toen er echt niks meer kwam zei ik: 'Dat komt vast wel hoor, als deze ellende is afgelopen.'

Hierop knikte onze kebon enkel. De trieste glimlach die op zijn gezicht gebeiteld leek te zijn, bezorgde me buikpijn.

'Rosa, wacht!' hoorde ik toen ik de weg op wilde gaan. Het was Vera, die op een drafje mijn kant op holde met twee pannen. 'Je bent een pan voor William vergeten.'

'O ja, stom. Dank je, Vera.' Ik nam de aluminium pan aan waarin Ida meestal haar rijst kookte. 'Waarom heb je er nóg een meegenomen?' Ik wees naar de wok in haar andere hand.

'Ik loop met je mee,' zei ze beslist en ze zette de wok op haar hoofd.

'Je loopt voor aap,' zei ik lachend.

'Ik loop liever voor aap dan dat ik voor lijk ga liggen.'

Daar had ze gelijk in. Ook ik zette de kookpot op mijn hoofd. Giechelend gingen we op pad, als twee acteurs in een klucht.

We waren halverwege toen het luchtalarm afging. Verdorie, niet nu! Met mijn hand op de pan, zodat hij niet van mijn hoofd kon glijden, speurde ik de lucht af. Aanvankelijk kon ik niks verdachts ontdekken, maar toen zag ik tot mijn grote schrik een heleboel donkere stippen aan de horizon, als een zwerm steekvliegen. Ze kwamen uit noordelijke richting gevlogen en werden zienderogen groter. 'Kom, hierheen!' Ik trok mijn zus een greppel in. In elkaar gedoken keken we van onder onze geïmproviseerde helmen naar de naderende moordmachines. Het was een eskader van ruim twintig Japanse bommenwerpers, die doelgericht in een grote v-vorm onze kant op vlogen. Als Bandoeng hun doelwit was, kon dit weleens het einde betekenen van onze mooie stad. Ook onze villawijk zouden ze zo kunnen meenemen in hun aanval. Met ingehouden adem, gespitst op elke zwart stipje dat onder de vliegtuigen zou kunnen verschijnen, volgden we ze met onze ogen. Pas toen de achterste twee bommenwerpers over ons heen waren gevlogen, konden we weer opgelucht ademhalen. Tjioemboeloeit was wellicht te dunbevolkt om hun zware explosieven aan te verspillen. Ik spuugde het stuk rubber uit en stopte het terug in mijn broekzak.

'Waar zijn onze vliegtuigen om ze te grazen te nemen?' mopperde mijn zus. 'John is toch piloot?'

Ik kaatste de bal terug en zei: 'Ja, en Han zit toch bij de landmacht? Waarom hoor ik geen afweergeschut?'

Ze gaf geen antwoord. Wat kon ze ook zeggen, wat wisten wij van de oorlogsstrategie die het KNIL uitvoerde? Ik kwam overeind.

'Zolang het luchtalarm gaat, kunnen we beter blijven liggen.'

Ik liep naar de kale kapokboom die een eindje verderop in het veld stond en klom omhoog.

'Wat doe je?' schreeuwde mijn zus boven de decibellen van het alarm uit.

'Kijken.' Van hieruit kon ik de vliegtuigen nog zien. Het was gek; ze vlogen niet meer in formatie. Toch lag de benedenstad er rustig bij; nergens zag ik rookpluimen of vuurhaarden. Langzaam vormden ze toen opnieuw een formatie en kwamen weer onze kant op. Soms kon de angst me verlammen, maar op andere momenten voelde ik een soort overmoedigheid, zoals nu. Alsof niets of niemand me zou kunnen raken.

'Ze komen er weer aan!' riep ik tegen Vera. Ik liet me uit de boom vallen en dook opnieuw de *kali* in, waar mijn zus zich al zo klein mogelijk had gemaakt. 'Geen zorgen, Vera, ze komen niet voor ons.' Ik stak het gummetje weer in mijn mond en sloeg beschermend mijn armen om haar heen. Zo wachtten we zwijgend tot de vliegtuigen waren overgevlogen.

'Soms ben ik bang dat we er allemaal aan gaan,' zei Vera toen het gevaar geweken leek te zijn.

'Voorlopig gaat alleen Fred eraan,' antwoordde ik droog.

'Jij kunt zo hard zijn.' Ze maakte zich van me los. 'Vind jij het dan niet erg dat Fred doodgaat?'

'Tuurlijk wel, maar dit is toch afschuwelijk voor hem? Ik wil niet dat hij nog langer lijdt.'

'Ik natuurlijk ook niet. Maar zolang hij leeft, houdt mammie zich goed. Ik ben bang voor wat daarna komt,' zei ze met de pan achter op haar hoofd.

'We zien het wel. We hebben elkaar toch?'

Ze knikte, waarbij het hoofdeksel voorover kantelde en op haar neus terechtkwam. 'Au!' riep ze uit.

'Gaat het?' Ik duwde de pan weer naar achteren.

Ondanks het schrammetje op haar neus lachte ze. 'Ja, het gaat. *All clear*.'

Het alarm was gestopt.

Eerst konden we het huis niet vinden. De witte bungalow bleek grijs te zijn geverfd, en de ramen waren afgeplakt met bruin kaftpapier dat ik normaal om mijn schoolboeken wikkelde. 'Waarom is dat?' vroeg ik en ik wees op de ramen toen de moeder van Williams vriendje voor ons opendeed.

Ze keek van mij naar Vera, en weer terug naar mij. 'Dat weet je toch wel? Dan zijn we minder zichtbaar voor de bommenwerpers.'

Waarom hebben wij dat thuis niet gedaan, vroeg ik me af.

'We komen ons broertje halen.' Ik merkte dat mijn zus het op haar heupen had gekregen en zo snel mogelijk terug naar huis wilde.

'Ze zijn in de achtertuin.' Van het gezicht van de moeder straalde opluchting af.

De twee vriendjes speelden oorlogje: ze schoten vliegtuigen uit de lucht met denkbeeldige wapens. Ze waren allebei even fanatiek. Toen William ons zag groette hij ons nauwelijks. Op de aankondiging dat hij mee naar huis moest, zakten zijn wenkbrauwen zowat over zijn ogen.

Terwijl we wachtten tot de baboe klaar was met zijn spullen inpakken, vroeg de moeder of het weer wat beter ging met mijn stiefvader. Ik antwoordde dat hij weer bijna de oude was. Mijn zus stootte me aan om mijn botte leugen. Ik gaf geen krimp, nam het koffertje aan van de baboe en pakte William bij de hand. 'Bedank je de mevrouw voor het logeren, William?'

'Bedankt voor het logeren, mevrouw,' zei hij plichtmatig. Daarna zette mijn zus de derde pan op zijn hoofd en liepen we terug naar huis, waarbij mijn broertje zijn nek bijna verdraaide om zijn vriend na te kijken.

Thuis stormde mammie op William af alsof ze hem jaren had moeten missen, terwijl de jongen twintig minuten lopen van ons huis vandaan zat en ze hem naar mijn weten geen enkele keer had opgezocht. Ik begreep haar soms echt niet.

Met een klap sloeg mijn slaapkamerdeur open. 'Rosa, kom kijken!' schreeuwde Vera. Meteen sprong ik uit bed en liep richting de bijkeuken om naar de garage te gaan. 'Nee, deze kant op.'

Natuurlijk, we moesten eerst Fred gaan halen. Ik wilde zijn slaapkamerdeur opentrekken, maar weer werd ik tegengehouden door mijn zus.

'Laat hem slapen.' Pas nu viel het me op dat het luchtalarm helemaal niet afging. Waarom had ze me dan wakker gemaakt? 'Kijk, daar!' zei Vera. Ze wees door het achterraam naar waar de hemel vreemd rood kleurde. Vanuit de verte klonken hoge fluittonen. Ze trok me aan mijn hand mee naar buiten, waar aan het einde van de veranda de kebon, mammie en Ida – met Greta op haar arm – stonden. Toen ik naast hen stond, kon ik pas zien waar zij naar keken. Boven Lembang was een enorme vuurgloed te zien, met uitschietende lichten, in geel, oranje en rood.

'Sinds wanneer is dit al bezig?' vroeg ik.

'De kebon maakte mij wakker.' Mammie wees op hem, alsof ik niet zou weten wie onze kebon was.

De man haalde zijn schouders op. 'Geen idee, het was al bezig.'

'Waarom Lembang?' vroeg ik.

'Op mijn werk zeggen ze dat de Britten daar hun hoofdkwartier hebben, in het Grand Hotel,' wist mijn zus te vertellen. We hoorden geen schoten, alleen zo nu en dan een doffe knal, als de donder tijdens een onweersbui ergens ver weg. Het was lang niet zo bedreigend als wanneer wij werden bestookt met bommen en mitrailleurs vanuit de lucht. Toch was ik me ervan bewust dat dit voor het oorlogsverloop veel fataler was. Dit was een grondgevecht tegen onze jongens. Wanneer de strijd zo dichtbij was dat we die met het blote oog konden zien, leek er weinig hoop meer. William verscheen naast ons in de rij. Niemand had eraan gedacht om hem uit bed te halen. Mammie trok hem tegen zich aan. 'Hé, wat een vuur, hè?'

Wat een vuur, hè? Wat was dat nou weer voor een commentaar op een moment dat we het punt stonden de oorlog te verliezen?

'Dit wordt ons einde,' murmelde Ida zacht. Greta was weer in slaap gevallen op haar schouder.

'Hierna zijn wij aan de beurt.' Vera barstte in huilen uit.

'Nou, Veertje, het heeft geen zin om zo te doemdenken,' zei mammie op een toon alsof ze het tegen een kleuter had. 'Wij zitten hier echt wel veilig.' Toch leken mammies woorden effect te hebben op Vera, die haar neus snoot en haar wangen droogwreef.

'Horen jullie dat ook?' vroeg ik. Onder het gerommel klonk een akelig geluid dat ik niet thuis kon brengen. 'Wat is dat?'

'Dat zijn dieren,' zei de kebon.

'Ik ga niet meer terug naar mijn bed,' zei Vera. 'We kunnen beter in het schuilhok slapen.'

'Ja, we moeten Fred ook naar de schuur brengen,' beaamde mammie. 'Kom je, William?' Gedwee liep hij achter haar aan, waarna ook Vera en Ida naar binnen gingen. Alleen de kebon bleef nog even naast mij staan. 'Lembang brandt...' zei hij zacht.

5

De volgende dag vertelde een krakende stem op de radio met grote stelligheid dat Java veilig was en dat onze eenheden dapper standhielden. Buiten was het intussen zo hard gaan regenen dat het leek of we de goden kwaad hadden gemaakt. Met steeds zwaarder gemoed liep de kebon de keuken binnen, waar ik samen met mijn zusje Ida aan het helpen was met wecken. We vulden potten met groenten, fruit en vlees om een voedselvoorraad aan te leggen. In zijn moedertaal vroeg hij aan Ida of ze wat emmers en pannen overhad. Niet om op zijn hoofd te zetten, maar om het water dat door het lekkende dak van de schuur droop op te vangen. Normaal maakte niemand zich druk om wat water in de schuur, maar nu het onze schuilplek was moest het er op zijn minst droog zijn. Ik liep met hem mee om hem te helpen met dragen. Samen zochten we naar de gaten en kieren waardoor het water naar beneden sijpelde. Toen we alle pannen hadden neergezet, klonk er een klokkenspel aan vallende druppels. Het klonk bijna magisch, en zelfs op het gezicht van de eeuwig bescheiden kebon verscheen een grote glimlach, die de paar tanden in zijn mond blootlegde. 'Wacht nog even met repareren,' zei ik. 'Dit moet mijn zusje horen.'

Door de regen rende ik naar binnen, waar ik mijn zusje in de keuken vond met Ida. Ze was kleine sojaboontjes uit de peulen aan het peuteren. 'Kom, ik wil je iets moois laten horen.' Mijn kleine zusje schoof meteen van haar krukje af en liet zich door mij optillen. Op dat moment ging de telefoon. Met mijn zusje op mijn heup haastte ik me naar de gang, waar ons toestel hing. Het was vader. Hij vertelde met een sombere stem dat we de slag om de Javazee kansloos hadden verloren en dat de Japanse troepen inmiddels tot Lembang waren gekomen. Dat hadden we gemerkt, ja. Ik vroeg hem waarom ze ons al die tijd hadden voorgelogen. Nu hadden we ons niet kunnen voorbereiden of kunnen vluchten. Vader gaf geen antwoord op mijn vraag, maar vroeg of hij mammie kon spreken. Wat hij tegen haar zei kon ik niet horen. Het enige wat ik meekreeg was haar antwoord: 'Nee, Gerard, de kinderen blijven hier, bij mij.'

'Losa, Losa!' Mijn zusje zat op mijn arm te dreinen, terwijl ze me met haar beentjes aanspoorde om te gaan.

In de schuur liet ik haar het wonder horen van de vallende druppels die in verschillende emmers en teilen een symfonie vormden. Ze keek verbaasd om zich heen, deinde met de druppels mee en slaakte daarna een vreugdekreet.

Er werd weinig gesproken in huis; iedereen was moe van de korte nachten, de lichte slaap, het steeds maar alert zijn op alles wat er om ons heen gebeurde. Ik voelde me als een dier dat in een gevarenzone leefde en bij elk geluidje moest kunnen opspringen om weg te vluchten. We herschikten voortdurend de tassen die ieder voor zichzelf had klaargemaakt, voor het geval we snel moesten vluchten. Verder wachtten we. Ik probeerde te lezen, mijn zus schreef een brief aan Han, William knutselde, Greta hinkelde en mammie zat naast Fred tikkend te breien. Zo nu en dan liep een van ons naar buiten om naar de lucht te kijken. Niks. Geen luchtalarm, geen vliegtuigen.

's Middags deed een rinkelende telefoon ons allemaal opschrikken. Ik hoopte dat het vader weer was en dat hij nu moeder zou overreden om ons te komen halen. 'Mina van Gent, met wie spreek ik?' Ze sprak met een opgewektheid alsof het een gewone dag was. Ik ging tegen de deur staan luisteren en zette me schrap voor de gebruikelijke vijandige reactie die volgde wanneer ze haar ex-man aan de telefoon kreeg. Ze behield echter haar formele toon. 'Ja, dat ben ik.' Kennelijk was het niet vader. 'Nee, ik heet Van Gent, maar mijn dochter is een De Graaf… O mijn hemel! Hoe erg is hij eraan toe? Och jee, wat vreselijk… Dat wel… Oké, dank u wel, ik zal het doorgeven.'

Ik gaf zo'n harde duw tegen de deur dat Greta, die erachter stond, hem tegen zich aan kreeg en het op een brullen zette.

'Rosa, wat doe je nou? Kom maar bij mammie, Greta.'

'Is er iets met John?' Mammie reageerde niet. Met meer aandacht dan gebruikelijk troostte ze haar oogappeltje. 'Mammie, wat is er met John?'

'Het gaat niet over John, het gaat over Han. Hij is geraakt in zijn dijbeen. Hij ligt in het militaire ziekenhuis.'

Vera had nu ook iets opgevangen en kwam uit de woonkamer. 'Wie ligt er in het ziekenhuis?'

Met alle geweld wilde Vera naar haar vriend toe, maar hoelang ze mammie ook aan het hoofd zeurde, ze kreeg geen toestemming. 'Vera, het is niet veilig, je kunt niet weg nu!'

Vera ging ertegenin. 'Het is anders de hele dag al stil. Ze zeggen dat er een staakt-het-vuren is ingegaan.'

'Zolang we dat niet officieel bevestigd hebben gekregen, ga jij niet! Hoor je me?'

Mijn zus gaf zich niet gewonnen. 'Het kan me niet schelen wat je zegt, ik ga toch!'

Het antwoord hierop was een klap in haar gezicht. Vera greep naar haar wang en keek mammie verbijsterd aan. 'Ik haat je!' Daarna verdween ze na het dichtslaan van de deur in haar slaapkamer. Ik wist niet of ik haar achterna moest gaan of dat ik hier moest blijven staan.

In de voorkamer waar Fred lag, ging het volume van de radio plotseling omhoog. Gelijktijdig liepen we naar hem toe. Uit de speaker klonk een mannenstem: '... na rijp beraad had ik geen andere optie dan aan de Japanse eisen tegemoet te komen. Ik beveel u de lopende vijandigheden te staken.'

'Wie zegt dat?' vroeg mammie.

Fred deed een poging antwoord te geven, maar verder dan 'gggg, grrr...' kwam hij niet. Ik duwde het schrijfboekje en de pen die op het tafeltje naast hem lagen in de hand. Verbeten begon hij te schrijven. *Ter Poorten*, stond er in een bibberig handschrift. Luitenant-generaal Ter Poorten was de hoogste baas van het leger.

Die avond om kwart voor acht hoorden we op de radio dat Nederland de capitulatie had getekend op de militaire vliegbasis van Kalidjati. De presentator sloot de uitzending af met de woorden: 'Wij gaan nu sluiten. Vaarwel, tot betere tijden.' Tijdens het Wilhelmus begon mammie hartverscheurend te huilen, en achter haar lag een kwaad kijkende Fred met zijn misvormde hoofd te kijken. Vera was haar kamer niet meer uit gekomen sinds het slechte nieuws over haar vriend. Had die Ter Poorten vier dagen eerder de overgave ondertekend, dan had Han niet gewond hoeven raken. Dan waren er geen honderden of wellicht duizenden soldaten zoals hij gewond geraakt of gestorven. Het was onze Hollandse arrogantie geweest die dit hele debacle had veroorzaakt. Wat een ellende.

6

De oorlog was verloren en Fred ging dood. Alleen de vliegtuigen spuwden geen vuur meer en het luchtalarm ging niet meer af. Het waren de natuurgeluiden – de lokroep van vogels, het gillen van javaapjes, het tsjirpen van krekels – die weer de boventoon voerden. Ida kwam uit de keuken en zette een pot thee en een schaaltje met versgebakken koekjes op tafel. Ik bedankte haar met een zacht 'terima kasih'.

Haar donkere amandelvormige ogen glimlachten naar me. '*Sama sama.*'

Greta keek op van haar houten speelgoeddieren en blikte toen naar mij. Ik knikte naar haar, het startsein om razendsnel een koekje uit de schaal te pakken.

'Verdorie!' Mammie kwam met een verhit gezicht uit de gang. 'De telefoon doet het ook al niet meer!'

'Die zullen ze wel afgesloten hebben,' zei Vera nuchter.

'Lieve Heer, bescherm ons.' Mammie deed een schietgebedje naar boven. 'Nu kunnen ze alles met ons doen wat ze willen.'

Ik kon haar steeds minder velen. In plaats van dat ze de boel een beetje kalmeerde, zorgde ze alleen maar voor meer spanning in huis.

'Wil er iemand thee?' vroeg ik om de boel af te leiden. 'Ida heeft heerlijke kokoskoekjes gebakken.'

'Wat zit je nou over koekjes te bazelen,' zei mammie aangebrand. 'Straks worden we verkracht, en jij hebt het over koekjes?'

'Mammie, William zit erbij,' siste mijn zus.

'Wat betekent verkracht?' vroeg William alert.

'Niks, jongen,' zei mammie, terwijl ze een hand naar haar zoon uitstak om hem over zijn hoofd te aaien. William wist net op tijd weg te duiken.

'Dat is dat je als vrouw gedwongen wordt tot seks,' legde ik uit.

'Rosa!' riepen mammie en Vera tegelijk.

Uit de voorkamer klonk een raar oprispend geluid. Mammie vloog naar Fred toe. 'Lieverd, gaat het?'

Ik keek mijn zus aan. We wisselden zelfs een snelle blik met onze broer. We dachten alle drie hetzelfde; ik wilde niet gaan kijken. Ik wilde niet zien hoe hij daar lag te creperen. Greta speelde rustig verder en leek zich voor de ellende buiten haar fantasiewereld te hebben afgesloten.

Opnieuw stootte Fred een akelige klank uit. 'Het is de hik. Hij heeft de hik!' riep mammie op een toon die angst verraadde. Omdat niemand van ons reageerde, kwam ze naar ons teruggelopen. 'Ik ben bang dat hij stikt. We moeten de dokter bellen!'

'De telefoon is afgesloten,' bracht Vera haar in herinnering.

De huisarts was vorige week voor het laatst langsgekomen. Hij had gezegd dat we alleen maar konden afwachten, wat een manier was geweest om te zeggen dat Fred zou sterven.

Weer klonk er zo'n akelige hik. Mammie snelde terug naar Fred. 'Verdorie nog aan toe… Verdorie…'

Een van ons twee – Vera of ik – zou uiteindelijk toch moeten gaan. Ik deed nog een laatste poging om Vera met mijn ogen te smeken, maar ze wendde heel bewust haar blik af. Toen stond ik toch maar op en liep naar het ziekbed, waar mijn moeder hyperventilerend over Fred heen gebogen stond. Ik pakte haar voorzichtig bij haar schouders. 'Kom maar, mammie.' Zachtjes duwde ik haar in de stoel. Fred had zijn ogen half gesloten. Hij drukte zijn kin een klein stukje omhoog. 'Misschien wil hij wat meer rechtop zitten.'

'Wat weet jij daar nou van.' Ze hijgde nog steeds. 'Zijn hoofd is topzwaar, daar krijgt hij hoofdpijn van.' Ida kwam met een glas water aanzetten. 'Hij kan toch helemaal niet drinken,' reageerde mammie fel.

'Wel als hij wat hoger zit.' Ik wilde hem onder zijn oksels pakken.

'Laat mij maar.' Ze duwde me aan de kant. 'Snel, de *goeling*, Rosa!'

Ik pakte het rolkussen en legde het onder zijn nek, waarna mammie de beker aan zijn mond zette. Met onverwacht veel kracht duwde Fred het glas weg, waardoor de halve inhoud op zijn overhemd terechtkwam. 'Wat zei ik je!' Ze keek me verwijtend aan. Opnieuw hikte Fred, waardoor mammie zich meteen weer omdraaide. Omslachtig over hem heen geleund klopte ze op zijn rug, waarbij ik het gezwel op en neer zag bewegen als een drilpudding.

Achter ons klonk het geluid van een deur die dichtsloeg. Ik keek om en zag nog net het mintgroene jurkje van Vera achter de hordeur verdwijnen. Snel ging ik haar achterna. 'Wat ga je doen?' vroeg ik toen ik haar had ingehaald bij het tuinhek.

'Ik kan er niet meer tegen, dit hele drama hier in huis.'

'En dus?'

'Ik ga Han opzoeken in het ziekenhuis. Niemand die me nog kan tegenhouden.' Op haar sandalen beende ze weg.

'Wacht!' riep ik haar na.

Met tegenzin draaide ze zich weer om. 'Wat?'

'Eén seconde!' Ik rende naar binnen en haalde uit mijn nachtkastje het zakmes dat ik ooit van vader had gekregen.

Ze keek naar het houten lemmet in mijn hand. Even aarzelde ze nog, daarna nam ze het van me aan en stopte het in haar zak. 'Dank je, zusje. Als ik jou niet had...' Haar losse, steile bruine haar omlijstte haar gezicht.

'Doe hem de groeten. Hij mag blij zijn met zo'n mooie en lieve vriendin.'

Om haar mond verscheen een lach. 'Dat zal wel meevallen. Jij weet dat ik heus niet altijd lief ben.'

Misschien was dat het enige goede wat deze ellende me had opgeleverd: dat ik dichter bij Vera was gekomen.

De hik was net zo onverwacht verdwenen als hij was gekomen. Fred sliep. Mammie had haar breiwerk opgepakt, Greta lag op de bank half te slapen met een duim in haar mond, William zat buiten wat te knutselen met bamboestokken, en ik had maar weer eens een boek opengeslagen. Iedereen was bezig met zijn eigen dingen, zijn eigen gedachten. Nu de rust was teruggekeerd, werden er geen vragen meer gesteld. Zelfs de vraag waar Vera naartoe was werd niet gesteld. Mammie wist toch al wat het antwoord was.

Ineens klonk de deurbel. Verschrikt kwamen we overeind, zelfs Greta. Was dit het moment? Stond de jap nu voor onze deur? Niemand maakte aanstalten om open te doen. Greta rende met ingehouden snikken naar moeder. 'Sst, stil, niet huilen.' Ik liep met slappe benen naar het raam, om vanuit de hoek schuin naar het voorportaal te kijken. Meteen herkende ik de twoseater van Fred die voor de deur stond. 'Het is vader!' riep ik over mijn schouder.

Van opluchting zakte mijn moeder terug in haar fauteuil.

Achter het houtsnijwerk van de voordeur zag ik de contouren van twee mensen. Kon het dat vader samen met een jap hierheen was gekomen om ons op te halen? Had vader ons verraden? Nerveus opende ik de deur. De vrouw die naast mijn vader stond was niet Janneke, maar iemand die ik totaal niet had verwacht.

'Hé, Rosa,' zei mijn vader ter begroeting, 'herinner je je Bernadette nog? Ze is de ex-vrouw van Fred.' Wat deed mijn vader hier met haar?

'Wij kennen elkaar, hè?' antwoordde ze vriendelijk.

Ik knikte; uit pure verbazing had ik nog steeds geen woord uitgebracht.

'Bernadette wilde Fred graag nog een keer zien voordat hij...' Vader maakte zijn zin niet af. 'Kan ik even met je moeder praten?'

Achter ons zwaaide de deur open. 'Rosa, komt je vader niet even naar binnen?' Ik keek om en zag de schrik op het gezicht van mammie op het moment dat ze besefte wie er naast vader stond. Zonder iets te zeggen gooide ze de gangdeur weer dicht.

Even later hoorde ik mijn ouders met elkaar praten op een toon die ik maar al te goed kende: overmatig gearticuleerd en vol onderdrukte boosheid. 'Nee, ik ben niet alleen daarvoor gekomen. Ik ben gekomen om te zeggen dat jullie hier weg moeten. Ze confisqueren huizen, auto's, fietsen, alles. Ik heb mijn laatste benzine gebruikt om hierheen te rijden. Ik heb geregeld dat jullie bij burgemeester Beets terechtkunnen, hij heeft een vrijbrief.'

'Een vrijbrief, wat betekent een vrijbrief?' Alles aan mammie straalde onwelwillendheid uit.

'Dat je in je huis kunt blijven.'

'Dan heb ik ook een vrijbrief, want met een zieke man kan ik hier onmogelijk weg.' Ze wierp een blik over haar schouder naar Fred.

'Ik weet niet of ze daar rekening mee houden, Mien.' Het ongeduld in zijn stem groeide. 'Laat dan in elk geval de kinderen meegaan. Ze kunnen hier elk moment zijn.' Hij keek om zich heen. 'Waar is Vera?'

'Vera is haar vriendje aan het opzoeken in de stad, hij is gewond,' antwoordde ik voordat mammie iets kon zeggen.

Vader vloekte binnensmonds. Daarna herpakte hij zich. 'Rosa, pak je zooi, en William, jij ook. Ik heb een taxi voor jullie geregeld.' Die zin verraadde zijn initiële plan om alleen ons, zijn kinderen, hier weg te halen. En niet ook onze moeder, Fred en Greta.

Mammie had het zelf ook door en liet zich meteen gelden. 'Je kunt de kinderen niet van me afnemen, Gerard, niet nu!'

'Mens, daar gaat het toch helemaal niet over!' snauwde mijn vader.

Met een verwrongen gezicht van opgekropte tranen en frustratie ging ze akkoord.

'Zou Bernadette dan nu afscheid mogen nemen van Fred?'

Mammie zocht naar een uitweg. Ik kende haar.

'Alsjeblieft, Mien?'

'Ik zal het vragen,' zei ze afgemeten. Ze liep naar Fred toe en boog zich naar zijn gezicht. Vader en ik stonden van een afstandje te kijken. Wat ze tegen Fred zei konden we niet horen. Vader zuchtte veelvuldig en rolde met zijn ogen. Ik dacht aan de ex-vrouw van Fred, die al die tijd voor de deur stond te wachten. Hoe lief was het eigenlijk dat ze afscheid wilde komen nemen van haar ex-man. Ik hoopte dat mammie dit ook zou inzien.

'Dat begrijp ik toch, lieverd.' Mammie sprak haar laatste woorden tegen Fred met wat meer volume uit, aaide met haar hand over zijn wang en ging toen rechtop staan. Voor ze zich naar ons omdraaide, streek ze zorgvuldig haar rok glad. Daarna liep ze met een superieure glimlach naar ons toe. 'Ik heb het gevraagd, maar hij heeft er geen behoefte aan.' Ik wist dat ze het verzon.

Vader schudde minachtend zijn hoofd. 'Goed dan, zoals jullie het willen.' Hij richtte zich tot mij. 'Zorg ervoor dat William en jij hier over een uur klaarstaan.'

'Is goed, vader.'

Ik hoorde de auto van mijn vader buiten met slippende banden wegrijden. Ik probeerde de blik van mijn moeder te vangen. Hoe kon ze zo harteloos zijn? Al zóú Fred nog iets liefdevols willen zeggen tegen zijn ex-vrouw, hij was daar niet eens meer toe in staat. Mammie ontweek mijn blik bewust, pakte met opgeheven kin weer haar breiwerk op en ging in haar fauteuil zitten.

'Niet te geloven,' mompelde ik.

Nu pas keek ze me aan. 'Wat zei je?'

'Niks,' zei ik. Ik liep naar mijn kamer.

Wat moest ik in vredesnaam meenemen in één kleine koffer nu we moesten vluchten voor de vijand? Nerveus pakte ik van alles in tot mijn koffer niet meer dichtging en ik bijna de helft moest terugleggen in de kast. Toen ik klaar was trof ik mammie niet meer in de woonkamer aan. Onwillekeurig ging mijn blik naar Fred. Hij lag op zijn rug met zijn ogen wijd open. Ik schrok me rot. Was hij dood? Met benen die zo slap waren dat ze me bijna niet meer overeind hielden, liep ik naar hem toe. Zijn gezicht was zo bleek als melk. Wat moest ik doen? Zijn pols voelen, mijn hand onder zijn neus houden om zijn ademhaling te voelen? 'Fred?'

Ineens bewoog hij zich. Traag draaide hij zijn gezicht naar me toe.

Met een zucht van opluchting liet ik me in de stoel naast zijn bed zakken. 'Je liet me wel schrikken, zeg.' Ik merkte dat ik op mammies breinaalden was gaan zitten. 'Zo, ze is al een heel eind,' zei ik. Ik had het breiwerk onder me vandaan getrokken en legde het op bed. Daarna pakte ik Freds hand. Hij voelde normaal, zoals zijn handen ook hadden gevoeld voordat hij ziek werd. Kijkend in zijn nog altijd mooie bruine ogen probeerde ik me niet te laten afleiden door de misvorming van zijn hoofd. Zonder te knipperen keek hij me aan. Het was de uitdrukking in zijn ogen waardoor ik ineens besefte dat hij dit allemaal heel bewust meemaakte. Ook al kon hij niks meer zeggen en niks meer doen, vanbinnen was hij er nog, de Fred die ons had opgenomen alsof we zijn eigen kinderen waren, die mijn moeder de gelukkigste vrouw van de wereld had gemaakt. Als ik nog iets tegen hem wilde zeggen moest ik dat nu doen, nu mijn moeder er niet bij was. 'Fred, je had gelijk,' begon ik fluisterend te praten. 'Mammie is jaloers, maar ze bedoelt het niet slecht, echt niet.' Ik keek over mijn schouder om me ervan te verzekeren dat we nog alleen waren. 'Bernadette vroeg me of ik wilde zeggen hoeveel ze om je gegeven heeft. Dat haar liefde voor jou nooit is weggegaan.' Ik verzon het ter plekke, maar het zou waar kunnen zijn. 'Dus dat je dat weet.' Daar wilde ik het bij laten, maar Fred bleef mijn hand stevig vasthouden, alsof hij nog niet genoeg had gehoord. 'Eh... Ze is ook heel trots op je omdat je zo'n lieve stiefvader bent voor Vera, William en mij. En natuurlijk is ze erg blij dat mammie jou nog een eigen kindje heeft kunnen geven.' Nu kneep hij nog harder in mijn hand. 'Ze... Ja, eh... Ze heeft het altijd heel erg gevonden dat jullie dat niet gegund was, maar daar heeft ze helemaal vrede mee.' Ik knikte bemoedigend naar hem, waarbij ik mijn best moest doen om de tranen die achter mijn ogen prikten niet omhoog te laten komen.

Fred opende zijn mond. Ik zag dat hij kracht verzamelde om iets te zeggen. Maar hoezeer hij ook zijn best deed, het lukte hem niet om een klank te produceren.

'Het is goed, Fred,' zei ik. 'Alles is goed.'

Hij gaf een ruk aan mijn hand en deed weer zijn mond open. Ten slotte kwam er schor en bijna onhoorbaar uit: 'Dank je... Rosa...'

'Wat doe jij daar?' Het was het krassende stemgeluid van mijn moeder.

Ik deed meteen een stap naar achteren. Fred had mijn hand losgelaten. Als een soort Florence Nightingale spoedde ze zich naar haar man toe. 'Verdorie, Rosa! Je hebt hem aan het huilen gemaakt. Heb je nou je zin?'

Zonder iets te zeggen pakte ik mijn koffer en liep ermee naar buiten, waar William al op het stenen bordes zat te wachten. Met zijn verrekijker tuurde hij de weg af, het kronkelpad dat naar Bandoeng liep. Verdrietig ging ik naast hem zitten.

Gelijktijdig stonden we op. Niet omdat de auto eraan kwam die mijn vader had gestuurd, maar omdat Vera over het pad omhoog kwam lopen. Zodra ze ons zag begon ze te rennen. Eenmaal boven vertelde ze ons hijgend dat ze nooit bij Han was aangekomen. Japanse militairen hadden haar de weg afgesneden.

William greep meteen weer naar zijn verrekijker en zocht de omgeving af.

'Wat zeiden ze? Komen ze hierheen?' vroeg ik geschrokken.

'Nee, ze reden juist naar de stad.' Vera veegde het zweet van haar voorhoofd, haar handen trilden. 'Ik dacht eerst dat het twee Amerikanen waren. Ze zaten in een gewone personenwagen en de man die uitstapte sprak perfect Engels. Hij zag er keurig uit, in een legerkostuum van een hoge pief, dus ja, wist ik veel. Het was zo verwarrend...'

'En toen? Hielden ze je aan?'

'Ja, ze stelden me allemaal vragen. Wie ik was, waar ik woonde, wie onze vader was. Op heel vriendelijke toon. Tot ik eindelijk doorkreeg dat dit onze vijand was, en toen wist ik niet hoe snel ik moest wegkomen. Ze vroegen of ze me een lift naar de stad konden geven, zo zouden we elkaar helpen. Maar dat durfde ik niet. Ik wilde niet...' Ze begon te huilen.

'Hebben ze je toen gedwongen?'

'Nee... Ik... Ik ben weggerend,' hakkelde ze overstuur. 'Ik heb me wel een uur verstopt in het bos. Als ze me vinden, vermoorden ze me.'

Ik trok haar tegen me aan en aaide haar over haar rug. 'Rustig blijven, Vera, ze komen je niet halen, je hebt niks fout gedaan. Sst.' Haar hart klopte fel tegen mijn borst.

'Daar!' riep William plotseling uit. 'Daar is er een!'

We keken om naar waar ons broertje heen wees. Achter ons, waar de heuvels zich boven onze woning uitstrekten, zag ik in de verte een man op de fiets aan komen rijden.

'William, je maakt ons bang. Dat is zomaar een werker!' zei ik fel.

'Kijk, daar zijn er nog meer.' Hij wees naar rechts, waar nog twee figuren op de fiets naar beneden kwamen gereden. Hun bovenlijven waren ontbloot en op hun hoofd droegen ze kakikleurige petten, met rare flappen in hun nek. Wie waren dat?

'En daar!' Achter de eerste fietser waren nog meer mannen verschenen. Veel meer. Ik zag de wapens die kruislings over hun rug hingen en het materieel dat achter op hun fietsen was gebonden. Zoals ze over de heuvels gereden kwamen, met steeds meer, en meer, leken ze net een insectenplaag. Toen verschenen daarboven op die heuvels ook de eerste gemotoriseerde voertuigen, jeeps, vrachtwagens. Dit was het. Het moment waar we al die tijd voor hadden gevreesd. De jappen waren gekomen.

Ik haastte me naar binnen. 'Ze komen uit Lembang. Het zijn er tientallen, misschien wel honderd,' riep ik tegen mammie. 'We moeten nu vertrekken!'

'Ik blijf hier,' zei ze stoïcijns. Uit de keuken was ook Ida met Greta op het kabaal afgekomen.

'Het kan niet, mammie, we moeten naar het huis van de burgemeester!' Ik trilde als een rietje en mijn kaken klapperden.

'Ik laat Fred niet in de steek! Hoor je me?' Ze schreeuwde de woorden in mijn gezicht.

'Maar vader heeft een taxi geregeld,' riep ik uit, in een poging haar te overtuigen.

'Ja, we kunnen Fred meenemen,' zei Vera, die binnen was gekomen. We liepen al naar hem toe om hem in zijn stoel te tillen.

‘Blijf van hem af!’ krijste ze tegen ons. ‘Hij heeft weer de hik, hij kan niet vervoerd worden.’

‘Ida, neem Greta mee naar buiten,’ beval ik.

Greta had zich huilend vastgeklampt aan Ida.

‘Nee, nee, onze familie blijft.’ Hardhandig trok mammie haar huilende dochtertje uit de handen van Ida.

‘Het heeft geen zin, Rosa,’ schreeuwde Vera naar mij.

‘Jawel! Fred wil mee! Hij wil het!’ zei ik met mijn armen om Freds hikkende bovenlijf.

Ineens kwam de kebon binnen. ‘De taxi is er,’ zei hij hijgend.

Ik liet Fred terugzakken op het bed en liep achter de tuinman aan naar buiten. ‘Kom, Vera!’

‘Daar komt hij aan.’ William wees naar het zwarte voertuig dat nog een stipje was. We sprongen op en neer en zwaaiden wild met onze armen. ‘Hier! Hierheen!’ Even dreigde hij de verkeerde afslag te nemen, maar hij stopte en draaide toen toch de juiste weg in. Nog een paar honderd meter, dan waren we veilig. Van ergens achter ons hoorden we het aanzwellende geluid van een motor. William en ik renden naar de zijkant van het huis. Schuilend achter een muurtje zagen we een militaire vrachtwagen ons erf op rijden. Met piepende remmen kwam hij tot stilstand. Ik dacht dat mijn hart het begaf toen de tientallen jappen uit de achterklep sprongen, als sprinkhanen uit een doos. Een van hen zag ik vliegensvlug in de rambutanboom klauteren die voor ons huis stond, waarna hij aan de boom begon te schudden. Onze kebon maakte een diepe buiging voor de soldaten en bleef in die gebogen houding staan.

We zagen een Japanse militair in uniform naar de voorkant van ons huis lopen en op de deur bonken. ‘*Akeru*, doe open!’ Hij hoefde maar een paar stappen door te lopen en hij kon mijn broertje en mij zien zitten. De beslissing was genomen voordat ik het had kunnen overdenken. Ik rende naar ons tuinhek, trok mezelf op aan de ijzeren spijlen en klom er haastig overheen, waarna ik met een plons aan de andere kant terechtkwam, in het natte rijstveld. Mijn broertje volgde mijn voorbeeld en dook net als ik het water van de *sawa* in. Zonder om te kijken waadden we zo snel we konden van terras naar terras naar beneden.

Een uur later kwamen we hijgend en druipnat het terrein van burgemeester Beets op gelopen. De djongos wilde ons eerst niet eens doorlaten, zo vreselijk zagen we eruit. In de ontvangsthal zag ik tot mijn grote verbazing Vera en Greta zitten. 'Wij zijn gewoon in de taxi gestapt,' zei Vera met een klein stemmetje.

'En mammie?'

'Ze gaf Greta aan mij mee, maar ze is zelf bij Fred gebleven,' antwoordde ze bedrukt.

'Wat een toestand! Wat een vréselijke toestand,' zei mevrouw Beets, de burgemeestersvrouw, met haar lichtblonde haar dat als een suikerspin op haar hoofd getoupeerd was. Ze doelde op William en mij. 'Gaan jullie je boven in de gastenkamer maar even opfrissen. Ik zal zorgen voor wat schone kleren.'

'Waar is onze vader?' Ik merkte dat mijn stem trilde.

'Och kind, weet je dat niet?' Ze zei het op een toon die niet veel goeds voorspelde. 'Je vader zit voorlopig bij de jap. Inlichtingen verschaffen, dat soort zaken. Maar maak je niet druk, ze schijnen vriendelijk te zijn tegen de mensen van wie ze wat moeten. Jullie kunnen in elk geval hier blijven. Ik zal ervoor zorgen dat er een kamer wordt klaargemaakt. Maar eerst: hup, schone kleren voor jullie twee.'

Daarna richtte ze zich tot Vera. 'Hoe is het nou toch met Fred?'

Samen met William liep ik achter de baboe aan. Ik voelde me misselijk; vader was gevangengenomen. Wat betekende dat? Wat gingen ze met hem doen?

Of we ook een glas port wilden, vroeg mevrouw Beets toen we in veel te grote geleende kleren naar beneden kwamen. Ik zag mijn zus achter haar 'nee' schudden. Port voor een meisje van zestien en een jongen van elf leek mij ook geen goed idee. De burgemeestersvrouw wees ons een hoek aan in de grote salon, waar we even konden ontspannen. In deze zaal vol met antiek en oud-Hollandse schilderijen, waarin ik een paar keer met mijn vader een plechtigheid had bijgewoond, stond het blauw van de sigarenrook. De notabelen van Bandoeng zaten hier bij elkaar aan een lange tafel. Hevig discussiërend, soms met dubbele tong, verkondigden ze de ene na de andere theorie, vielen elkaar in de rede, berispten elkaar. Door het hoge volume moesten wij verplicht meeluisteren naar het verhitte gesprek. Een van hen beweerde dat het geen jappen waren maar Koreanen die de stoottroepen vormden van deze invasie. Het zouden huurlingen zijn, zodat de jappen zelf hun handen niet vuil hoefden te maken. Een ander vertelde dat de Japanse eigenaar van de fotostudio hier in de stad een spion bleek te zijn. Hij was gesignaleerd in een legeruniform. Vervolgens ging het een hele poos over Napoleon, Hitler, Mussolini en Hirohito, de keizer van Japan. Wij Hollanders zouden met onze handelsgeest te coöperatief zijn in vergelijking met die dictatoriale heersers. Onze leiders waren volgens hen veel te soft en hadden overduidelijk te weinig gezag. 'Dat kost je op een dag de kop,' oreerde een van de heren. 'En die dag is nu gekomen,' viel een oude knar hem bij, waarna al de notabelen met hun vuisten op tafel sloegen. 'Laten we niet doemdenken, de wereld kijkt mee,' riep een wat jongere vent. Volgens hem was het een eenvoudige rekensom. Er waren niet voldoende Duitsers voor een Derde Rijk, net zomin als er genoeg Japanners waren voor één groot Azië. 'Hitler leidt nu al verliezen in de Sovjet-Unie en die jappen hebben geen idee hoe groot de archipel is!' Nu werd er geapplaudisseerd.

Ik dacht aan mammie en Fred, die waren achtergebleven, en ik voelde me schuldig omdat ik als een bange haas was weggerend. Ze zeiden dat in noodsituaties je echte karakter naar boven kwam. Dat waren de momenten waarop je ontdekte hoe moedig je daadwerkelijk was. Nou, dat was dan heel slecht nieuws voor mij: blijkbaar was ik een grote lafaard. Ik vouwde mijn handen ineen en bad in stilte. Als ik mijn moeder zou terugzien, zou ik nooit meer zo rot tegen haar doen. Dat beloofde ik plechtig.

'Er is telefoon voor jullie,' hoorde ik vlak bij mijn oor. Even wist ik niet waar ik was. In verwarring keek ik om me heen. Zwak ochtendlicht scheen door de half geblindeerde ramen van de kleine kamer waarin we lagen. Ineens herkende ik de burgemeestersvrouw in haar nachtjapon. Ik kwam overeind en schraapte mijn keel. 'Is het vader?'

Vera was ook wakker geworden en kwam wankelend naar het veldbed gelopen waarop ik lag.

'Nee, het is...' Ze aarzelde. 'Het is jullie moeder.'

De hoorn lag naast het toestel op het bijzettafeltje. Mijn zus keek me aan en ik gaf een bemoedigend knikje. 'Vera de Graaf, met wie spreek ik?' zei ze met onvaste stem. 'Ja, mammie... Wat is er dan?' In de stilte waarin ze luisterde naar onze moeder begonnen haar schouders te schokken. Ze boog zich voorover in een diepe kramp van pijn.

Voorzichtig nam ik de hoorn van haar over. 'Mammie, ik ben het, Rosa.' De van tranen verstikte stem van mammie hijgde in mijn oor.

'Zijn hik... Hij kon niet meer ademen. We werden naar het Borromeus-ziekenhuis gebracht. Er was niks meer aan te doen. Hij is gestorven. Fred is dood.'

7

Zonder kist en zonder grafsteen hadden we hem moeten begraven. Vaarwel Fred, Fred van Gent. Zijn leven was te kort geweest, zijn ziekbed lelijk en zijn strijd hopeloos. Het voelde oneerlijk en zinloos. Ik probeerde mammie te ondersteunen waar ik kon en voelde me vreemd licht, alsof zich in mijn hoofd een luchtballonnetje had opgeblazen waarin gecomprimeerde zuurstof zat. Het leek wel of ik de opeenvolging van heftige gebeurtenissen niet kon verwerken. Verdriet, blijdschap, spanning, verveling en angst wisselden elkaar te snel af.

Na vijf dagen mochten we terug naar ons huis. Het was een geluk dat ze onze bezittingen niet ontdekt hadden onder de mestvaalt, maar verder was onze villa veranderd in een zwijnenstal. De bende die we aantroffen was ongehoord. Het vet zat duimdik op de vloer, de matrassen en kussens waren nat en besmeurd, lampen waren kapot, alle kasten waren leeggevreten, in de hoeken lagen uitwerpselen… Waar Ida en onze kebon zaten wisten we niet, dus waren we gedwongen zelf de zwabber en bezem op te pakken. Het leek onbegonnen werk en Vera zei bij wijze van grap dat we er beter de tuinslang op konden zetten. Mammie en ik keken elkaar aan, en even later stonden we met de tuinslang de smerigheid weg te spoelen, met de radio op tien. Ze speelden enkel nog buitenlandse muziek, wat Vera en ik niet erg vonden. We hielden van jiven en swingen op de Engelse hits. Soms werden die liedjes onderbroken en kregen we in het Maleis zogenaamde 'berichten van orde' te horen. 'U mag niet meer reizen zonder pas. Er zullen nieuwe betaalmiddelen komen. Voor iedere Japanner die u passeert moet u buigen. Winkeliers moeten twintig procent korting geven aan al hun Japanse klanten. Inkwartiering van de stoottroepen in onze huizen was onvermijdelijk geweest, het zal zo snel mogelijk worden rechtgetrokken.' Dat laatste bericht klonk bijna als een verontschuldiging, wat ik vreemd vond. Nog vreemder was dat het radiostation nog een week lang zijn programmering bleef afsluiten met het Wilhelmus. Tot het plotseling stopte.

Terwijl ik buiten de matten stond uit te kloppen, zag ik een grote witte luchtballon met rode strepen boven de stad vliegen: de heilige kleuren van Japan. Ik riep Vera om me te helpen de tekst te ontcijferen die erop geschreven stond. Pas toen de wind de ballon onze richting op dreef konden we alle woorden lezen: HIDUP ASIA RAJA. Leve Groot-Azië. Plotseling kwam de twoseater van vader voorrijden. Vera en ik konden onze ogen niet geloven toen mijn vader – met zijn zwarte haar naar achteren gekamd, netjes geschoren en in pak – uit zijn auto stapte. Zelfs mammie had uit pure verbazing heel even niks te zeggen gehad toen hij met ons binnen kwam wandelen. Mijn stuurse broertje stak zowaar een hand naar hem op. Greta, die met hem op de grond zat te spelen, deed hetzelfde.

'Gecondoleerd allemaal met het overlijden van Fred,' zei vader ernstig. 'Ik heb gehoord hoe erg hij geleden heeft.'

Even zag ik moeder iets wegslikken. Ik hield mijn adem in uit angst voor haar reactie. Maar in plaats van een sneer te geven, nodigde ze hem uit voor de thee, waarna ze Vera en mij de keuken in stuurde.

Toen we met een dienblad met thee en koekjes op de veranda kwamen, zat vader te vertellen dat ze hem hadden vrijgelaten omdat ze hem vanwege zijn technische kennis niet konden missen. De jappen hadden hem zogezegd *gepinjemd*, geleend. Als bijzonder ambtenaar had hij daarom zijn auto mogen houden.

'Dan heb je geluk, vader, want ze hebben veel auto's afgepakt.' Ik had het gehoord van meneer Coenen, de vader van John, die zijn auto ook had moeten inleveren.

'Ach, die Japanners kunnen niet eens met hun korte benen bij het gaspedaal,' zei moeder snuivend.

'Daar vergis je je in,' antwoordde vader, zonder haar op haar nummer te willen zetten. 'Ze rijden de hele stad rond in gestolen auto's, constant toeterend, alsof het om een kermisattractie gaat. Terwijl veel van de oorspronkelijke autobezitters in de gevangenis zijn vastgezet.'

'O, echt?' riep moeder uit. 'Bekenden?'

Vader noemde wat namen, waarvan ik er een paar kende. Het waren die sigaren rokende ambtenaren die ik bij de burgemeester had ontmoet.

'Wat vreselijk!' riep mammie uit alsof het haar beste vrienden waren.

Mijn vader deed er nog een schepje bovenop en zei: 'Ja, het schijnt er geen pretje te zijn. Ze moeten het leren schoeisel van de Japanse bewakers poetsen en zelf de wc's schoonmaken.'

William kneep zijn neus dicht, waar we allemaal even van in de lach schoten. Het was gek om hier te zitten in onze oude gezinssamenstelling, alsof we even teruggeworpen waren in de tijd. Alleen Greta was er als een wondertje bij gekomen. Zou het kunnen, schoot het even door mijn hoofd, dat vader en moeder na alles wat er gebeurd was elkaar weer zouden vinden? Dat nu Fred was overleden er een kans was dat ze tot de conclusie kwamen dat dit gezin, óns gezin, het waard was om het weer voor te proberen? Mammie deed in elk geval veel aardiger tegen hem, en vader was hier misschien niet zomaar zonder Janneke gekomen.

'Ik hoorde dat de radiomedewerkers van de NIROM ook gevangen zijn genomen,' zei mammie.

Vader schudde zijn hoofd. 'Dat waren ze. Ze zijn gisteren gefusilleerd.'

Mammie sloeg haar handen voor haar mond. 'Och, wat vreselijk! Alleen omdat ze het Wilhelmus bleven uitzenden?'

'De Japanners kregen door dat het ons volkslied was.' Hij schudde zijn hoofd. 'De *Kempeitai*, de Japanse militaire politie, staat geen enkele vorm van muiterij of verzet toe. Dat is wel duidelijk.'

Even zweeg iedereen op het terras. Gekwetter van vogels overstemde de stilte. William en Greta hadden zich weer verdiept in hun spel. Moeder roerde nodeloos in haar bijna lege kopje. Vader keek naar de engelentrompetplant die naast de veranda in bloei stond en waar wel honderd gele kelken in hingen.

'Wie wil er nog thee?' vroeg Vera, die al was opgestaan.

'Vader, is het waar dat iedereen Japans moet gaan leren?' vroeg ik.

'Daar lijkt het wel op,' zei hij. 'Zo gaat dat in een bezet land.'

Ik schoot in de lach. '*Chima, hoschu, nichi, konchy*,' brabbelde ik grappend. William deed meteen met me mee, terwijl hij zijn ogen breed trok.

'Daar is niks grappigs aan, hoor,' reageerde moeder.

'De Japanners streven ernaar om heel Azië met hun cultuur te injecteren en de taal leren is de eerste grote stap daartoe,' legde vader uit.

Het kwam me absurd voor dat we ons die klanken eigen zouden moeten maken en de karakters zouden moeten gaan leren.

'Ik wilde nog iets belangrijks met jullie bespreken.' Vaders toon veranderde. 'Er zal een nieuwe regeling worden ingevoerd, met identiteitsbewijzen waarop vermeld wordt of je Europeaan bent, Indo-Europeaan of Chinees. Het lijkt me verstandig als jullie je als Indo-Europeaan inschrijven. Dat zijn Janneke en ik ook van plan.'

'Wat is er Indo aan Janneke?' De bitsigheid was terug in mijn moeders stem.

'Om eerlijk te zijn: helemaal niks,' reageerde vader rustig. 'Maar met wat make-up op haar gezicht en donker geverfde haren zal ze er wel mee wegkomen.'

Ik snapte het niet. 'Waarom is dat dan verstandiger?'

'Het is inmiddels duidelijk dat de Japanners het gemunt hebben op alles wat niet Aziatisch is.'

Ineens begon mammie te grinniken op een manier die nauwelijks nog op lachen leek. Toch wist ik dat het dat was. 'Heeft jouw familie niet bij hoog en bij laag beweerd dat jouw moeder niks Indisch had, maar dat ze van Spaanse afkomst was?'

Ik zag dat vader zich aan haar opmerking ergerde. 'Klopt, maar dat lijkt me nu weinig relevant. Het gaat erom dat onze kinderen die aantekening in hun pas krijgen.'

'Geen sprake van,' zei ze toen op een superieur toontje. 'Wij zijn Hollanders, allemaal. En daar kom ik honderd procent voor uit.'

Voordat vader vertrok nam hij me kort in zijn armen. Ik rook zijn aftershave, maar het gevoel van veiligheid en vertrouwdheid dat ik daar altijd bij had gekregen, bleef deze keer uit.

Eind april werd de klok anderhalf uur vooruitgezet naar Japanse tijd en twee dagen later, op de verjaardag van keizer Hirohito, werd de Nederlandse kalender afgeschaft. Plotseling was het niet meer 1942, maar 2602. We mochten niet langer spreken over Japan, vanaf nu moesten we *Dai Nippon* zeggen: groot land van de rijzende zon. Wanneer we ons aan de nieuwe regels zouden houden, zouden we met rust gelaten worden, beloofden de Japanners. Dat meer restricties meer vrijheid zouden opleveren, klonk weliswaar hoopvol, maar voelde tegenstrijdig. Toch probeerden we het leven in onze vertrouwde wijk weer enigszins op te pakken. Nu het inkomen van Fred was weggevallen, moesten we creatief zijn om wat geld te verdienen. Iedereen uit ons gezin deed mee: William was elektricien geworden, of *tuan listrik*, zoals ze hier zeiden. Hij legde alarmbellen aan in verschillende huizen tegen inbrekers. Ook verkocht hij elektrische aanstekers en repareerde niet al te ingewikkelde elektrische apparaten. Hoewel het in het begin klachten regende, leerde mijn broertje snel bij. Ik gaf taal- en rekenlessen aan de kinderen bij ons in de buurt, waar ik niet alleen aardig mee verdiende, maar ook plezier in had. En mammie was met Vera en onze Ida, die weer was komen opdagen, een kleine bakkerij begonnen. De nieuwe houding van mijn moeder dwong niet alleen meer respect af, ik ergerde me ook minder aan haar. De slagersdochtersmentaliteit stond haar veel beter dan haar attitude van de verwende kolonistenvrouw. Het rook thuis naar versgebakken roggebrood, en met zijn allen maakten we pindakaas en chutney. Zodra het brood was afgekoeld, gingen Vera en ik met grote manden langs de deuren om het te verkopen.

Gelukkig liep onze handel heel goed, want thuis hadden we veel monden te vullen. Zeker toen er een vaderloos gezin bij ons introk. De moeder had Bandoeng moeten ontvluchten met haar vier kinderen. Een maand later werd het helemaal een gekkenhuis, toen er nóg een vrouw met twee kinderen op de stoep stond. Ik herkende haar meteen: het was Johanna. Spontaan viel ik haar in de armen. Onmiddellijk begon ze te snikken. Haar man had haar in de steek gelaten, vertelde ze me. Ik dacht even dat ze bedoelde dat hij in het leger zat, maar hij had haar létterlijk laten zitten met de kinderen. Tijdens al die avonden en weekenden dat hij zogenaamd had moeten overwerken, bleek hij bij een andere vrouw te zitten. Ik was geschokt; welke man liet zijn vrouw nou in de steek in oorlogstijd?

Han, het gewonde vriendje van Vera, was bijna helemaal hersteld. Volgens Vera liep hij enkel nog wat mank. Vanuit het ziekenhuis was hij overgeplaatst naar de kazerne, die nu als strafkamp fungeerde. Aanvankelijk mocht ze hem daar bezoeken, maar sinds er krijgsgevangenen waren ontsnapt, was dat niet meer mogelijk. Wel werd het oogluikend toegestaan dat de krijgsgevangenen wat toegestopt kregen wanneer ze en groupe voorbijmarcheerden van of naar hun dwangarbeid. Vera had haar vriendje al eens een briefje en een pakje sigaretten gegeven.

Op een saaie zondagmiddag zag ik door de openstaande slaapkamerdeur Vera voor de spiegel zitten. Ze maakte zich op om naar de foeragerende jongens te gaan. 'Zal ik meegaan?' bood ik spontaan aan.

Via de spiegel keek ze me aan. 'John zit toch niet hier?'

'Nee, natuurlijk niet,' zei ik schouderophalend. 'Maar misschien zijn er jongens die ik ken van school.' Ik wilde vooral mee om even weg te zijn van huis. Sinds de bezetting was ik nog geen enkele keer in de benedenstad geweest.

'Blijf gewoon thuis. Het is zo al gevaarlijk genoeg.'

'Doe niet zo flauw, Veer!'

Nu draaide ze zich naar me om en zei vinnig: 'Is dit een Rosa-stemming? Want daar heb ik geen zin in.' Ze had het over de typische kwaaie buien die ik soms kon hebben, en die mammie vroeger altijd plagerig 'Rosa-stemming' noemde tegenover Fred. Als iemand bij ons thuis in 'Rosa-stemming' verkeerde, werd er expres met een boog om hem of haar heen gelopen en daar beleefden ze dan altijd erg veel lol aan. Behalve ik. Achteraf had ik er beter van kunnen genieten. In die tijd was Fred nog gezond, zat ik op school met mijn vrienden, lagen we meestal in onze vrije tijd in het zwembad en was er nog geen oorlog. Over de dingen waar ik me toen druk om maakte, zou ik nu lachen.

'Misschien kun je je voorstellen dat ik John ook mis,' zei ik en ik probeerde mijn kalmte te bewaren. 'Ik heb echter geen enkele mogelijkheid om hem te zien. Door mee te gaan, heb ik toch het gevoel dat ik iets kan doen. Het is dan wel niet John die ik iets toestop, maar wel een andere jongen die misschien ook zijn vriendin mist.' Ik zag dat mijn woorden hun doel niet misten.

'Goed dan,' verzuchtte ze. 'Maar geen spontane acties. Ik ken jou. Alleen precies doen wat ik je zeg.' Ze draaide zich weer om naar de spiegel. Ik haastte me naar de keuken.

'Wat heb je eigenlijk meegenomen?' vroeg mijn zus toen we bepakt met ieder een kleine rugzak aan onze voettocht begonnen.

'Brood met pindakaas en jam, en bij elke boterham een Haags hopje.'

'Ik geef ze meestal plakken worst en spek, maar dit zullen ze ook lekker vinden.'

'Ik heb er ook nog wat briefjes bij gedaan,' zei ik zelfingenomen.

Abrupt bleef ze stilstaan. 'Briefjes? Wat heb je daar dan op geschreven?'

Ik haalde mijn schouders op. 'Dingen als: "Hou vol, wij denken aan jullie." "Het recht zal zegevieren." "Zolang de geest niet is gebroken, is de natie niet gebroken."'

Vera bleef me strak aankijken.

'Wat? Is het niet goed, of zo?'

'Jawel, er staat in elk geval geen geheime informatie in die ze in gevaar kan brengen.'

'Dat had je me wel ingepeperd, ja, maar wat is er dan mis mee?'

Ze wendde zich van me af en zuchtte diep. 'Wat heb je aan die open deuren als er vijf maten van je vermoord zijn?'

'Welke maten? Waarom heb je me dat niet verteld?'

'Omdat er al genoeg gruwelijke verhalen rondgaan. Han kende ze niet heel goed. Het waren gewone jongens, net als hij. Het hele kamp moest toekijken hoe ze werden gemarteld, net zolang tot ze bezweken.' Zonder verder commentaar begon Vera weer te lopen.

Naarmate we dichter bij de stad kwamen werd ik zenuwachtiger. Het was raar; het decor was hetzelfde gebleven, maar er liepen andere figuren in rond. Op affiches stonden Japanse teksten. De winkels hadden Japanse namen gekregen. Het theater heette niet langer Majestic, maar Ginza. Overal wapperde de witte vlag met de rode bol. En het luide getoeter van auto's verstoorde de rust, precies zoals vader had verteld. Zo nu en dan schrok je op van een felle stem die uit de luidsprekers schalde die op houten staketsels geplaatst waren. Wanneer er geen mededelingen werden gedaan, klonk er Japanse muziek uit de geluidsinstallaties. Ondertussen ging de stadse bedrijvigheid als vanzelfsprekend door, met bouwvakkers die hun dagelijkse klussen uitvoerden aan de huizen, kooplieden die hun producten verkochten op de *pasar*, en welgestelde dames die langs de modewinkels struinden. Het was surreëel.

De situatie werd nog onwerkelijker toen we in de verte een bekende melodie hoorden. 'En van je hela, hola, hou er de moed maar in!' zongen de krijgsgevangenen die aan kwamen marcheren met aan weerskanten Japanse soldaten die ze op de fiets in het gelid hielden. Op dat moment viel het me pas op dat er meerdere meiden langs de weg stonden, mooi opgemaakt en met gevulde tasjes. Ook zij waren hierheen gekomen om een glimp van hun vriendje op te vangen.

Toen de Japanse officier die vooropliep dichterbij kwam, bogen we diep, zoals was voorgeschreven. Mijn zus trok me daarna weer overeind. 'Je mag weer rechtop gaan staan.'

De jongens waren nu zo dichtbij dat ik hun gezichten kon herkennen. Door hun kaalgeschoren koppen en de baardgroei op hun gezicht bleek dat een stuk lastiger te zijn dan ik had gedacht. Toen pas hoorde ik dat ze zongen: 'En van je hela, hola, leve je weet wel wie.' Een creatieve variatie op 'Leve de Wilhelmien'. Ik moest erom glimlachen en was trots op onze jongens!

Een van de bewakers op de fiets gaf ons een knipoog. Volgens Vera was dat het teken dat het goed zat. Ik zag dat de meiden voor ons een aantal jongens snel en behendig wat toestaken. De bewaker ernaast beval hun weliswaar om door te lopen, maar ook hij moest kunnen zien wat er gebeurde. Omdat ik werkelijk niemand herkende, besloot ik om mijn pakjes aan willekeurige mannen te geven. 'Doorgeven,' zei ik, meestappend in hun tempo. Ik wilde dat niet alleen de jongens aan de buitenkant iets kregen.

Opgewonden omdat het allemaal goed was gegaan, begonnen we aan de terugweg. Energiek, met onze schouders naar achteren, liepen we langs de hbs, waar nu het hoofd van de Kempeitai huisde, toen we ineens een opgewonden Japanse stem achter ons hoorden. We realiseerden ons meteen dat we de schildwacht bij de poort over het hoofd hadden gezien. Verschrikt draaiden we ons om en bogen diep. Kijkend naar zijn gelaarsde voeten hoorden we hem iets onverstaanbaars tegen ons schreeuwen. Schuchter kwam ik omhoog. 'Sorry, Dai Nippon,' herhaalde ik twee keer. Het antwoord was een harde klap tegen mijn hoofd waar mijn oor van suisde. Tranen schoten in mijn ogen, meer van de schrik en verontwaardiging dan van de pijn. Ook Vera incasseerde daarna zo'n harde klap. '*Pergi!*' zei de gemeen kijkende jap ten slotte in het Maleis tegen ons. 'Wegwezen!'

Thuis zat mevrouw Coenen op me te wachten, alsof ze voorvoeld had dat ik naar een bericht van haar zoon smachtte. 'Goed nieuws,' zei ze, terwijl ze haar bezweette voorhoofd droogdepte met een zakdoek. 'Ik heb post van John gekregen.' Ze schoof een beduimeld geel vod over de tafel naar me toe. 'De kaart heeft er wel heel lang over gedaan, want hij is al van weken geleden,' zei ze verontschuldigend, alsof zij de post runde.

Ik las de woorden in het slordige handschrift:

Lieve dikzak,

We gaan naar Australië om een verdere opleiding te krijgen en zo. Ik heb het getroffen. Gaat alles goed daar? Groet, ook aan pap.

Jullie John

'Dikzak?' zei mammie, die achter me was komen staan.

'Zo noemt hij me altijd,' zei mevrouw Coenen vergoelijkend, waarbij ze kuiltjes in haar wangen lachte.

'Wat een geluk dat hij naar Australië is!' Ik slikte mijn teleurstelling over het feit dat John niets aan mij had gericht weg.

'Goed kijken.' Mevrouw Coenen keek me met veelbetekenende blik aan. 'Er staat ook iets voor jou op.'

Pas toen zag ik dat er iets in de kantlijn was gekrabbeld. In kleine priegelletters stond er:

PS Een omhelzing aan mijn Rosa. De mooiste, de liefste. xxx

Mijn hart maakte een sprongetje. Hij was me niet vergeten.

8

Ik staarde veelvuldig naar Johns foto, alsof ik hem daardoor met mijn geest zou kunnen bereiken. Maandenlang was dat ene zinnetje op die beduimelde postkaart het enige wat ik van hem had ontvangen. Inmiddels werd alle post gecensureerd of domweg weggegooid. Dus al had John ons geschreven, de kans was groot dat we het nooit hadden ontvangen. Niet alleen de post maar bijna niets werkte nog normaal, en onze bewegingsruimte nam met de dag af. De Japanners draaiden de duimschroeven steeds strakker aan; fouten werden niet meer getolereerd. Pakjes brengen aan de krijgsgevangenen was allang streng verboden. Waar bleven die Amerikanen om onze jongens te bevrijden? Wij hadden toch ook onze nek uitgestoken door direct na Pearl Harbor aan Japan de oorlog te verklaren? Waarom schoten zij ons nu dan niet meteen te hulp?

Het huis was wel erg vol nu en ik sliep met Vera, Johanna en haar twee kinderen in één kamer. 's Nachts lag Johanna nog vaak in bed te huilen van liefdesverdriet, hoewel ik haar al meerdere malen had gezegd dat haar man haar tranen niet waard was. Ach, wat wist ik nou van een gebroken hart… Overdag werkten we stevig door, iedereen vervulde binnen dit bedrijfje zijn eigen rol. Door de aanwas van jonge kinderen in de buurt was mijn klaslokaal verhuisd naar de garage, waarvoor Vera prachtige tekeningen had gemaakt die ik aan de wanden had opgehangen. Vera was niet zo'n goede prater, maar als ze tekende leken al haar emoties tot uitdrukking te komen.

Ondertussen bakten moeder, Ida en Johanna dag en nacht brood om aan de vraag te kunnen voldoen. Soms konden ze niet door met bakken, omdat de ingrediënten op waren, die we van steeds verder moesten gaan halen. Voor vandaag had ik een betjak kunnen regelen om zakken meel, suiker en pinda's op de pasar te gaan halen. Vera zou met me meegaan, maar vlak voor we wilden vertrekken, kwam ze me krom van de buikpijn vertellen dat het niet ging. We moesten de fietstaxi maar afzeggen. Ik wist dat het allang niet meer veilig was om als meisje alleen over straat te lopen, maar mammie had die spullen nodig, dus ik besloot het erop te wagen. Zonder mijn zus zou er meer plek zijn voor boodschappen. De Indonesiër reed de weg naar de benedenstad met meer vaart af dan verantwoord was. Ik hield me stevig vast om niet van het bankje gewipt te worden. Terwijl we langs de sawa's zoefden, met de wind in mijn losse haren, voelde ik me weer vrij; een gevoel dat maar van korte duur was toen ik aan de rand van de stad de eerste militaire posten zag staan. Ik stapte uit voor de ingang van de markt. 'Ik blijf niet lang weg,' zei ik tegen de man. 'Blijf hier wachten.'

'Eerst geld, njon,' antwoordde hij brutaal.

'Pardon?' Ik was niet van plan me te laten oplichten. 'Als ik nu betaal, weet ik niet of je op me wacht.' De weg naar boven met een zware vracht was een stuk minder aantrekkelijk voor hem dan de afdaling naar beneden.

'Als ik nu niks betaald krijg, weet ik niet of je terugkomt,' antwoordde de man bijdehand.

Geërgerd haalde ik het geld uit mijn tasje. 'Beloof me dat je niet zult weggaan,' zei ik voordat ik het hem overhandigde.

'Natuurlijk, njon,' zei hij en hij knikte.

Ik gaf hem het briefje van vijf gulden, dat ruim voldoende was voor een retourtje.

'Hé, Rosa!' hoorde ik plotseling achter me.

'Sonja!' riep ik uit. 'Dat is lang geleden!' We vielen elkaar lachend in de armen.

Ik realiseerde me hoe geïsoleerd we inmiddels waren in onze eigen huizen in de verschillende stadsdelen. We zagen elkaar nooit meer, terwijl vriendschappen nu juist harder nodig waren dan ooit. Sonja had allang gehoord van de dood van Fred, dus daar hoefden we weinig woorden aan te wijden. Leunend tegen een muurtje met een kokosnoot, waar we om beurten uit dronken, vertelden we elkaar oorlogsanekdotes, alsof het moppen waren. Spannende verhalen over wat we hadden meegemaakt, die in retrospectief – en met een tikje overdrijving en een kleine twist – weer wat luchtigheid aan de situatie gaven. Niemand kon dat zo goed als Sonja. Ze maakte grappen als een mitrailleur: scherp en raak. Toen ik vroeg hoe het met haar broer Rudi ging, was het ineens gedaan met de lolligheid.

'Hij heeft zich aangesloten bij de Nederlandse troepen,' zei ze.

'Maar Indische jongens mochten toch kiezen?' Indo's die zich niet solidair hadden verklaard met het Nederlandse leger zaten nu gewoon thuis.

'Dat klopt, maar hij wilde voor "koningin en vaderland" blijven strijden, waardoor hij meteen terug moest naar de kazerne om zich te melden.'

'Wie laat zich nou vrijwillig opsluiten?' vroeg ik vol ongeloof.

Om Sonja's mond verscheen een verbeten trek. 'Mijn domme broer dus.'

'Maar waarom? Wat voor nut heeft hij nou daar achter het prikkeldraad?'

'Jij kent hem niet,' zei ze met een zucht van frustratie. 'Hij is zo principieel als een… Als een…' Ze zocht naar het juiste woord. 'Als een predikant! Wat ik ook probeerde, hij was niet over te halen.'

'Waar zit hij?'

'In Tjimahi, dat één groot krijgsgevangenkamp is geworden. Geen enkel familielid en geen enkele echtgenote wordt daar toegelaten. De vrouwen die dat geprobeerd hebben moesten kiezen: kaalgeschoren worden of naakt naar huis lopen.'

'Mijn hemel, dat wil je echt niet riskeren.'

Ze schudde mismoedig haar hoofd. Ik had met haar te doen. Veel van die jongens daar zouden meteen hun overtuiging overboord gooien als ze daarmee hun vrijheid terugkregen, maar zo'n integer persoon als Rudi kon dat niet. Hij wilde bewijzen dat hij beter was, misschien wel beter dan een Hollander. We bleven even zwijgzaam naast elkaar staan. De kokosnoot was leeg.

Sonja hielp me met het verzamelen van de spullen. Toen we met wat koelies die de zware zakken droegen, terugkwamen op de plek waar ik was afgezet, zag ik de betjak niet meer staan. 'Verdorie, hij is hem toch gesmeerd,' riep ik kwaad. 'Die rotvent!'

'Bedoel je hem?' Sonja wees naar de man die aan de andere kant van de drukke straat was gaan staan met zijn fietstaxi. Hij stak zijn hand naar me op.

Ik pijnigde mijn hersenen nog dagenlang met de vraag wat ik zou kiezen: kaalgeschoren worden of naakt naar huis lopen. Uiteindelijk besloot ik maar om nooit zulke grote risico's te nemen, want beide opties waren verschrikkelijk.

In Batavia en Semarang bouwden de Japanse bezetters interneringskampen speciaal voor vrouwen en kinderen: kampen die zogenaamd bedoeld waren om ons te beschermen tegen de inlandse bevolking. Ik begreep dat niet: hoezo zouden onze landgenoten ons iets willen aandoen? We hadden toch altijd – of bijna altijd – vreedzaam met elkaar geleefd? Het was overduidelijk een drogreden, enkel bedoeld om na onze mannen ook ons te kunnen opsluiten. In Bandoeng en omgeving was het godzijdank nog niet zover, waardoor veel vrouwen hierheen waren gevlucht. Zo stond op een dag ook tante Liesbeth op de stoep met twee van haar personeelsleden. De oudste zus van mijn moeder was een kleine gedrongen vrouw die geboren leek als directrice. Waar ze ook kwam, ze dwong onmiddellijk ontzag af. Nu zag ze er ontgoocheld uit. Ze had zich veilig gewaand op haar kweekschool voor Indonesische meisjes en had op coulance gerekend van de Japanners. Evengoed hadden ze haar een ultimatum gesteld om te vertrekken. Wat mijn tante het meest had geraakt, was dat de Indonesiërs vervolgens wraak op haar zogenaamde rijkdom hadden genomen. Ze had moeten toezien hoe haar hele school *gerampokt* werd door inlandse bandieten. Er was werkelijk niks meer heel gebleven. Ik begreep dat ze gekwetst was. Mijn tante was de enige in de familie die altijd naar gelijkheid had gestreefd. Met haar school had ze juist meer kansen willen creëren voor de inlandse meisjes, en ze begreep niet dat de mensen dat niet zagen. Toch was ze er niet de persoon naar om het hoofd te laten hangen. Ze hoopte haar school terug te krijgen wanneer deze ellendige oorlog voorbij was.

Het was begin december – we hadden net Sinterklaas gevierd, waarbij ik Zwarte Piet had mogen spelen – toen er ineens een omwenteling leek plaats te vinden. Het verhaal ging rond dat de internering van vrouwen uit Bandoeng was uitgesteld. De aanleiding hiervoor zou zijn dat de NSB'er Rost van Tonningen zou hebben voorgesteld om alle Nederlanders in Oost-Indië niet te interneren, maar ze naar de Oekraïne te brengen, waar we de grond van het dunbevolkte land zouden moeten ontginnen. Ik ging zo op in het gerucht dat ik zelfs opzocht waar de Oekraïne precies lag en hoe het klimaat daar was. Ook al was het er niet zo aangenaam als hier, het leek me prima leefbaar. Alles was beter dan te worden opgesloten in een strafkamp.

Niet veel later werd er gefluisterd dat er bommen van de geallieerden op Soerabaja waren gevallen, waarop de Japanse luchtmacht zich zou hebben teruggetrokken naar Singapore. Een grote groep Japanse militairen zou zich al hebben overgegeven en het kon nu echt niet lang meer duren voordat de Amerikanen Japan zouden aanvallen. Niemand kon de berichten bevestigen, maar het waren er zoveel dat er wel iets van waar moest zijn. Sommige buurtbewoners hadden de rood-wit-blauwe vlaggen al uit de mottenballen gehaald om de overwinning te vieren. Waarschijnlijk was die optimistische stemming aangewakkerd door een positieve toespraak van Wilhelmina, vanuit Londen, die via een illegale radio was opgetekend en door iedereen was gekopieerd. Onze koningin verklaarde in haar betoog dat de kansen van de oorlog waren gekeerd. De moed en het uithoudingsvermogen van de geallieerden zouden tot de val van Japan leiden. Opvallend was de passage die daarna kwam, waarin Wilhelmina inging op het bestuur van ons land na de oorlog. Ze pleitte voor meer zelfstandigheid en samenwerking van de kolonie, waarin er voor verschillen op grond van ras of land geen plek meer was. Het leek me wat onrealistisch om alle inlanders ineens aan ons gelijk te stellen, maar ik vond het een nobel streven en was trots op onze koningin. Ik durfde er weer op te vertrouwen dat het goed zou komen.

Die hoop vervloog toen het hoofd van de kampong een brief bij ons bezorgde. We moesten ons melden: de internering van vrouwen en kinderen op Bandoeng ging door. Al die verhalen waren slechts *kabar angins* geweest: geruchten die zich verspreiden door de wind.

Mijn tante Liesbeth nam onmiddellijk weer de benen. Als ze dan toch het kamp in moest, dan liever in Semarang, bij haar oude woonplaats. Op een kleine vrachtwagen laadden we wat meubels, huisraad en kleren in en we vertrokken naar Kareës: een verpauperde buurt in Bandoeng, waar we met nog vijf andere gezinnen één woning toegewezen hadden gekregen.

IV

Kamp Kareës

Bandoeng
november 1942 – december 1944

1

Kamp Kareës bestaat uit een afgesloten wijk met woonhuizen van bijna een vierkante kilometer. Aanvankelijk hadden we nog de poort uit mogen lopen om naar de pasar te gaan. Ook Ida was regelmatig bij het prikkeldraad spullen en eten komen brengen. Maar na een paar maanden was er een goudgeel gedek geplaatst, een schutting van gevlochten bamboe, die ons het zicht ontneemt. Vanaf dat moment zitten we gevangen, krijgen we driemaal daags een karige maaltijd uit de gaarkeuken, en kunnen we enkel tegen woekerprijzen nog wat aanvullend eten kopen in de kleine kampwinkel. Japanners zien we hier bijna nooit. Ons kamp wordt permanent bewaakt door de lokale politie en gecharterde inlandse bewakers, de zogenaamde heiho's. Het zijn allemaal mannen uit de kampongs, die hun taken met wisselend enthousiasme uitvoeren. Hun baas zit meestal voor het kampkantoor te eten en deelt met zijn vette mond orders uit. De vaste poortwachter staat onverschillig zijn kruidnagelsigaretjes te roken. Zijn collega is veel feller: hij trok zijn wapen toen een vrouw hem in het voorbijgaan 'koelie' noemde. Dan zijn er de mannen die elkaar afwisselen op de *miradors*, de vier uitkijktorens die op iedere hoek staan. Met een geweer schuin over hun schouders turen ze vaker naar wat er buiten het kamp gebeurt dan hierbinnen. Ik kan het me voorstellen; de wereld buiten is ook veel interessanter.

Er dringt hier geen enkel krantenbericht en geen radio-informatie binnen, dus we hebben geen idee hoe het er buiten ons kamp aan toegaat, hoe de oorlog zich ontwikkelt, waarom de Amerikanen en de Engelsen ons niet helpen, en of deze ellendige situatie nog lang zal duren. Met honderden vrouwen en kinderen met Europees bloed, net zoals wij, zitten we hier hutjemutje.

In onze eerste woning had dat tot zoveel spanningen geleid dat een van de bewoonsters mammie met een schilmes te lijf was gegaan. Ik hoorde het verhaal achteraf, dus ik weet niet precies hoe het gebeurd was, maar Vera vertelde me dat mammie bij deze vrouw het bloed onder de nagels vandaan had gehaald. Na de aanval, die mammie een flinke snee in haar arm had opgeleverd, had ze zoveel stennis lopen maken bij het kampcomité dat ze ons een ander verblijf hebben toegewezen: een stenen paviljoen dat bestaat uit twee kleine kamers en een voorraadhok, waarin Vera en ik slapen. Voor het tuinhuis ligt een stukje grond waarop een tamarinde staat, een asemboom. Dit onderkomen, waar we vroeger onze neus voor zouden hebben opgehaald, lijkt nu een klein paradijs. Johanna had eigenlijk in het eerdere huis moeten blijven wonen, maar mammie stond erop dat zij en de kinderen ook bij ons mochten intrekken. Ik was verrast geweest door haar generositeit.

De ochtend zoemt van de insecten, een enkele vogel zingt. 'Waarom probeer je het niet gewoon?' Ik sta voor de *krossi males*, de ligstoel waarop Vera te vinden is als ze niet binnen op haar brits ligt. Terwijl we op ons ontbijt wachten, probeer ik haar over te halen om straks met William en mij mee te gaan naar onze corveeploeg.

'Ik kan niet werken, echt niet,' zegt ze klagelijk.

Om mijn ergernis af te reageren, sla ik de muggen weg, die vooral de dageraad gebruiken om ons bloed op te zuigen. 'Het wordt alleen maar erger als je niks doet. Dan ga je nadenken.'

'Rosa, alsjeblieft.' Ze heeft haar handen op haar platte buik gelegd, alsof zich daar haar oren bevinden die ze wil afsluiten voor mijn stemgeluid. Wat Vera precies heeft weet ik niet, maar ze is al maanden ziek. Mammie zegt dat ze een spastische darm heeft. Ik denk eerder dat haar hersenen in de knoop zitten. In elk geval kan ze door haar toestand niet meedoen aan de ploegendiensten. Mammie en Johanna hoeven evenmin corvee te draaien, omdat ze zoals alle moeders met kinderen onder de vier jaar vrijstelling krijgen. Dus komt het erop neer dat William en ik de enige twee zijn van onze familie die moeten werken. Ik ben ingedeeld in de sjouwploeg en heb leiding over een groepje jongens, van wie William er een is. We vervoeren de grote etensdrums op onze kar, maken ze schoon, zorgen voor brandhout en kolen voor de gaarkeuken. We vervoeren meubels bij interne verhuizingen of brengen zieke mensen naar de verplegerspost in het kamp, een provisorisch ziekenhuis. Het beste van ons werk is dat we een paar keer per week de poort uit moeten wandelen om spullen te halen: zakken meel, rijst, suiker, aardappelen, groenten. Het is maf om te zien hoe het leven buiten het kamp normaal door lijkt te gaan, met *warungs* die hun maaltijden op straat verkopen en *toko's* die hun producten voor de deur hebben uitgestald. In het begin lukte het me om met wat geld dat ik van mammie kreeg stiekem iets te kopen, wat ik dan in mijn blouse verstopte. De kleine Indonesiër die meeging als onze bewaker leek me te mogen. Maar sinds kort staat ons een nieuwe inlander met priemende ogen op te wachten, en vooralsnog geeft hij geen sjoege. Ik gok erop dat het me samen met Vera wel lukt om hem te charmeren, of om hem dusdanig af te leiden dat ik wat te eten bij elkaar kan schrapen. 'Vera, misschien kunnen we *frikadel* kopen.' Ik heb het over het gehaktbrood dat je bij de poort al kunt ruiken.

'Laat me met rust.'

'Laat haar met rust,' klinkt het als een echo. Mammie is samen met Johanna vanaf het keukenpaviljoen komen aanlopen, met ieder een pan. Drie keer per dag fietst er een meid door onze straat met een megafoon: 'Halimoenlaan, eten!' Dan moeten we met potten, pannen en bakjes naar de gaarkeuken snellen. Het zijn porties die per week kleiner worden en minder voedingsstoffen bevatten. Mammie doet haar best om wat extra's te koken, maar de houtskool die we moeten kopen is schreeuwend duur. Veel van het hout dat rondom en in het paviljoen te vinden was – de blinden voor de ramen, de houten sponningen, deurkozijnen en versiersels – is door ons al met een botte bijl in stukken gehakt.

Johanna zit met haar kinderen Lotta en Levi en mijn zusje Greta op het Perzische tapijt dat mijn moeder op een van haar reizen heeft gekocht en dat vroeger het parket in onze achterkamer sierde. Het ligt nu permanent hier buiten op de ongelijke grond van onze tuin, tenzij het regent. Mammie zit in een stoel met armleuningen, de enige keukenstoel die nog niet is opgestookt, William en ik zitten rug aan rug op een stalen kist die uit de opslag komt van opa De Graaf. William heeft zijn blik op de aarde gericht, waar hij daadwerkelijk dingen lijkt te zien: beestjes die kruipen, onkruid dat opkomt. In elk geval dingen die interessanter zijn dan dit gezelschap van dames. Zwijgend eten we ons ontbijt, hoewel dat een groot woord is voor de *bubur* die we steeds vaker krijgen. Het is een soort stijfselpap gemaakt van tapiocawortel, die zo vies is dat je bij elke hap zou willen overgeven. Toch moeten we het wel eten, want er is niks anders. Mijn kleine zusje en haar schaduw – Levi – knijpen er altijd hun neus bij dicht. Wij doen alsof het prima smaakt, waarop Lotta – de oudste van 'de drie kleintjes' – ons als stille getuige van deze leugen aankijkt.

Nog voor Vera klaar is met haar pap zet ze haar kom naast haar ligstoel en draait haar hoofd weg. Als ze nu ook al weigert te eten, zal ze het niet lang volhouden, redeneer ik. Ergernis en angst stapelen zich als één emotie op onder mijn borstkas. 'Ik heb mensen horen praten over de handel die 's nachts wordt gedreven bij het gedek.' Vanuit mijn ooghoeken kijk ik naar Vera. Zou ze me horen?

'Wat voor handel?' vraagt mammie.

'Spullen voor eten.'

Mammie lacht schamper. 'Onze dure spullen voor hun goedkope voedsel.'

'Nou, ik zou mijn zilveren geboortebeker wel willen ruilen voor een kilo vlees,' zeg ik provocerend.

Ik zet me schrap voor haar kwade reactie, maar in plaats daarvan zegt ze: 'Ga je gang, als je het maar met ons deelt.' Daarna staat ze op uit haar stoel en pakt de kom van Vera van de grond.

'Ik wil wel mee,' zegt William.

Met een ruk draait moeder haar hoofd naar hem toe. 'Waag het niet, William, dat is geen spielerei!' Daarmee is de discussie al geëindigd nog voor ze kon beginnen. Hoewel William nooit zeurt en niemand tot last is, bezorgt hij mammie kopzorgen. Wanneer hij niet hoeft te werken scharrelt hij meestal met een vriendje rond op zoek naar elektrische apparaten die hij zogenaamd kan repareren tegen betaling. Vooral illegale radio's zijn heel populair. Door het gebrek aan de juiste onderdelen lukt het maar zelden om ze weer aan de praat te krijgen. Mijn moeder heeft wat te stellen met de mensen die bij haar komen klagen. Gisteren zette ze zich alweer schrap voor een vrouw die vroeg of ze de moeder van William de Graaf was. 'Ja, wat dan?' vroeg ze defensief, waarop de vrouw haar onverwachts complimenteerde; het was William daadwerkelijk gelukt om haar schemerlamp te repareren.

Behalve Vera, die in slaap is gevallen, staat iedereen op. Greta pakt Levi bij de hand om samen met hem achter Lotta aan naar school te lopen. Er is een clandestien schooltje voor jonge kinderen opgericht door het kampcomité. Dit comité bestaat uit zogenaamde *hantjous*, een clubje geïnterneerde vrouwen die elkaar al kenden van voor het kamp en die de taak op zich hebben genomen om de boel te regelen.

Greta is dol op haar kleuterklas, waar ze met leeftijdsgenootjes speelt en liedjes leert waar ze ons daarna thuis de hele tijd mee lastigvalt: 'Daantje zal naar school toe gaan, maar hij blijft voortdurend staan,' zingt ze luidkeels. Het meest ironische liedje uit haar repertoire is: 'Wij zijn de zonnestraaltjes, altijd fris en blij...' Wanneer ik haar in de verte zie huppelen, realiseer ik me dat ze niet beter weet dan dat dit het echte leven is. Dit kampleven.

'Rosa, ik zou het niet doen,' hoor ik boven me. Ik sta gebukt om mijn versleten sandaal met een touwtje vast te binden, zodat hij aan mijn voet blijft zitten, en kijk in het bezorgde gezicht van Johanna. 'Dat zogenaamde gedekken schijnt behoorlijk gevaarlijk te zijn.'

'Maar heel veel vrouwen doen het.' Ik speel al een tijd met de gedachte en nu Vera steeds minder eet, moet ik het risico nemen.

'Ja, maar de twee vrouwen die ze laatst hebben gesnapt, zijn tot op heden nog niet teruggekeerd.'

Ik ben rechtop gaan staan. Gek, ik dacht dat Johanna groter was dan ik, maar we zijn precies even lang, waardoor ik recht in haar ogen kijk. 'Ik doe het voor Vera. Ze moet wat vitaminen binnenkrijgen.'

Johanna pakt me even bij mijn arm. 'Wees dan maar heel voorzichtig.'

'Zal ik doen.' Terwijl ik het zeg voel ik een klein verlangen opvlammen in mijn buik, als de zwavel op een stokje die plotseling vlam vat: ik wou dat zij mijn moeder was.

Nog diezelfde nacht sluip ik met een tas vol spullen richting het gedek. Na de laatste rij huizen moet ik op de tast door een veld van verbouwde groenten kruipen om bij de bilikafrastering te komen. Ik stuit prompt op een vrouw die daar ligt en me toebijt: 'Rot op, dit is mijn plek.' Op zoek naar een andere geschikte plek passeer ik nog een paar dames die alleen of met zijn tweeën zijn gekomen. Met mijn ogen opengesperd om iets te kunnen ontwaren in het zwakke maanlicht tast ik met mijn handen de afscheiding af, tot ik een oneffenheid voel. Niet in de schutting, maar in de aarde waarop die is geplant. Hier is al eerder een gat gegraven door een medegevangene. Heel stil blijf ik liggen. Na een niet meer in te schatten aantal trage minuten hoor ik aan de andere kant iets ritselen. Ik kuch om mijn aanwezigheid kenbaar te maken en hou dan mijn adem in. Er wordt teruggekucht. Na wat heen en weer gekuch vraag ik om voedsel, iets eetbaars. Dat heeft hij bij zich: suiker, rijst, een kip. Hij vraagt mij om kleren. Ik geef hem een vergulde broche, een kristallen verstuiver, een zilveren lepeltje en een koperen weegpunter die ik uit de keuken heb *getjakt*. Nog steeds is hij niet tevreden. Hij wil kleren. Dus trek ik mijn blouse uit – de blouse waar ik altijd veel in kon meesmokkelen – en duw de nog warme stof onder het hek door. Het voedsel dat hij me ervoor wil teruggeven past daar niet doorheen, dus graven we naar elkaar toe tot het wel lukt. Het is een zak met rijst en een pot die halfgevuld is met suiker. Geen kip. Ik ben boos en eis mijn blouse terug. Uiteindelijk weet ik nog een zak pinda's los te praten.

Wanneer ik mijn buit aan mammie laat zien, zegt ze niets. Met een verbeten trek om haar mond pakt ze de sleutel van haar nek en gaat ermee naar haar hutkoffer. Ze komt terug met linnen servetten, zilveren servetringen, twee kostuums van Fred, een jurk van zichzelf en het kraamkleed waarin Greta was gedoopt: spullen die waarde hebben zolang je niet hongerlijdt. 'Ga dit maar ruilen,' zegt ze.

In onze gezamenlijke slaapkamer geef ik Vera een handvol pinda's. 'Wat lief,' zegt ze verbaasd. Even ben ik bang dat ze zonder ze te eten weer achterover zakt op haar bed, maar ze pakt een schil vast tussen haar vingers en drukt de twee pinda's eruit. Met vliesje en al stopt ze ze in haar mond.

2

Vandaag hebben Fiona en ik afgesproken om te gaan rolschaatsen. Zij heeft geen rolschaatsen, maar ik heb de mijne tot nu toe weten te bewaren. Op de brede geasfalteerde laan lijk je te zweven. Meestal gebruiken we ze om beurten, of we doen allebei één rolschaats aan. Meteen als ik klaar ben met mijn corvee bij de sjouwploeg haast ik me met mijn rolschaatsen richting het keukenpaviljoen, waar zij werkt. Met een doekje om haar hoofd geknoopt staat ze de laatste borden af te wassen. Ik zet mijn rolschaatsen weg en pak een theedoek om haar te helpen. 'O, dus háár help je wel uit eigen beweging,' is het commentaar van mevrouw Hessels. Het hoofd van de gaarkeuken heeft leren koken van haar Indische moeder. Inmiddels is ons dieet zo karig dat zelfs zij er weinig soeps van weet te maken.

'Ja, omdat ze mijn vriendin is, mevrouw Hessels, en ik haar dan sneller kan wegkrijgen bij haar slavendrijver.'

'Brutaal wezen.' Daarna richt ze zich tot Fiona. 'Jammer dat je met je vriendin meegaat, want ik had nog een verrassing.'

'Wat voor een verrassing?' vraagt Fiona, precies zoals mevrouw Hessels natuurlijk had gehoopt.

'Ik heb een dozijn ijsjes gekregen.'

IJsjes? Er zit nauwelijks nog groenten of vlees bij onze maaltijd, maar we krijgen wel ijsjes? Waar slaat dat op?

'Het is veel te weinig voor het hele kamp, natuurlijk,' gaat mevrouw Hessels door. 'Dus ik dacht: ik geef ze aan de meiden die me het best helpen.'

'En dat ben ik niet?'

'Nee, dat ben jij niet, Rosa.' Ze richt zich weer tot Fiona. 'Dus als je een ijsje wilt verdienen, moet je iets voor me doen.'

'Wat dan?'

'Er staat een bestelling bij de kamparts. Ik heb net bericht gekregen dat die kan worden opgehaald bij de poort.'

'Dat kan ik nooit alleen halen,' zegt Fiona. 'Daar heb ik sowieso Rosa bij nodig.'

'Laat dan maar. Dan vraag ik wel iemand anders.' De kokkin kijkt me arrogant aan, alsof ze wil zeggen: ik ben hier de baas.

'Geen probleem, ik hoef geen ijsje,' zeg ik. 'Maar ik wil Fiona best even helpen.'

Mevrouw Hessels stemt in: 'Vooruit dan maar.' Ik wil mijn rolschaatsen oppakken, maar dat verhindert ze. 'Laat die maar hier staan, dan weet ik in elk geval zeker dat jullie terugkomen.'

Achtervolgd door een paar puistige jongens huppelen we door de straat. De jochies proberen onze aandacht te trekken door woorden te sissen als 'schatjes' en 'snoesjes'. Wij reageren er niet op. In de verte komen twee paarden ons tegemoet. Als er al jappen in het kamp komen, rijden ze meestal op een fiets. De cavalerie heb ik hier nog nooit gezien. Zelfs van een afstand kan ik zien dat ze een hoge rang hebben. De militairen dragen nette pakken met een gebleekte kraag die boven hun dienstjas uitsteekt. Op hun borst glimmen medailles en gouden knopen. Als een van hen onze kant op blikt, trek ik Fiona onmiddellijk mee omlaag. Voorovergebogen blijven we staan tot ze dichterbij komen. Achter ons lopen de jongens nog steeds te klieren. 'Buigen!' sis ik naar achteren. Met mijn hoofd schuin zie ik dat de hoeven ons naderen en ons gestaag voorbijstappen.

Ik wil mijn rug al weer strekken als een van de paarden afbuigt en omkeert. '*Keirei!*' hoor ik een van de mannen schreeuwen. De andere soldaat zegt iets tegen hem en er ontstaat een korte discussie, maar ik kan niks verstaan van wat ze zeggen. Dan zie ik dat de lange zwarte laarzen met blinkende sporen de stijgbeugels af schoppen. Ze landen met een doffe knal op de stoffige weg. Doelgericht komt de man op ons afgelopen. Hebben we te laat gebogen, of misschien niet diep genoeg? Ik duw mijn bovenlijf nog wat verder naar beneden. Achter ons zijn de jongetjes inmiddels ook helemaal stil. De laarzen komen dichterbij. Langs zijn benen hangt een lange blinkende sabel. Het paard briest onrustig. '*Yasume!*' roept de jap, wat volgens mij 'op de plaats rust!' betekent, maar ik weet het niet zeker. Hij herhaalt zijn bevel: '*Yasume!*' Ik heb nog steeds Fiona's arm vast en tegelijkertijd komen we omhoog. De jap komt dreigend op ons af. Ik zet me schrap voor een verbale terechtwijzing of een klap in mijn gezicht, maar hij loopt ons voorbij en gaat naar de jongens achter ons.

De kleinste van het trio is het mikpunt. Alsof hij iets vreselijks heeft gedaan, zo heftig wordt de jongen in het gezicht geblaft. Geschrokken kijkt hij zijn belager aan. Dan gebiedt de jap opnieuw: 'Buigen!' Het jongetje doet wat hem bevolen wordt en ook wij buigen mee. Maar ik krijg een tik op mijn rug, omdat dat kennelijk niet de bedoeling is. Hij wijst naar de jongen: alleen hij moet buigen en wij – hij wijst met zijn twee vingers naar zijn ogen en dan naar die van ons – moeten toekijken. Een aantal keer achter elkaar roept hij tegen het kind: '*Kiotske, keirei, noare!*' Geef acht, buigen, oprichten. Steeds in een ander ritme, wat de jongen nauwgezet probeert te volgen. Na de vierde keer is de jap ineens stil. De jongen staat te trillen van angst. Dan begint de militair te lachen. Hij draait zich om naar zijn maat, die nog hoog op zijn paard zit en zich zichtbaar amuseert met deze opvoering. De opluchting bij de jongen omdat de soldaat kennelijk een geintje met hem uithaalde is zo groot dat er ook op zijn gezicht een glimlach verschijnt. Dat valt verkeerd. Je hoeft geen Japans te verstaan om te begrijpen dat het grove verwensingen zijn die hij uitbrult. Schuimbekkend staat hij te tieren tegen het kind, dat hem vol schrik aankijkt. In een impuls schiet een van de vriendjes naar voren en gaat verdedigend voor hem staan. Niet doen, denk ik nog, maar het is al te laat. De jap pakt hem bij zijn neus. Ik hoor gekraak als hij hem omdraait. De jongen schreeuwt het uit en grijpt naar zijn gezicht.

Met een zelfvoldane blik wil de jap weer op zijn paard klimmen, wat bijna misgaat, omdat hij te klein is om dat in één soepele beweging te doen. Hij probeert zijn laars in de stijgbeugel te krijgen, maar moet zijn been zo hoog optillen dat hij zeker achterover was gevallen als zijn maat hem vanaf zijn paard niet bij zijn kraag had gegrepen. Bij een tweede poging lukte het met een extra zet van zijn collega wel. In elke andere situatie was dit een lachwekkend tafereel geweest, een scène uit een Charlie Chaplin-film, maar niemand van ons geeft een krimp. Was de man daadwerkelijk op zijn billen gevallen, dan had hij al onze neuzen gebroken. Gezichtsverlies is het allerergste voor Japanners, zoveel weten we inmiddels wel. Nu lijkt het erop dat we op het nippertje aan die foltering zijn ontsnapt. Met hun hielen brengen ze de paarden weer in beweging en de paarden draven de straat uit.

De arme jongen kermt van de pijn en het bloed sijpelt tussen zijn vingers door. Ik pak mijn zakdoek met blauwe bloemetjes uit de zak van mijn korte broek en geef die aan hem. Ontdaan roepen we door elkaar heen dat we dit bij onze kampcommandant moeten aangeven, dat het schandalig is, dat we hem zullen terugpakken als we eenmaal uit het kamp zijn, dat we zijn gezicht altijd zullen onthouden. Daarna gaan Fiona en ik verder. Mevrouw Hessels zal kwaad zijn als we te lang op ons laten wachten.

Van onze vrolijkheid is niets meer over. Bij de poort staan twee dozen met bruine flesjes Emusio Avocado. De bestelling wordt afgetekend door de bewakers en wij kunnen weer gaan. Zodra we uit het zicht zijn, zet ik de doos op de grond. Baldadig en nog steeds verontwaardigd over wat er eerder is gebeurd, pak ik er een flesje uit. 'Dat kun je niet maken,' bijt Fiona me toe.

'Moet jij eens opletten.' Ik trek het zegeltje stuk en haal het kurkje eraf. Dan breng ik het flesje naar mijn neus. Het ruikt bekend, al kan ik het nog niet thuisbrengen.

'Wat is het?' vraagt Fiona.

'Wacht even.' Ik zet de hals aan mijn mond en neem een slokje.

'Nee,' sist Fiona. 'Misschien is het wel helemaal niet om te drinken. Spuug uit!'

'Het is wel om te drinken,' zeg ik triomfantelijk. 'Het is advocaat! Je weet wel, die likeur die ze maken van eigeel. Lekker!' Ik neem nog een slokje.

'Dat wil ik ook!' Fiona's ogen glimmen als ze het flesje van me afpakt. 'Heerlijk!'

Onze bravoure komt langzaam terug, terwijl we het hele flesje soldaat maken. 'Dit medicijn werkt echt goed!' Ik voel de alcohol mijn hoofd licht maken. 'Schrijft u alstublieft nog wat voor, het gaat al veel beter met me.'

Fiona doet met me mee: 'Inderdaad! Dokter, doet u nog maar wat flesjes emulsie!'

'Waar bleven jullie zo lang?' vraagt een nerveuze mevrouw Hessels als we in het keukenpaviljoen komen. 'Ik heb die dingen nodig! Zet ze daar maar neer.' Ze verwacht zeker bezoek, want ze heeft op de ronde tafel een batikkleed gelegd, waar glazen en kommetjes op staan.

'Het spijt ons, mevrouw Hessels, er is er onderweg één gesneuveld,' zeg ik met gespeelde spijt.

'Ja, hij viel op straat, pats, zo uit elkaar,' voegt Fiona eraan toe.

Meewarig kijkt ze ons aan. 'Nou ja, het geeft niet. Ga nu maar.' Ze lijkt haast te hebben.

'En mijn ijsje?'

'In de ijskast. Geef Rosa er ook maar een.'

Ik val de kokkin spontaan om de nek. 'Dank u, mevrouw Hessels.'

'Wegwezen, jullie!'

Terwijl we weglopen zie ik dat er in de kommetjes op tafel *rempejek* zitten: pindakoekjes. Het water loopt me in de mond en ik steek mijn arm al uit om er een te stelen, maar Fiona trekt me weg. 'Wees nou maar blij met je ijsje, Rosa.'

'Wacht even.' Ik ren terug naar de keuken, waar gelukkig mijn rolschaatsen nog onder het aanrecht staan. Snel hang ik ze over mijn schouders.

Likkend aan het waterijsje zitten we op het muurtje voor de gaarkeuken. 'Goddelijk,' zeg ik, zwaaiend met mijn onderbenen. 'Maar ik vond die advocaat lekkerder.'

'Veel lekkerder,' beaamt Fiona.

'Heb jij nog zin om te gaan rolschaatsen?' Ik krijg geen antwoord van mijn vriendin, met een verstarde blik kijkt ze langs me heen. Als ik omkijk begrijp ik waarom: een zwarte limousine komt traag dichterbij en stopt uiteindelijk vlak voor onze neus. Wij springen meteen van de muur, klaar om te buigen voor wie er dan ook uit de auto komen. De chauffeur houdt het portier open en een man met een zwarte topi op zijn hoofd stapt uit. Fiona en ik schieten in de gebogen houding. Toch heb ik duidelijk gezien dat het geen Japanner was. 'Ga maar rechtop staan, hoor,' zegt een mannenstem in bijna accentloos Nederlands. 'Anders gaat je *lilin* zo druppen.' Voor me staat een Indonesiër in een net wit pak, waar onze afgedragen kleding schamel bij afsteekt. Ik steek net iets boven hem uit, waardoor ik als vanzelf door mijn knieën ga om me wat kleiner te maken. Zijn donkere ogen kijken me vriendelijk aan met een blik waar ik terstond verlegen van word; best vreemd voor iemand die altijd een weerwoord heeft. Dan begint zijn volle mond te lachen. 'Is het lekker?'

'Heerlijk, meneer,' zegt Fiona naast me.

Ik heb nog altijd geen woord uitgebracht.

'Niet te veel ijsjes eten, hoor, dat is niet goed voor je buik.'

'Geen eten is pas slecht voor je buik,' flap ik eruit.

Fiona stoot me venijnig met haar elleboog in de zij. Misschien heeft ze gelijk en moet ik dit niet zeggen, maar deze man, die kennelijk belangrijk is, moet weten dat we hier steeds meer honger lijden. Hij trekt zijn wenkbrauwen omhoog. Ik verwacht een reprimande, maar in plaats daarvan zegt hij: 'Mooie rolschaatsen.' Hij wijst naar de rolschaatsen die nog steeds om mijn schouder hangen. Voor ik een antwoord kan formuleren, hoor ik mevrouw Hessels achter ons. 'Welkom, heren!' Met haastige tred komt ze naar buiten gelopen. 'Meneer Soekarno, komt u toch verder!'

Fiona en ik kijken eerst elkaar aan, en dan verdraaien we onze hoofden om hem en zijn gevolg na te kijken. 'Was dat echt dé Soekarno?' vraagt Fiona verbaasd.

'Hij lijkt er wel op,' zeg ik, van mijn stuk gebracht.

'Die hadden ze toch verbannen?' merkt Fiona fluisterend op.

'Zijn ideeën zullen wel in het straatje passen van de jappen.'

'Wat komt hij dan hier in ons kamp doen?'

'Misschien wil hij weten of we hier goed behandeld worden.'

'Jij bent echt veel te optimistisch,' zegt mijn vriendin lachend.

'Stil eens!' In de verte horen we paardenhoeven dichterbij komen. 'Kom, wegwezen!' zeg ik tegen Fiona. We rennen naar de zijkant van het gebouw, waar we achter een lage schutting toekijken terwijl de Japanse militairen die we eerder tegenkwamen van hun paarden klimmen. Met die klootzakken willen we niet nog een confrontatie.

Eenmaal thuis vertel ik euforisch wie we hebben ontmoet. De stemming in het kleine huis slaat mijn opwinding meteen plat. 'Soekarno?' zegt mammie, die een sigaret zit te roken in haar stoel. 'Die hadden ze dood moeten maken.'

Johanna kijkt me verslagen aan vanaf de hutkoffer waarop ze zit.

'Er zijn een paar jappen te paard langsgekomen voor een huiszoeking,' zegt mammie. 'Ze hebben al mijn geld meegenomen.'

'Welk geld?' Ik wist niet dat ze nog veel geld had.

'Het geld dat ik geërfd heb van Fred, het weduwegeld, de alimentatie die ik van vader heb gekregen, wat ik heb verdiend met de winkel... Alles is weg.'

'Dat kunnen ze toch niet maken?'

'Blijkbaar wel. Ik ben berooid.' Ze inhaleert diep, houdt haar adem in en blaast dan de rook krachtig door haar neusgaten naar buiten, als stoom uit een locomotief.

'Ze hebben het wel opgeschreven, Mina,' zegt Johanna in een poging om het wat af te zwakken. 'Dus we krijgen het heus wel terug.' Ze loopt naar me toe om de kwitantie te laten zien.

'Ja, maar of wij dan nog leven is de vraag,' antwoordt mammie uitgeput.

Johanna kijkt me aan. 'Het kamphoofd heeft uitgelegd dat een deel naar het steunfonds gaat, voor de mensen die niks aanvullends te besteden hebben.' Haar schichtige blik naar mijn moeder verraadt dat ze weet dat ze zich hier beter niet mee kan bemoeien.

'Dan is het helemaal oneerlijk,' bitst mammie. 'Wij hebben jou toch gesteund? Jij had helemaal niks gehad als wij je niet hadden opgenomen.' Ze drukt haar peuk uit in de asbak. 'Zo, dit zal wel mijn laatste sigaret zijn geweest voorlopig.' Daarna staat ze traag op. 'Wil je nog weten hoe het met je zus is, Rosa?'

'Eh, ja...'

'Niet goed. Ze heeft koorts.'

'Het ging toch juist beter met haar? Ik heb haar gisterenavond nog geholpen met de bekers.' Vera en ik maken bekers van stukken bamboe. Die zagen we onder elke groeiring af, waardoor we uit één stevige stengel wel vijf, zes bekers kunnen halen. Mijn zus tekent er kamptaferelen op en ik brand die vervolgens met een tang en een hete spijker in het bamboe. We hebben bedacht dat we hier wel een handeltje in kunnen beginnen.

'Nee, niet Vera, je kleine zusje, oelewapper. Ze is ziek.' Mammie kijkt me bestraffend aan, alsof het mijn schuld is.

'Waar is ze dan?' Ik kijk zoekend naar buiten, waar Greta meestal aan het spelen is.

'Vera is met haar naar de dokter.'

Ik ben verbaasd. 'Waarom ben jij niet met haar gegaan?'

'Dat kun je toch wel raden?' zegt mammie fel. 'Ik zat hier met die huiszoeking.'

Levi begint in de kamer van Johanna te huilen. Lotta komt in de deuropening staan. 'Mam, ik denk dat Levi ook ziek is.'

Johanna gaat bezorgd naar haar toe.

William komt ons paviljoentje binnen. 'Is er al eten?' vraagt hij opgewekt. 'Ik heb honger.'

'Voorlopig is er niks meer te eten, William. Tenzij jullie kikkers gaan vangen,' antwoordt mammie cynisch.

3

Levi heeft slechts een verkoudheid, maar Greta wordt steeds zieker. Het blijkt kinkhoest te zijn. Elke nacht houdt ze ons wakker met haar aanhoudende geblaf. Het lijkt wel een marteling. Niet alleen voor mijn zusje, maar voor ons allemaal. Ondanks de geneeskundige werking van de asembladeren die mammie over haar huid wrijft, wil de koorts maar niet dalen. Mammie krijgt het dwingende advies van de dokter om apart met haar te slapen, zodat wij het niet ook krijgen. Hoe doe je dat in een huisje waar je zowat boven op elkaar ligt en de bacillen in het rond vliegen bij elke kuch?

Vannacht is ze zo hevig aan het hoesten dat we allemaal om haar heen zitten en moeten toekijken terwijl ze bijna stikt. Nog voor zonsopgang haast ik me naar de dokter. Nadat hij haar heeft onderzocht, besluit hij om haar te laten opnemen in het kleine kampziekenhuis. Onze altijd vrolijke Greta huilt zacht, terwijl ze vanaf mammies arm naar me zwaait. Daarna krijgt ze een hoestbui waar ze paars van aanloopt. Mammie begint met haar te rennen, waarbij het witte engelenhaar van mijn zusje op en neer wipt, als luchtige *kapok*, de pluizen die uit de kapokbonen springen zodra je ze openbreekt.

Na een paar uur komt mammie terug met een grauw gezicht van wekenlang slecht slapen. Ze gaat op haar brits liggen en sluit haar ogen.

Sinds Greta ziek is, lijkt het wel of Vera zichzelf heeft herpakt. Misschien omdat ze nu sterk moet zijn voor mammie. Of misschien heeft de productie van de kampbekers haar geholpen om beter te worden. Ze zeggen dat creatieve mensen ziek in hun hoofd worden wanneer ze niet kunnen creëren. Haar buikpijn is plotseling over, zegt ze. Wanneer ik grap dat het wellicht met mammies kookkunsten te maken heeft en dat het eten uit de gaarkeuken haar darmen beter bevalt, krijg ik een felle tik tegen mijn hoofd van mammie.

Ons kamphoofd – mevrouw Anderson, een potige dame met een plat Haags accent en stinkende oksels – vindt dat wij als gezin te weinig corveediensten draaien. 'Hoe zit het eigenlijk met Vera?' wil ze weten.

'Hoe zit het eigenlijk met ons geld, mevrouw?' wil ik haar toebijten. Zij was degene die ons huis had aangewezen als plek waar mogelijk nog wat te halen viel. Maar ik hou mijn mond.

Vera vraagt haar of ze misschien in de kampwinkel mag werken, maar het hoofd heeft iets beters bedacht voor mijn zus. 'Als je zo graag overdag slaapt, lijkt me wachtlopen in de nachtploeg een uitstekende baan voor jou. Je begint vannacht.' Het kreng.

Het is of ze mijn gedachten kan lezen. 'Ben je het er niet mee eens, Rosa? Dan kun je ook meegaan met je zus en haar handje vasthouden.'

'Nee, dank u, mevrouw, de jongens van de sjouwploeg hebben me nodig. Wie moet ze anders in het gareel houden? Tabee!'

'Wat ga je doen?' vraagt mammie. 'Je zou mijn rug masseren.'

'Mijn plicht roept.' Ik vertrek uit zelfbescherming, zodat ik het kamphoofd niet te lijf ga, of anders mijn moeder.

Ik ben met Fiona op weg naar een huis waar konijnen te koop zouden zijn. 'Er komt een dag dat we wraak gaan nemen, hoor!' zweer ik.

'Ja, die dag zal komen,' beaamt ze.

'Dan zullen we ze laten boeten voor het afnemen van onze vaders, onze vriendjes, onze jeugd!'

'Wacht eens!' Ze pakt me bij mijn arm. 'Morgen ben je jarig!'

'Klopt.'

Ze schudt haar hoofd. 'Weet je nog dat ik twee jaar geleden op je zestiende verjaardag was?'

'In het zwembad, ja.'

'Gek dat er zoveel kan veranderen in twee jaar tijd.'

Natuurlijk weet ik dat nog. Ik moest er al de hele dag aan denken, maar wilde het niet zeggen. Om alles wat we die twee jaar hebben verloren.

'Hadden we toen in de toekomst kunnen kijken, dan waren we wel naar Australië vertrokken, of Amerika.'

Ik heb geen zin om te reageren en blijf zwijgend doorlopen.

'Ga je nog iets doen?'

Nu blijf ik stilstaan en kijk haar aan. 'Doen? Wat denk je?'

Fiona kijkt me geschrokken aan. 'Ik weet niet...'

'Eerst krijg ik uiteraard ontbijt op bed. Daarna ga ik lunchen in het Savoy Hotel aan de Grote Postweg, met John. Daarna geven we een fuif op de hbs; ze hebben de aula voor mij afgehuurd, waar een Indisch buffet staat en iedereen zoveel mag opscheppen als hij wil. Daarna dansen we tot onze voeten pijn doen, en als het twaalf uur is wordt er vuurwerk afgestoken. Kom je ook?'

Fiona proest het uit.

De tuin rond het verwaarloosde huis ligt erbij zoals alle tuinen er op dit moment in Kareës bij liggen: rommelig, met geïmproviseerde stoelen, wat pogingen tot het verbouwen van groenten, smeulende vuurtjes, lijnen vol wasgoed, vuilnis en strontvliegen. Kleine kinderen kruipen rond in het zand, iets grotere kinderen spelen op de weg, moeders zijn in de weer met wasgoed, vegen het erf aan, zoeken brandhout en rommelen met potten en pannen. Na mijn fantasie over mijn gedroomde verjaardag kan ik weer even met afstand naar de hele toestand hier kijken. Het leven in dit kamp lijkt steeds meer op óverleven. De honger, die aanvankelijk bij vlagen kwam omdat we tijdelijk te weinig voedsel binnenkregen, is permanent geworden, waardoor die niet meer als honger voelt, maar als een soort zeurende pijn. Niet alleen in je maag en in je buik, maar in je hele lijf. Het bijkomende effect is dat alles ongelofelijk veel moeite kost. Het lijkt wel alsof ik te weinig brandstof heb om in beweging te komen. Ik menstrueer al maanden niet meer.

'Kom je voor de konijnen van onze Bram?' vraagt een vrouw ons streng. 'Dan moet je achter zijn.'

We lopen om het huis heen naar achteren, waar een ren van gaas is gemaakt. Een stuk of tien konijnen huppelen in het rond. In het midden zit een jongetje met wit haar, in kleermakerszit, alsof hij daar zelf ook is opgesloten door zijn moeder. Op zijn schoot heeft hij een konijntje, dat hij zacht aait. Ik smelt meteen als ik het bolletje met de grote oren zie.

'Bram?' De jongen kijkt om. 'Ik zou graag willen weten wat een konijn kost.'

'Is het om te eten?' vraagt hij met een boos gezicht.

Fiona schiet in de lach en ik stoot haar aan. 'Nee, natuurlijk is het niet om te eten.'

De jongen zet het konijn in het zand en het beestje huppelt meteen naar zijn vriendjes. Traag staat Bram op en hij loopt gebukt naar ons toe. Hij wurmt zich met zijn smalle lijf door de geïmproviseerde uitgang. Daarna maakt hij de opening weer zorgvuldig dicht, zodat geen van zijn konijnen kan ontsnappen. Hij is klein en smal en zijn huid is net zo spierwit als zijn haar. Met zijn neus in de lucht en zijn armen in zijn zij gaat hij voor me staan, alsof hij een kop groter is dan ik. 'Waarom wil je er dan een hebben?'

Deze vraag had ik niet verwacht. Fiona probeert me te helpen en zegt: 'Ze is gek op konijnen. Het zijn haar lievelingsdieren.'

'Ik wil het van háár horen,' zegt Bram met zijn kinderstem.

'Ik heb een zusje van bijna vier,' zeg ik. 'Vroeger knuffelde ik altijd met haar, maar nu wil ze dat steeds minder. Logisch.'

De jongen knikt begrijpend.

'Mijn zusje ligt nu in het ziekenhuis hier...' Mijn stem schiet onverwachts omhoog. Mijn hemel, ik ga hier echt niet staan janken tegenover dit kleine joch. Ik schraap mijn keel. 'Dus ja, eigenlijk wil ik een konijn om te kunnen knuffelen.'

Nu verschijnt er een brede lach op het kindergezicht. 'Da's goed. Ze zijn tien eieren per stuk.'

'Tien eieren? Kan ik 'm niet gewoon kopen? We hebben goede pannen, of een zilveren lepel.'

'Nee, alleen tien eieren,' zegt hij beslist. 'Je mag er zelf een uitzoeken, behalve Bruintje.' Hij wijst naar het konijn dat hij eerder vasthad.

Ik kijk naar de huppelende beestjes. Er zitten grote en kleinere tussen. 'Die kleintjes, hoe oud zijn die?'

'Twee maanden. Net oud genoeg om het nest te verlaten.'

Dan zie ik een gevlekt zwart-wit konijntje zitten dat me met zijn kleine zwarte oogjes lijkt aan te staren. 'Die daar wil ik.'

'Da's goed. Het is een mannetje.' Hij kruipt terug in de ren en pakt het beestje bij zijn nekvel.

'Goed vasthouden,' zegt hij als hij het konijntje aan me overhandigt.

Het babydiertje begint meteen nieuwsgierig aan me te snuffelen en zijn pootjes kriebelen in mijn handen. Dit is verreweg het leukste wat ik in de afgelopen tijd heb meegemaakt. Ik ben op slag verliefd op het beestje. 'Ik neem hem. Ik moet alleen nog wel tien eieren gaan regelen.'

'Is goed,' zegt Bram. 'Ik reserveer hem voor je. Wanneer denk je dat je hem komt halen?'

'Zo gauw ik die eieren bij elkaar heb.'

'Waar haal je in godsnaam tien eieren vandaan?' vraagt mijn vriendin wanneer we teruglopen. We krijgen per gezin maar één ei per dag, sommige dagen zelfs helemaal geen.

'Daar moet ik over nadenken,' zeg ik.

'Als je maar niet denkt dat ik mee ga gedekken.'

'Nee, natuurlijk niet.' Zelf ben ik dat wel degelijk van plan, zodra de volle maan weer is afgenomen.

'Succes ermee, ik zie je morgen.' Ze gaat er al van uit dat ik toch ga handelen.

'Tot morgen!' In gedachten verzonken loop ik langs de slordige tuinen, de vervallen huizen, de vermoeide moeders, de dreinende kinderen. Het is een bewolkte dag waarop het zo benauwd is dat het lijkt of ook de zuurstof langzaam aan het opraken is.

Voordat ik de hoek naar onze straat om loop, wordt mijn aandacht getrokken door een groepje mensen dat bij elkaar staat. Ik neem me voor om door te lopen, maar mijn benen besluiten anders. Ik probeer te ontdekken wat er aan de hand is door over hun schouders mee te kijken. Dan ontstaat er ruimte en gaat de menigte uiteen om de stoet door te laten gaan. Een zingende priester gaat voorop, zwaaiend met een wierookbrander aan een ketting. De kruidige geur dringt diep in mijn neus. Achter hem loopt een wenende moeder die ondersteund wordt door haar twee dochters. Dan pas zie ik de brits met een wit laken eroverheen, die gedragen wordt door wat sterke knapen. In een van hen herken ik een jongen uit mijn corveeploeg. De omstanders verdwijnen weer naar hun eigen tuinen. Ik loop in zijn tempo mee en vraag: 'Wat is er gebeurd?'

'Mijn oma is gestorven,' zegt hij mat.

'Wat erg... Was ze ziek?'

'Ziek van de honger, ja.'

Thuis heeft mijn moeder haar breinaalden weer opgepakt en ze zit onder de tamarinde in haar armstoel. Ze breidt alsof haar leven ervan afhangt, precies zoals toen Fred ziek werd. Ik groet haar met een slijmerig: 'Hé, mammie, wat ben je aan het maken?'

'Niks bijzonders,' zegt ze zonder op te kijken.

Ik ga aan haar voeten zitten, tegen de stam van de boom. 'Wanneer kunnen we de peulen plukken?' Ik kijk omhoog naar de takken, waar steeds meer asemvruchten aan hangen. 'Als je wil, kan ik wel in de boom klimmen om ze eruit te halen.'

Nu pas reageert ze. 'Ze zijn nog te groen, ze vallen er vanzelf uit als ze rijp zijn.'

'We moeten oppassen dat niemand ze voor onze neus wegkaapt.'

Mammie draait haar gezicht naar mij. 'Wie dat waagt krijgt met mij te maken.' Ze kijkt me scherp aan, alsof ik die dief zou kunnen zijn.

Ik verander van onderwerp. 'Hoe gaat het met Greta?'

'Hetzelfde.' Ze richt zich weer op haar breinaalden.

'Kan ik morgen bij haar langsgaan?'

'Je weet dat ze dat liever niet hebben in het ziekenhuis.'

Ik zucht. Een goed moment om haar om een gunst te vragen lijkt nooit te komen.

'Mammie, ik ben morgen jarig, hè.' Even stokt haar beweging, alsof ze mijn verjaardag vergeten was. 'Ik zou zo graag een konijn willen voor mijn verjaardag.'

Ze laat haar breiwerk op haar schoot zakken. 'Een konijn?' Een cynische lach ontsnapt aan haar mond. 'Ik zie niet waar een konijn goed voor kan zijn, anders dan de pan. Ik maak een taart, en daar mag je heel blij mee zijn.'

Ik krijg een idee. 'Hoeveel eieren gebruik je voor die taart?'

'Eén, meer hebben we er niet.'

'Mag ik dan dat ei voor mijn verjaardag, in plaats van die taart?'

Ze trekt haar wenkbrauwen op. 'Een ei als cadeau?'

'Ja, rauw. Niet gebakken of gekookt.'

In de lucht begint het plotseling te donderen en een paar tellen later vallen er dikke druppels op de droge grond. Het regent inmiddels pijpenstelen wanneer Vera haar eerste nachtdienst heeft en urenlang langs het gedek heen en weer moet lopen. Terwijl ik onder de klamboe naast haar lege brits probeer te slapen, luister ik naar het gekletter op ons huisje en denk aan haar broze gestel. Was ik maar gegaan in plaats van mijn zus, denk ik bij mezelf. Ik ben veel sterker, kan beter van me afbijten. Ik heb verhalen gehoord over meiden die verkracht worden in de nacht door bewakers, die ze in de *slokan* trekken. Die nachtdiensten moeten ervoor zorgen dat het veiliger voor ons wordt, maar degenen die daarop moeten toezien lopen daardoor juist gevaar. Het is nog makkelijker voor de verkrachters als hun prooi vanzelf naar ze toe komt.

4

In mijn droom ben ik mammie aan het begraven, precies zoals we Fred twee dagen nadat de Japanners ons huis waren binnengevallen hadden moeten begraven. Op de begraafplaats was geen grafdelver meer geweest, en met wat vrienden en bekenden van Fred hadden we zoveel aarde op zijn lichaam geschept dat er een langwerpige heuvel was ontstaan. Zo proberen we in mijn droom ook mammies lijk te bedekken met aarde. Maar hoe hard we ook ons best doen, Vera, William, Greta en ik, haar gezicht blijft steeds weer tevoorschijn komen. 'Hé, lelijkerd!' hoor ik iemand zeggen. Het lijkt de stem van mijn moeder. Dan woelt er een hand door mijn haar. 'Of kan ik beter "luiaard" zeggen?' Tussen mijn wimperharen door zie ik Vera lachend naar me kijken. 'Er is er een jarig, hoera, hoera!'

Slaperig kom ik overeind. 'Hé... Hoe was het?' Ze heeft haar eerste nachtdienst zonder kleerscheuren doorstaan.

'Lang, saai, nat.' Ze pakt een doek en wrijft haar natte haar droog. 'We moeten erop letten dat er 's nachts niet gehandeld wordt aan het gedek, maar natuurlijk gaan we die mensen niet aangeven. Behalve als we zelf in de gaten worden gehouden door de bewaking op de uitkijktorens, dan kunnen we niet anders,' zegt ze, terwijl ze haar natte kleren uittrekt. 'Niet kijken.'

Ik draai mijn gezicht opzij en hoor haar rommelen.

'Kijk maar weer!' Ze heeft een droge jurk aangetrokken en schuift zorgvuldig de doek opzij die voor het hoge raampje hangt, zodat er meer licht in ons hok valt. 'Vandaag is een speciale dag; je wordt tenslotte niet elke dag achttien jaar,' zegt ze plechtig.

'Alleen vandaag,' zeg ik, goedgemutst door de aandacht van mijn zus.

'Precies! En daarom heb ik iets bijzonders voor je.' Ze trekt haar koffer onder haar brits vandaan en haalt er een in *batik* gewikkeld pakje uit. 'Gelukkig was je veel van huis, zodat ik ongezien aan iets heb kunnen werken. Voorzichtig uitpakken, please.'

Ik neem het pakje aan en kijk dan nog een keer op naar het opgewonden gezicht van mijn zusje. 'Ik weet niet wie dit spannender vindt, jij of ik?'

'Ik,' zegt ze zonder haperen. 'Pak het nu maar uit. Ik kan niet meer wachten.'

Ik trek de strik los die eromheen geknoopt is en wikkel dan de stof van het rechthoekige pakje. Het is een klein boekje; de kaft is gemaakt van gevlochten bamboe, net zoals het gedek, maar dan in het klein. De uiteinden zijn vastgemaakt aan kleine bamboestengels. 'Wat mooi!' zeg ik bewonderend. 'Heb je dat zelf gemaakt?'

'Ja, maar het gaat niet om het omslag, je moet erin kijken.'

Ik sla het boekje open. Het zit vol schetsen van twee meiden, mijn zus en ik, die allemaal dingen meemaken. De eerste schets is van de oproep die we van het kamphoofd kregen om geïnterneerd te worden. Dan de verhuizing. De vrachtwagen die ons naar dit kamp bracht. Ze heeft getekend dat onze kokkie in het begin nog aan het hek mocht komen om spullen te brengen. Ze heeft getekend dat we op het dak van de kliniek klommen om naar de mannen te kijken die langskwamen. En dat we vervolgens niet meer van het dak konden komen, omdat de bewakers de ladder hadden weggehaald. Ze heeft de kleine pasar geschetst die er in het begin nog was, en de ratten die daarop afkwamen. 'Hoe is de pap?' lees ik hardop voor van een tekstballonnetje. 'Zoals gewoonlijk: blèh!' zeggen we alle twee tegelijk. Op een andere tekening zijn Greta en ik op kakkerlakjacht, weer een andere beeldt het eindeloze luizenpluizen uit. Ik sta ook een keer afgebeeld met de jongens van de sjouwploeg terwijl we de zware etensdrums verplaatsen en het ziekenhuis bevoorraden. De laatste tekening laat het handelen bij het gedek zien.

'Laat de bewakers dit niet in handen krijgen,' zeg ik, wijzend op de tekening waarop ik eten in mijn blouse smokkel.

'Dit mogen ze sowieso nooit zien,' drukt Vera me op het hart.

Ik sla weer een bladzijde om en zie een afbeelding van William en mij met het karretje dat we samen in elkaar hebben geknutseld. Tot slot heeft ze getekend dat de grote pompelmoezen van de kar vielen en een grote chaos veroorzaakten.

'Er zijn nog een paar bladzijden leeg, die wil ik nog opvullen,' zegt ze lief. 'Als je dat goedvindt, tenminste.'

'Natuurlijk vind ik dat goed. Ik wil wel weten hoe dit verhaal afloopt,' zeg ik in een hopeloze poging luchtig te klinken, maar mijn stem is dik van emotie.

'Daar ben ik zelf ook wel benieuwd naar.' Een zweem van een glimlach glijdt over haar gezicht.

Het valt me op hoe donker de kringen onder haar ogen zijn. Ik pak haar hand beet. 'Je weet dat ik van een goed einde hou, hè?'

'Wij komen hier samen uit, beloofd?' zegt ze.

'Tuurlijk!' Ik weet niet meer wie hier wie moed aan het inspreken is.

'Beloofd.' Nu trek ik mijn zus naar me toe en hou haar secondelang vast.

'Nou is het wel genoeg, ik krijg geen lucht meer.'

Wanneer Vera gaat slapen om bij te komen van de nachtdienst, ben ik opgestaan om nog voor de stem door de toeter ons oproept alvast in de rij te gaan staan bij de gaarkeuken. Met een volle pan bubur, die slechts kortstondig de leegte in onze magen zal vullen, loop ik terug langs de andere huizen, waar het leven langzaam op gang komt. De lucht voelt klam, de temperatuur is aangenaam fris. Zodra de zon omhooggeklommen is en het vocht verdampt, zal het weer verstikkend heet zijn. Het ruikt naar uitgedoofde vuurtjes en natte aarde. Langs de weg zie ik een eenzaam wit bloemetje staan. Ik buk om het te plukken en steek het achter mijn oor in mijn haar. Dan pak ik de pan weer op en loop verder. Het is niet te begrijpen dat ik nu al achttien jaar ben, in de bloei van mijn leven, en hier zit opgesloten. Onwillekeurig kijk ik even naar de lucht. Kon jij maar hier bij me zijn, John. Met jou zou ik dit wel volhouden. Het is nu al anderhalf jaar geleden dat ik hem voor het laatst heb gezien. Zou hij nog aan me denken? En mijn vader? Zou hij aan mijn verjaardag denken?

Als ik de hoek om loop, zie ik dat ons tuintje feestelijk is aangekleed. Van reepjes stof zijn slingers gemaakt die in de boom hangen en ons tuinhuisje opsieren. Johanna, die net bezig is een laatste lus vast te knopen, kijkt betrapt om. Het ziet er prachtig uit.

Als cadeau krijg ik van haar een gehaakte haarband. Lotta heeft een klein spiegeltje met een lijstje eromheen voor me in elkaar geknutseld. William geef me alleen een dikke pakkerd, wat ook een cadeau is voor iemand die nooit mensen aanraakt, en mammie komt aanzetten met een ei. 'Omdat je hier zelf om gevraagd hebt. Maar een leuk cadeau is het niet.'

Na de stijfselpap, waar mammie voor de gelegenheid een paar schepjes suiker in heeft gedaan, moeten William en ik naar ons werk.

'Weten jullie eigenlijk dat Rosa vandaag achttien jaar is geworden?' zegt Fiona pesterig wanneer ze me na mijn dienst bij de sjouwploeg komt halen.

William gooit zijn handen in de lucht. 'Ik heb niks gezegd.'

Precies waar ik bang voor was gebeurt nu: de sjouwers willen me allemaal feliciteren. De puistige, stinkende jongens, sommige al met dons of stekels op hun bovenlip, drukken zich een voor een tegen me aan om me een kusje te geven.

Bij mij thuis raakt Fiona er nog steeds niet over uitgepraat. 'Die zoen zal ze nachtenlang wakker houden, Rosa.'

'Hou toch op!' zeg ik. 'Die jongens worden de hele dag omringd door meiden en vrouwen. Daar worden ze echt niet meer warm van.'

'Daar zou ik niet zo zeker van zijn.' De manier waarop ze me aankijkt, verraadt dat ze het vooral zelf spannend vindt.

'Ik kan je geen taart aanbieden, maar ik heb wel voor ons allebei een vijg weten te regelen,' zeg ik tegen mijn vriendin. 'Ik pak ze wel even.' Ik heb een koekblik onder het voeteneind van mijn matras verstopt waarin ik mijn waardevolste bezittingen bewaar: twee kaarten die ik van vader heb gekregen, haarlokken van al mijn vrienden, inclusief een bruine krul van mijn John, zijn foto, en een brief van Sonja.

'Wacht even, ik wil nu eerst mijn cadeautje geven. Ik word er te zenuwachtig van om er nog langer mee rond te lopen.'

'Hoezo?' vraag ik lachend.

Dan pakt ze uit haar buideltje een pakje stof, dat ze voorzichtig openmaakt. Er komen twee eieren tevoorschijn.

'Twee? Hoe heb je dat geregeld?'

Ze steekt haar neus omhoog. 'Jij bent niet de enige die handig is.'

'Heb je ze gepikt?'

Ze knikt trots. 'Uit de kippenren naast ons huis. Ik heb de halve nacht wakker gelegen om het juiste moment te kiezen.'

'Nog maar zeven eieren verwijderd van mijn eigen konijn!'

'Ik wil niet pessimistisch zijn,' zegt Fiona, 'maar dat is nog best veel.'

'Nee hoor, ik ga gewoon weer gedekken.'

‘Ik wist het! Doe dat nou toch niet.’ Fiona heeft nooit uitgeblonken in moed.

‘Nu die meiden van de nachtploeg moeten wachtlopen, is het minder gevaarlijk. Mijn zus vertelde me dat ze ons niet verraden. Maar nu eerst de vijgen.’

Ik loop naar het voorraadhok achter in ons paviljoen, waar Vera en ik slapen, en word meteen overweldigd door de stank die daar hangt, van ziek-zijn en diarree. Ook vind ik het gek dat Vera hier niet is. Ineens vertrouw ik het niet. Niemand van mijn familie is thuis, en ook Johanna en haar kinderen zijn er niet. Dat klopt van geen kanten. Zonder de vijgen kom ik buiten.

‘Wat is er?’ vraagt Fiona als ze mijn bleke gezicht ziet.

‘Kom.’ Ik trek haar mee. ‘Er klopt iets niet.’

‘Wacht even, Rosa. De eieren.’

Met trillende handen van nervositeit stop ik de eieren in de doos met kapok, de witte dotten waartussen ik ook mijn andere ei heb opgeborgen.

Buiten wil ik meteen rechts de weg nemen naar het kleine kamphospitaal, maar Fiona houdt me tegen en wijst naar de andere kant. ‘Daar!’

Johanna loopt met haar arm om mammie heen geslagen. Ik ren naar ze toe. ‘Is er iets met Greta?’ vraag ik als ik hijgend voor ze sta.

‘Nee, het is Vera,’ antwoordt Johanna. ‘Ze is opgenomen in een ziekenhuis buiten het kamp. Ze heeft een acute blindedarmontsteking. Je moeder mocht niet mee.’

Mammie begint hartverscheurend te huilen.

5

Mijn zus ligt inmiddels zes weken in een ziekenhuis. Welk ziekenhuis weten we niet, en ook niet hoe het met haar gaat. Het enige wat ze ons verteld hebben, is dat ze nog leeft en zal terugkomen zodra ze hersteld is. Ik mis haar.

Sinds alle kostbaarheden uit onze hutkoffer zijn geruild voor eten en er ook geen geld meer is om iets van te kopen, haal ik spullen op bij andere families, waarna ik een kleine winstmarge voor mezelf bereken. Ik heb een streepje voor, omdat ik de meeste heiho's ken van al die keren dat ik vlak voor de torens gras ben gaan plukken. Met de smoes dat daar sappig voer groeide voor mijn konijn – dat ik nog steeds niet in mijn bezit heb – ging ik in hun blikveld zitten om stiekem contact met ze te maken. Zo heb ik ontdekt dat veel van die bewakers daar niet staan uit overtuiging, maar puur omdat het loon oplevert. Via zacht gefluit, gesis en handgebaren weet ik vaak beter dan de anderen waar en hoe laat ik bij het gedek moet liggen. Jammer is wel dat sommige meiden dat inmiddels doorhebben en proberen om bij mij in de buurt te blijven.

Fiona loopt met me mee als ik een rondje maak door het huizenblok waar ik nog niet eerder heb gebedeld. Door mijn reputatie een goede gedekster te zijn, geven de meeste mensen zonder aarzelen een deel van hun waardevolle bezittingen aan me mee, in de hoop er een kilo suiker, rijst, wat vlees of groenten voor terug te krijgen. Alles moet stiekem gebeuren. Als de jap vermoedt dat mensen wat hebben verstopt, worden er hardhandig huiszoekingen gedaan.

Bij de ingang van een garage, waar ooit een oude Cadillac in gestaan moet hebben, wonen nu minstens drie gezinnen. Een oudere dame overhandigt me een parelketting, oorbellen en een prachtige lap organza. 'Weten jullie niet meer wie ik ben?' vraagt ze, en plotseling herken ik haar stem: onze oude lerares Nederlands van het Christelijk Lyceum in Bandoeng. Ze is zo vermagerd dat nog slechts een dun laagje huid de botstructuur van haar gezicht bedekt.

'Weet u zeker dat ik dit moet ruilen?' vraag ik beleefd en vol gêne. Met de herinnering aan school lijkt ook een flard beschaving terug te komen.

'Voor alles wat eetbaar is, lieve kind.'

Fiona, die nooit met me wilde gaan gedekken, slaat ineens om als een blad aan de boom. 'Ik kom ook mee!' zegt ze zodra we zijn weggelopen.

'Weet je het zeker?'
'Heel zeker.'

Vanavond is de maan een sikkel, waardoor het donker genoeg is om het erop te wagen. Met een rugzak vol handelswaar kom ik bij de afgesproken plek, waar Fiona al op me staat te wachten. 'Die oorbellen van onze juf zijn zo schitterend dat ik ze zelf wel zou willen houden,' fluistert ze. Het oogwit in het donkere silhouet van mijn vriendin glimt.

'Ik heb hetzelfde met een stuk organza in indigoblauw. Daar zou mammie een mooie baljurk van kunnen naaien.'

Nu zie ik ook haar tanden glinsteren in een glimlach. 'Maar dat gaan we niet doen, toch?'

'Nee, dat gaan we niet doen.'

We kruipen op onze buik door het grote veld met *oebie*, een soort zoete aardappels, op een plek waar het grote blad van de planten ons enigszins beschutting geeft. In een lage greppel voor het gedek wachten we af. Al snel horen we geritsel aan de andere kant van de afscheiding. Het spel kan beginnen. Binnen afzienbare tijd worden er horloges, sieraden, tafelzilver, kledingstukken en juwelen door de gaten in het bamboe geruild. Het gaat goed! Ik heb een zilveren kandelaar waar ik minstens een pak meel, wat rijst en twee eieren voor wil hebben, maar de man aan de andere kant wil me enkel de rijst geven. Net als hij overstag gaat en ook twee eieren door het gat schuift, hoor ik de paniekerige stem van Fiona vlak bij me: 'Rosa, sst, stil!'

In de verte zwelt het geluid van motoren aan. Door de gaten in het gedek zien we de inlanders wegstuiven, vluchtend voor de Japanners die op hun motorvoertuigen dichterbij komen. Fiona wil net als veel anderen opstaan om te vluchten, maar ik trek haar naast me op de grond. 'Zo plat mogelijk gaan liggen,' fluister ik. Japanse soldaten komen al vloekend en scheldend dichterbij, tot ze vlak bij de dunne afrastering staan en plotseling stil zijn. Ik hoor hun gejaagde ademhaling, zie beweging achter de gaten waar net nog door gehandeld werd. Kop aan kop liggen Fiona en ik in de lage greppel tegen de onderkant van het bamboe. Het idee dat er slechts minder dan een halve meter zit tussen hen en ons zorgt ervoor dat ik het bijna besterf van angst. Met een harde kraak wordt er plotseling een bajonet door het bilik gestoten, recht boven onze gezichten. Ik zie dat Fiona op een haar na wordt geraakt. Ze legt haar handen voor haar mond om niet te gaan gillen. Dan wordt het lange mes er met een zoevend geluid weer uit getrokken. Op meerdere plekken wordt er nu krachtig door de omheining gestoken, alsof ze schieten om een prijs op een kermis. Elke keer op een andere plek, soms laag, soms hoog. Bij elke steek licht het metaal op in het zwakke maanschijnsel. Er klinkt gevloek aan de andere kant. Ze weten dat we er zijn, maar dat er geen bloed aan hun bajonetten kleeft wanneer ze ze terugtrekken frustreert ze. Een van hen geeft felle orders. Vervolgens klinkt er gestommel. Ze zullen toch niet een heel schot weghalen? Want dan hebben ze ons onmiddellijk te pakken. Maar dan slaat er een motorfiets aan, gevolgd door nog meer motorgeprutttel.

'Ze gaan weg,' fluister ik. 'Laten we snel teruggaan.' Ik kom overeind en precies dan steekt er weer een zwaard door het bamboe, die recht door de stof van mijn blouse snijdt. Ik blijf stokstijf staan. Hij mag het trekken van het katoen niet voelen, niet doorkrijgen dat er iets tegen zijn wapen drukt, dan weet hij dat hij beetheeft. Het staal kijkt me blikkerend aan, de scherpe zijde zit vlak onder mijn rechterborst. Ik ben bang dat ik zal flauwvallen. Maar dan wordt het lemmet krachtig schurend weer ingetrokken. Ik duik opnieuw in het zand. Onhoorbaar op adem komend, met snelle teugjes lucht, blijven we liggen tot de ronkende geluiden in de verte wegebben.

'Nu kunnen we,' zeg ik hijgend.

'Heel even nog,' fluistert Fiona. 'Tot ze verder weg zijn.'

Het geluid verplaatst zich. 'Hoor je dat?' Ik kom omhoog. 'Ze gaan naar de hoofdingang. We moeten weg hier!'

'Dat halen we nooit!' zegt Fiona, die overeind krabbelt. 'We kunnen ons beter hier verstoppen.'

'Nee! Ze weten waar we zitten. Kom!' Ik vat haar bij de hand en trek haar mee. Samen rennen we, springend over de planten, waarbij de volle rugzakken op en neer wippen. Het motorgeronk wordt weer sterker. Plotseling gaat het licht aan vanaf de wachttoren en doen bundels geel het veld oplichten. Meteen laten we ons weer vallen in een greppel tussen de planten. Ik schuif op mijn buik, zo dicht mogelijk tegen de kleine zandheuvel aan, zodat het lange blad me camoufleert. Fiona volgt mijn voorbeeld, maar dan tegen de andere heuvel aan. De snelheid van de naderende motoren neemt af, het brommen wordt pruttelen, waarna het geluid plotseling stopt. We horen het klikken van de metalen standaards, gemompel, doffe voetstappen op de aarde. Geritsel van blad wanneer ze tussen de planten lopen. Als reusachtige vuurvliegen bewegen zaklantaarns door het veld, op zoek naar ons.

Wanneer ze nog maar vijftien meter van ons vandaan zijn, horen we opnieuw hun gejaagde ademhaling. Een snik ontsnapt aan Fiona's keel. Ze moet zich beheersen! Ik zou haar hand willen pakken, maar het risico is te groot dat ik met mijn beweging de aandacht trek. De lichten gaan aan ons voorbij en komen dan weer terug. Met gesloten ogen en mijn gevouwen handen onder mijn kin bid ik tot God: alstublieft, laat ze ons niet vinden, maak ons onzichtbaar. Mijn op hol geslagen hart pompt tegen mijn borstkas, mijn in elkaar geknepen vingers prikkelen zoals wanneer het bloed er niet meer door kan stromen. Japanse woorden schallen over onze hoofden; ik versta ze niet, maar het klinkt alsof ze vloeken. Plotseling motorgeluid doet me zowat omhoogvliegen van schrik. Gaan ze weg? Nu pas durf ik mijn ogen te openen. Voorzichtig kijk ik tussen de bladeren door en ik zie drie gestalten. Eén zit er al op zijn motor, de andere twee klimmen samen op één motorfiets. De man die achterop gaat zitten, schijnt met de zaklamp opnieuw onze kant op. Ik trek snel mijn hoofd in. Heeft hij me gezien? Ook de andere motor wordt gestart en ze vertrekken.

Bij de poort pruttelen de machines weer even stationair. Ze zullen nu de wacht briefen. 'Kom, snel,' zeg ik tegen Fiona. Ik trek de rugzak aan de schouderbanden aan.

'Ik dacht dat we er geweest waren,' zegt ze huilend.

'Het is nog niet voorbij.'

In het donker rennen we over de ongelijke grond. Op de achtergrond sterven de brommende voertuigen langzaam weg. Ik moet oppassen dat ik mijn evenwicht niet verlies. Fiona lijkt het gemakkelijker af te gaan. Ze beweegt zich over het gewas alsof ze vleugels heeft gekregen en al snel verdwijnt ze in de zwarte voorgrond. 'Wacht op me aan het einde,' hijg ik.

Haar reactie komt een paar seconden later in de vorm van een pijnkreet. 'Au! Rosa, help me,' hoor ik haar kreunen. Zo vlug als ik kan ga ik op het geluid af en ik vind haar in de droge slokan aan het einde van de akker. 'Ik had de greppel niet gezien,' kermt ze. 'Ik denk dat ik mijn enkel gebroken heb.'

'Pak mijn hand en probeer te gaan staan,' zeg ik streng.

Fiona komt omhoog, maar zodra ze op haar voet probeert te staan, zakt ze weer in elkaar en begint te huilen van de pijn. Ik kijk om me heen. Wie zou ik om hulp kunnen vragen? In de huizen die ik vanaf hier kan zien brandt geen licht. Ik kan bij mevrouw Anderson aankloppen, ons kamphoofd, maar wie zegt dat zij ons niet meteen zal aangeven? 'Je kunt... naar mijn moeder gaan,' zegt Fiona nog altijd snikkend. 'Bij ons huis staat een kruiwagen.'

'De kans dat de kampwachten je in de tussentijd vinden is veel te groot.'

'Doe het nou maar!'

'Sst! Geef me je spullen, en ga op je andere been staan, dan trek ik je omhoog.'

'Dat heeft geen...'

'Doe het nou maar!' Ze geeft me haar rugzak en terwijl ik haar hand vasthoud komt ze met zichtbaar veel pijn overeind. Dan buk ik me en druk mijn schouder in haar buik. 'Hou je goed vast.' Met een kracht waarvan ik niet wist dat ik hem bezat, til ik haar omhoog en kom overeind. Met haar bovenbenen strak tegen me aan gedrukt en haar bovenlijf over mijn rug, en onze twee rugzakken aan mijn arm, begin ik te lopen.

Met mijn allerlaatste energie lukt het me om Fiona voor haar deur te leggen. Door haar pijnkreet worden de mensen in het overvolle huis wakker. Op de vraag van haar moeder wat er gebeurd is en waar we geweest zijn, zeg ik enkel dat Fiona gevallen is en morgen naar een dokter moet.

Met verzuurde armen en trillende benen kom ik thuis. Gelukkig heb ik nog het pak rijst overgehouden en één ei dat heel is gebleven. Het andere is gebroken en kleeft in de lap organza. Ik lik het witte slijm en eigeel eruit, daarna was ik het laatste restje ei eruit met water. Op de dunne matras, naast de lege brits van mijn zus, neem ik me voor om nooit meer iemand mee te slepen in mijn acties. In je eentje ben je alleen verantwoordelijk voor jezelf, maar samen met een ander moet je hem of haar kunnen redden. Ik maak zelf een inschatting van de risico's, en als me dat de kop kost is dat mijn eigen schuld, daar kan ik mee leven – of sterven. Maar iemand anders laten boeten voor mijn inschattingsfout, dat wil ik niet. Of erger nog: dat ik door het onvermogen van een ander mee de afgrond in getrokken word. In de situatie waarin wij hier zitten, kun je maar op één persoon bouwen en dat ben je zelf.

Fiona's enkel was niet gebroken, alleen verstuikt. Toch had haar moeder haar ten strengste verboden nog een keer met mij mee te gaan naar de afrastering. Alsof we daar naar jongens gingen lonken in plaats van voedsel te vergaren. Haar moeder is zelfs met mammie gaan praten, waarop zij plotseling ook overmatige bezorgdheid liet zien. Dat kwam op mij nogal ongeloofwaardig over.

De onverwachte controle door Japanse soldaten waar Fiona en ik door overvallen werden, blijkt geen incident te zijn. Het Japanse leger heeft de leiding van het kamp overgenomen van de lokale politie en gedekken is bijna onmogelijk geworden. In de weken die volgen wordt de ene na de andere gedekster opgepakt.

Met veel moeite weet ik vlak voor kerst toch nog mijn laatste twee eieren te ronselen. Ik haast me ermee naar Bram. 'Dat is op het nippertje,' vertelt hij me met zijn volwassen ernst. Zijn witte haar is inmiddels lang geworden. 'Mijn moeder wilde me dwingen het konijn te verkopen aan iemand die hem op het menu had staan.' Uit dankbaarheid noem ik mijn nieuwe huisdier Brammetje. Voor het eerst zie ik een kinderlijke glimlach op het ouwelijke gezicht van de jongen. Trots ga ik met mijn zwart-witte konijntje naar huis, waar hij een plekje krijgt op het lege bed van Vera.

6

Vaak besef je pas achteraf hoeveel voordeel je had bij een bepaalde situatie, wanneer de omstandigheden zijn verergerd. In dit geval: hoeveel gemakkelijker ons leven in het kamp was toen de bewaking nog bestond uit Indonesiërs, mensen die we konden verstaan en enigszins konden lezen. Sinds het leger het hier heeft overgenomen van de lokale politie, hebben we te maken met verhitte Japanse en Koreaanse bewakers die bewapend met een zweep – alsof het cowboys zijn – door de straten fietsen om iedereen schrik aan te jagen. Niet alleen voor hen, maar ook voor elke inlandse bewaker moeten we voortaan buigen. De corveediensten zijn langer geworden en elke ochtend om zeven uur moeten we voortaan op appel staan. Dan wordt er geteld of er niemand is ontsnapt en moeten we luisteren naar speeches in zeer gebrekkig Engels van onze nieuwe kampcommandant Suzuki, over wat we nu weer fout hebben gedaan.

Onder de vrouwen wordt er gefluisterd dat de geallieerden terrein winnen en de jappen bang zijn dat de lokale bevolking overloopt. Dat zou de reden zijn dat we nu onder het leger vallen. Ik hoop maar dat het waar is, want ons kampleven wordt steeds beroerder. Medicijnen zijn bijna niet meer te krijgen en ons dieet loopt nog sterker achteruit. Waar halen we nu ons aanvullende eten vandaan? Alles draait hier elke dag om het eten. Of eigenlijk: het tekort daaraan.

Ons dagelijks rantsoen is één kommetje rijst vermengd met een eetlepel groenten, wat kruiden en geraspte klapper. Om de dag zit er een lepel pastei bij, gemaakt van bonen of ingewanden. Dat laatste stinkt vreselijk en smaakt walgelijk, maar we moeten het wel eten om wat vet binnen te krijgen. Zo nu en dan krijgen we een homp brood die meer weg heeft van een brok harde rubber. Verder krijgen we wat er op dat moment voorradig is als extraatje. Deze week zijn dat uien en zout. Vorige week kregen we een stuk komkommer en een ei. Verder eten we enkel bubur. De zware zakken met het tapiocameel waar de gore pap van gemaakt wordt en die wij meisjes het kamp in moeten sjouwen, zitten vaak vol met maden.

De hele dag door fantaseren vrouwen met elkaar over wat ze gaan eten als ze hier weer uit zijn. Ze wisselen recepten uit en stellen hele menu's op, alsof fantaseren over voedsel de pijn zou kunnen verminderen. Trek hebben, zoals ik me dat van voor het kamp herinner, is iets wat in een vlaag van hunkering komt, maar uithongering is anders. Je voelt het permanent. In je uitstekende botten, in je tot touw uitgedroogde spieren. Op de schrale huid van je armen en benen, die gek genoeg steeds behaarder zijn geworden. In je darmen die de ene keer overwerk verrichten door dysenterie en zich dan weer bewegingsloos vullen met lucht. Onder je brekende nagels, je vereelte vingertoppen en voetzolen. In je gekrompen hart. Om die reden blijven mensen proberen om stiekem door de bamboeafzetting dingen te verhandelen, hoe groot het risico ook is.

Daarnaast is er nog een andere manier om spullen te smokkelen. Ambonezen die ons Hollanders goedgezind zijn, komen via de rioolpijp naar binnen met kleine pakketjes en brieven. Het zijn jongens die geronseld zijn door de buitenkampers; zo worden de indo's en Hollanders genoemd die buiten het kamp zijn gebleven. Deze keer zit er ook iets voor ons bij: een strak ingepakt pakje dat afkomstig is van mijn stiefmoeder Janneke. Ze heeft voor ons meisjes onderbroekjes gebreid van zijden garen met kleine vlindertjes en bloemetjes erop. Ook al is de brief die erbij zit aan Vera, William en mij gericht, mammie eigent die zich als vanzelfsprekend toe. Terwijl we in een kring om haar heen zitten, begint ze voor te lezen. Ze zet er een speciale stem bij op, alsof het om een voordracht gaat. 'Een lieve brief, hoor!' concludeert ze aan het einde. 'Schrijftalent heeft ze niet, maar het komt uit een goed hart.'

Wanneer ik naar bed ga vraag ik mammie of ik hem zelf nog eens mag lezen. 'Kind, het is jullie brief, voor mijn part eet je 'm op.'

22 februari 1944

Lieve familie,

Eindelijk dan eens een kans om jullie wat te laten horen. Maar voor ik verderga eerst het volgende: praat hier met niemand over, want jullie hebben geen idee hoeveel spionnen daar bij jullie zitten!
Wat is het lang geleden dat ik jullie voor het laatst zag. Jullie vader is niet meer vrijgekomen en zit vermoedelijk nog hier in Bandoeng vast. Ik heb hem ongeveer een maand geleden op een vrachtauto gezien, hier in de buurt. Kennissen zagen hem tien dagen geleden nog en zeiden dat hij er goed en vrolijk uitzag. Wij hebben het over het algemeen erg gezellig hier, die ellendige kletscampagnes zijn voorbij en ik hou me bij mijn vaste kringetje kennissen. Men is over het algemeen zeer hulpvaardig, vooral ook voor ons 'schimmen', zoals wij totoks hier genoemd worden. We leven natuurlijk ook erg eenvoudig, omdat alles veel duurder is geworden, en gaan vaak bij elkaar eten voor de gezelligheid. Wat wij alleen niet begrijpen is waarom er zoveel mensen in de kampen ons de vrijheid misgunnen. Waarom zijn sommige mensen in het kamp zo kortzichtig en jaloers? Het is toch alleen een kwestie van stom geluk dat wij nog hierbuiten zitten? Bovendien staat iedereen hier klaar om wat voor de geïnterneerden te doen. Het is alleen door de maatregelen nu bijna onmogelijk geworden. Dit soort pakjes kosten veel, en ook voor ons is geld schaars geworden. Het meeste zit in de kampen.
Jan-de-inlander draait al aardig bij en vergelijkt zijn karige maaltje van nu met vroeger. Van hoog tot laag begint iedereen weer naar de terugkomst van de oude bazen te verlangen. Ook op de kantoren is de aanwezigheid van enkele Europeanen goed gebleken, om een oogje in het zeil te houden – én voor later, om te weten met wie we dan moeten afrekenen. De

enige lui die de inlanders nog een beetje steunen zijn wij.
Wat zou ik toch graag een kijkje bij jullie willen nemen. Hoe wonen jullie nu? En schrijf toch eens over het voedsel enzovoort. Er gaan zulke verschrikkelijke geruchten.
Ik hoop dat de broekjes jullie passen. De volgende keer stuur ik twee bloesjes mee, voor jullie beiden één. Als jullie nog speciale wensen hebben en het is vatbaar voor uitvoering, schrijf het dan. Grote pakketten kunnen niet langs deze weg. Maar mondje dicht, hoor!
Zorg er in elk geval voor dat je gezond blijft. Geld speelt geen rol, dat is later allemaal in orde te brengen. Het voornaamste is dat we er goed doorheen komen en normaal blijven.
Het prestige dat we eerst verloren hadden, door de beroerde manier van oorlog voeren, hebben we nu weer grotendeels teruggevonden. Een land goed besturen is iets moeilijker dan een land winnen.
Wij zijn allemaal erg optimistisch, maar hebben inmiddels wel geleerd dat oorlog voeren geen kwestie is van weken. Lieve schatten, ik ga nu eindigen met een heel dikke omhelzing en heel veel liefs voor jullie moeder en Greta. Ik ben ervan overtuigd dat alles dit jaar beslist zal zijn, misschien nog wel eerder dan we denken.

Janneke

'De kinderen slapen eindelijk. Mag ik even bij je zitten?' fluistert Johanna.

'Natuurlijk, kom erbij.'

Ze kruipt onder de klamboe, schuift het lege konijnenhok naar het voeteneinde en gaat dan op Vera's brits zitten. 'Hij is al behoorlijk tam, hè.' Ze kijkt naar Brammetje, die nu helemaal volgroeid is en tevreden op mijn schoot ligt.

'Niet bij alle mensen, hoor. Sommige vertrouwt hij niet.'

'Gelijk heeft hij,' zegt ze met een ironisch lachje. 'Ik, eh... Die brief van je schoonmoeder, ik bedoel stiefmoeder… Ik begrijp die niet zo goed.'

Ik ga wat meer rechtop zitten. 'Ik dus ook niet!' Ik probeer mijn opgewondenheid niet door te laten klinken in mijn volume en overhandig de brief aan haar. 'Het begint er al mee dat er zoveel spionnen bij ons zouden zitten.'

'Daarmee bedoelt ze wellicht de kampleidsters.'

'Ik denk dat ze niet alleen hen bedoelt, hoor. Maar wie zijn die verraadsters dan? En hoe werkt het met het versturen van dit soort pakketjes? Hoe weet je dan wie je wel en wie je niet kunt vertrouwen? En dan dat bericht over vader die er gelukkig uitziet. Gelúkkig? Terwijl wij, zijn kinderen, hier de korrels rijst van de grond moeten rapen om te overleven… En wat boeit het ons dat zij "gezellig" met elkaar eten? Maar wat ik het ergste vond om te horen is over dat misgunnen van hun vrijheid. Het is toch logisch dat wij jaloers zijn op hun vrijheid!'

Het lijkt of Johanna niet luistert naar mijn geratel. Geconcentreerd probeert ze het handschrift te ontcijferen in het zwakke lamplicht. 'Hier impliceert Janneke dat de oorlogskansen aan het keren zijn. Dat zou heel goed nieuws zijn,' merkt ze op.

'Als het waar is, ja. De brief getuigt niet van veel inzicht,' zeg ik.

'Nee, dat lees je er niet uit.' Johanna's gezicht krijgt iets sereens in dit zwakke licht. Ik merk dat mijn eigen boosheid daardoor wat wordt afgezwakt. 'Stel dat ze buiten echt niet weten hoezeer wij hier lijden,' zegt ze met een mengeling van medelijden en angst.

'Dan doen ze ook niks om ons te redden,' vul ik aan.

'Dat is precies wat ik bedoel.'

Ik voel ineens verdriet naar boven komen. Niet alleen door alle misverstanden die uit Jannekes brief spreken, maar door het eindeloze wachten, het harde werken en de uitputtende honger. Even heb ik de neiging om mijn hoofd in Johanna's schoot te leggen, maar ik durf het niet. 'Ik snap nu wel dat ze onderbroekjes heeft gebreid,' zegt Johanna. 'Ze denkt dat jullie die het hardst nodig hebben.'

'Dat we gewoon honger hebben komt niet in haar op.'

'Waarschijnlijk kan ze het ook niet weten,' zegt Johanna vergoelijkend. 'Wat me ook opvalt zijn al die aannames over de inlanders. Ik ben natuurlijk nog niet zo lang hier, maar het lijkt wel of...' Ze maakt haar zin niet af.

'Of wat?'

Johanna zucht. 'Als Joodse heb ik me de laatste jaren erg buitengesloten gevoeld. Ik heb ervaren hoe het is als er op je wordt neergekeken. In dit land wordt al eeuwenlang op mensen neergekeken. Zoals Janneke beschrijft dat Jan-de-inlander nu terug naar de bazen begint te verlangen, dat klinkt toch vreselijk superieur?'

'Ze bedoelt dat de inlanders met de verkeerde partij gingen heulen door aan te pappen met de jap,' antwoord ik.

'Hebben we dat niet over onszelf afgeroepen? Hoe denk je anders dat ze zo snel al die bewakers uit de kampong hebben kunnen ronselen om ons hier uit te hongeren en af te beulen?' vraagt Johanna.

'Er zitten ook goede bij. Of minder slechte,' zeg ik. 'En Janneke schrijft toch ook juist dat ze nu weer beseffen dat ze ons nodig hebben.'

'Is dat zo? Hebben ze ons echt nodig?' vraagt Johanna zich hardop af.

'Zeker! En wij hebben hen natuurlijk ook nodig om deze oorlog te winnen.'

'Sst! Je maakt iedereen wakker, Rosa!' klinkt het uit de kamer van mammie.

Ik probeer mijn gedachten op een rijtje te krijgen in het donker van ons slaaphok, maar word afgeleid door de insecten: het gebrom van de vele vliegen, de snerpende muggen die naar een gat in mijn klamboe zoeken om me te kunnen aanvallen en het sissende geluid van kakkerlakken. Hoe kan ik Janneke duidelijk maken dat het hier niet uit te houden is, zodat zij het weer aan vader kan vertellen en hij het aan nog invloedrijkere personen kan doorgeven? Via de normale post kan ik geen brief versturen. Officieel mogen we slechts sporadisch een kaart sturen, met daarop drie van de tien zinnen waaruit we kunnen kiezen: dat het ons goed gaat, dat we in goede gezondheid zijn, en nog meer van die flauwekul. Dus de enige manier om een brief naar buiten te smokkelen, is via het gedek of via zo'n Ambonese boodschapper!

In het geheim ben ik al dagen bezig met een antwoord aan Janneke, waarin ik de penibele toestand hier beschrijf, als het gerucht rondgaat dat er een Ambonees onderweg is naar het kamp. Ik schrijf dat de ellende en de uitzichtloosheid ons langzaam murw beuken en dat er tegenwoordig elke dag wel een sterfgeval is. Dat ze moeten opschieten als ze ons nog levend terug willen zien. Mijn naam heb ik er niet onder gezet, zoals ik alle namen heb weggelaten en de brief niet naar de afzender te herleiden is, mocht die onderschept worden. Dat de naam en het adres van Janneke wel op de envelop staan is wel iets waar ik over heb wakker gelegen. Toch is dat nou eenmaal een risico dat ik moet nemen. Ze kan altijd zeggen dat ze niet weet van wie de brief afkomstig is, omdat ze niemand kent die geïnterneerd is.

De Ambonees zal vanavond uit het riool aan de achterzijde van het kamp kruipen. Johanna heeft via haar kinderen iemand leren kennen die de verzamelde brieven aan de barmhartige Samaritaan zal geven. Met pijn in mijn buik overhandig ik mijn schrijven, dat ik verpakt heb in een bananenblad met daaromheen een met vet ingesmeerd stuk textiel, zodat het hopelijk droog blijft.

'Ik sta helemaal achter je,' vertrouwt Johanna me toe. 'Als ik wist waar de vader van mijn kinderen zat, zou ik hem ook op deze manier een bericht sturen.'

Ik ben verbaasd. 'Je haat hem toch?'

'Ik vind het verschrikkelijk dat hij me in de steek heeft gelaten, ja, maar ik weet dat hij veel van de kinderen houdt. Ik zou hem willen schrijven dat het goed met ze gaat en dat ze hem missen.'

'Jij bent een engel,' zeg ik welgemeend. 'Was mammie maar zo vergevingsgezind.'

Op mijn sandalen, waarvan er een nog slechts bestaat uit een vastgebonden zool, slof ik vooruit. Op het tijdstip dat de zon zijn warmste licht op de aarde laat vallen, kom ik eindelijk terug met mijn ploegje bij ons honk. Opgelucht omdat het corvee van negen aaneengeregen uren is afgelopen, lever ik de kar in. 'Wacht even, Rosa!' roept de hantjou wanneer ik de voorraadschuur weer uit wil lopen. 'Na zonsondergang moet je terugkomen met drie van je sterkste jongens.'

Ik ben bekaf en alleen al de gedachte dat ik vanavond weer moet werken slaat me lam. 'Waarom?'

Ze dient me onmiddellijk van repliek. 'Je hoeft niet altijd alles te weten. Doe gewoon wat ik je zeg.'

'Ik heb van mijn ouders geleerd dat vragen vrijstaat,' zeg ik vanuit de hoogte. Ik ben een kop groter dan de vrouw.

'Je kunt beter je brutale mond houden, anders hoef je helemaal niet meer terug te komen.'

Ik haal diep adem en kijk naar de jongens van mijn ploeg, die hun blik naar de grond hebben gericht. Alleen William kijkt me aan. Zijn gezicht is onbeweeglijk, maar toch lijkt hij 'nee' te schudden. Ik knijp mijn nagels in mijn handpalmen en druk mijn lippen op elkaar. Wat had ik haar graag willen toesnauwen dat ik nog veel meer vragen heb. Hoe het bijvoorbeeld komt dat iedereen hier broodmager is geworden behalve zij en de meeste andere hantjous: vrouwen die lachen met de vijand, die niet protesteren als ons rantsoen opnieuw wordt gehalveerd, maar voor zichzelf genoeg weten te tjakken voor hun ronde vormen en hun dagelijkse portie vitaminen.

Nog altijd geïrriteerd kom ik samen met William thuis, waar mammie bezig is de luizen uit Greta's haar te kammen. Ik heb zelf ook hysterische jeuk op mijn hoofd, maar ik hou mijn mond erover, uit angst dat mammie mijn haar anders kort zal willen knippen.

'Hebben jullie al gegeten?' vraag ik.

Greta knijpt met haar vingers in haar neus. 'Ja, slijmpap, ieuw!'

'Je bent zelf een slijmpapje,' zeg ik, terwijl ik in haar buik prik.

'Ik ga nog wel wat van die drek halen, voordat alles op is.' Met een pan in zijn handen sjokt mijn broertje weg.

'We moeten vanavond weer werken,' klaag ik. 'Alsof we daar nog energie voor hebben.'

‘O, dat zal wel met die Ambonees te maken hebben,’ zegt mammie en ze kijkt op van het hoofd van mijn zusje. ‘Ze hadden het er net in de rij over, dat ze als ratten uit het riool naar boven komen.’

‘Wat bedoel je?’

‘De hantjous zeggen dat ze hem moeten gaan pakken.’ Tussen haar nagels plet ze een luis. Het maakt een knappend geluid. ‘Zo, weer eentje minder, Greta.’

‘Dus ze weten dat hij komt,’ zeg ik geschokt.

‘Ja, hoor eens, ik weet ook niet wie hem verraden heeft,’ antwoordt mammie fel, alsof ik háár zou verdenken.

Dus wat Janneke schreef is waar: er zitten spionnen in het kamp. ‘Die man moet gewaarschuwd worden, zodat hij niet komt.’

‘Hoe dan? Of heb jij een directe telefoonverbinding met hem?’ zegt ze cynisch.

‘Waar is Johanna?’ vraag ik en ik kijk onrustig om me heen.

Mammie haalt haar schouders op. ‘Ik denk ook eten halen.’

Even later komt Johanna met haar kinderen het erf op lopen. ‘Ze weten het!’ Ik trek haar buiten het zicht van mijn moeder.

‘Weet je dat zeker?’ vraagt ze geschrokken.

Ik knik en zeg: ‘Volgens mij moeten wij zo met de sjouwploeg mee om hem te vangen.’

‘Iemand moet hem tegenhouden.’ Ze kijkt vastberaden. ‘Welke heiho kunnen we vertrouwen?’

‘Ik zou het niet weten,’ zeg ik gefrustreerd. ‘En welke vrouw vangt hem hier op? Als zij naar het riool gaat, pakken ze haar ook.’

‘Geen idee.’ Ze bijt op haar onderlip.

‘Hoezo weet je dat niet?’

‘Het is een keten. Mijn contactpersoon geeft het weer door aan haar kennis.’

Ik zak op de houten bank die tegen ons paviljoen staat. ‘Jannekes adres staat erop. Ze zal worden opgepakt en ze zullen ook de link met mij ontdekken, met ons hele gezin.’

‘Ga dan snel!’ zegt Johanna. ‘Ter plaatse kun je misschien nog een ramp voorkomen.’

Met de lege foerageerkar lopen William, ik en nog twee jongens van de ploeg achter de hantjou met haar korte beentjes aan, om inderdaad uit te komen bij de grote betonnen rioolbuis. We zijn niet de eersten. De zenuwen schieten meteen door mijn lijf als ik zie dat kampcommandant Suzuki erbij is. Hij is een driftige man, die zijn haar in de ochtend altijd plat op zijn hoofd weet te krijgen met brillantine, maar in de loop van de dag staat het altijd toch weer stug overeind. Naast hem staan twee Japanse onderknuppels en een grote brede Koreaan die ook wel 'de uitsmijter' wordt genoemd. We buigen diep en gaan dan op de plek staan die ons wordt aangewezen. Ik heb William in vertrouwen moeten nemen over de brief, zodat hij weet waar ik me zo druk over maak en me eventueel te hulp kan schieten.

'Wie is Janneke?' had hij gevraagd.

'Onze stiefmoeder, sukkel.'

'O, die ja.'

De betonnen rioolpijp komt uit op een stuk braakliggend terrein. Er liggen stapels met bielzen en er staan drie slordig weggezette vuilcontainers. Alleen links groeien wat struiken en kleine bomen, dus degene met de postpakketjes zal wel via die weg komen. Voor mij is de spanning om te snijden, maar Suzuki staat te gapen, wat voor mijn broer kennelijk aanstekelijk werkt, want die begint ook. Ik werp een waarschuwende blik naar hem. 'Opletten!'

Dan hoor ik links van ons iets. Verdomme, dat zal de contactpersoon zijn met de spulletjes, waaronder die brief van mij. Ik begin te hoesten om het geluid te overstemmen.

De kampcommandant sist me iets toe. Ik hoop dat ik aan de postbezorgster duidelijk heb kunnen maken dat het niet veilig is. Een paar minuten blijft het stil. De man begint opnieuw te gapen en richt zich dan tot de hantjou met de vraag of het wel echt vandaag was.

De kampleidster bevestigt het. Rotwijf; zij heeft de operatie dus verlinkt. In de stilte zijn alleen de insecten en nachtdieren aan het woord. Minuten lijken uren. Plotseling kraakt er een tak. Suzuki heeft het ook gehoord en geeft opdracht aan zijn mannen om te gaan kijken. Terwijl ze naar de bosjes lopen, zie ik een donkere figuur uit de rioolbuis kruipen.

'Daar!' roept William. Meteen komen de bewakers terug. Een van hen duikt op de Ambonees af, die slechts gekleed is in een *tjawat*, een lendendoek. De smokkelaar weet zich los te rukken en wil wegrennen, maar nu duikt ook de andere bewaker op hem af. Ik zie de huid van de Ambonees glimmen: niet van de drek uit het riool, maar van de olie waarmee hij zich heeft ingesmeerd. Hij is zo glad als een aal en dreigt steeds opnieuw uit de handen van de bewakers te glippen, tot ze hem met hun knieën tegen de grond klemzetten. Suzuki begint hem met zijn gummistok te bewerken en met het zweet op zijn voorhoofd slaat hij uit alle macht op de man in. Nu pas begint de Ambonees te schreeuwen. Hij gilt en smeekt om genade, terwijl Suzuki op hem blijft inbeuken. Ik wend mijn gezicht af om het niet te hoeven zien. Mijn benen trillen onophoudelijk, mijn mond is zo droog als stof. De noodkreten van de Ambonees worden steeds zwakker, tot het ten slotte stil blijft. Met een doffe klap wordt de man op onze kar gelegd, hetzelfde geluid als wanneer we een zak meel of een mud bonen op de kar leggen. Suzuki hangt zijn wapenstok terug aan zijn riem, veegt zijn voorhoofd droog met zijn zakdoek en doet een vruchteloze poging om zijn haar plat te leggen.

'Jullie moeten hem naar de Kempeitai brengen,' zegt de hantjou onbewogen tegen ons. 'O wee als je niet op tijd terug bent, dan kun je zelf ook zo'n afranseling verwachten.'

Met twee jongens voor en William en ik achter duwen we de kar met de gewonde naar de hoofdingang. Ik ben boos op William. 'Je had hem niet moeten verraden!' zeg ik snibbig tegen hem.

'Je zei dat ik je moest helpen,' fluistert hij. 'Anders hadden ze die vrouw te pakken gekregen.'

'Als je niet meteen had geroepen, had zowel hij als de vrouw kunnen ontsnappen.'

'Of ze waren allebei gepakt!'

'Stil zijn!' waarschuwt een van de jongens.

We buigen voor de jap die bij de poort staat. Hij slaat geen acht op ons en kijkt hoofdschuddend naar de Ambonees. Het lijkt op mededogen; veel bewakers zouden in lachen zijn uitgebarsten.

Terwijl we naar het kantoor van de Kempeitai lopen, hoor ik hem rochelend ademhalen. In de lichtbundels van de grote schijnwerpers zie ik zijn gehavende gezicht. Ik pak zijn hand beet.

'Misschien moet je dat niet doen,' fluistert William.

'Laat me!'

Vlak voor we bij de politiepost komen, leg ik zijn hand op zijn borst en sla een kruis. Voor wat het waard is. Met veel leedvermaak – deze keer wel – wordt de man door officieren van de Kempeitai van de kar getrokken. Ik haal mijn neus op en knipper mijn ogen droog. 'Kom, jongens, we moeten snel terug zijn,' zeg ik.

In mijn slaaphok zie ik achter mijn gesloten ogen nog steeds de beelden van de toegetakelde man. Onrustig draai ik van mijn ene op mijn andere zij, in de hoop dat mijn gedachten kalmeren. Net wanneer ik begin weg te glijden in het onderbewuste, hoor ik iets naast me. Ik wil overeind schieten, maar merk dan dat het zacht gesnik is. Ook al heb ik mijn broertje nog nooit horen huilen, ik weet dat het van hem komt. 'William, gaat het?'

Hij geeft geen antwoord. Ik steek mijn hand uit naar de brits naast me en voel dat zijn jongensborst schokt. 'Stil maar, lieverd, het was niet jouw schuld.' Zachtjes aaiend probeer ik hem te kalmeren. Onder mijn hand wordt het schokken minder en zijn ademhaling gelijkmatiger. Wanneer ik denk dat hij slaapt hoor ik hem ineens fluisteren. 'Mag ik voortaan bij jou slapen?'

'Tuurlijk, lieverd. Tot Vera weer terug is, mag je hier blijven.' Als ze ooit terugkomt… is mijn laatste gedachte voor ik wegzink in het niets.

7

Voor het eerst sinds lange tijd heb ik weer gedroomd over John. Hij zwaaide naar me vanuit zijn vliegtuig. Ik zweefde op gelijke hoogte, maar waarom ik kon vliegen begreep ik niet. Ik zat niet in een vliegtuig, misschien op een vogel? 'Hoe gaat het daar?' vroeg hij met een lachend gezicht. 'Ik mis je.'

'Ik mis jou ook,' wilde ik zeggen, maar er kwam enkel lucht uit mijn mond. Ik probeerde het nog een keer, maar opnieuw bracht ik geen geluid voort, slechts wind die zijn gezicht langzaam deed vervagen. Ik begreep het niet. In een laatste poging om hem met mijn stem te bereiken, blies ik hem volledig weg. Het toestel waarin hij zat begon te spinnen en viel in de diepte, tot het neerstortte op aarde.

Wanneer ik wakker word heb ik een naar gevoel, alsof ik door mijn droom iets te weten ben gekomen wat ik liever niet had willen weten. Veel tijd om daarbij stil te staan heb ik niet, want mammie begint te gillen. Onaangekondigd komt een boerenpummelige Koreaan ons tuinhuisje binnengeschuifeld. We vergeten prompt te buigen. Gelukkig beseft hij het niet. Hij komt controleren of we nog elektrische apparaten hebben. We schieten in onze kimono's om de man niks van onze vrouwelijkheid te gunnen. Nadat hij alle kamers heeft doorzocht, loopt hij op zijn gemakje ons huisje weer uit.

Bijna elke dag komt er een nieuwe regel bij, die steeds weer voor opschudding zorgt. We hebben onze laatste fiets moeten inleveren. Boeken moesten worden verbrand. En nu hebben we dus ook alle strijkijzers, föhns en grammofoons moeten inleveren. De meeste mensen hebben dat soort apparaten allang niet meer. Ik kan het weten, omdat ik redelijk wat van die dingen heb verhandeld. Wel kregen we ineens nieuw schoeisel in de vorm van houten slippertjes. Geen idee waar we die gulle gift ineens aan te danken hadden.

Er ontstond grote commotie toen we hoorden dat jongens vanaf tien jaar kunnen worden opgeroepen om naar het mannenkamp te gaan.

Gisteren protesteerde een aantal moeders hevig omdat de eerste groep jongens moest vertrekken. Het hielp niet en de jongens werden zonder pardon in de vrachtwagen gedwongen en afgevoerd. Het was een drama dat je van verre kon horen. William heeft nog geen oproep gekregen.

'Ben jij niet bang om weg te moeten, William?' vroeg ik toen aan hem.

Mijn broer, die het niet gewend is dat er zulke directe vragen aan hem worden gesteld, zei na lang nadenken: 'Nee, eigenlijk niet. Is dat raar?'

Ik zei dat het niet raar was, maar dat ik hem wel zou gaan missen. Ook die opmerking bleef even aan zijn gezicht kleven. 'Dat kan ik me voorstellen,' zei hij ten slotte. 'Ik help je natuurlijk veel.'

Daar heeft hij gelijk in; van alle jongens in de sjouwploeg is hij een van de sterksten. Voor de jongens die vertrekken krijg ik acht- en negenjarigen terug, wat natuurlijk ondoenlijk is met die zware zakken zout, rijst en meel die getild moeten worden. Ik heb geklaagd bij mevrouw Anderson dat ik zo geen sjouwploeg kon leiden, waarna ze wat oudere meiden aan mijn ploeg heeft toegevoegd. Tot mijn grote vreugde zat ook Fiona daarbij.

Ik vermoed dat de strategie van de jappen is om onrust te zaaien en om ons tegen elkaar op te zetten. Het lijkt alsof alles wat voor enige saamhorigheid of vriendschappelijkheid zou kunnen zorgen bewust gedwarsboomd wordt. Zo was er een clubje creatieve vrouwen dat liedjes en teksten repeteerde voor een cabaretopvoering. Wekenlang verheugden we ons op de voorstelling, maar op de avond van het optreden werden alle lichten uitgedaan. De vrouwen die gingen klagen bij Suzuki kregen ervanlangs: 'Jullie denken alleen maar aan licht, je kunt beter ergens anders aan denken, *Amerika datang*!' Amerika komt eraan. Natuurlijk was er na die opmerking niemand meer bezig met die cabaretavond.

De meest recent ingevoerde nieuwe regel is dat we onze tuinen netjes moeten maken. Alsof we nog niet moe genoeg zijn van de lange corvees. De jappen vinden dat de tuinen er slordig bij liggen, dus we hebben de opdracht gekregen om binnen een week allemaal ons erf aan kant te krijgen, anders zullen er sancties volgen. Wat een geluk dat we, toen we ons paviljoentje betrokken, een oude grasmaaier hadden gevonden, die ik nu samen met William heb opgeknapt. Nadat we onze eigen tuin netjes gemaakt hebben, bied ik aan om tegen een kleine vergoeding de tuinen van de omliggende huizen te maaien, zodat ze dat niet met een mes of schaar hoeven te doen.

Na twee dagen komt mammie naar ons toe met een briefje vol Japanse tekens dat op onze deur geplakt zat, en ze vraagt of ik weet wat erop staat. Gek dat mammie, die me tot voor kort nooit serieus heeft genomen, nu ineens van alles van me verwacht. Dat ik Japans kan lezen bijvoorbeeld. Ik laat het briefje rondgaan en binnen een kwartier heb ik de vertaling. *Uw tuin is goedgekeurd*, staat erop.

De volgende ochtend komt dezelfde slome Koreaanse bewaker onze grasmaaier opeisen. 'Is oké!' zegt hij met zijn duim omhoog. Ik ben niet gek, ik laat me niet zomaar mijn grasmaaier afnemen, dus ik probeer de discussie met hem aan te gaan en zeg dat het gras ook weer gaat groeien en dat ik het apparaat dan opnieuw nodig heb, maar de man laat zich niet ompraten.

'Geef hem nou maar,' zegt mammie. 'Anders wordt hij boos.'

Ik verdedig mezelf en mijn grasmaaier, die ik al tot mijn nieuwe goudmijn had gedoopt, en zeg: 'Volgens mij heb ík hier alle recht om boos te zijn.'

'Die Koreanen krijgen een bonus voor elk pak slaag dat ze uitdelen,' zegt mammie.

'Waar haal je toch altijd die onzin vandaan?' roep ik uit. Nog voordat ik met mijn ogen kan knipperen krijg ik een klap in mijn gezicht. Van mammie, niet van de Koreaan. Die staat er wezenloos bij te kijken.

'Ik loop met je mee,' zeg ik dan strijdlustig tegen hem.

De grasmaaier ratelt achter ons aan als de Koreaan, ik en wat kinderen die zich nieuwsgierig hebben aangesloten als ware het een optocht uitkomen bij mevrouw Anderson, het kamphoofd en de baas van alle hantjous. Ik vermoedde al dat zij die Koreaan had gestuurd om mijn grasmaaier te kunnen inpikken, zodat ze de grote lap grond rondom haar huis kan maaien.

'Wat doe jij hier?' Ze bekijkt me van top tot teen.

'Ik dacht: ik kom u helpen, gratis en voor niks.'

'Ga maar naar huis. Dat kan hij wel doen.'

'De Japanners voor u laten werken? Foei, mevrouw Anderson, dat kan u duur komen te staan. Laat mij maar.' Ik maak bij wijze van bedankje een buiging voor de Koreaan, waarna de man aftaait en ik als een razende roeland over haar grasveld raus. Het gemaaide gras laat ik in de opvangzak zitten tot die vol is. De boomwortels maken het maaien van de rest van het veld bovendien heel lastig, dus ik ga weg. Zonder om te kijken loop ik met de machine door naar de weg. Mijn hoofd bonkt van de hitte, mijn hart wordt aangejaagd door pure woede. Ik laat me niet tegenhouden, door niemand.

'Rosa!' hoor ik achter me. 'Rosa, breng dat ding terug!'

'Hoezo, het gras is toch gemaaid?'

'Je weet dat dat niet zo is.'

'De rest moet worden omgeploegd. Een fijne dag nog, mevrouw Anderson.'

'Je moet die maaier inleveren!'

'Bij u zeker? Dank je de koekoek!'

'Kom onmiddellijk terug!' schreeuwt ze nu stampvoetend. 'Anders stuur ik de jap op je af.'

'Dat hebt u al gedaan, mevrouw Anderson.'

'Dat heb ik niet. Blijf hier, je hebt dienst.'

'Niet waar, ik hoef vanmiddag pas te komen.'

Omstanders blijven staan om de scheldpartij te volgen.

'Als je dat ding meeneemt, zal ik de autoriteiten waarschuwen en dan ben je nog niet jarig.'

'Dat is pure chantage.'

'Chantage? Jij bent mij hier aan het koeioneren! Je hebt geen idee wat ik allemaal voor jullie doe. Niet het minste sociale gevoel heb je!' Ze kijkt om zich heen om te zien hoe de toeschouwers op deze krachtmeting reageren.

'O nee? Ik durf te wedden dat de meeste mensen hier aan mijn kant staan, want we weten allemaal waar dit over gaat: jullie misbruiken jullie macht!' Ik heb mezelf niet meer in de hand; dit soort dingen kun je niet straffeloos zeggen.

'Je bent ontslagen, Rosa de Graaf! Voortaan maak jij de latrines schoon!'

'Heerlijk. Dat scheelt weer een retourtje mest halen voor onze tuin.'

'Mispunt! En laat die maaier staan!'

Gelukkig trekt Fiona me weg, anders had ik haar misschien aangevallen. 'Rosa, kom. We gaan wat gezelligs doen, jij en ik.'

Even later liggen we op ons favoriete veldje en kijken naar de lucht, waar wolken voor de zon langsdrijven. Ik ben gekalmeerd; in een oorlog is het niet de moeite om je leven te wagen voor een grasmaaier. 'Een driemaster!' zeg ik en ik wijs naar de lucht.

'Of een Amerikaans vliegtuig met *two beautiful boys*!'

'Hé, *lads*!' roep ik en ik zwaai met mijn handen.

'Dat is het!' Fiona komt overeind. 'Weet je nog, die mannen die ons laatst "latten" noemden?'

'Ja, wat is daarmee?'

'Wij dachten dat ze ons dunne latten noemden, of dat ze het over de "latjes" hadden in onze uitgemergelde ribbenkasten, maar ze bedoelden natuurlijk dat we vrienden zijn.'

'Ach ja, natuurlijk!'

Vorige week waren er wat krijgsgevangenen aan het werk geweest aan de andere kant van het prikkeldraad bij de ingang van het kamp. We loerden naar elkaar: de meiden uit onze sjouwploeg en die ongeschoren mannen. Twee van hen, die vlak bij Fiona en mij stonden, lachten naar ons en fluisterden ons toe: 'Hé, meiden. Lads. Psst.' We speelden stommetje, anders zou er geslagen worden. Volgens onze hantjou waren het geen mannen, maar jongens van onze leeftijd.

Ze had gelijk: wij hadden geen benul meer van hoe onze leeftijdgenootjes, de jongens van het lyceum, er nu uitzagen. In onze gedachten was dat beeld stil blijven staan, maar ook zij waren in die twee jaar tijd natuurlijk volwassener geworden. Het was een vreemde gewaarwording om zomaar ineens weer vlak bij elkaar te zijn. Ik probeerde te ontdekken of er iemand bij was die ik kende, maar daarvoor was het contact te vluchtig.

Toen we medicijnen gingen ophalen, stonden we ineens tussen ze in. We leken wel twee verschillende diersoorten die elkaar van een afstand besnuffelden. Heel even konden we fluisterend wat informatie uitwisselen. Ze bevestigden het bericht dat de Amerikanen oprukten, maar verder hadden ze weinig nieuws. Er werd met een zweep geslagen. 'Stilte!' Zonder woorden speelden we verstoppertje door achter de kar te gaan zitten om met een onhoorbaar 'kiekeboe' tevoorschijn te komen. Het was een kort en suikerzoet moment geweest, waarna ik me prompt schuldig voelde tegenover John.

Daarna hebben we ze nog een paar keer gezien, zelfs in ons kamp, waar ze aan de gemeenschapsgebouwen moesten werken. Maar wanneer zij aan het werk waren, werden wij in een kamer opgesloten. En even later, als wij moesten gaan ploeteren, dan werden zij in een hok gedreven. Dit alles om te voorkomen dat er een hormonale revolutie uitbreekt in ons kamp. Want vrouwen kunnen nou eenmaal niet zonder mannen, en andersom. Dat is de natuur.

'Wil je voor me zingen?' vraagt Fiona nu, waarmee ze me uit mijn overpeinzingen haalt.

'Verzoeknummers?'

'Vera Lynn.'

Ik wist dat ze dat zou zeggen. 'Goed dan.'

Fiona gaat weer naast me op haar rug liggen.

Ik schraap mijn droge keel en zacht zet ik in. '*We'll meet again, don't know where, don't know when. But I know we'll meet again some sunny day. Keep smiling through, just like you always do. Till the blue skies drive the dark clouds far away…*'

Futloos door de eeuwige honger kom ik bij ons paviljoen aangesloft. 'Dat begrijp ik, Mina, dat heb ik ook vaak gezegd,' hoor ik iemand in ons huis zeggen. 'Sommige kinderen zijn nou eenmaal koppig.' Ik ken die stem ergens van. Voorzichtig blijf ik bij de hordeur voor de ingang staan luisteren. 'Misschien lijkt ze wel op jou.'

'O, nee hoor!' zegt mammie. 'Ik was heel anders.'

'Nou ja, in elk geval wilde ik jullie laten weten dat het goed gaat met jullie oudste.'

Met een ruk trek ik de hordeur open. 'Is er nieuws over Vera?'

In de voorkamer zitten mevrouw Anderson, mijn moeder en Johanna. Met verstrakte blikken kijken ze me aan. 'Volgens mij moet jij eerst je excuses maken, Rosa,' zegt mammie.

Ik sla mijn ogen neer. Ik weet dat ze me zullen negeren tot ik diep door het stof ben gegaan, maar hoe doe je dat als je er niks van meent? Ik ben nooit een goede actrice geweest. Nog altijd met neergeslagen blik begin ik zachtjes te praten. 'Het spijt me heel erg, mevrouw. Echt waar...' Ik kijk even op. Ze lijkt half overtuigd. 'Maar het wordt mij soms ook allemaal te veel.' Ik veeg even langs mijn ogen om mijn zogenaamde tranen weg te vegen.

'Het is al goed, Rosa. We doen onszelf alleen maar meer verdriet door boos te blijven,' zegt mevrouw Anderson op een toon die ineens een stuk vriendelijker is.

'Mag ik nu alsjeblieft weten hoe het met Vera is? Is ze helemaal beter?'

'Veel beter. Ze heeft het pakketje van jullie tante Janneke ontvangen.'

'Hebt u...'

'Sst! De muren hebben hier oren,' zegt ze terwijl ze opstaat. 'Veel plezier bij de latrines.'

'Maar als Vera beter is, waarom komt ze dan niet naar huis?' vraag ik als mevrouw Anderson weg is.

Mammie kijkt naar Johanna.

'Je weet toch dat er veel meisjes worden geronseld voor de Japanners,' zegt Johanna dan. 'Waarom denk je dat ze nog nooit hier aan de deur zijn gekomen?'

Hier heb ik werkelijk nog geen moment over nagedacht. Johanna geeft zelf het antwoord: 'Omdat mevrouw Anderson dit kamp zo veel mogelijk vrijhoudt van die kapers.'

'Ja, ze doet echt haar best om jullie veilig te houden.'

Ik voel me ineens heel schuldig over alles. 'Dat wist ik echt niet,' zeg ik zwak.

Mammie laat een snuiflachje horen. 'Als ik zou mogen kiezen tussen prostituee in een luxehotel of moeder van vier in dit strafkamp...'

'Mina!' zegt Johanna. 'Dat soort grappen kun je niet maken.'

Ik weet dat mijn moeder geen grapje maakt. De keuze zou heel gemakkelijk geweest zijn voor haar.

'O ja, mevrouw Anderson kwam iets voor jou brengen.' Mammie trekt een kaart voor me onder haar matras vandaan. 'Ik hoopte dat hij voor mij zou zijn, maar helaas.' Met een zucht overhandigt ze me een grijsgrauw kaartje. Ik herken meteen het handschrift van mevrouw Coenen. Dan lees ik de tekst, die in het Maleis is opgesteld, waarschijnlijk omdat de kans dan minder groot zou zijn dat het kaartje onderschept zou worden.

> *John soeda pinda dikit disini Rosa kapal bediri*. John komt hier al dichterbij. Rosa, hou je hoofd koel. *Banjak tabee*, veel groeten, mevrouw Coenen

John leeft! En hij denkt nog aan mij. Dat hij dichterbij komt, zegt eveneens dat de geallieerden dichterbij komen! Ik kan mijn geluk niet op.

'Ben je nou blij?' zegt mammie.

In haar ogen meen ik afgunst te zien. Meteen heb ik spijt van mijn eerdere gedrag. Buiten het kamp is er niemand die op haar wacht, en zonder ons is ze alleen. Ik ga naar haar toe en omhels haar. 'Ik zal me beter gedragen, mammie, sorry.'

Ze aait me zacht over mijn haar en even voel ik me weer dat meisje dat getroost wordt door haar moeder, nadat ik de pan kokend water over me heen had gekregen.

8

Ik heb er een nieuw konijn bij! Met William heb ik buiten een kleine ren gebouwd onder het afdak van ons paviljoen. Brammetje vindt het daar heerlijk en heeft een holletje voor zichzelf gegraven in het zand om in te slapen. Plechtig stel ik Witje voor aan Brammetje. Voorzichtig snuffelen de twee beestjes aan elkaar. Ik spoor ze aan met de woorden: 'Zo, en nu maar kindjes maken!' Een rode kat die nieuwsgierig is komen kijken, jaag ik weg met stenen. 'Je komt er niet aan!'

Ik heb Witje net op tijd kunnen bemachtigen, want het is echt heel lastig om nog te gedekken sinds er schijnwerpers op de schutting zijn aangebracht. Nu moet ik steeds wachten op een stroomstoring, die weliswaar regelmatig voorkomen, maar waar je niet op kunt anticiperen. De laatste tijd is er weer wat vaker een luchtalarm; ook dan gaan alle lichten uit en worden we onzichtbaar gemaakt. Overvliegende vliegtuigen en zelfs inslaande bommen in de omgeving buiten het kamp geven ons hoop. Toch probeer ik niet mee te gaan in de opwinding die er op zo'n moment heerst. We weten haast niets over wat er zich in de buitenwereld afspeelt. In het kamp circuleren een paar edities van *The Voice of Nipon*, een Engelstalig propagandablaadje waarin staat dat de geallieerden in april zevenhonderdzestien vliegtuigen hebben verloren. Dat de Britse admiraal Mountbatten een grote flater zou hebben geslagen. En dat ze paus Pius XII dankbaar zijn voor zijn gift aan de geïnterneerden. Maar ik heb helemaal geen gift gezien. Onzin dus.

Drie dagen geleden zijn er ondanks de schijnwerpers toch een aantal vrouwen naar het gedek gegaan. Voor straf hebben de Japanners de kantine op slot gedaan. We krijgen niks meer zolang het nachtelijke gesmokkel niet ophoudt. Als reactie daarop zijn er eergisteren drie meisjes uit het kamp ontsnapt. Ik kende ze vaag, maar merkte toch dat ik jaloers was. Ik had bij hen willen horen, want ik ben inmiddels moedig genoeg. Tegelijkertijd besef ik dat ik nooit was gegaan, zelfs al hadden ze me meegevraagd. Ik kan mijn familie niet in de steek laten. Mijn zusje, dat ook steeds meer een klein scharminkel begint te worden, mijn moeder die elke dag minder daadkrachtig wordt sinds ze last heeft van oedeem in haar benen. Het begon bij haar enkels, die steeds dikker werden. Langzaam trok het vocht naar boven en zijn haar voorheen zo slanke benen veranderd in dikke olifantspoten. Ze huilt er stilletjes om.

Nu we niet meer kunnen handelen, roepen de Indonesiërs ons vanaf het hek in de achteringang in een laatste poging om hun voorraad aan ons te verkopen. Ik ga er niet heen, veel te gevaarlijk, maar er zijn vrouwen die het er wel op wagen en daarna de eerste keus hebben in de hun aangeboden proviand. Als kampcommandant Suzuki het geheime handelen wil voorkomen, hoeft hij toch alleen die ingang te laten bewaken om de grootste distributieplek op te heffen? Of nog simpeler: ons voldoende voedsel geven? Waarom laten de jappen ons hier verhongeren? Dan kunnen ze ons toch beter meteen doodmaken?

Sinds die drie meiden vertrokken zijn, staan we uren op appel. Mevrouw Anderson is met haar legertje hantjous verantwoordelijk gesteld voor hun ontsnapping en nu moet er voortdurend geteld worden om erachter te komen of er niet meer mensen de benen hebben genomen. Een van de hantjous, een vrouw die ik oprecht graag mag, nam het openlijk voor ons op en moest het bekopen met stokslagen.

Het leven is kwetsbaar als je ondervoed en overwerkt bent. Ondertussen krioelt het van het ongedierte dat op ons afval of op onze lijven parasiteert. Ze zullen wel aanvoelen dat er binnenkort nog veel meer te eten is, wanneer we allemaal zijn weggeteerd. Het wemelt van de malariamuggen, wandluizen die vreselijk stinken, vliegende larven, hoofdluis en lintwormen die uit onze anus kruipen. De duizenden witte maden die in de steeds overlopende latrines krioelen ontpoppen zich tot dikke vliegen. Ratten schieten voor je voeten weg. In deze onmenselijke omstandigheden moeten we wel nog de beleefdheid opbrengen om te buigen voor de jap en de heiho's. En Johanna heeft een blauw oog, omdat ze een snel voorbijfietsende bewaker niet had gezien.

Zelfs ons laatste bezit proberen ze ons afhandig te maken. Zo moeten we een gespecificeerd lijstje maken van de sieraden die we aan de jap in bruikleen hebben gegeven en van wat we nog hebben bewaard. Degenen die zo dom zijn om stiekem nog iets te bezitten, bijvoorbeeld een trouwring of een erfstuk dat al jaren meegaat in de familie, is het daarna natuurlijk kwijt. Ook moeten we opgeven of we grond of huizen in Bandoeng en omstreken bezitten. De echte parasieten zijn de jappen, die ons uitwringen tot de laatste druppels vocht uit onze verteerde lijven zijn verdwenen.

Ik lig in de stoel met kompressen van kamillethee, die mammie voor me gemaakt heeft nadat ze de kampzweren uit mijn benen gelepeld heeft en ze met groene zeep heeft ontsmet. Soms trek ik een van de doeken opzij en kijk ik in het glazige vocht, dat als een kleine waarzeggersbol in de gaten op mijn magere bovenbenen ligt. Een klein voordeel is dat ik door mijn zweren niet kan werken in de washokken en de wc's. Met een lap voor mijn mond moet ik met vuil water van verderop uit de slokan de houten poepdoezen schoonschrobben, die uitkomen op diezelfde goot. Door het slopende werk, de lange appels en de halvering van ons toch al zo karige rantsoen kón ik niet meer. Dus die pijnlijk zweren in mijn huid zijn tegelijkertijd mijn redding. Plotseling komt Greta ons kleine erf op gerend en begint aan mijn arm te trekken. 'Rosa, kom, kom!'

'Rustig, Greetje.'

'Meekomen, je moet komen kijken!'

'Waar moet ik kijken?'

'Verrassing!' zegt ze met grote ogen die me moeten overtuigen. 'Het is leuk!'

'Oké dan.' Voorzichtig, om nergens tegenaan te stoten met mijn wonden, kom ik overeind.

Naarmate we dichter bij de hoofdingang komen wordt het steeds drukker. Wat zou er aan de hand zijn? Door de poort worden twee karren met dozen naar binnen gereden. 'Nee, niet hier!' zegt mijn zusje als ik wil blijven staan. Ze trekt me mee richting de gaarkeuken. Toch blijf ik afgeleid door de onophoudelijke toeloop van vrouwen. 'Wat gaan jullie doen?' vraag ik aan een moeder die er met haar peuter op de arm naar staat te kijken. 'We hebben pakketten…'

Meer hoor ik niet, want mijn zusje is heel pertinent: 'Nu meekomen!' Dan blijft ze plotseling vlak voor het gebouw met de voedselopslag staan. 'Kijk!' Dan pas zie ik dat er een kleine heuvel pastinaak ligt.

'O, wat goed!' Ik probeer mijn teleurstelling niet te laten merken.

'Nu hoeven we niet dood te gaan!' zegt mijn zusje triomfantelijk.

'Als we die pastinaak krijgen niet, nee,' mompel ik.

'Nee, niet dát! Erachter!' Ze wijst naar dezelfde bruine dozen die ik eerder op de karren zag liggen. Op dat moment komt mijn oude sjouwploeg met nog een lading aanzetten. 'Wat is dat?' vraag ik en ik wijs op de dozen.

'Pakketten van het Rode Kruis; ieder gezin krijgt er één,' zegt een van de jongens.

Ik weet niet wat ik hoor en word spontaan week in mijn knieën.

'Zei ik toch!' zegt mijn zusje.

'Wanneer krijgen we er een?' vraag ik aan de kleine hantjou die achter de kar tevoorschijn komt.

'Ook goedemiddag,' zegt ze cynisch. 'Je krijgt ze zodra ze worden uitgedeeld, en wanneer dat is, God mag het weten.'

Met een mix van opgewondenheid en frustratie loop ik met Greta terug naar huis. Ik vertel aan de rest van het gezin wat we gezien hebben. Greta wijst trots naar zichzelf. 'Ik had ze gezien!'

'Wanneer de voedselpakketten worden uitgedeeld is nog niet duidelijk, dus vanavond hebben we nog niks te eten.'

'Jawel, hoor!' zegt Greta en ze haalt zo drie pastinaken onder haar rok vandaan.

Het is ongelofelijk wat alleen al het vooruitzicht op eten doet. De volgende ochtend, als we voor het appel naar het centrale plein wandelen, is iedereen in een opgewekte stemming. Nerveus pratend lopen we het plein op, waar het ineens onheilspellend stil is. Vooraan, met hun gezichten naar de groep gekeerd, staan de drie meiden die eerder ontsnapt waren. Ze hebben het dus toch niet gered. Hun haar hangt in slierten langs hun met bloed en modder besmeurde gezichten, de jurkjes die ze dragen zijn eveneens vuil en gescheurd, aan hun voeten zitten geen slippers meer. Het middelste meisje staat schokschouderend in het midden. Geluid maakt ze niet. Wanneer iedereen staat opgesteld in rijen van tien neemt Suzuki weer het woord. In zijn gebruikelijke slechte Engels spreekt hij ons toe. We moeten leren van wat deze meiden verkeerd hebben gedaan. Zij beweren dat ze naar eten waren gaan zoeken, maar dat is raar volgens hem, want er is hier immers genoeg. Dat wil zeggen: wanneer we ons netjes gedragen en ons werk doen.

'Dus nee... Ik geloof niet dat deze jongedames op zoek zijn gegaan naar eten, ze zijn op zoek gegaan naar mannen. Denken jullie niet? Dat willen jullie toch allemaal? Lekkere mannen, maar helaas, die zijn daarbuiten niet. Alleen hierbinnen.' Hij lacht om zijn eigen grap en vertaalt het in het Japans voor zijn bewakers, waardoor ook zij lachen. Wij vrouwen zwijgen. Hoe groot de onenigheid soms ook is, op dit moment zijn we innig verbonden door de haat die we voelen voor deze mannen.

Iedere groep van acht personen heeft recht op één Rode Kruis-pakket. Met ons eigen gezin plus dat van Johanna zijn we precies met zijn achten, alsof we het zo hebben uitgekiend. We doen alsof het Sinterklaas is en mogen om beurten een pakje of blikje uit de doos halen, en dan gaat het van 'oooh' of 'aaah' en wordt er vreselijk gelachen. Uiteindelijk tellen we één blik Klim-poedermelk, drie blikjes boter, tien pakjes sigaretten – mammie kan vooruit –, twee blikjes koffie, drie blikjes ham en eieren, een blikje zalm – alleen al het idee! –, één blik cornedbeef, één blik chopped porkloaf, twee blikjes pastei, één blik geconcentreerde paté, twee stukken chocola, één stuk kaas, twaalf vitaminepillen, acht zakjes bouillonpoeder en één bak pruimen. In het bijgesloten briefje lees ik dat het voedsel voor veertien dagen is, voor één persoon. We zullen onze stinkende best moeten doen om hier met zijn achten veertien dagen van te leven. Dat is lastig als de aandrang om alles gulzig naar binnen te slokken zo gigantisch groot is. Dus we houden ons in en nemen slechts één lepel per dag van de heerlijke zalm, de smakelijke pastei, de brokken chocola.

De allergrootste bijvangst van het Rode Kruis-pakket is de hernieuwde hoop die er bij iedereen heerst dat deze oorlog bijna is afgelopen. Een mindere bijvangst zijn de ratten die nu in steeds grotere aantallen ons kamp bevolken. Een week nadat we het pakket hebben gekregen, wordt Greta gebeten door een rat. Het arme kind gilt het uit, terwijl ze haar voetje omhooghoudt met de bloedende grote teen. William, die bijna nooit zijn ergernis of emotie over iets loslaat, zegt kwaad: 'Morgen ga ik vallen maken, Greta!'

9

Het was heerlijk om tijdelijk voldoende eten binnen te krijgen dat nog smakelijk was ook. Fijn ook om niet stiekem te hoeven schransen, omdat iedereen hetzelfde had gekregen. We hebben lichamelijk weer wat kunnen aansterken. Naast de zweren bleek ik ook geelzucht te hebben; een ziekte die veel vrouwen hier in het kamp hebben. Ook daarmee ging het langzaam beter. Maar nu al het eetbaars op is, zijn we weer volledig afhankelijk van de gaarkeuken, waar we alleen nog maar rijst, brood en selderij krijgen, met heel af en toe een half onsje spek, wat kankung – een soort spinazie – of een droog maiskoekje. Dat is een dieet waar niemand het lang op volhoudt.

Fiona en ik gaan nu dagelijks op jacht naar slangen, slakken en kikkers. Hoewel sommige kampbewoners al overgegaan zijn op het eten van ratten, *larongs* – dat zijn vliegende termieten – en zelfs wormen en maden, durven wij dat nog niet. Van het idee alleen al krijg ik braakneigingen. Een Indonesische vrouw die naast ons woont in het grote huis, en die er vanwege haar Hollandse man vrijwillig voor heeft gekozen om geïnterneerd te worden, heeft Fiona en mij geleerd hoe we kleine diertjes kunnen vangen. Zo weet ik nu hoe ik een katapult moet gebruiken om er met een beetje geluk een vogel mee uit de lucht te schieten, die je dan wel heel snel moet oprapen voordat iemand anders hem tjakt. Het enige probleem is dat de kampleiding het verbiedt; met weinig succes overigens. Gingen ze dat tjakken maar eens verbieden.

Het best ben ik in kikkers vangen, die zich in kleiige grond verstoppen. Als ze er tegen het vallen van de avond uit komen, zijn ze een moment gedesoriënteerd en dan moet je ze grijpen. Overdag zoeken Fiona en ik naar de gaatjes die ze in de grond maken, waarna we tegen de schemering terugkomen om met een leeg pannetje geduldig te wachten. Zodoende hebben we al heel wat heerlijke kikkerbilletjes gegeten. De inlandse buurvrouw heeft ons ook geleerd hoe we ze moeten schoonmaken en koken. Het smaakt net naar kip, maar dan nog malser en zachter. Mammie is er dol op, terwijl ze zich niet eens afvraagt waar en wanneer ik die beesten vang. Omdat meer mensen doorhebben dat ze zo lekker zijn, wordt het steeds lastiger om gaten te vinden waarin nog kikkers zitten. Gisteren hebben Fiona en ik wel een uur zitten wachten op een plek waar heel wat gaten in de grond zaten, tot een jochie ons kalmweg vertelde dat hij daar alles al uit had gehaald. Dus hebben we ons zoekgebied moeten uitbreiden naar de minst drukke kant, waar ook de achteringang is van het kamp. Dicht bij het gedek mogen we ook niet komen, daar zijn we ons maar al te goed van bewust, maar de ogen van de bewaking zijn meestal op de bamboeschutting gericht, niet op de strook grond daarvoor. 'Misschien is het beter als ik alleen ga,' zeg ik tegen Fiona, terugdenkend aan de keer dat zij haar enkel had verstuikt en mijn vaste voornemen om nooit meer samen dit soort acties te ondernemen.

'In je eentje doe je er twee keer zo lang over,' zegt Fiona beslist. 'Ik ga mee.'

Net voor de zon ondergaat, loop ik blootvoets naar onze afgesproken plek. Bij nachtelijke acties zitten mijn slippers me altijd in de weg. Ik beweeg me zo nonchalant mogelijk, met de pan bungelend in mijn ene en de deksel in mijn andere hand.

'Rosa, hier!' hoor ik Fiona vanuit het lage struikgewas roepen. Na een snelle blik over mijn schouders om er zeker van te zijn dat er niemand op me let, duik ik naast haar het bosje in. Verscholen tussen de prikkende takken en bladeren wachten we tot de zon onder is en de maan zijn blauwe licht over het kamp strooit. Gisteren was het volle maan en nu neemt hij al weer wat af. Ik heb gemerkt dat de schijnwerpers vaak uit blijven bij een volle maan, misschien om energie te sparen. Ook nu gaan ze tot onze grote opluchting niet branden. We doden de tijd zoals gewoonlijk met fantaseren over jongens. Fiona valt op hoogblond met blauwe ogen, maar ik vind die bleke jongens niks. Ik hou meer van het donkere type, hoewel John ook geen zwart haar heeft, maar in elk geval wel donker haar. 'Zullen we afspreken dat we elkaar later met onze mannen opzoeken?' zegt Fiona. 'Dan gaan we lekker naar een restaurant met zijn vieren.'

'Dat lijkt me een goed idee. Maar waar dan, in Indië of in Nederland?'

Het is een gewetensvraag. Wat zou mijn vriendin doen als dit allemaal voorbij is? Trouw blijven aan haar geboortegrond of vluchten naar het moederland?

'Ik denk dat ik naar Holland zou gaan, daar is het toch wat geciviliseerder. Jij?'

'Dit is mijn thuis. Maar weet je, we kunnen elkaar toch opzoeken als we met verlof zijn? Dan kom jij hier of ga ik naar jou toe.'

'Jaaa!' roept Fiona. Even denk ik dat het een antwoord is op mijn vraag, maar ze wijst langs me heen. 'Daar komen ze!'

Inderdaad, de eerste twee kikkers hebben zich al uit hun schuilplaatsen bevrijd. Tijd om zelf ook tevoorschijn te komen.

Binnen een halfuur zit mijn pan vol met wel twintig kikkers. Lachend kijken Fiona en ik elkaar aan. 'Ik wist wel dat dit een goede stek was,' fluister ik.

'Zullen we gaan?'

Op dat moment komt er weer een kikker uit een van de gaten. 'Nog heel even,' zeg ik. 'Er zitten er nog meer.'

Voor mijn gevoel hebben we zelfs het allerlaatste exemplaar van deze kikkerfamilie te pakken. Ik hoor dat ze zichzelf al springend uit de pan proberen te bevrijden, maar ik hou het deksel er stevig op gedrukt, terwijl ik langzaam overeind kom. Tevreden over onze vangst sluipen we zachtjes weg.

'Zal ik de pan dragen?' vraagt Fiona met gedempte stem.

'Nee, laat mij maar.' Ik vertrouw mezelf veel meer dan haar.

'Daar zijn ze!' horen we plotseling achter ons.

Met een ruk draaien we ons om. Een eindje achter ons, tegen de schutting aan, zien we twee vrouwen uit de sloot kruipen.

'Wat willen jullie?' fluister ik defensief. Ik heb geen zin om een deel van onze buit af te staan.

De vrouwen horen me kennelijk niet, want ze blijven naar het hek staren, waarvandaan plotseling twee koplampen in onze richting schijnen. Onmiddellijk zakken we weer op onze hurken.

'Misschien proberen ze te ontsnappen,' fluister ik tegen mijn vriendin.

Fiona reageert niet op mijn vraag, ze kijkt alleen maar naar het voertuig dat bij het hek stopt, op nog geen vijfentwintig meter bij ons vandaan.

'Misschien kunnen we met ze meegaan,' zeg ik in een impuls.

'Ben je gek? Het zijn jappen.'

Plotseling doven de lichten van het voertuig. Pas dan zie ik dat het een legerjeep is en dat de twee vrouwen erop aflopen. 'Zouden ze met hen hebben afgesproken? Met Japanse soldaten?' Ik hoor Japanse klanken, dan wat gebrekkig Engels, gevolgd door vrouwengelach.

'Geen idee.' Fiona begint al te lopen.

Met de pan in mijn handen loop ik achter haar aan. Achter ons klinkt plotseling geschreeuw, dan gaan de lichten van de auto weer aan. '*Tomaru!*' Halt! Door de koplampen achter ons zien we niet meer waar we onze voeten zetten. Fiona spurt vooruit, maar met de pan in mijn handen struikel ik. Kletterend valt de pan op de grond en een fontein aan kikkers vliegt de lucht in.

'Rosa, snel!' roept Fiona. Maar nog voordat ik ben opgestaan, wordt er luid geclaxonneerd en gaan de schijnwerpers aan. Als ik nu wegren, zouden ze weleens kunnen gaan schieten. Ik kom omhoog, waarbij ik mijn armen in de lucht hou. Voor me zie ik Fiona twijfelen, maar dan geeft ook zij zich over. Ik voel kikkers op mijn voeten en tegen mijn benen springen.

In het hoofdkantoor van het kamp, een statig wit gebouw en voormalige regentenwoning, worden niet alleen wij, maar ook de twee dames in een kamer geduwd waar een sergeant, die de leiding heeft als Suzuki er niet is, achter een bureau zit. Aan de ene kant van zijn bureau staan de twee soldaten uit de jeep, aan de andere kant staat de Indonesische tolk. We buigen diep, tot we de opdracht krijgen om weer rechtop te gaan staan. De wat oudere sergeant met een afhangende grijze snor kijkt ons onderzoekend aan en vraagt iets aan de soldaten die ons hebben ingerekend. Even kruisen onze blikken die van de twee vrouwen die in de greppel lagen. Ze zijn hooguit vijf jaar ouder dan wij zijn en kijken ons met beschuldigende blikken aan. Ik heb een van hen, de Indische van de twee, weleens gezien in het kleine ziekenhuis waar ze werkt als verpleegster. De andere vrouw, met blond engelenhaar, ken ik niet.

'Wat waren jullie daar aan het doen?' vertaalt de tolk. Suzuki spreekt een beetje Engels, maar deze sergeant spreekt geen woord over de grens.

Aan wie de vraag gesteld wordt weet ik niet precies, dus ik begin maar te praten. 'Mijn vriendin en ik waren kikkers aan het vangen.'

'Vroeg hij jou wat?' vraagt de tolk.

'Dat dacht ik, sorry.' Ik buig even diep om mijn nederigheid te tonen.

De sergeant begint vermoeid te praten en de tolk vertaalt. 'Na zonsondergang horen jullie niet meer op straat te zijn, en al zeker niet zo dicht bij het hek.' Hij richt zich tot de twee andere vrouwen.

Even is het stil. De twee kijken elkaar aan, dan kijken ze naar de soldaten die naast het bureau van de sergeant staan. 'U eist een eerlijk antwoord. Het eerlijke antwoord is dat we met hen hadden afgesproken.' De verpleegster wijst op de soldaten. 'Het verzoek kwam niet van ons.' Terwijl de tolk vertaalt, maken ook zij een diepe buiging en blijven in die houding staan. Het kan echter niet voorkomen dat er grote commotie ontstaat zodra de tolk hun woorden heeft overgebracht. De soldaten beginnen in het Japans op hun meerdere in te praten.

'Stilte!' schreeuwt de sergeant. Daarna moet hij nadenken. Plotseling zwaait de deur open en komt kampcommandant Suzuki binnen. Weer wordt er diep gebogen. Zijn overeind stekende haar, de drift in zijn ogen en de glimmende sabel langs zijn broekspijp zorgen ervoor dat ik in een impuls de hand van Fiona beetpak. Met een onverwachte trap schopt hij onze handen uit elkaar. De oude sergeant schetst de situatie en wijst op de twee soldaten, die zich ook meteen in het gesprek mengen maar door Suzuki op hun nummer worden gezet. Suzuki steekt een sigaret op en loopt dreigend voor ons langs. 'Kennen jullie elkaar?' vraagt hij in het Engels.

Ik geef weer als eerste antwoord. 'Alleen wij tweeën en zij tweeën.'

'Jij bent niet verlegen, hè?' Hij inhaleert diep en blaast dan de rook in mijn gezicht. 'En dat jullie kikkers aan het vangen waren, dat moet ik geloven?'

'Het is de waarheid, commandant Suzuki.' Plotseling drukt hij zijn sigaret in mijn hals. Geschrokken slaak ik een gil, die ik meteen smoor met mijn hand.

'Hoe kan ik weten dat jullie geen spionnen zijn?' vraagt hij.

'Dat zijn we niet. Echt niet. Zij is zeventien, ik ben achttien. We hebben alleen honger.' Weer drukt hij zijn sigaret tegen mijn huid, deze keer net boven de boord van mijn truitje, op mijn borst. Ik negeer de scherpe pijn en buig opnieuw diep. 'Excuses, meneer.'

'En jij? Wat doe jij hier?'

'Ik was met haar mee kikkers vangen,' antwoordt Fiona zacht.

'Als dat zo is, waarom zie ik hier dan geen kikkers?' Nog voor Fiona kan reageren, drukt hij zijn brandende peuk op haar arm. Fiona blijft bewonderingswaardig rustig staan. Als hij weer een hijs wil nemen, merkt hij dat zijn sigaret niet meer brandt. Achteloos gooit hij hem op de vloer. 'En jullie hadden een afspraak met mijn onderofficieren?' vraagt hij aan de blonde vrouw. 'Ik wil alleen de waarheid horen.'

'Dat is de waarheid,' fluistert ze hees.

'Goed zo. En deze twee heren' – Suzuki draait zich even om naar zijn ondergeschikten, die daar met gebogen hoofd staan – 'hadden daarom gevraagd?'

Nu knikken de twee vrouwen met grote ogen, als kleine kinderen die geloofd willen worden.

Plotseling grijpt hij de blouse van de blonde vrouw en rukt die open. Ik zie dat een van de knoopjes op de vloer blijft doorrollen. 'Dus dít wilden ze?' Hij wijst naar haar ontblote borsten. Als verlamd staat de vrouw erbij, niet wetend wat ze moet antwoorden.

'Ja, dat wilden ze!' zegt haar vriendin kwaad.

Ik zet me schrap voor een bestraffing, maar Suzuki draait zich naar de jongens om, die nog altijd met hun blik naar beneden 'nee' schudden.

'Laten we dan maar eens gaan kijken wie er gelijk heeft,' zegt Suzuki opeens rustig. 'Dames gaan voor.' Hij wijst naar de deur. Vinnig geeft hij dezelfde order aan de soldaten. Daarna volgt hij zelf de groep door de deur die hij achter zich sluit.

Ik weet niet wat er van ons wordt verwacht, dus blijven we maar staan. De oude sergeant schrijft iets in een schrift. Tergend langzaam trekt hij het potlood over het papier. In de kamer naast ons begint een van de vrouwen te gillen, waarna het lijkt of een tafel of stoel omvergetrokken wordt. 'Vergeef me!' smeekt de vrouw, gevolgd door een harde klap.

Minutenlang horen we de ijselijke kreten van de vrouwen, we horen ze smeken, afgewisseld met mannenstemmen die schelden, vloeken, vallende objecten, harde knallen van… van wat? Ik kan het niet meer aanhoren. Waarom moeten wij hier blijven staan? Zijn wij de volgende? 'Meneer?'

De man kijkt verstoord op van zijn werk.

'Onze moeders zijn vast bezorgd. Ze weten niet waar we zijn.'

Hij kijkt even naar de kamer rechts van hem, waar het geschreeuw vandaan komt. De tolk vertaalt zijn woorden: 'Hebben jullie genoeg gehoord?'

We knikken onzeker.

'Dan weet je wat je te wachten staat als het nog een keer gebeurt. Ingerukt!'

Voor de deur van ons huis nemen Fiona en ik afscheid van elkaar met een omhelzing die onze harten doet samensmelten. 'Het spijt me.'

'Het is niet jouw schuld. Maar ik ga niet meer mee.'

'Dat begrijp ik,' zeg ik, terwijl ik in haar zachte ogen kijk.

Ze maakt zich van mij los. 'Jij bent te impulsief, probeer je in te houden. Laat ze in elk geval nooit gezichtsverlies lijden. Je ziet hoe daarop gereageerd wordt.'

'Ik zal me inhouden, maar na de oorlog gaan we het ze betaald zetten, beloofd?'

'Beloofd.'

'Waar bleef je nou?' roept mammie vanaf haar bed wanneer ik binnenkom. 'We zaten op de kikkers te wachten.'

'Het is niet gelukt,' zeg ik afgemat.

'En die pan, mag ik die terug?'

'Die heb ik ook niet meer.'

Iedereen kijkt me vragend aan. Ik heb de puf en de moed niet om te vertellen wat er is gebeurd. Ik ben bang dat de beelden zich weer aan me opdringen en ik de pijnkreten weer kan horen. 'Ik had wat pech,' zeg ik toonloos.

'Als je er maar voor zorgt dat je snel weer een nieuwe pan regelt,' zegt ze, terwijl ze achterover gaat liggen.

Johanna zit op de hutkoffer met naald en draad iets te verstellen.

'Is er nog wat te eten?' vraag ik.

'Nee. Ik wist niet of je nog thuis zou komen,' zegt mammie met geveinsde onschuld.

Nu pas kijkt Johanna heel even op, om dan bijna geschrokken weer door te gaan met het naaiwerkje.

'Of ik nog thuis zou komen? Waar moet ik anders heen?' Mijn boosheid geeft me ineens weer wat energie. 'Wat hebben jullie gegeten?'

'Haas,' mompelt Greta.

Ik dacht dat ze sliep. 'Haas?'

'Ja, fluithaas... Toch, William?' zegt Johanna.

'Klopt,' klinkt de schorre stem van mijn broer.

Ik kijk de kring rond. Mammie die op haar bultzak ligt, met haar benen vol vocht die onder haar rok uitsteken. Greta die haar ogen heeft gesloten en met haar duim in haar mond bijna in slaapt valt. Johanna die geconcentreerd zit te naaien. En William die zijn ogen neerslaat zodra ze de mijne ontmoeten. Dan denk ik plotseling te weten wat er gebeurd is. 'Dat kunnen jullie niet maken!' Ik schiet naar de tuin.

In de ren wordt het maanlicht gereflecteerd door de witte vacht van Witje. In zijn holletje vind ik ook Brammetje. Ik pak hem uit de ren en ga op de grond tegen de asemboom zitten. Zijn lange snorharen kriebelen tegen mijn wang.

William komt naast me zitten. 'Ik zou nooit jouw konijnen afmaken.'

'Wat heb je dan wel afgemaakt?' vraag ik aan hem.

'Twee ratten, maar dat hebben we niet aan Greta verteld.'

Zwijgend blijven we tegen de boomstam zitten en kijken naar Witje, die zoals altijd als gehypnotiseerd in elkaar gedoken zit en zich zo nu en dan alleen met een klein huppeltje een paar centimeter verplaatst. Ik realiseer me dat het eigenlijk een wonder is dat nog niemand de twee konijnen heeft getjakt. De krekels tsjirpen onophoudelijk, aan de hemel staan duizenden sterren. Zo gek om te bedenken dat ergens anders mensen naar diezelfde sterren kijken, misschien wel bij een gezellig kampvuur, of bij een buitengrill met muziek, zoals wij dat vroeger zelf ook deden. Misschien tuurt John ook wel naar boven, vanuit een kazerne in Australië. Ik heb zijn foto nog wel, maar mijn beeld van hem is langzaam vervaagd. Ik weet niet meer precies hoe groen de kleur van zijn ogen is, hoe hij lacht en hoe zijn stem klinkt.

Het is nu bijna drie jaar geleden dat we elkaar voor het laatst hebben gezien. Waarschijnlijk heeft hij allang een andere meid ontmoet, een wier handen en enkels niet dagelijks onder de poepspetters zitten en die niet naar uitwerpselen stinkt. Een wier botten niet zo uitsteken dat ze in hem prikken, met tanden die wit zijn omdat ze elke dag gepoetst worden, met haar dat niet als stro uit het hoofd komt, krioelend van de luizen. Een heerlijk ruikende, jonge meid met golvend haar en zachte handen.

'Ik denk dat ze niet kan seksen,' zegt William opeens.

'Pardon?'

'Kindjes krijgen. Ik heb het ze namelijk nog zien doen. Ja, Brammetje wil wel, maar Witje doet niet mee.'

'Misschien komt het nog.'

'Ja, misschien.'

10

Rond zes uur in de middag, wanneer het snel donker wordt en we weer een streepje bij de optelsom van dagen kunnen zetten, staat Vera ineens voor ons huis. We zijn allemaal door het dolle heen omdat ze na bijna tien maanden weer bij ons terug is. Timide, door alle aandacht die op haar gericht is, vertelt ze dat ze zelf ook zo blij is. Het was lastig om ons te moeten missen, maar ze heeft ook heel leuke dingen meegemaakt. Vooral met de zusters in het ziekenhuis, die ze steeds vaker mocht helpen, waardoor ze nu zelf ook een soort verpleegster geworden is. Haar mond lacht terwijl ze praat, maar toch kijkt ze triest uit haar ogen. Ik vraag me af waarom. Honger heeft ze volgens mij niet geleden, aan haar postuur te zien. Ze lijkt zelfs wat te zijn aangekomen. Ze informeert naar ons, hoe wij het hier hebben gehad, en hoe ik in jezusnaam aan die twee konijnen kom. Het wordt een luchtige avond, waarop we allemaal ons best doen om de lichte kanten van de gebeurtenissen te benoemen en de stiltes die tussendoor vallen niet te lang te laten duren.

Als Vera aangeeft dat ze moe is, pakt William met tegenzin zijn boeltje uit onze kamer om weer bij mammie en Greta te gaan slapen.

Ik zet mijn konijnen terug in hun hok en ga naast haar liggen. 'Kon je echt niet eerder terugkomen?' vraag ik aan haar.

'Eerst was ik echt heel ziek en daarna moest ik lang herstellen...' Ze lijkt te twijfelen over wat ze zal zeggen. Dan verzucht ze: 'Ik wist dat ik daar beter af was. Jij bent weerbaarder.'

Plotseling voel ik tranen opkomen. 'Maar Vera, het was vaak heel lastig alleen,' fluister ik, 'en je weet nog lang niet alles.'

'Dat moet je me de komende dagen dan maar vertellen.' Ze strijkt even met haar hand over mijn haar. 'Dan zal ik het voor je tekenen in je boekje. Dat had ik beloofd.'

'Je moet oppassen dat het niet afgepakt wordt. We mogen geen boeken of dagboeken meer hebben,' waarschuw ik. 'Het is hier niet meer zoals in het begin, Vera. De straffen zijn veel strenger geworden.'

'O, maar ik ben heel goed in dingen verborgen houden, kijk maar eens.' Uit haar tas tovert ze een truitje van dunne gele draad. 'Van Janneke, voor jou.'

Even later is Vera in slaap gevallen. Haar gelijkmatige zachte ademhaling klinkt een stuk beter dan het snurken en grommen van mijn broertje. Ondanks het rustgevende geluid lukt het me niet om de slaap te vatten. Ik begrijp niet waarom ze zo lang is weggebleven. Moest ze echt zo lang herstellen? Het lijkt me niet dat je in deze tijd zomaar voor de lol in het ziekenhuis kunt bivakkeren. Ze gaf een ontwijkend antwoord op mijn vraag. Wat vertelt ze ons niet? Misschien mócht ze niet eerder weg en werd ze tot iets gedwongen waar ze niet over wil praten, uit schaamte of pijn. Mevrouw Anderson lijkt ons hier veilig te houden voor opdringerigheid van mannen, maar in het ziekenhuis was er misschien niet zo'n potig type dat haar beschermde.

De volgende ochtend krijgt William een oproep voor een jongenskamp die door mevrouw Anderson persoonlijk wordt afgeleverd. Over vier dagen vertrekt het transport. William haalt er zijn schouders over op. 'Dat wist ik toch.'

'Wat heb je eigenlijk met de bamboebekers gedaan die wij gemaakt hebben?' vraagt Vera aan mij.

'Niks. Ik heb gewacht tot jij terug was. Ik kan niet zo mooi tekenen, dat weet je toch?'

'Weet je wat we doen?' zegt Vera met glimmende ogen. 'We gaan voor iedere jongen die weggaat een persoonlijke beker maken. Dan schrijven we hun naam erop, zodat ze niet gestolen worden.'

We tellen de bekers die we al hadden gemaakt; het zijn er zeventien. Er gaan achtendertig jongens weg, dus dat wordt hard doorwerken naast mijn corvee. Ik heb wel meer tijd nu ik niet meer op jacht ga. Na het kikkerincident heb ik die twee vrouwen nooit meer teruggezien, en ik durf niet te denken aan wat er met ze gebeurd kan zijn. Dan maar geen kikkers of slangen meer als aanvulling op ons dieet. In plaats daarvan probeer ik nu de harde grond van onze tuin te bewerken, dat is een stuk veiliger. Het probleem met gewassen is echter dat je ze niet sneller uit de aarde kunt dwingen dan de natuur toelaat. Ik weet niet of onze hongerige lijven dit nog lang volhouden.

Het valt me op dat de kamptaferelen die we bijna een jaar geleden op de bekers hebben afgebeeld best vrolijk zijn. Wat zullen we nu tekenen? Een graatmagere vrouw met kaalgeschoren hoofd, de ratten die we aan het spit hangen, of de lijken die tegenwoordig dagelijks uit het kamp worden gedragen? Uit zo'n beker wil je niet drinken, dus daarom houden we het bij vrolijke poppetjes en zetten er met sierlijke letters de namen van de jongens boven.

'De volgende is voor Bram,' zeg ik tegen mijn zus, die al met haar potlood begint te tekenen. Dan pas bedenk ik me dat het wellicht 'mijn' Bram is, de jongen van de konijnen. Na weer vijf bekers te hebben afgemaakt, besluit ik om de beker persoonlijk aan hem te geven.

De schuchtere jongen is groter geworden en bijna even lang als ik. Hoe kan het dat kinderen toch blijven groeien als ze zo weinig eten?

'Hé, hoe is het met het liefdespaar?' vraagt hij.

'Niet goed, ze hebben nog steeds geen kindjes gemaakt.'

'Het vrouwtje kan steriel zijn, dat gebeurt soms.'

'Steriel? Ik heb eerder de indruk dat ze hersencellen mist. Brammetje weet zich altijd goed te verstoppen als er roofvogels overvliegen of wanneer er een kater op de loer ligt, maar Witje heeft nooit iets in de gaten.'

Bram moet lachen. 'Maar dat zegt niets over haar vruchtbaarheid.'

Ik kijk naar de ren, die zowat leeg is. 'Kan ik haar niet ruilen?'

'Ik moet met het volgende transport mee.' Hij knippert een paar keer snel met zijn spierwitte wimpers. 'Dus ik heb ze allemaal weggedaan.'

'Op die twee na.' Ik wijs naar de twee konijnen die een plek in de schaduw hebben opgezocht. 'Die ja, en nog eentje die in het hok zit. Het is een gezinnetje. Mijn zusjes gaan voor ze zorgen.'

Ik zou willen zeggen: laat mij dat doen, ik kan je fokkerij overnemen, ik ben goed met konijnen. In plaats daarvan overhandig ik hem de beker. 'Hier, deze hebben mijn zus en ik voor je gemaakt. Succes daar, erger dan hier kan het ergens anders niet zijn. Mijn broer William moet ook mee, dus mocht je ooit hulp nodig hebben… Hij is heel sterk.'

Met zwaar gemoed loop ik terug naar huis. Morgen is het afscheid van mijn broertje. Mammie ligt al twee dagen op bed te huilen omdat hij weggaat, wat ik niet begrijp, want ze geeft hem nooit aandacht. William is een stugge jongen die nooit ergens om vraagt en onverschillig lijkt. Tot ik hem hier in het kamp echt leerde kennen en erachter kwam dat hij alles overheeft voor de paar mensen die hij mag. Zijn moeder behoort niet tot die groep, maar dat weet ze niet.

De ochtend dat hij weggaat komt hij overstuur mijn kamer in. Ik heb William maar één keer eerder horen huilen. 'Lieverd, ik vind het ook vreselijk dat je weg moet,' zeg ik, terwijl ik zijn slungelige jongenslijf tegen me aan druk.

'Dat is het niet, Rosa,' zegt hij snikkend. 'Het is Witje.'

Buiten zie ik dat de ren verschoven is. Brammetje zit nog in zijn holletje, maar Witje is verdwenen. De woede vliegt me naar het hoofd. 'Wie heeft dit gedaan? Welke feeks heeft hem gestolen? Ik vermoord haar en ga haar zelf in de pan stoppen! Ik zweer het, als ik erachter kom wie dit gedaan heeft, maak ik haar af!'

'Het was geen mens,' zegt William nog steeds schokschouderend. 'Het was de kat die hier altijd op de tuinmuur zit te loeren.'

'Hoe weet je dat?'

William trekt me mee naar de muur, waar in het hoekje een deel van de opengereten vacht ligt, dat roze kleurt van het bloed. Verder is er niks meer van Witje over. Het moet een feestmaal zijn geweest voor alle katten, ratten en al het andere ongedierte dat hier rondstruint. Ik kijk naar mijn broertje, dat met zijn kin naar voren gestoken zijn verdriet probeert te bedwingen. 'William, die kater gaat hier weg, dat beloof ik je, al moet ik hem eigenhandig vermoorden.'

Hij knikt en veegt dan ruw zijn gezicht droog.

Een jongetje dat achter ons woont komt er schichtig bij staan. 'Als jullie willen, kan ik die rode poes vangen en verkopen.'

'Het is een poes?'

'Ja, ze heeft laatst jongen gekregen.'

Een moederdier doet alles voor zijn jonkies, zoals een konijn vangen.

'Het kost niks,' zegt de jongen om me aan te moedigen.

'Doe maar met haar wat je wil,' zeg ik dan, 'als ze maar nooit meer terugkomt.'

'Daar zal ik voor zorgen.'

Bij de poort worden de jongens uitgezwaaid door hun huilende moeders. William is de langste en waarschijnlijk ook de oudste. '*Bis nach dem Krieg*,' zegt hij manmoedig tegen ons. Bij wijze van uitzondering geeft hij iedereen een knuffel: Johanna en haar kinderen, Greta, mammie, die slap in de armen van Vera hangt – hij omhelst hen samen – en ten slotte slaat William zijn dunne armen om mij heen.

'Je moet de anderen maar een beetje proberen te helpen,' zeg ik tegen hem. 'Jij kunt allang zonder je moeder, maar voor die kleine jongetjes is dat heel lastig.'

Hij knikt ernstig. 'Dat zal ik proberen.' Dan laat hij me los en voegt zich treuzelend bij de andere jongens.

Mammie begint hard te grienen. Ik wil haar vastpakken, maar ze leunt naar Vera.

Johanna slaat een arm om me heen. 'Hij zal het daar beter krijgen, dat weet ik zeker,' zegt ze tegen me.

'Hier, Rosa!' Ineens staat een hijgende Bram voor mijn neus, met een pan die hij in mijn handen duwt. 'Hier, zorg er goed voor.'

'Maar je zusjes dan...'

'Met die twee die over zijn, kunnen ze ook gaan fokken,' zegt hij, 'en ik hoorde dat Witje...'

Zijn moeder spoort hem aan: 'Bram, schiet nou op!'

'Dank je, Bram!'

'O ja, ze heet Liani, naar mijn baboe.'

Als Suzuki fluit moeten de jongens zich opstellen in rijen van vier. Ik wil me omdraaien om me af te sluiten voor dit drama, maar dan hoor ik iemand hees mijn naam zeggen. 'Rosa...' In Williams magere gezicht lijken zijn ogen nog groter. 'Niet doodgaan!'

'Dat beloof ik,' zeg ik met verstikte stem. 'Als jij dat ook belooft.' Nog een laatste keer voel ik zijn armen om me heen. Veel strakker, wanhopiger. Ik kan mijn tranen niet meer inhouden.

V

Kamp Tjideng

Batavia
december 1944 – juni 1945

1

Na het vertrek van William verstrijken de maanden zo traag als de groenten die in onze droge tuin groeien. Verzonken in lusteloze wanhoop vraag ik me steeds vaker af of het nog zin heeft om te hopen op bevrijding. Waarschijnlijk gaat die er toch niet komen. Het is allemaal zo uitzichtloos en zinloos. Nu het al weken niet meer heeft geregend, is zelfs ons water gerantsoeneerd. Normaal ging ik na het schoonmaken van de latrines met jurk en al onder de douche staan in de daarnaast liggende washokken om de smerigheid van me af te spoelen, maar die zijn nog slechts een paar dagen per week open voor gebruik. Ik haat deze geur van pies, poep en diarree zo erg dat ik onrustig op zoek ga naar een andere plek waar ik me schoon kan wassen. Vaak zitten er aan de zijkant van de huizen kleine kraantjes waar wat water uit druppelt.

In de verte blaft onophoudelijk een hond. Onwillekeurig loop ik richting het geluid, terwijl mijn ogen naar een tap speuren waar ik me onbespied onder kan wurmen. Niet ver van de ingang van het kamp vind ik aan een van de grotere huizen een koperen kraantje waaruit water in een pan druppelt. Nadat ik me er eerst van heb verzekerd dat geen van de vrouwen die hier rondscharrelen me in de gaten houdt, loop ik als vanzelfsprekend door de voortuin en neem de pan weg, die verrassend vol zit. Ik ga ermee achter een tuinschot staan en nadat ik eerst mijn handen, armen, voeten en enkels erin heb afgespoeld, gooi ik het water over mijn hoofd en wrijf verwoed over mijn gezicht. Wanneer ik mijn ogen weer opendoe, schrik ik van de meid die voor me staat. ‘Zo, ga je lekker met ons water?’ Ze kijkt me vijandig aan.

‘Ja, bedankt,’ zeg ik, waarna ik de pan in haar handen druk en me snel uit de voeten maak. Hijgend kom ik vlak voor de poort uit. Hier, met de bewaking die alles in de gaten houdt, zal ze me sowieso niks kunnen aandoen. Ik buig diep voor de Koreaan – ‘de uitsmijter’ – die bij het hek staat, terwijl de hond inmiddels oorverdovend hard blaft. Waar zit dat beest? Dan zie ik hem vlak achter de benen van de uitsmijter zitten. De hond, die kleiner is dan ik had verwacht, heeft een beige vacht en opstaande puntoren, waardoor hij meer alertheid uitstraalt dan het hele kamp bij elkaar. Knikkend, glimlachend en met handgebaren maak ik duidelijk dat ik de hond wil aaien. De Koreaan keurt het goed. Hij doet een paar passen opzij om me bij het beest te laten. 'Hé, jochie, ben jij de nieuwe waakhond?' Ik laat hem aan mijn hand ruiken. Hij schudt meteen met zijn kop; waarschijnlijk ruikt hij de stront nog. Toch begin hij daarna mijn hand te likken, die nog een klein beetje vochtig is van het water. Zijn tong voelt kurkdroog op mijn huid. Pas wanneer hij dichter naar me toe wil bewegen, zie ik dat hij met zijn achterpoten aan het hek is gebonden. Het touw om zijn samengebonden poten is nog geen meter lang. Wat zielig.

'Ha, ik heb je!' Achter me staat de meid van wie ik die pan water had gestolen.

'Buigen!' sis ik tegen haar, maar ik zie dat de uitsmijter haar niet in de gaten heeft. Hij staat met een andere bewaker te praten. 'Als je me iets doet, ga ik gillen,' zeg ik dan.

Ik weet niet of mijn woorden indruk maken, maar de agressie lijkt ineens van haar gezicht te glijden. 'Wat zielig,' zegt zij dan ook als ze de vastgebonden hond ziet.

Ik kijk naar de dubbele knoop die in het touw zit. Hoelang zou ik erover doen om hem los te maken? Ik kijk over mijn schouder naar de twee bewakers, die nog steeds niet op ons letten, en begin dan aan de lus te sjorren. Net wanneer ik het gevoel heb dat hij een beetje begint mee te geven, zegt de meid hijgend: 'Stop, hij komt eraan!' Ze buigt haar bovenlijf naar voren. De uitsmijter komt traag op ons af lopen. Wanneer hij voor ons staat, maakt hij ons met een nonchalant wegwerpgebaar duidelijk dat we moeten ophoepelen.

Zwijgend lopen we terug ons kamp in. Voor ze haar erf op gaat, draait ze zich nog even naar me toe. 'Niet meer doen, hoor.'

'Is goed.'

Soms komen er zomaar vrachtwagens vol uitgehongerde vrouwen en kinderen bij in ons kamp en sinds kort vertrekken er soms ook hele groepen. Waarom die vrouwen weg moeten of waar ze naartoe gaan, wordt ons niet verteld. De onzekerheid over of en wanneer mensen een oproep krijgen om te vertrekken is gekmakend en vergroot de onderlinge spanningen. Ook in ons gezin wordt vaker ruziegemaakt, hoewel dat misschien meer met de opstandigheid van Vera te maken heeft. Sinds ze terug is duldt ze de autoriteit van mammie niet meer. Was haar karakter voorheen volgzaam en gedwee, in de maanden dat ze weg is geweest is ze koppig en eigengereid geworden. Ik heb intussen geleerd de nukken van mammie te negeren, maar Vera gaat er vol tegenin, waarna ze elkaar de huid vol schelden. Verbaal doet het er niet toe wie de sterkste is, want dit is geen tijd waarin je nog met woorden kunt winnen. Degene die de fut niet meer kan opbrengen verliest en geeft de ander het kortstondige genoegen te hebben gewonnen. Wie kan het iets schelen?

Het liefst zit ik bij Johanna en haar kinderen. Mijn zusje Greta schaart zich ondanks de bezwaren van mammie meestal bij ons. Mammie kan het niet laten om haar jaloezie hierover op Johanna af te reageren. Ze zou te sloom zijn, ze kan niet naaien, ze houdt het huis niet schoon, enzovoort. Johanna laat alles over zich heen komen. Ze heeft het nooit erg gevonden om te buigen of zich klein te maken, dat maakt haar eigenlijk juist heel sterk. Maar onder normale omstandigheden zou ze haar grenzen hebben aangegeven, dat weet ik zeker. Dat ze dat nu niet doet heeft alleen maar te maken met Lotta en Levi. Voor hen wil ze haar krachten sparen, voor hen weet ze dat het beter is om bij ons te blijven, voor hen spaart ze het eten dat we nog altijd met elkaar delen uit haar eigen mond. Ze gaat nu zelfs in de keuken werken en laat de zorg van de kinderen aan mammie over, die het juist verrekt om diensten te draaien en daar kennelijk met mevrouw Anderson een afspraak over heeft gemaakt. Ik vind dat Johanna het werk aan Vera en mij moet overlaten, omdat het al zwaar genoeg is voor haar, maar ze staat erop, om die paar stukjes groenten uit de keuken te kunnen tjakken.

Op een ochtend, wanneer er eindelijk kleine groene tomaatjes en boontjes aan de magere takken beginnen te komen, moeten we plotseling onze *barang*, onze bagage, gaan pakken. Met alles wat we eigenhandig kunnen dragen moeten we ons zo snel mogelijk verzamelen. Onze bultzakken zullen worden nageleverd. Ik wil meteen het huis uit rennen om naar Fiona te gaan, maar mammie houdt me tegen. 'Daar is geen tijd voor, Rosa.' Huilend neem ik afscheid van Brammetje en zijn nieuwe vriendin Liani, terwijl mammie in mijn oor staat te schreeuwen dat ik moet opschieten. Ik zet ze met wat water en gras in het hok in mijn kamer en zeg tegen de Indonesische buurvrouw dat zij ze voortaan mag verzorgen.

Bij de kamppoort staat het al helemaal vol met mensen die net als wij zijn opgeroepen. Na al het gehaast moeten we hier in de brandende zon gaan staan wachten.

Fiona heeft gelukkig lucht gekregen van het transport en staat van een afstand te kijken. Ze mag niet naar mij toe gaan en ik niet naar haar. Het is een nieuwe regel dat de vertrekkers en de achterblijvers gescheiden moeten blijven. De jappen willen geen emoties meer zien, geen uitingen van verdriet meer horen. Na een halfuur wachten houdt Fiona het niet langer uit en maakt ze een vuist op haar hart. Ik weet wat het betekent: we gaan het ze betaald zetten! Daarna draait ze zich om en vertrekt.

De tijd verstrijkt langzamer als je ergens niet wil zijn. We staan hier met ruim honderd vrouwen al uren te wachten in de stikkende hitte. De zon is op zijn hoogst geklommen en lijkt een gat in mijn schedel te branden. Mijn mond is zo droog dat ik nog nauwelijks kan slikken. Johanna heeft het door en vraagt of ik wat uit haar veldfles wil hebben. 'Ik heb zelf ook water, maar dat moeten we bewaren voor onderweg.'

'We zijn toch nog niet onderweg?' zegt ze schouderophalend. 'Je kunt hem nu nog bijvullen.'

Ineens krijg ik een idee. Ik pak mijn veldfles, zet hem aan mijn mond, drink gulzige slokken en geef de fles door aan de kinderen, aan iedereen uit ons gezin die maar wil, tot hij leeg is. 'Mag ik mijn fles bijvullen?' vraag ik aan de hantjou.

Op mijn slippertjes ren ik zo snel ik kan naar ons huis, het water klotsend in mijn buik. Terwijl ik de fles onder het kraantje buiten zet om hem vol te laten druppelen, pak ik de grootste aluminimum pan die we hebben en ga naar mijn slaapkamer om de konijnen te pakken. Gelukkig zitten ze er nog. Voorzichtig til ik eerst Brammetje en dan Liani uit hun onderkomen in de pan en ik stop er wat gras bij. Met de veldfles aan mijn riem en de pan met konijnen op mijn heup wil ik teruglopen als ik in een flits mijn rolschaatsen half onder mijn brits zie liggen. Die passen er ook nog wel bij. Haastig frummel ik de veters om mijn riem zodat ze stevig vastzitten en dan vertrek ik. Bij elke stap die ik zet tikken de rolschaatsen tegen mijn billen, klikklak, klikklak, en ik trek meer aandacht dan ik zou willen. Met een hoofd als een boei kom ik weer bij de poort, waar net alle mensen in de vrachtwagens worden geladen. 'Waar was je?' sist mammie.

Rechtop tegen elkaar geleund staan we op de laadbak. Door de grote pan heb ik gelukkig een plekje aan de buitenkant weten te veroveren. Niemand wil een pan tegen zijn rug geduwd krijgen. Hierdoor heb ik wat meer uitzicht en lucht. Even meen ik Fiona nog een keer te zien, maar dat verbeeld ik me vast. Met een schok komt onze truck in beweging en we kunnen maar net voorkomen dat we met zijn allen omdonderen. In colonne rijden de vrachtwagens de poort uit. Op de grond tegen het opengeschoven hek zie ik ineens de lichtgekleurde vacht van een uitgeteerde hond liggen: het zielige beest dat ik had willen losmaken. Ik moet denken aan wat ik tegen Bram zei toen hij naar een ander kamp ging: erger dan hier kan het ergens anders niet zijn.

Achter me wordt het kamp steeds kleiner. Ik ben al verder weg dan ik ooit ben geweest met de sjouwploeg. Van de zenuwen moet ik plassen. Traag schommelend rijdt de overvolle truck door de stad die ik zo goed kende. De gebouwen zien er slecht onderhouden uit. Op uithangborden staan Japanse teksten die ik niet kan lezen. De koloniaal in zijn witte kleding ontbreekt volledig in het straatbeeld. Alleen de vele Indonesiërs en wat Japanse militairen bewegen door de drukbevolkte straten. Sommige Indonesiërs blijven stilstaan om naar ons te kijken. Ik schaam me, al weet ik niet precies waarom. Het valt me nu pas op hoe mager veel mensen zijn. Uitgehongerd, net als wij. In lompen gehuld manoeuvreren ze tussen de menigte, met hun pikolan vol handelswaar en hun karren met pluimvee.

Voor het station van Bandoeng moeten we uitstappen. Als een groep criminelen worden we het perron op gejaagd, waar een moderne stoomtrein klaarstaat. Twee Japanse officieren openen de deuren van de laagste klas. Natuurlijk konden we niet verwachten dat we in de eerste klas vervoerd zouden worden. Toch voelen de zitplaatsen op de houten banken in de *kambing*-klasse – de geitenklasse, zoals we die vroeger noemden – als een ongekende luxe. Ik zet de pan tussen mijn benen en haal dan een voor een de konijnen eruit. Brammetje zet ik bij Vera op schoot, het nieuwe vrouwtje neem ik zelf in mijn armen. Ik voel hoe snel haar hartje klopt terwijl haar blik bevroren is, zoals mensen dat ook kunnen hebben als ze angstig zijn. 'Rustig maar, Liani, we gaan een mooie reis maken.' Mammie kijkt me hoofdschuddend aan en haalt diep adem. Ik zet me schrap voor een sneer, maar dan zegt ze iets wat ik haar nog nooit heb horen zeggen: 'Soms lijk je zó op mij. Ik deed vroeger ook altijd precies wat ik wilde.' Ik probeer niet naar Vera te kijken, niet met mijn ogen te rollen en niet in lachen uit te barsten. 'Mijn meisje, je hebt zo hard gewerkt…' zegt mammie, terwijl ze haar hand op mijn knie legt en me zachtjes aait. Snel richt ik mijn blik naar buiten en knipper de tranen die zich achter mijn ogen hebben gevormd weg.

De trein komt in beweging. 'Kijk!' Johanna wijst naar het perron, waar een bord in blauwe letters onze bestemming aangeeft. 'We gaan naar Batavia.'

Nadat ik naar de krappe wc geweest ben, blijf ik even op het balkon rondhangen. De agent die er de boel moet bewaken, zit half te slapen. Door het venster trekt het landschap aan me voorbij. Groene heuvels, een theeplantage, de terrasvelden waar mannen en vrouwen zij aan zij gebukt staan in hun batikdoeken met hun ronde strohoeden, een waterbuffel die wordt aangestuurd door zijn baas, een zwerm witte reigers die laag over het landschap vliegt, en in de verte de vulkaan.

Kon ik maar opstijgen en mijn vleugels wijd uitslaan, maar ik voel me gekortwiekt en toekomstloos.

'Mooi, hè,' hoor ik iemand zeggen, 'vrijheid.' Naast me staat een oude vrouw, die eveneens naar buiten kijkt.

Ik kijk even om naar de bewaker, om te zien of hij op ons let. Dan buig ik me naar de vrouw toe. 'Weet u misschien of de geallieerden dichterbij komen?'

'Het laatste wat ik heb gehoord, is dat de Amerikanen Tokio gebombardeerd hebben. Meer weet ik ook niet, kind.' Ze kijkt me fronsend aan. 'Hoorde ik nou dat jij er een van De Graaf bent?'

'Ja, mijn zus en ik.'

De rimpels in haar oude gezicht worden breder als ze glimlacht. 'Ik heb je opa nog gekend, toen hij als gouverneur-generaal in Atjeh werkte. Maar toen was jij nog niet geboren, denk ik.'

'Jawel, maar ik was nog een baby,' zeg ik.

'Kind, dan heb ik een foto van jou gezien,' zegt ze, terwijl ze mijn arm beetpakt. 'Het was een schitterende afbeelding van de baboe met jou in een draagdoek en je oudere zus ernaast. Ik zie 'm nog zo voor me. Je opa had hem op zijn bureau staan. Hij was zo trots op jullie.'

Vanbinnen raakt mijn buik gevuld met warmte. Niet zozeer door wat ze vertelt, maar omdat ik in gedachten terugga naar de zoete pijptabak van mijn grootvader en zijn beschermende hand op mijn kinderschouder. 'Hoe hebt u hem leren kennen?'

'Voor de universiteit onderzocht ik de Atjeh-oorlog, die van 1873 tot 1914 op Sumatra woedde. Tja, en jouw opa was tijdens mijn onderzoek nou eenmaal de baas in Atjeh, dus het was zaak goede vrienden met hem te worden.' Ze kijkt er spottend bij. Ik ben plotseling onder de indruk van deze vrouw, die met vies haar en in lompen naast me staat maar haar waardigheid op geen enkele manier verloren heeft. 'Weet je hoe het met hem gaat?' vraagt ze.

'Hij is naar Holland gegaan na zijn pensioen en toen is hij gestorven.'

Op haar verweerde gezicht verschijnt een ernstige uitdrukking. 'Dat spijt me. Een mens schiet op die leeftijd geen wortel meer in een vreemd land.'

‘Ik hoop dat ik hier nooit weg hoef,’ zeg ik, meer tegen mezelf dan tegen de vrouw.

‘Nee, voor mij hoeft het ook niet, maar jouw opa is na die vergiftiging de mensen altijd blijven wantrouwen.’

‘Welke vergiftiging?’ Ik heb nog nooit over een vergiftiging gehoord.

De vrouw kijkt me onderzoekend aan, alsof ze afweegt of ze het me kan vertellen.

‘Ik ben negentien jaar,’ zeg ik om haar te overtuigen. ‘En ik heb inmiddels behoorlijk veel levenservaring.’ Ik duw mijn wenkbrauwen en mijn mondhoeken gelijktijdig naar boven.

Ze lacht hoofdschuddend. ‘Goed dan. Hij had ontdekt dat een van zijn ambtenaren een affaire had met de dochter van de regent. Dat kon in die tijd echt niet door de beugel. Het zou de toch al precaire verhouding met de hoge adel ernstig kunnen schaden. Het meisje was bovendien minderjarig. Je grootvader vond het een schande. Hij zette de ambtenaar terug in rang en dacht daarmee dat de man zijn lesje wel geleerd had.’ Ze snuift even. ‘Dat was een miscalculatie. De ambtenaar stuurde per post koffie op die hij had vermengd met gif. Je opa en zijn hele gezin hebben het overleefd, maar ze zijn er flink ziek van geweest. In elk opzicht.’ Ze tikt even met haar oude hand op mijn vingers. ‘Als hij die moordaanslag niet had overleefd, was jij er nooit geweest.’

Ik voel me een onnozel schaap. ‘Dat heb ik nooit geweten.’

‘Mensen hebben de neiging om de lelijke dingen die gebeuren niet door te vertellen. Ik denk dat we daar juist lering uit kunnen trekken.’

2

Vanaf het station van Batavia moeten we naar de wijk Tjideng lopen. Hoewel het niet meevalt voor mammie met haar dikke benen, en ze zich zuchtend en steunend tussen Vera en mij in laat voortslepen, begin ik me zowaar lichter te voelen. Het vooruitzicht een nieuw kamp in te gaan, dichter bij onze hoofdstad, dichter bij de haven waar we vijf jaar geleden aankwamen en gevoelsmatig dus ook dichter bij de civilisatie, geeft me energie.

We worden de poort in gejaagd met de mededeling rechtdoor te blijven lopen op de Laan Trivelli, waar we onze barang moeten neerzetten. Daarna zullen we een woning krijgen toegewezen. De twee witte herenhuizen die rechts van de ingang staan, weerkaatsten fel het zonlicht. Ik trek de voorbarige conclusie dat het hier mooier en beter zal zijn dan in Kareës. Maar wanneer we doorlopen, zie ik dat de andere huizen hetzelfde formaat hebben als in ons oude kamp en er even armoedig uitzien. Op straat lijkt het hier nog drukker te zijn, maar dat kan ook komen doordat er veel bewoners zijn uitgelopen om naar ons te komen gluren. Ze vragen zich vast af wie we zijn, deze verwilderde vrouwen en kinderen in hun vodden. Niet dat ze er zelf veel beter uitzien, maar er zitten in elk geval wat minder gaten in hun kleren. Ik zie dat er tussen de huizen en in de tuintjes nauwelijks gras en struiken groeien. Hoe moet ik Brammetje en Liani dan voeren, vraag ik me af. Er staan alleen wat bomen, die zachtjes lijken te zwaaien naar de lucht.

Al heeft de zon inmiddels wat aan kracht verloren, hij doet ons nog steeds smelten. Waarom moeten we hier nu weer wachten, vraag ik me ongeduldig af. Ik maak me zorgen over mijn konijnen. Tussen het deksel en de pot heb ik een stokje gebonden, zodat ze voldoende zuurstof krijgen, maar het moet bloedheet zijn in de pan, die ik angstvallig uit de zon probeer te houden. Dan klinkt er plotseling geschreeuw. Met megafoons jagen de jappen ons de berm in, de bagage moeten we op het plein laten staan. De hantjous gaan met lijsten in hun handen de rijen langs om mensen naar de huizen te sturen waar ze zijn ingedeeld. Het zijn er zoveel dat ook dit weer heel lang duurt. Mammie is neergezegen op de grond, omdat haar zieke benen haar niet langer kunnen dragen. Ook Johanna zit nu met de kinderen op de droge aarde. Mammie vloekt binnensmonds, waarna Vera haar aanstoot. 'Sst, mammie, straks hoort iemand je nog.' Ik ben niet geneigd om te gaan zitten, omdat ik mijn pan in de gaten wil houden. Meiden en jongens van de sjouwploeg zijn onder toeziend oog van een jap de koffers en zakken aan het controleren. Als ze mijn konijnen vinden ben ik ze kwijt, als ze niet al overleden zijn door de hitte.

'Wat sta je nou zenuwachtig te doen, Rosa?' moppert moeder. 'Ik word er bloednerveus van.'

'Familie Van Gent, De Graaf...?'

'Ja, dat zijn wij,' zegt mammie.

'Jullie kunnen terecht op nummer 123. Het is de bedoeling dat jullie je eerst gaan installeren bij de rest van de bewoners, en niet ruziemaken graag, alvorens jullie jullie bagage halen.'

'Hoezo mogen we die niet meteen halen?' vraag ik en mijn stem klinkt schril.

'Brutaliteit wordt hier niet gewaardeerd,' zegt ze waarschuwend. Johanna vraagt of zij en haar kinderen in hetzelfde huis wonen.

'Nee, u zit aan de rand van het kamp, die richting op.'

Achter de hantjou komt een meisje aangelopen met een kruiwagen, richting onze barang.

Mammie neemt het voor Johanna op en vraagt: 'Waarom mag ze niet in hetzelfde huis wonen? Op papier zijn we geen familie, maar ze is een nicht van mijn man en...' Mammie kan behoorlijk overtuigend zijn in haar leugens, vooral omdat er geen speld tussen te krijgen is.

Dit is mijn kans. Ik werp me zowat voor de kruiwagen. 'Hallo, sorry...'

Het meisje heeft een hoofddoekje om haar hoofd gebonden waar aan weerszijden twee vlechtjes onderuit komen. Ze kijkt me schichtig aan.

'Ik heb mijn konijnen bij de bagage staan, ze zitten in een aluminium pan waar ik het deksel schuin op heb gebonden.'

De meid knikt enkel kort en loopt dan weer door.

'Rosa, kom, we moeten gaan,' zegt mijn zus om me aan te sporen.

'En, mag Johanna bij ons?' vraag ik aan mammie.

'Als je had opgelet, had je geweten van niet,' antwoordt ze en ze kijkt me aan alsof het mijn schuld is. Daarna pakt ze Greta bij de hand en loopt met haar dikke benen met kleine stapjes achter mijn zus aan.

'Het is niet erg,' zegt Johanna tegen mij. 'We zoeken elkaar toch gewoon op?'

In een impuls omhels ik haar, waarbij ik de ribben van haar magere lijf voel.

'Rosa, wil jij bij ons komen wonen?' vraagt Lotta.

'Dat zou ik wel willen, maar helaas mag het niet.' Ik ga op mijn hurken zitten. 'Maar ik beloof je, en jou ook,' zeg ik tegen Levi, die ik in zijn buikje prik, 'dat ik jullie elke dag kom opzoeken.'

'Elke dag?' vraagt Lotta met grote ogen.

'Elke dag.'

Ons nieuwe onderkomen is gelukkig een wat ruimer pand met ook een wat grotere tuin. Je zou er gemakkelijk in kunnen wonen met twee of drie gezinnen, met wat bedienden, maar hierin wonen nu ontelbaar veel gezinnen. Het puilt letterlijk uit van de mensen. In ieder hoekje, elke nis – zelfs in de inbouwkasten en op het aanrecht – zitten, liggen en hangen mensen. Waar kunnen wij in vredesnaam heen? Nerveus, omdat ik naar mijn konijnen moet, zoek ik samen met mammie en Vera – die Greta op haar arm heeft – naar een geschikt plekje voor ons. Ik struikel over een stel benen, Vera stapt per ongeluk op iemands vingers. 'Oeps!' zegt Greta. We zijn niet de enigen die azen op een plek waar we onze vlag kunnen planten.

Om er sneller bij te zijn, splitsen we ons op. Vera gaat met Greta richting de keuken, ik ga met mammie naar boven. De gezichten van degenen die hier al wonen staan nors; ze willen hun huis niet met nog meer mensen delen. Tot grote frustratie gaan twee jonge moeders op de plek zitten die wij na ons zoekrondje wilden innemen, op de overloop tegen de schuine kant. 'Vinden jullie dat normaal?' vaart mammie meteen uit. 'Om de rustplaats van een ziek mens te tjakken?'

'Wij hadden het al gereserveerd,' zegt een van de moeders, die niet van plan lijkt op te staan.

'O, echt? Ik zag anders nergens een briefje hangen,' antwoordt mammie sarcastisch. Nu begrijp ik de opmerking van de hantjou pas, dat we geen ruzie moeten maken.

‘Mam, laat nou...’ zeg ik en ik probeer haar weg te krijgen.

‘Nee! Ik pik dit niet!’

‘Mammie! We hebben onze plek gevonden!’ roept Greta, die samen met Vera de trap op komt.

Op het platje aan de zijkant van het huis, waar een zijmuurtje en een afdak enigszins bescherming bieden, draait Greta met gespreide armen rond alsof het een paleis is. ‘Hier is het mooi!’

‘Ik moet de konijnen halen! Ga je mee, Vera?’

‘Dat mag nog niet,’ zegt mammie. ‘We zouden het horen wanneer we de spullen moesten halen.’

Ik negeer haar woorden, loop door de straat – waar het nog steeds zo druk is dat het wel lijkt alsof de uitverkoop is begonnen – en ga naar de sjouwploeg, die in een grote kring om de bagage staat.

‘We komen onze barang halen,’ zeg ik en ik trek mijn mondhoeken breed in een gemaakte glimlach.

‘Hebben jullie toestemming gekregen van het blokhoofd?’ vraagt de langste meid.

‘Ja, we hebben een plek gevonden om te slapen, dus nu mochten we ons installeren.’

Of ze me gelooft weet ik niet, maar met een bot ‘Niks tjakken!’ geeft ze ons toestemming. Mijn rugzak vind ik naast de twee handkoffers van mammie, en Vera ziet haar tas en die van Greta aan de rand van het veldje staan, maar de pan is nergens meer te bekennen. ‘Verdomme, hij is weg!’ zeg ik tegen Vera.

‘Rustig, Rosa, misschien heeft iemand hem in de schaduw gezet.’

‘Ik zoek een aluminium pan,’ zeg ik tegen het lange kind.

‘Ja, sorry hoor, daar kan ik echt niet op letten.’

Na een kwartier geef ik het op. Mijn konijnen zijn weg. Als ik die meid met die hoofddoek zie, breek ik haar botten.

De ondergaande zon kleurt fel aan de horizon, als de rode bol op de Japanse vlag. Het land van de rijzende zon, maar ze hadden het beter het land van de zinkende zon kunnen noemen. Dat klinkt natuurlijk een stuk minder patriottisch.

Mammie komt naast me zitten. 'Kind, de kans dat Brammetje en dat andere konijn...'

'Ze heet Liani!'

'De kans dat ze het zouden overleven was sowieso heel klein.'

Ik kijk opzij. Ze ziet er ineens oud uit, met ingevallen wangen en rimpels op haar voorhoofd en langs haar mondhoeken. Minder mooi dan toen ze verliefd was op Fred en we met het schip terug naar Indië kwamen, maar wel meer als een moeder. Ik leg mijn hoofd op haar schouder.

Voorzichtig gaat ze met haar hand over mijn haar. 'Daarom heb ik ook altijd gezegd dat het verstandiger was om ze op te eten.'

'Nou ja, zeg!' Geschokt sta ik op. 'Jij bent zo...' Ik maak de zin niet af en been weg.

Ik heb mezelf bij het hek van ons nieuwe onderkomen geplant en hoop op een klein wonder.

'Moet jij geen eten gaan halen?' vraagt een jochie met een snottebel aan me.

'Ik ga zo wel,' zeg ik.

'Dan is het op,' zegt het jochie.

'Hoe is het eten hier?'

Hij veegt de snot over zijn wang. 'Vies, maar nu zijn er nog meer mensen en is er niet genoeg.'

'Woon jij hier ook?' vraag ik met een hoofdknik naar ons huis.

'Ja, maar nog niet zo lang. Ik heb op vier verschillende plekken gewoond.'

'In welke kampen?'

'Gewoon, hier in dit kamp.' Hij kijkt me aan alsof ik dom ben.

'Weet jij hoeveel mensen er in ons huis wonen?' vraag ik aan de jongen.

'Vierenzestig,' zegt hij wijsneuzerig.

'Hoe weet je dat?'

'Ik heb ze geteld.'

'Met ons erbij?'

‘Ja, jullie wonen toch ook hier?’ Dan kijkt hij me onderzoekend aan. ‘Ben jij nog een kind of een volwassene?’

‘Dan hangt ervan af of je negentien jaar volwassen vindt.’

‘Op zich wel.’

‘Waarom vraag je dat?’

‘Omdat volwassenen zonder ouders kunnen.’

‘Heb jij dan geen ouders meer?’

‘Alleen nog een moeder. Mijn vader is dood, al een jaar, maar we hebben het net pas gehoord.’ Hij staat loom op en loopt naar binnen.

Hoe zou het met onze vader zijn? Zou hij nog in leven zijn? Plotseling verlang ik zo erg naar hem dat ik een steek in mijn hart voel. Ik vouw mijn handen ineen en bid in stilte: laat me dit overleven en spaar mijn vader, anders hoeft het voor mij niet. ‘Lieve God, ik smeek u.’

Ik word afgeleid van mijn gedachten als ik bij de buren een scharrige meid zie ronddwalen. Ze heeft kort stekelig haar en draagt een mannenoverhemd dat over haar billen komt. Ik probeer te horen wat ze zegt, maar het is te lawaaierig. Ze vraagt iets aan wat mensen en loopt dan weer naar de volgende persoon.

‘We hebben ook eten voor jou gehaald.’ Ik kijk op naar Vera, die ik niet had zien aankomen. ‘Mammie bedoelde het niet zo.’

‘Het zal wel.’

‘In elk geval vindt ze het ook jammer dat de konijnen weg zijn. Ze huilt.’

Ik schiet in de lach. ‘Serieus?’

‘Echt waar!’ Mijn zus moet ook lachen en ze doet onze dramatische moeder na: ‘“O, ik vond ze zo zacht, en zo lief.”’

‘Ze gaf niks om ze, ik zweer het je!’

‘Hallo, mag ik jullie wat vragen?’ Het kale meisje staat nu bij ons.

Ik kom overeind. ‘Ja, natuurlijk.’

‘Het gaat om een pan met een bijzondere inhoud die mensen misschien kwijt zijn…’

‘Mijn konijnen!’ roep ik uit.

‘Sst. We hebben ze gevonden.’

'Leven ze nog?'

'Zachtjes!' Het meisje kijkt me boos aan. 'Ze waren heel erg uitgedroogd. We hebben ze stiekem meegepikt en in de schaduw wat water en blaadjes gegeven.'

Om niet weer te veel lawaai te maken, pak ik het meisje spontaan beet en til haar op. Ze leven, mijn konijnen leven!

3

'Koempoeltijd! Koempoeltijd!' schalt het door de straten. Het is kwart voor zeven in de ochtend. Haastig komen de mensen van ons blok naar het plein dat voor onze woning ligt op Laan Trivelli 123. Bejaarde vrouwen, kleine kinderen zoals Greta, verzwakte, zieke en kreupele vrouwen: iedereen moet twee keer per dag op appel staan. Hoe naïef was ik toen ik dacht dat dit kamp nooit slechter kon zijn dan ons vorige. We zijn in de hel beland, een inferno van wreedheid, sadisme en verderf. En elke dag komen er nog meer verpauperde, uitgehongerde vrouwen bij. Om ons extra te kwellen hebben ze het kamp verkleind door het gedek te verplaatsen. We zitten nu nóg meer als sardientjes in een blik op elkaar gepropt. Volgens dat joch staat de teller bij ons in huis nu op honderdvijf bewoners.

'We creperen hier allemaal,' kreunt mammie, terwijl ze met veel moeite en ondersteund door Vera en mij naar haar plek in de rij gebracht wordt. Haar olifantspoten zijn nog twee keer zo dik geworden. Wanneer de laatste gevangenen strompelend de appelplaats hebben bereikt, zet de kampleidster de megafoon aan haar mond en schreeuwt: '*Ki-ot-ske!*' Geef acht! Het laatste geroezemoes verstomt.

In de verte horen we het geblaf al; de jappen zijn nu met hun honden onderweg. Ik hoop dat niet Sonei, de kampcommandant, vandaag ons blok controleert, maar een van zijn vervangers. Vanuit mijn ooghoeken zie ik de militairen op hun fietsen naderen. We trekken onze schouders naar achteren en schuiven een paar centimeter naar links of rechts om de rijen zo recht mogelijk te maken. '*Keirei!*'

schreeuwt de hantjou. Met de armen strak naar beneden, vingers tegen elkaar gedrukt, de pinken die de broekrand of rok raken, buigen we allemaal tegelijk naar beneden, tot een hoek van dertig graden. Zo blijven we staan, in de richting van de Japanse keizer, terwijl we wachten tot het tellen begint. De Japanners in dit kamp zijn geobsedeerd met tellen, elke dag opnieuw. Per huizenblok, in rijen van tien, tot de laatste vrouw geteld is. Ik bid dat het vandaag geen uren duurt.

De zon verwarmt onze broze lijven met zijn stralen, die nu nog zijdezacht voelen. Naarmate hij naar boven kruipt zal hij meedogenloos fel worden en onze blanke huid weer verbranden. Rechts van me bestudeer ik de zwarte voeten van Greta; ze heeft allang geen schoentjes meer. Hoe houdt ze het uit bij het tweede appel aan het einde van de middag, of tijdens een strafappel zomaar midden op de dag, als haar voetzolen het kokende asfalt raken? Of is mijn kleine zusje zo gehard dat ze geen pijn meer voelt? Vera staat links van mij op haar houten slippers, die er nog redelijk goed uitzien, omdat ze haar slippers veel minder vaak gedragen heeft dan ik. De mijne daarentegen zullen het niet lang meer volhouden. Met wat spijkertjes heb ik ze kunnen verstevigen, maar het leer aan de bovenkant vertoont zoveel scheuren dat ik ze vandaag of morgen verlies.

Wanneer je lang gebukt staat, gaan als eerste je rugspieren verzuren. Je verplaatst je gewicht een klein beetje, kantelt je bekken om je onderrug te ontzien, drukt je kin op je borst om je nekspieren te strekken, je hoofd begint te kloppen, je wordt bang dat je oogballen eruit vallen, je huid smelt, een ader in je hersenen knapt. Je benen beginnen zo erg te trillen dat je niet weet hoe je deze houding nog langer kunt volhouden. Wat zijn ze aan het doen, vraag ik me af. Waarom duurt het zo lang voor ze beginnen? Ik adem diep in en uit. Uithoudingsvermogen is een kwestie van zo min mogelijk denken, heb ik inmiddels gemerkt. Gedachten die toch in je hoofd sluipen moet je zo snel mogelijk weer loslaten en wegzuchten. Ik concentreer me op de kruipende beestjes; er zijn altijd beestjes die kruipen.

Een aantal rijen voor ons zakt een vrouw door haar benen. Meteen komt de jap in actie door hard op haar in te slaan. Als er nog leven in het arme mens zat, is dat er nu uit geslagen, denk ik mat. Soms denk ik dat sterven een verlossing zal zijn; het is een gedachte die zich steeds vaker aan me opdringt. Niet doen! Er ligt een leven voor me in het verschiet, zo was het bedoeld en zo zal het zijn.

'*Noare!*' wordt er geroepen; het teken dat we overeind mogen komen. Pas dan kunnen we zien wie er vandaag op de verhoging voor ons staat: Nippons dictator, Sonei. Een verrot persoon in een mooi omhulsel: goedgebouwd, een symmetrisch gezicht, lang voor japse begrippen, krachtig, charismatisch en vernuftig. Hij heeft haviksogen en weet uit deze gigantische groep mensen de ongehoorzame, afvallige, stiekeme of corrupte vrouwen te pikken. Niet opvallen en je onzichtbaar maken is een ongekende kracht in deze situatie.

Opnieuw moeten we buigen en weer rechtop gaan staan. Buigen en rechtop. Dan kan er eindelijk geteld worden. '*Ichi, ni, san, shi, go, roku, shichi, hachi, kyuu, juu.*' Iedereen roept zijn eigen nummer in de rij. Daarna de volgende rij. Tot ze de tel kwijtraken en opnieuw beginnen. Zo gaat het steeds. Sonei neemt geen genoegen met de aantallen die de hantjous aan hem doorgeven, hij wil ze zelf controleren. Wanneer alle bewoners van ons huizenblok geteld zijn, gaat hij met zijn gevolg naar het volgende blok, terwijl wij bewegingloos moeten blijven wachten, soms wel urenlang. Pas als alle tien de blokken zijn nageteld en de commandant zijn goedkeuring geeft, is het appel afgelopen.

Zover is het vandaag nog niet, want we krijgen ook een preek. Als een ware despoot staat hij voor ons: hij lacht, hij gebaart en dan weer haalt hij fel uit. Zelfs zijn honden worden er nerveus van. De onvoorspelbaarheid en willekeur zijn het meest angstaanjagend. Om niks laat hij vrouwen mishandelen en kaalscheren. De eerste keer dat ik een volwassen vrouw met een hoofddoek zag waar twee vlechtjes onder uitstaken, had ik nog niet door dat ze kaalgeschoren was en dat probeerde te verbergen met een doekje waar ze plukjes haar op had genaaid.

'De vliegenplaag moet verdwijnen!' vertaalt de oude Japans-Indische tolk met opgeheven vinger, precies zoals hij dat Sonei had zien doen, alsof die gebaren een evenzo belangrijk onderdeel zijn van de opvoering als de tekst. 'Daarom moeten jullie allemaal tien vliegen per dag vangen. Dat zal worden nageschreven door de blokhoofden. Volwassenen én kinderen, geen uitzonderingen!' Hij zal wel 'nageteld' bedoelen. De spreekbuis van onze Japanse kampleider spreekt in kromme, verhaspelde zinnen die vaak onbegrijpelijk zijn, maar niemand durft zijn hand op te steken om te vragen of hij het kan verduidelijken. Eerder was er een jong meisje dat voor Sonei als tolk werkte, en door haar vertaling begrepen we in elk geval wat er bedoeld werd. Van de ene op de andere dag was ze verdwenen.

De oude tolk kijkt weer naar zijn baas, die het geluid van een vlieg nadoet, waarna hij de denkbeeldige vlieg tussen zijn handen plet en satanisch begint te lachen. Dan kapt Sonei zijn eigen lach af en schreeuwt agressieve woorden onze kant op.

'Zo doe je dat!' vertaalt de man. 'Anders zal je zelf worden vermorzeld. Knoop dat goed in je oog!'

Door de kolderieke vertoning verlies ik kort mijn concentratie en schiet in de lach. Ik herstel mezelf onmiddellijk, maar Sonei kijkt al mijn kant uit. Ik hou mijn blik naar beneden gericht; een jap recht aankijken heb ik snel afgeleerd. Door mijn wimpers zie ik dat zijn zwarte laarzen met zilveren sporen mijn richting op komen. Dan haalt hij uit. Het gaat zo snel dat ik per ongeluk verbaasd opkijk, recht in zijn ogen. Het is alsof ik recht in de ogen van de duivel kijk. Ik daag hem niet uit, ik kijk alleen maar. Dat hij me zal doden is een mogelijkheid; een die een heleboel problemen zou oplossen. Dan draait Sonei zich abrupt om en loopt weg. Ik grijp naar mijn wang, waar ik de nattigheid van mijn bloed voel.

Mammie zegt later dat het mijn eigen schuld was, dat ik me had moeten inhouden, terwijl ze doeken voor me heeft gemaakt met ons schaarse zuivere water, vermengd met kamille. 'Je moet oppassen dat je geen infectie krijgt,' zegt ze. 'Dan ben je helemaal ver van huis.' Nu schiet Vera in de lach.

'Vera!' zegt mammie bestraffend.

'Mammie, "ver van huis", dat is toch hilarisch!'

Eigenlijk is er niks leuk aan deze situatie, maar toch hik ik met mijn zus mee. Zelfs mammie begint te lachen.

Tien vliegen per dag per persoon. Wij zijn gewoon de goedkoopste vorm van pesticide. Konden we die vliegen maar opeten, dan had het nog nut gehad. Mijn zusje is watervlug, die heeft er zo een paar te pakken, maar Vera kan er niets van. Eerst is het nog redelijk grappig, omdat ze zo haar best doet en dan finaal misslaat, maar al snel slaat de stress toe. Totaal overspannen proberen we alle vliegen te doden die we zien. We moeten ons quotum zien te halen, terwijl we ook nog onze corveediensten hebben. Net voor vier uur is het ons gelukt om veertig dode vliegen in te leveren. Pas dan bedenk ik me dat ik vandaag nog niet bij Johanna en de kinderen ben geweest. Tot nu toe heb ik geen dag overgeslagen, en ik heb het beloofd. Dus haal ik een paar keer diep adem om mijn vermoeidheid weg te zuchten en ren naar mijn vriendin.

Ik tref Johanna aan in het kleine zijkamertje dat ze met nog vier huisgenoten deelt, die er nu gelukkig niet zijn. Ze schrikt zich rot wanneer ze mijn gehavende gezicht ziet. Ook Lotta komt lief naast me op het matras zitten. Ze vraagt of ik erg veel pijn heb en zegt dat het bij haar altijd helpt als haar moeder er een kusje op geeft. 'Rosa heeft haar eigen mama die er een kusje op kan geven,' zegt Johanna.

'Nee hoor, het werkt alleen als mijn mama het doet,' zegt het slimme meisje stellig.

'Vooruit dan maar.' Johanna drukt voorzichtig haar lippen tegen mijn wang. Ik word er even door in verlegenheid gebracht. 'Is het gelukt met de vliegen?'

'Ja, eigenlijk wel!' zegt ze met gespeelde opgewektheid. 'Ga maar even met Levi spelen, Lot.' Wanneer haar dochtertje weg is, vertrouwt ze me toe dat ze pas twaalf van de benodigde dertig vliegen heeft. 'Ik heb het geprobeerd terwijl ik aan het werk was, maar…'

'Ben je nu toch op het land aan het werken? Volgens mij hoef je dat officieel nog steeds niet.'

'Ik moet het doen voor de extra vitaminen voor mijn kinderen,' zegt ze zacht. 'En omdat ik met de nek word aangekeken door de rest, die hier ook niet stilzit.'

Ik denk diep na. 'Jij hebt toch nog een stuk klamboe voor de kinderen?'

Ze trekt een grauw stuk gaas onder haar matras vandaan. 'Ik ben er heel zuinig op.'

'Ik zal het niet stukmaken. Kom!' Door mijn smerige werk in de latrines weet ik dat daar honderden vliegen op de stront afkomen. Binnen tien minuten hebben we meer dan dertig vliegen gevangen. Het nadeel is wel dat de klamboe nu naar poep stinkt, maar die wassen we wel. Dan klinkt de bel voor het volgende appel.

4

Uit een diepe slaap schrik ik wakker. Het is nog donker buiten en er klinkt geschreeuw. Ik weet wat dit betekent: de nachtmerrie van een volle maan is begonnen. Gisteravond was de maan zo rond, zo helder, dat het gevaar langzaam tegen de nachtelijke hemel omhoogkroop. De mythe over de weerwolf, waar ik over las toen ik in Nederland woonde, over een mens die bij volle maan verandert in een weerwolf, is echt. Ik lijk zijn gejank al te kunnen horen, de transformatie is in volle gang. De hantjous schreeuwen door de megafoon. 'Aantreden, koempoel, *tenko*!' Hun krassende stemmen verraden angst. Kinderen huilen, bellen klinken, honden blaffen. Greta klampt zich aan mij vast. 'Ik wil niet.'

'Het moet, meisje, hou je sterk, dan zijn we er het snelst van af.' Met haar vijf jaar weet ze wat wij allemaal weten: elke volle maan kan ons het leven kosten.

Mammie wordt door Vera onder de arm genomen, ik draag mijn zusje. Zo haasten we ons naar de appelplaats. In de chaos valt een vrouw naast ons op de grond. Ik kan haar maar net ontwijken.

'Sta op! Sta verdomme op!' roept een ander tegen haar.

Ik laat Greta van me af glijden. 'Toe maar, je kunt het.' Zonder verder nog te protesteren gaat ze in positie staan, ik daarnaast, dan mammie en dan Vera. In het volle maanlicht blinken Vera's ogen even op. Ik knik, zij knikt. Daar gaan we.

Het is lastig om met mijn voeten tegen elkaar aan stil te staan wanneer mijn spieren nog niet wakker zijn. Dat we al een etmaal lang bijna niet gegeten hebben, maakt mijn evenwicht er ook niet beter op. Sonei had ons op rantsoen gezet omdat de jappen bij huiszoekingen een aantal bijbels hebben gevonden. We krijgen nu nog maar één pollepel rijst, één theelepel suiker en een kleine homp brood.

Toch blijven mensen geloven in God, dat kan niemand ze afnemen. In ons huis zit een groep fanatieke kerkgangers die met elkaar psalmen zingt en bidt. Een van de vrouwen die vlak bij ons slaapt, vertelt ons vaak over God en zijn ondoorgrondelijke wegen.

Uit meerdere monden hebben we het verhaal van de jonge dominee Kater al gehoord, die tot april vorig jaar in Tjideng woonde met zijn gezinnetje. De vorige Japanse kampleider, die helemaal niet zo slecht was geweest, gedoogde deze geestelijke. Toen Sonei kwam, zag de dominee dat de gevangenen op de proef werden gesteld en wilde hij iets voor ze doen. In het geheim typte hij een preek, die stiekem van hand tot hand ging. Mensen putten er zoveel hoop uit dat hij elke week een nieuwe preek schreef. Tot Sonei op een dag liet omroepen dat iedereen die de preken van dominee Kater had gelezen zich moest melden bij zijn kantoor. Daarna gebeurde er volgens de gelovigen een wonder. Uit alle straten kwamen mensen aangelopen: oude mannen, die hier toen nog woonden, moeders met baby's, gezinnen, jonge meiden zoals ik. Arm in arm liepen ze naar het kantoor, waar hun namen werden opgeschreven. Eerst waren het er honderden, daarna duizenden. Ook mensen die nog nooit van dominee Kater hadden gehoord sloten zich aan. Uiteindelijk zijn ze 's nachts allemaal naar huis gestuurd zonder straf, want er was geen beginnen aan. Deze keer had God gewonnen. Een pyrrusoverwinning, zo bleek kort daarop toen dominee Kater op transport werd gezet door Sonei. Waarheen weet niemand.

We horen Sonei tekeergaan in een van de andere blokken. Flarden van zijn razernij, zijn stem die alle registers raakt, van hoog naar laag en weer terug. Even is het ijzingwekkend stil, dan vallen er emmers of pannen, er klinkt een harde klap, gevolgd door smartelijke vrouwenkreten. Een kind dat begint te gillen overstemt al het andere geluid.

Soms hebben we geluk, dan slaat hij ons blok over, maar door de centrale ligging is Laan Trivelli bijna niet te missen. Het geblaf komt dichterbij. Voor en achter ons prevelen ze het ene na het andere gebed. 'Geef acht!' roept onze hantjou. Op hetzelfde moment buigen we als één persoon en we blijven op dezelfde hoogte hangen. We horen Sonei raaskallen in zijn moedertaal, met dichtgeknepen sissende stem, en dan plotseling weer bulderend. Ineens begint hij klagelijk te praten, waarna hij als een wolf gaat janken. Dit is de klank die me het meeste angst inboezemt; hij geeft de mate van zijn gekte aan. Vannacht lijkt hij nog gekker dan hij tijdens alle eerdere volle manen was. Na zijn laatste uithaal schreeuwt hij: 'Naore!'

Daar staat hij dan, met zijn handen in zijn zij, met de blik van een waanzinnige. Hij duwt zijn gezicht naar voren, strekt zijn nek en begint een tirannieke speech die zelfs de tolk doet verstommen. Met hangende schouders blijft hij voor de verhoging staan, tot Sonei hem aan zijn arm het podium op sleurt. Hij schreeuwt woorden in het gezicht van de tolk, waarbij druppeltjes van zijn speeksel oplichten in het gele lamplicht. Ik krijg medelijden met de oude man, die als een lappenpop door Sonei wordt vastgehouden en niets anders kan doen dan het nederig over zich heen laten komen. Plotseling laat Sonei hem los en steekt zijn arm uit naar ons, zo van: *Doe maar! Vertaal maar.*

Hakkelig begint de tolk te praten. 'Hoofdcommandant Sonei vindt dat jullie je niet goed hebben gedragen,' zegt de tolk met hakkelige stem. Tot zover niks nieuws. 'En daarom laten jullie hem geen andere keus dan jullie te straffen… eh… omdat wangedrag niet wil.' Hij bedoelt ongetwijfeld 'niet kan', maar ik peins er niet over om nog een keer te lachen. 'Dit is om jullie allen te waarschuwen en om respect te tonen naar de keizer en het land van de rijzende zon.' Hij buigt om aan te geven dat hij klaar is.

Sonei pakt zijn gummiknuppel van zijn broeksriem en stapt van zijn verhoging af. Zoekend naar een slachtoffer loopt hij tussen de rijen vrouwen en kinderen door. Links voor me begint een jongetje te huilen. Meteen verandert Sonei van richting en gaat erop af. De moeder tilt het kind op en probeert zijn gehuil te smoren. Sonei begint tegen haar te praten, waardoor de tolk onmiddellijk in beweging komt en erbij komt staan. 'Commandant Sonei vraagt of u wel goed voor uw kind zorgt. Een kind dat goed is opgevoed, huilt niet in het bijzijn van de commandant.'

'Het spijt me, commandant Sonei,' zegt de vrouw en ze buigt haar hoofd.

Sonei neemt het jongetje van haar over en hupt ermee op zijn arm, waardoor het kind nog harder begint te huilen.

'Max, stil. Alsjeblieft, je moet stil zijn,' zegt de moeder nu.

De tolk vertaalt Soneis reactie: 'Zie je, geen goede opvoeding, hij luistert niet.'

Nu valt de moeder op haar knieën en met ineengevouwen handen smeekt ze: 'Alstublieft, doe hem niks aan. Sla mij, maar laat mijn zoon gaan.'

De tolk vertaalt. Meteen laat Sonei de jongen uit zijn handen vallen en slaat de vrouw met zijn stok. De jongen werpt zich op zijn moeder en nu dreigt ook hij te worden geslagen door de waanzinnige.

'Klootzak! Vuile klootzak!' roept iemand aan de andere kant.

Zoals een beest dat plotseling doorheeft dat zijn prooi zich aan de andere kant bevindt, rent Sonei naar de plek waar de stem vandaan komt. 'Wie zei dat? Wie?'

Het is ijzig stil. Dan dreigt hij een willekeurig persoon te gaan slaan. 'Ik zei het!' roept een oude vrouw, maar volgens mij was zij niet degene die het riep.

'Nee, ik zei het!' zegt een ander.

'Ik riep het!'

Zeker zeven vrouwen bekennen schuld en Sonei slaat als een dolgedraaide op hen in, harder en harder, tot ze allemaal op het asfalt liggen en hij met zijn laarzen doorgaat met mishandelen. We moeten iets doen, voordat hij ze doodschopt. Ik open mijn mond om te gaan gillen, maar dan horen we een pistoolschot. De bewaker die het schot heeft gelost, komt naar voren gerend. Het is de Koreaan Noda, een vent die twee keer zo breed is als Sonei. Hij overlegt met Sonei. Die knikt en steekt zijn wapenstok weg. De Koreaan lijkt hem tot zinnen te hebben gebracht. Sonei veegt het zweet van zijn voorhoofd en zet zijn pet recht. Voor hij vertrekt zegt hij tegen de tolk dat hij alle vrouwen die zich misdragen hebben morgen in zijn kantoor wil zien. Ook de moeder en het kind.

We buigen tot hij uit het zicht is, daarna is het 'op de plaats rust'. We mogen terug naar onze bedden.

Als dit een beproeving van God is, wanneer geeft hij ons dan een teken van verlossing? Waar is zijn hand die ons beschermt? Ik stel mezelf maar geen vragen meer. In stilte gaan we terug naar ons huis.

5

Het is Brammetje zowaar gelukt, want zijn vriendinnetje is drachtig! Liani is tonnetjerond, al een paar dagen heel humeurig, en ze heeft haar tepeltjes vrijgemaakt. Nu ze ook nog begint te kronkelen, denk ik dat het zover is. Ik ren naar Johanna, omdat ik tegen Lotta en Levi heb gezegd dat ik ze zou komen halen als de kleintjes worden geboren.

'Het is begonnen!' zeg ik tegen de kinderen, die aan het stuiteren zijn met balletjes gekneed van rubber. Het spelletje biedt veel kinderen uit het kamp wat afleiding. Met een mes of lepeltje kerven ze in een rubberboom en van de rubber die er dan uit loopt kneden ze een balletje. Levi pakt meteen mijn hand om met me mee te gaan. 'Even mama gedag zeggen,' zegt zijn oudere zus, die al naar binnen wil rennen.

'Is mammie niet gaan werken?' vraag ik verbaasd. Meestal werkt Johanna rond dit tijdstip in de keuken.

'Ze is ziek.' Lotta kijkt me ernstig aan. Gealarmeerd loop ik naar binnen. Johanna ligt met opgetrokken knieën op haar zij. Ze heeft haar ogen gesloten, maar de frons op haar voorhoofd verraadt dat ze wakker is en pijn lijdt. 'Hé, Johanna, Liani gaat bevallen.' Ik hurk neer naast de brits.

Ze opent traag haar ogen. 'Wat mooi,' zegt ze zwak. Haar uitgedroogde lippen wijken uiteen in iets wat een glimlach moet voorstellen.

Ik zie dat ze een voortand mist. 'Wat scheelt eraan, Johanna?' vraag ik bezorgd.

Ze ontwijkt mijn blik. 'Gewoon moe.'

'Alleen moe of nog iets anders?' Ik weet dat Johanna nooit wil dat ik me zorgen over haar maak.

'Last van mijn darmen,' fluistert ze. 'Gaat wel over...'

Ze heeft waarschijnlijk een infectie opgelopen met een parasiet door mijn tip om het verplichte aantal vliegen voortaan bij het open riool te vangen, realiseer ik me schuldbewust. 'Wat kan ik voor je doen?' vraag ik.

Ze schudt zwakjes haar hoofd. 'Neem Lot en Levi maar mee naar de konijnen, dat vinden ze leuk.'

Met de huppelende kinderen kom ik bij ons platje, waar ik voor Liani een nest heb gebouwd in een kleine kist. 'Er zijn er al twee uit!' roept Greta enthousiast. 'Maar het zijn geen konijnen, het zijn muizen!'

'Muizen?' Ik loop naar de kist en zie inderdaad twee roze wezentjes rondkruipen die eruitzien als muizen. 'Ze lijken nu nog op muizen, maar ze gaan er later echt als konijnen uitzien.'

'Kijk, nog een!' roept Levi. En inderdaad, daar perst Liani er nog een baby uit. Nog zo'n roze gevalletje. Drie minuten later volgt er nog een, net zo lang tot het na dertien babykonijntjes stopt. Ik sta met de kinderen te juichen op ons platje. Zelfs mijn niet zo uitbundige zus doet een rondedansje. 'Dertien konijnen, dat is echt superveel!' zeg ik. 'Bram vertelde me dat konijnen tussen de drie en twaalf kleintjes krijgen, dus dertien is geweldig!' Ik til Brammetje van mijn bultzak. 'Driewerf hoera voor Brammetje. Hoera, hoera, hoera!'

'Dertien is een ongeluksgetal,' zegt Lotta.

'In dit geval niet, hoor, toch Vera?'

'Nee, dat was vroeger zo, toen geloofden mensen daar nog in.'

'Net als in Sinterklaas zeker,' zegt Lotta sip.

'Sst!' doen Vera en ik tegelijkertijd, wijzend op de twee kleuters die de pasgeboren konijntjes staan te bestuderen.

'Ze moeten toch drinken bij de mama?' vraagt mijn zusje.

'Ja, ze kunnen nog niets zien, maar weten de tepels van de moeder toch te vinden.'

'Lijkt er niet op,' zegt ze met grote ogen.

In de kist zie ik dat een aantal van de kleintjes aan het zoeken zijn, maar dat ze nog geen van alle een tepel hebben gevonden. 'Laat mij maar, ik denk dat we ze een beetje moeten helpen.' Ik leg de muisachtige wezentjes bij de tepels van de moeder. Ze beginnen meteen te happen. 'Zie je, het gaat al goed! Nu moeten we ze even met rust laten. Het was heel zwaar voor de moeder.'

'Net als voor onze mama,' zegt het jongetje.

'Ja, precies, Levi, en dan gaat mama even...'

'Rusten.'

'Zo is dat.' Ik leg een doek over de kist en bid haastig dat inderdaad alles goed met ze is. 'Zullen we nu namen gaan bedenken?'

Voordat de kinderen weer naar huis gaan, haal ik de doek weg om ze nog een laatste blik te gunnen op de konijntjes. Greta en Levi mogen als eerste kijken. 'Ja, hij doet het!' zegt Levi enthousiast.

Mijn zusje valt iets anders op. 'Ah, wat schattig, ze liggen op hun rug.'

Op hun rug? Ik duw de hoofden van de kinderen voorzichtig opzij en zie dat drie kleintjes inderdaad op hun rug liggen. De rest zit bij elkaar op een hoopje, alleen één exemplaar is gulzig aan het drinken.

'Kom, Levi, we moeten naar mama,' zegt Lotta tegen haar broertje.

'Ik breng jullie wel even,' zeg ik.

'Hoeft niet, ik weet de weg.'

'Wens mama beterschap!'

Lotta kijkt nog een laatste keer naar me om. Het is alsof ze meer weet dan ik en voorvoelt dat dit niet goed gaat aflopen.

Na een relatief kort avondappel ga ik meteen door naar de gaarkeuken, waar ik aan het werk moet omdat er een paar vrouwen zijn uitgevallen. Ik kan nauwelijks nog rechtop staan, maar ik wil niet weigeren. Nadat iedereen zijn portie heeft gehad en de lange rij met mensen eindelijk is opgelost, schrok ik mijn eigen portie bubur naar binnen en haast me naar het konijnennestje. Mammie is me voor geweest. 'Ze zijn bijna allemaal dood,' zegt ze. 'Ik heb nog geprobeerd de toevoer van de melk te stimuleren, maar het lijkt wel of het moederkonijn geen melk aanmaakt.'

Ik kijk in de kist en zie nog maar vier van de dertien kleintjes. 'Wat heb je met de rest gedaan?' vraag ik haar. Ze geeft geen antwoord. 'Mammie, wat heb je met de rest gedaan?'

'Schat, ze waren dood...'

Mijn zus komt de hoek om lopen met een grote pan in haar handen. 'Ze waren echt niet meer te redden, Rosa.'

'Dan hoef je ze toch niet meteen op te eten!'

'Dat hebben we ook nog niet gedaan,' zegt mammie. 'Vera en ik hebben ze schoongemaakt, we gaan ze nu koken.'

De pap in mijn maag komt naar boven. 'Hadden jullie niet éven kunnen wachten tot ik terug was? Hoe moeilijk is dat?'

'Wanneer je voedsel nodig hebt is dat heel moeilijk,' antwoordt ze op de vraag waar ik geen antwoord op hoefde.

'Mammie heeft gelijk,' zegt mijn zus, terwijl ze de pan op de stenen zet waarop we altijd ons water koken voor brandnetelthee. 'We maken er soep van.' Ze buigt haar hoofd, steekt de kleine houtjes aan en blaast.

Het is gruwelijk, maar ze hebben gelijk. Natuurlijk moeten we de konijntjes die toch al dood waren opeten. Natuurlijk doet het er niet toe, maar in dit leven waar kleine dingen hoop kunnen geven, doet een kleine tegenvaller soms onverwacht veel pijn.

Die avond sterven er nog drie konijntjes en in de ochtend ligt Liani levenloos in haar kraamnest. Er is nog één babykonijntje over, dat we met zijn allen proberen te redden. Mammie heeft een theelepel poedermelk weten te regelen, die we heel erg verdund hebben en met onze pink in zijn bekje stoppen. Vera heeft samen met haar nieuwe vriendinnen in de geloofsgroep gebeden voor het kleintje. Greta heeft vers gras geplukt. 'Babygras, ik denk dat ze dat wel kan eten.' Het beestje heeft nog twee dagen geleefd voordat het ook doodging. Nu heb ik alleen Brammetje nog.

Door de konijnenbouillon was Johanna wat aangesterkt, maar dat is al weer weken geleden. Ik moet denken aan de eerste keer dat ik haar zag, op het schip, en aan hoe oogverblindend mooi ze toen was. Daar is weinig meer van over. Haar krullende bos haar is veranderd in dunne slierten stro, de huid om haar ingevallen gezicht is uitgedroogd en rimpelig, haar ledematen lijken op takken, haar handen op spinnen. En toch zou ik haar nog altijd de mooiste vrouw van de wereld willen noemen, omdat ze zo goed is en ze nooit opgeeft. Uit angst dat haar kinderen het niet zullen redden geeft ze alles wat nog enige voedingswaarde heeft aan hen. Ik zeg tegen haar dat ze ook voor zichzelf moet zorgen, omdat haar kinderen er niks aan hebben als hun moeder niet meer vooruit kan. Maar wat ik zeg haalt weinig uit.

Sinds Liani dood is, neem ik Brammetje altijd mee als ik bij Johanna en de kinderen op bezoek ga. Dan kan hij in elk geval niet gestolen worden. Hier, aan de rand van het kamp, niet ver van het gedek, lijkt het vrediger, rustiger, ruimtelijker. Brammetje heeft er wat meer vrijheid om rond te hupsen en ik kan zelfs wat grassprietjes plukken. We zitten samen op het stoepje voor het huis en kijken uit over de brede strook aarde die een patroon aan scheuren en barsten vertoont door de droogte. Zodra de moesson begint te waaien, zal de natuur in volle glorie terugkomen. Was dat met ons mensen ook maar zo.

Lotta is met een groepje kinderen een vlieger aan het oplaten. Ze gillen enthousiast als de wind hem de lucht in blaast. 'Volgens mij is hij van een oude jurk gemaakt,' zeg ik.

'Niet een jurk die je aan zou willen,' zegt Johanna lachend.

'O, ik wel, hoor, zolang ze mij dan maar mee laten opstijgen.'

In de kampong, achter de schutting, zijn ze ook aan het vliegeren. Hun vliegerpapier is een stuk groter en kleurrijker. Het lijkt wel of onze kinderen hun tegenstanders proberen uit te dagen met hun felle bewegingen. Na elke uithaal van onze 'jurk' richting de vlieger van de andere kant leven die kinderen op. Lotta juicht om het hardst mee.

'Fijn dat ze weer speelt,' zegt Johanna. 'De laatste tijd was ze veel te serieus.'

'Blijf maar eens kind in deze omstandigheden,' zeg ik. 'Trouwens, had je al gehoord dat Sonei bavianen in een kooi houdt?'

'Dat wist ik, ja,' zegt Johanna. 'Ze zitten achter zijn kampkantoor.'

'Het schijnt dat hij ze soms loslaat om mensen aan te vallen.'

'Dat zou me niks verbazen,' antwoordt ze met een gelatenheid die nieuw is voor haar.

'Ik hoop niet dat Lotta en Levi denken dat ze daar leuk mee kunnen spelen,' zeg ik.

'Dat denken ze niet,' zegt Johanna. 'Ik heb ze al uitgelegd dat het heel valse beesten zijn.'

In de stilte begint gamelanmuziek te spelen vanuit de kampong.

'Mooi, hè,' zegt Johanna. 'Dit hoor ik steeds vaker aan het einde van de dag.'

'Heel mooi,' beaam ik zacht. Misschien hou ik nog wel meer van die Indische klanken dan van de klassieke muziek die we thuis op onze grammofoon speelden. Meer dan van de piano- en vioolconcerten die in de aula van het lyceum in Bandoeng werden gegeven, of de koorzang uit de kerkdiensten in Den Haag. Het geluid van de gong, de xylofoon, de tokkelende snaarinstrumenten en hoge fluiten, het doet me denken aan een leven dat na drie jaar langzaam aan het vervagen is, maar waar ik nog altijd intens naar verlang.

Johanna gaat naar binnen om te rusten en ik heb Brammetje net opgepakt om terug naar huis te gaan als er een groepje kinderen begint te juichen. Brammetje schrikt en kruipt schichtig weg in mijn armen. We zien dat een grote vlieger van de buren in ons kamp naar beneden dwarrelt.

'Zag je dat?' komt Lotta opgewonden vragen.

'Hoe hebben jullie dat gedaan?' vraag ik verbaasd.

'We hebben heel veel glassplinters in een laagje stijfselpap gedaan en toen het touw er zo in gedaan.' Ze beeldt uit hoe ze het touw in de pan hebben gedraaid. 'Daarna hebben we het laten drogen, en nu is het zo'n scherpe glasdraad dat hij de andere vliegers kapot kan snijden.' Ze kijkt me trots aan.

'Wat ongelofelijk slim, Lot.'

Verlegen slaat ze nu haar ogen neer en aait Brammetje. 'Bram gaan we nooit opeten, hè?'

'Nee, nooit!'

Dan kijkt ze weer naar me op. 'Ook niet als we bijna doodgaan?'

Ik heb door wat ze bedoelt: ook niet als mama bijna doodgaat. 'Dat weet ik nog niet, Lot. Misschien moeten we daar nog even over nadenken.'

'Misschien wel,' zegt ze zacht.

6

Het grote nieuws wordt heimelijk aan elkaar doorgefluisterd: het moederland is bevrijd! Of het waar is weten we niet zeker. Het is niet de eerste keer dat we zoiets horen, maar het komt nu van zoveel verschillende bronnen dat het wel waar moet zijn. De stemming in ons kamp klaart zichtbaar op. Er is weer hoop, nu kan het echt niet lang meer duren voordat de Nederlandse regering het leger hierheen stuurt. Ook de Amerikanen en de Britten kunnen zich eindelijk op onze bevrijding gaan richten. Met de hoop groeit echter ook de frustratie en de angst. De capitulatie van de Duitsers zou al een aantal weken geleden hebben plaatsgevonden, dus waarom gebeurt er niks? De kampleiding moet het nieuws ook gehoord hebben, maar toch gaat het vernederen en mishandelen onverminderd door.

Ik krijg samen met de andere meiden van de sjouwploeg de opdracht om een grote kuil te graven van zo'n vijf bij tien meter, net buiten de toegangspoort van het kamp. Waarvoor we die kuil moeten graven, wordt ons niet verteld. 'Graven!' is het bevel. In de felle zon hakken we met de patjols in de grond tot we onze ruggen niet meer voelen en er blaren op onze handen zitten. Steeds wanneer we denken dat de kuil diep genoeg is, moet hij nog dieper worden. Mensen uit de kampong staan schijnbaar emotieloos naar ons gezwoeg te kijken, kleine kinderen lachen ons uit. Een vrouw wil ons wat fruit geven, maar we moeten weigeren. Er wordt streng op ons toegezien en zelfs een slok water kan ons de kop kosten. Na drie dagen is de kuil zo diep dat we het zand met emmers omhoog moeten halen. We denken allemaal hetzelfde, maar niemand spreekt het uit: zijn we hier ons eigen massagraf aan het uitgraven? Murw door de fysieke uitputting, het slaapgebrek en de uithongering zou het een verlossing van dit lijden betekenen.

Bij het ochtendappel schreeuwt Sonei dat we hier zoveel honger lijden, omdat we onvoldoende respect voor het gratis eten tonen. Een vrouw zou gisteren niet gebogen hebben voor een kar met groenten. Het cynische is dat de meeste groenten die het kamp in gereden worden verrot zijn. De vrouwen uit de gaarkeuken doen hun best om de minst rotte stukken ertussenuit te halen. Onze despoot zal ons weleens leren wat respect betekent en dreigt ons op rantsoen te zetten. Opnieuw op rantsoen: dat zou veel mensen de doodsteek toebrengen. Zal Johanna dat wel overleven? Ze heeft geen enkele reserve meer in haar lijf om op te teren.

Er is geen tijd om het ons af te vragen, we moeten doorscheppen, de kuil moet nog dieper worden. De opluchting is groot als de kar met brood gebracht wordt. Meteen laten we onze scheppen vallen, en we buigen. Zoals gebruikelijk is nemen we de kar daarna over en duwen hem naar de gaarkeuken. De bewakers lopen mee om ervoor te zorgen dat er niks getjakt wordt. Dit is de voorraad brood voor een paar dagen en dat betekent dat we dus niet op rantsoen worden gezet. De vrouwen die we passeren kijken opgelucht, kinderen rennen lachend met ons mee.

Bij de keuken zegt de hoofdbewaker plotseling dat we moeten omdraaien met de kar. Wat is er aan de hand? Het is de Koreaan die het regime van Sonei zo nu en dan probeert te verzachten.

Ik kijk hem aan. 'Alsjeblieft…' zeg ik, waarbij ik diep door mijn knieën ga.

'Orders van de baas,' zegt de man. 'Nu!'

Vele vrouwen sluiten zich bij ons aan, waardoor we als een processie richting de toegangspoort gaan. Daar staat Sonei al op ons te wachten, met ontbloot bovenlijf en een sigaret tussen zijn lippen. We buigen, en buigen dan nog een keer. Hij gebiedt ons rechtop te staan en maakt een uitnodigend gebaar naar het metalen hekwerk. Het is de bedoeling dat we met de kar doorlopen. Nog meer vrouwen en kinderen komen op het ophanden zijnde spektakel af, zonder te vergeten eerst nederig te buigen. Vrouwen die buigen en buigen en buigen, steeds opnieuw.

Wanneer het aantal toeschouwers voor Sonei groot genoeg is, gaat hij naast de kar staan, recht voor mijn neus. Hij is even lang als ik ben. Hij spant zijn rugspieren aan en ontspant ze dan weer, spant ze aan en ontspant ze, als een pompend hart, een tikkende bom. Het geweer dat aan zijn schouder hangt deint mee op de beweging. Hij laat ons wachten. Ik durf nauwelijks nog te ademen, uit angst dat ik hem met mijn uitademing aanraak en het explosief in hem ontsteek. Een vlieg landt op zijn stekeltjeshaar. Ik ruik zijn zweetlucht; dierlijk, zuur. Dan wijst hij naar de kuil, terwijl hij iets onverstaanbaars schreeuwt. In die seconden, waarin we nog de hoop koesteren dat hij niet bedoelt wat we denken dat hij bedoelt, verstijven we. Dan pakt hij woest een brood van de kar en smijt het in de kuil. Als een razende zweept hij ons op. Al het eten moet de kuil in. Ten slotte wordt de kar zo lang omgekiepord dat ook de laatste kruimels in de donkere aarde verdwijnen. Vrouwen kijken door de tralies van de hekken en huilen. Een van hen houdt het niet meer en rent de poort uit, naar de kuil, waar ze een paar broden uit grist. Sonei geeft zo'n harde klap met de kolf van zijn geweer dat de vrouw tollend haar evenwicht probeert te bewaren en dan op de grond neerstort. Hij schopt haar met zijn laarzen tot het leven uit haar is verdwenen. Verstomd sta ik toe te kijken tot hij me een por tegen mijn schouder geeft. Zand eroverheen: het brood moet begraven worden. Ook andere meiden van de ploeg duwt hij: opschieten!

Mammie, die inmiddels in de gaarkeukens werkt, vertelt me later dat hij nadat het brood was begraven de gaarkeukens in rende, waar hij in complete razernij de grote drums met pap en groenten omschopte. In ons huis wordt vanavond niet gebeden, mensen huilen of staren verdwaasd voor zich uit.

De volgende ochtend klinkt gewoon weer de bel voor het appel, en ook onze werktaken gaan door alsof het een normale dag is. Alsof we geen rantsoen opgelegd hebben gekregen van drie dagen. Dat je zwarte vlekken voor je ogen ziet of simpelweg omvalt, interesseert de jap niet.

Johanna is een van de mensen die is omgevallen. Ik vind haar op haar brits. 'Ik kan niet meer,' zegt ze als ik haar in de middag opzoek. Haar lippen zijn verbrand door de zon, het wit van haar ogen is geel, haar huid is dof. In Kareës kreeg je soms nog wat medicijnen. Hier krijg je niks; het ziekenhuis is hier een plek om te sterven, niet om beter te worden.

'Ik kan wat kikkers voor je vangen, of slakken.' Ik klink weinig overtuigd. Er is alleen nog maar wat eetbaars te vinden op plekken waar we niet mogen komen, zoals bij het gedek. En daar zullen ze ons nu extra goed in de gaten houden.

'Kon ik die ratten maar te pakken krijgen die hier 's nachts over ons dak lopen, maar ik kan niet eens vliegen vangen...' zegt ze mat.

'Je mag niet opgeven. De kinderen hebben je nodig.'

'Als ik hen niet had gehad, had ik het allang opgegeven.' Ze pakt mijn hand. 'Wil jij ervoor zorgen dat ze bij hun vader terechtkomen als ik er niet meer ben?'

'Zover gaat het niet komen, hoor!'

In het zand voor het huis zit Levi zachtjes te zingen. 'Ik lust geen bubur meer, dat zeg ik iedere keer. Maar honger is toch ook geen pret, boem retteketet.'

'Ik kom snel weer terug, hè, Levi.'

Zonder naar me op te kijken blijft hij doorzingen. 'En daarom slik je maar, al smaakt het nog zo raar. Want anders moet je met een lege maag naar bed, boem retteketet.'

Een eindje verderop staat Lotta met haar vriendjes en vriendinnetjes. Als ik mijn hand naar haar opsteek, kijkt ze me verwijtend aan.

Diep in gedachten verzonken loop ik terug naar huis. Wat kan ik doen om Johanna te helpen? Ik heb nog nooit een rat gevangen. William deed dat. Ik durf het niet. Ben ik echt zo zwak? Hoe vang je die beesten? Ik moet iets verzinnen. Of toch Brammetje... Ik schrik als er een zwarte kat voor mijn voeten wegschiet. Een kat? Zou ik een kat durven doodmaken? Ik heb gehoord dat mensen katten gegeten hebben. Net zoals die rode poes die mijn Witje heeft gedood. Indirect ben ik al een kattenmoordenaar. Maar hoe doe je dat, een kat omleggen?

Beneden in ons huis, in de voorkamer, zitten de gelovige vrouwen weer bij elkaar. Een bejaarde oude mevrouw die daar op een matras in de nis ligt, is net bediend door de meest vrome van het stel: een dame die zich voordoet als een soort priesteres of voorgangster. Ze wil overgaan tot een gezamenlijk gebed.

Vera, die een fanatiek lid is geworden van het religieuze clubje, is een van de vrouwen die op de matrassen in een kring zitten. Mammie niet, die vindt die gelovigen hypocriet: bidden tot God, maar evengoed stelen. Ik denk vooral dat ze zich niet wil aansluiten omdat niemand haar de aandacht geeft die ze graag wil. Mammie is alleen goed in groepen als ze er het middelpunt van is. Vera doet het bidden juist goed. 'Rosa, Rosa, kom eens...' fluistert ze. Ik kruip naar haar toe. 'We hebben de preek weten te bemachtigen van dominee Kater.'

'Dominee Kater!'

'Sst! Het is geheim.'

'Kom je erbij zitten? Dan gaan we beginnen,' zegt de dame.

Ik schuif naast mijn zus, vouw mijn handen samen en sluit mijn ogen. Terwijl de woorden van de dominee zachtjes worden gereciteerd door de voorgangster denk ik na over mijn plan.

Na het gebed sta ik op en bedank haar. Ik sla een kruis bij de stervende, die een enge grauwe kleur heeft en met een lege blik mijn kant op staart.

'God zij met je, kind,' zegt de voorgangster. Alsof ze weet wat ik van plan ben.

Ik meen me te herinneren dat we op ons platje nog ergens een jutezak hebben waar we vroeger snijbieten, pastinaak en een enkele aardappel in bewaarden. Hebbes!

'Wat ga jij doen?' vraagt Vera.

'Ik ga een kat vangen, ga je mee?'

'Dat meen je niet.'

'Jawel. Ga je mee?'

Ze kijkt om naar onze moeder, die zich steeds vaker slapend houdt. 'Ik blijf bij mammie.'

Mooi, zolang zij zich over onze moeder ontfermt, hoef ik het niet te doen.

'Maar als het je lukt, zal ik helpen het beest te villen.'

Gewapend met een dikke stok en de zak loop ik naar de afvalberg, waar ik vaak katten zie rondsnuffelen. Het is een afgrijselijke plek, waar het wemelt van het ongedierte en ziekmakende bacteriën. De geur van verrotting dringt diep mijn neus binnen. Ik stel me verdekt op achter een schot. Vera wil geen kat vermoorden, maar ze wil wel helpen hem klaar te maken als ik hem weet te vangen. Daar zal ze zich aan moeten houden! Dan kruipt er een glanzend zwart exemplaar van de afvalberg. Ik sluip erheen en met de open zak duik ik op hem af. Mis. Ik zie een grijze kat, deze keer moet ik dichterbij sluipen. Weer grijp ik mis. Ik moet mijn strategie aanpassen. De paar katten die er lopen gaan steeds naar dezelfde plek in het afval. Daar moet iets liggen wat ze lekker vinden ruiken. Ik ruik het al voordat ik het zie: een sterke visgeur. Wat het precies geweest is kan ik niet zeggen. Het is een klomp ondefinieerbare substantie van iets wat op vlees lijkt, met kronkelende witte wormen erin. Misschien is het een ontbonden rat. Met nog een extra stok peur ik het goedje uit de berg en verplaats het naar de schutting. Dan wacht ik weer.

Een zwarte kat komt schichtig dichterbij. Ik laat hem ruiken, ik laat hem proeven. Ondertussen fluister ik lieve woordjes. Ik laat hem aan mijn vingers ruiken, ga dan voorzichtig over zijn kopje. Ik aai hem een paar keer over zijn rug en dan grijp ik hem in zijn nekvel. Met veel geweld krijg ik hem ten slotte in de zak, waarin hij als een dolle tekeergaat. Op mijn handen en onderarmen staan diepe krassen. Nu komt het moeilijkste deel. Niet nadenken, niet mijn geweten laten opspelen, ik moet dit doen voor Johanna, en voor mijn eigen familie. Ik hou het wild krijsende beest in de zak een eindje van me af en loop naar een stenen muurtje van de erfafscheiding. Ik kijk snel om me heen om er zeker van te zijn dat er geen jap is die me in de gaten heeft, en dan sla ik de zak zo hard als ik kan tegen de muur. Dan nog een keer, en nog een keer. De tranen biggelen over mijn gezicht als ik even later met de buit, die slap over mijn schouder hangt, naar huis loop.

Mammie is kwaad op me omdat ik de kattenbouillon en de boutjes hoofdzakelijk aan Johanna en haar kinderen had willen geven. 'Denk jij dan echt alleen maar aan jezelf?' werpt ze me voor de voeten. 'Weet jij, Rosa de Graaf, hoeveel mensen hier op de benedenverdieping alleen al sterven als ze niet heel snel wat te eten krijgen? En dan heb ik het nog niet eens over je bloedeigen zus, die steeds zieker wordt.' Het is waar, Vera dreigt terug te vallen in gepeins. Bij haar is niet de lichamelijke kracht haar zwakte, maar haar geestelijke weerbaarheid. 'Of over mezelf...' Mammie barst onverwacht in huilen uit. Ze verbergt haar gezicht in haar verweerde handen. 'En over mij!' zegt Greta met een strijdlust die ze ongetwijfeld van haar moeder heeft geërfd. Ik zoek hulp in de ogen van mijn zussen, maar zij lijken het met haar eens te zijn. Vol schaamte laat ik mijn hoofd zakken.

Dus mammie beslist wie er een kattenboutje verdient, wie er een kleine kom van de bouillon met geplukte postelein, brandnetel en kattenvlees toekomt. Zij bepaalt voor wie de nood het hoogst is en over hoeveel dagen onze voedselbron moet worden uitgesmeerd. Johanna en de kinderen breng ik een klein pannetje, waar ze zienderogen van opknapt. Maar voor hoeveel dagen?

7

Elke dag rijdt er een kar vol doden die met lakens bedekt zijn door onze straat naar de uitgang. Ook uit ons huis zouden meer lijken zijn weggedragen wanneer ik die soep niet gedeeld zou hebben. Mammie had gelijk gekregen: de kattensoep was de redding geweest voor veel mensen en ik kreeg nog dagenlang bedankjes. 'Wat moedig, Rosa,' zeiden de mensen. 'Dat jij die kat hebt gevangen.' En dan geneerde ik me opnieuw, omdat ze van mij niks gekregen zouden hebben.

Kan ik de man vertrouwen die ik eerder op de avond bij het gedek trof? Die mij eten beloofd heeft, vannacht om twaalf uur? Het lijkt te mooi om waar te zijn. Wayan is zijn naam. Zou hij medelijden met me hebben? Wat is de beloning voor deze man? Mijn nederige dank? Het idee dat hij een aantal levens redt? Geld heb ik allang niet meer. Of zou hij een handlanger van Sonei zijn? Een verrader die een bonus krijgt wanneer hij een kampbewoner kan aanwijzen die de regels overtreedt?

Hoewel de vertwijfeling mijn hart vreselijk onrustig maakt, kan ik niet anders dan me moedig tonen en opnieuw laten zien dat ik het verdien om nog in leven te zijn. Ik kies ervoor om tegen niemand iets te zeggen. Als het een val is, sleep ik mijn familie er hopelijk niet in mee.

Uit angst om in slaap te vallen en mijn afspraak te missen, blijf ik wakker door met een beker bij een druppelend kraantje te gaan zitten. Ik laat de druppels via mijn onderbeen in de pan vallen en tel de seconden, de minuten en de uren. De kattenkrabben op mijn armen en handen zijn nog steeds ontstoken. Als het erger wordt en ik een bloedvergiftiging oploop, ben ik er geweest. Tweemaal daags dep ik ze met gekookt water met wat kruiden waarvan gezegd wordt dat ze ontsmettend werken. Dat is het beste wat ik kan doen. De kamille en zeep waarmee mammie vroeger elke ontsteking deed verdwijnen, zijn allang op.

Rond halftwaalf kom ik verkleumd overeind. Kou heeft me in de tropen nooit geplaagd, maar de afgelopen weken heb ik zo weinig brandstof over dat ik elke nacht in mijn bed lig te rillen.

Ik sluip via de boom waar ik de agaatslakken uit heb geplukt naar het gedek, waar ik op twee meter afstand in elkaar gedoken blijf zitten, loerend op een signaal of een teken dat er iets niet klopt en ik keihard in de val loop. Ik kan niks ontdekken. Dan kuch ik twee keer. Geconcentreerd wacht ik op een reactie, maar het blijft stil. Ik kuch nog twee keer. Iets harder nu. Stilte… Weer hoor ik niks. Ik ga op de harde grond liggen. Misschien ben ik te vroeg. Een paar muggen hebben me in de gaten gekregen en beginnen voor mijn gezicht te zoemen. Rotbeesten. Ik blijf geïrriteerd om me heen slaan om ze geen kans te geven om me te prikken. Omdat ik zo geobsedeerd ben door de muggen mis ik bijna het gekuch aan de andere kant van de afzetting. Ik kuch ook – te hard – om mijn aanwezigheid kenbaar te maken.

'Rosa, njon, ben je daar?'

'Wayan, ik ben hier. Heb je eten meegenomen?'

'Ja, vijf porties.'

'Vijf… Voor mij?'

'Wil je ze niet?'

'Jawel, ik… ik heb een grote familie.' Ik hijg van opwinding. 'Maar ik heb niets waarmee ik je kan betalen.'

'Je hebt niets nodig. Moge het leed van de wereld verdwijnen. Moge jouw hele familie gelukkig zijn.'

'Dank je, Wayan.'

'Pas op, Rosa, ik ga ze over het bilik gooien.'

Ik ga staan en kijk naar boven. Dan wordt er een pakketje, verpakt in pisangblad, over het gedek gegooid, en vrijwel onmiddellijk volgt de volgende, tot er vijf pakketjes voor me liggen. Ik pak er een op en ruik de nasi goreng. 'Terima kasih, *banyak,* banyak.' Vreselijk bedankt.

'Sama sama. Wees voorzichtig, Rosa.'

Haastig raap ik de pakketjes op, vouw ze in mijn rok en ren gebukt terug naar mijn huis, terwijl mijn hart tekeergaat van pure vreugde.

Thuis schud ik zachtjes mijn familieleden wakker. Eerst reageren ze knorrig, tot ze zien wat ik heb bemachtigd. Ik vouw een van de bladen open. Er zit zelfs een gebakken ei op de nasi. 'Wat heb je daarvoor moeten doen?' vraagt mammie achterdochtig.

'Niks, mammie, ik heb het gekregen. Hoe gaan we het verdelen?'

'Verdelen? Ben jij gek? Dit weet verder toch niemand, of wel?'

Ik ben in de war; wat zou ze bedoelen? 'Nee, hoezo?'

'Dan hoeven we het toch niet te delen? Dat moet alleen als andere mensen het weten.'

'Maar voor Johanna en de kinderen mag ik toch wel een portie bewaren, of niet?'

'Vooruit dan maar.'

Een heerlijker nasi goreng, met garnaaltjes en groenten, heb ik nog nooit gegeten. Ik moet moeite doen om niet alles in één keer op te schrokken.

Vera bedankt God plechtig na de maaltijd en Greta kruipt naast me. 'Als we jou niet hadden, Rosa...' fluistert ze in mijn oor. Mammie trekt Greta tegen zich aan en mompelt: 'Nu maar hopen dat we niet zijn vergiftigd.' Een windvlaag laat de spulletjes op ons platje in de buitenlucht rinkelen. Daarna is het stil.

Na de koempoeltijd de volgende ochtend worden de namen voorgelezen van mensen die weer moeten vertrekken. Tot onze verbazing horen we ook onze namen. Heeft het iets te maken met mijn nachtelijke actie, of is het puur toeval?

Je spullen pakken is een stuk makkelijker als je nog maar zo weinig hebt. Ik heb nog één extra jurk, die op meerdere plekken versteld is met stukken theedoek en batik. De lap organza heb ik tot nu toe weten te bewaren. Ik heb wat kommen, het gele gebreide truitje, twee versleten blousejes, een short die zo groot is geworden dat er wel twee paar van mijn billen in kunnen, wat batikdoeken en een klamboe. Verder heb ik een drinkbeker, bestek, een bord, een kom en twee pannen, een half potlood en een puntenslijper. Het boekje met tekeningen dat ik van mijn zus heb gekregen, waar ook de foto van John in zit, een postkaart van vader en de brief van Janneke, heb ik verstopt tussen mijn kleren. Vera heeft de lege bladzijden van het boekje opgevuld. Ze moet kunstenares worden, zo goed kan ze tekenen. Zoals ze me op de krossi males heeft afgebeeld tijdens de weken dat de kampzweren mijn benen opvraten en ik de vliegen probeerde weg te slaan. De ruzie die ik had met het kamphoofd over de grasmaaier. Een tekening van de mest die ik uit de latrines moest scheppen en over het land moest uitstrooien. 'Ik word zelf nog eens mest,' schrijft ze erboven. De tekening van de jongens die we een zelfgemaakte beker meegeven doet me nog het meest. Ik mis William.

Mijn rolschaatsen heb ik aan een paar vrouwen gegeven die ik zag slepen met een plank waarop een geliefd familielid of een geliefde vriendin onder een laken lag. Met de wieltjes van mijn rolschaatsen hebben ze er een trekkar van gemaakt.

'Ik ben klaar, mammie. Ik ga snel bij Johanna langs.' Haar naam stond niet op de lijst. Ik krijg al buikpijn van het idee dat dit afscheid misschien wel voor eeuwig is. Niet alleen het pakje met eten dat we voor haar en de kinderen hadden gereserveerd neem ik mee, maar ook het deel van mijn eigen portie dat ik had bewaard. Ze glunderen als ze de nasi zien. Meteen daarna schieten ze vol als ik zeg dat wij moeten vertrekken. We beloven contact te houden, als het allemaal voorbij is. En lang kan dat nu echt niet meer duren. Het bezoek eindigt in een groepsknuffel van Johanna, Lotta en Levi. 'Je was een kind toen ik je ontmoette,' zegt Johanna. 'En kijk nou toch eens wat een mooie vrouw je bent geworden.'

Brammetje laat zich rustig in de pan zetten door mij. Wat water en gras erbij en dan vertrekken we naar een volgende onbekende bestemming.

Vanuit de vrachtwagen die door de poort rijdt, zie ik Sonei nog een laatste keer. Met een witte handdoek over zijn blote schouders komt hij zijn huis uit en kijkt ons na. Dan pakt hij de doek en zwaait ermee boven zijn hoofd, zoals mensen doen die zich overgeven. Maar die link legt hij zelf vast niet. Het is bedoeld als afscheidsgroet aan ons vertrekkenden. Een groet van Satan.

VI

Kamp Halmaheira

Semarang
juni 1945 – september 1945

1

In de wagon zonder raampjes zitten we met tientallen, misschien wel honderden vrouwen in het pikkedonker op elkaar gepropt. Het ruikt naar zweet, urine en uitwerpselen. Hoelang duurt deze reis nu al? Een dag, twee dagen? Ik kan niet meer denken, niet meer voelen. Mijn bloed bonkt tegen mijn slapen, mijn keel is zo droog dat ik niet meer kan slikken, ik voel me geen mens meer maar een massa hopeloze cellen. Vera huilt, en na urenlang bidden smeekt ze God nu om verlossing. Mammie is stil, net als Greta. Dan begint er iemand als een razende te schreeuwen; ze lijkt haar verstand te hebben verloren. Het duurt nooit lang. Elke aanval van een kind in paniek, of een volwassene in doodsangst, wordt al snel de kop ingedrukt. Het begint nog erger te stinken, een geur die steeds sterker wordt, indringender; het is de geur van de dood.

Met een schok komt de trein tot stilstand, het snerpende geluid van metaal op metaal, de deur schuift open. Een zee van licht kolkt over ons heen en verblindt ons. Geschreeuw van de jap: 'Eruit komen, nu!' We moeten rijen vormen. Hoe dan? Na al die uren als vee op elkaar te hebben gezeten kunnen we nauwelijks nog staan. Ik strek mijn ledematen en hijs samen met Vera moeder overeind. Daarna trek ik Greta omhoog en strompel met haar naar de uitgang. We laten ons uit het treinstel helpen door een inlander. 'Kijk,' zegt mijn zusje. Ze wijst naar de hoopjes mens die in de wagon blijven liggen.

Strompelend met onze koffers en onze rugzakken, en ik met de pan met mijn konijn in mijn bevende handen geklemd, worden we het perron af geleid. SEMARANG, zie ik op een bord staan. 'Kom, mammie, we moeten ervoor zorgen dat we vooraan blijven.' De hele reis lang heeft ze niet gesproken. Ik duw haar naar voren. We krijgen eindelijk wat water en een paar brokken brood. Als beesten proberen we zo veel mogelijk naar binnen te schrokken en mee te pakken. Vera houdt mammie rechtop terwijl ze drinkt. Ik geef Brammetje meer lucht, voel zijn hartje nog kloppen. Greta gooit een plens water in de pan. 'Zo!' zegt ze tevreden. Daarna vult ze weer een beker met water voor zichzelf.

'Lopen!' luidt het bevel. De jap gaat ons voor. Mijn familie hoort het niet, ze zijn nog niet klaar met eten en drinken. Ik zie dat de rij uitgeputte vrouwen zich in beweging zet. 'We moeten gaan!' zeg ik.

'Even wachten nog...' Mammie gaat op een kist zitten. Haar benen zijn zo dik als twee pilaren.

'Nee, mammie, we moeten gaan.'

'Rosa heeft gelijk,' zegt Vera.

Samen nemen we haar onder onze arm. We moeten ervoor zorgen dat we vooraan lopen, ook al worden we ingehaald, want zo blijven we tenminste bij de groep. De massa houdt haar in beweging. Als ze het nu opgeeft, laten ze haar langs de kant liggen, dan is het voorbij. Stapje voor stapje met haar olifantspoten vervolgt ze haar weg, en wij blijven naast haar lopen. Meerdere malen kijkt ze opzij naar ons. 'Laat me maar, Rosa.'

'Nee, mammie, dat is geen optie. We moeten doorgaan.'

Na een tocht van uren komen we aan in kamp Halmaheira.

Het lijkt alsof we hallucineren wanneer prompt onze tante Liesbeth voor onze neus staat. Ik herken haar nauwelijks. Haar korte volle lijf is geslonken en gekrompen, zoals een druif die is veranderd in een krent. Eerst is er nog ongeloof te zien op het gezicht van mammie, dan lijkt haar huid te barsten en begint ze te grienen. Als een klein meisje hangt ze tegen de schouder van mijn tante aan, ook al is ze een kop groter. Vreemd, om mammie te zien veranderen in een kind bij het weerzien van haar oudste zus. Ooit was ze natuurlijk ook gewoon een meisje. In de schaduw van mijn tante staat nog een vrouw, die een stuk jonger is dan Liesbeth en van wie het gezicht me vaag bekend voorkomt. 'Mien, je zult het niet leuk vinden,' zegt mijn tante, 'maar mevrouw Van Gent is hier ook.' Tante trekt de vrouw in het licht. Het is Bernadette, de ex-vrouw van Fred.

Greta lacht. 'Mevrouw Van Gent,' zegt ze en ze wijst naar haar moeder, 'mevrouw Van Gent,' vervolgt ze, wijzend op Bernadette, 'én mevrouw Van Gent!' Ze wijst op zichzelf.

Mammie kan er niet om lachen. Onvriendelijk kijkt ze haar aan. 'Dat ik jou hier moet tegenkomen...'

'Ik moest opgeven of ik familie had,' zegt tante Liesbeth. 'Natuurlijk had ik "mevrouw Van Gent" opgeschreven. Zodoende denk ik dat Bernadette hier terecht is gekomen.'

'Mina... Ik heb hier ook niet om gevraagd,' zegt Bernadette, 'maar onder deze omstandigheden denk ik dat we elkaar niet meer naar het leven moeten staan.'

Moeder wendt koppig haar gezicht af.

Tante Liesbeth werkt voor het bestuur van het kamp. Ze noemt zichzelf geen hantjou, omdat ze op kantoor werkt, maar eigenlijk is ze dat wel. Ik heb er gemengde gevoelens over, omdat ik de hantjous die ik heb leren kennen vaak niet kon vertrouwen. Mijn tante vertrouw ik wel, en als ik zie hoezeer ze gekrompen is, weet ik dat ze geen eten van anderen heeft gestolen.

Ze legt ons uit waar ons onderkomen is. 'Bernadette brengt jullie er wel even heen.'

Dodelijk vermoeid strompelen we achter Bernadette aan, in weer een nieuw ellendig kamp. 'Dat ik na alles wat ik heb moeten meemaken ook nog moet sterven naast dat kreng...!' brengt mammie hijgend uit.

'Jij hebt toch háár man afgepakt, zij niet de jouwe?' zeg ik in een poging haar een beetje op te beuren.

'Bemoei je er niet mee!'

In een klein wit huis, dat er precies hetzelfde uitziet als alle andere huizen hier, heeft Bernadette voor mammie en Greta een strook van precies zestig centimeter gereserveerd, waar we haar matrasje op leggen. Voor Vera en mij is binnen geen plek meer. We delen de enige brits die tegen het huis aan staat. Wanneer zij werkt slaap ik, wanneer ik werk slaapt zij. We hebben ons oude Perzische tapijt tussen de kersenboom en het dak van het huis gespannen. Zo beschermt het ons als een soort baldakijn tegen de felle zon. Ik bid dat de moessonregens nog een tijdje uitblijven, want zoveel water zal het tapijt niet tegen kunnen houden. Voor Brammetje heb ik weer een ren gemaakt in de tuin.

Ook in dit kamp leven we meer als primitieve wilden dan als geciviliseerde mensen; de sterksten hebben de meeste kans op overleven. Hoewel we verlost zijn van de tiran uit Tjideng, is het hier niet beter. We krijgen nog maar twee keer per dag eten. In de ochtend de smerige stijfselpap en 's avonds dunne soep van kangkung. De meeste mensen houden niks binnen, omdat ze aan dysenterie lijden. Kinderen poepen hun darmen eruit. Iedereen heeft wormen. Iedereen heeft zweren. Het aantal malariagevallen neemt toe. Steeds meer vrouwen en kinderen krijgen dikke buiken van het vocht dat zich daar vastzet: hongeroedeem.

Hoewel de bewaking hier minder gestoord lijkt, zijn ze even ruw als meedogenloos. Toch lijkt er iets veranderd; het is alsof de jappen onverschilliger zijn, slechter verzorgd, uitgeput, alsof het hen allemaal niks meer kan schelen hoe deze krankzinnige toestand afloopt.

Onze tuin bevindt zich aan de rand van het kamp. Elke dag horen we op vaste tijden een stuk of vier bewakers achter het gedek voorbij stampen. Als ik in de kersenboom klim, kan ik over de schutting kijken naar de kampong die daarachter ligt. Ik zie de warungs en een Chinese toko, waar veel etenswaar in stopflessen staan uitgestald. Elke keer als ik ernaar kijk loopt het water me in de mond. Na mijn laatste ervaring met Wayan ben ik toch weer een beetje gaan geloven dat er ook goede mensen zijn. Zou ik het aandurven om weer te gaan handelen? Tante Liesbeth heeft nog genoeg spullen die ik zou kunnen ruilen. Maar zijn mensen daarbuiten nog wel geïnteresseerd in tafelzilver en linnengoed?

Als ik gras voor Brammetje aan het snijden ben, probeer ik contact te maken met een heiho. Helaas geeft hij geen sjoege en ik laat mijn voornemen weer varen. Er is te veel bewaking hier en ik ben te kort in dit kamp om de gevaren te kunnen inschatten. Het liefst zou ik net als mammie niet meer van mijn bed willen komen. Leven, dood, wat betekent het nog onder deze omstandigheden?

In de rij voor de gaarkeuken vraag ik aan Bernadette waarom zij en Fred destijds eigenlijk uit elkaar zijn gegaan.

Ze kijkt me met een verdrietige lach aan. 'Ach, dat is toch verleden tijd?'

'Misschien wel,' zeg ik. 'Maar mijn kindertijd is verpest door de scheiding van mijn ouders. Dus ik vind dat ik het recht heb om het te weten.'

'Ik hield van Fred, hij is de leukste en grappigste man die ik ooit heb ontmoet.' Haar ogen beginnen te glimmen als ze het over hem heeft. 'Maar hij wilde kinderen, nou, die heeft hij gekregen.' Over haar gezicht glijdt nu een trieste lach. 'Maar wat ik zeg: dat ligt allemaal achter ons. Het spijt me verschrikkelijk dat hij is gestorven.'

Even moet ik iets wegslikken. Het lijkt allemaal zo lang geleden dat Fred bij ons thuis woonde, en dat we met hem gezinnetje speelden.

'Het spijt me dat ik hem niet heb kunnen verzorgen op het einde van zijn leven,' mijmert Bernadette. 'Dat moet vreselijk zwaar zijn geweest voor je moeder.' Ze wendt even haar blik af. 'Ik was dankbaar voor het feit dat hij om mij vroeg, vlak voordat hij stierf.'

'Had Fred dat gevraagd?'

'Ja, hij had jullie kebon naar me toe gestuurd.' Ze kijkt even over haar schouder. 'Vertel maar niks tegen mammie over ons gesprek, goed?'

'Natuurlijk niet.' Ik zou wel gek zijn om haar hierover te vertellen. Zou mijn moeder zoveel ellende hebben meegemaakt met Fred terwijl hij eigenlijk altijd van Bernadette was blijven houden? Dan heeft ze haar huwelijk voor niks opgegeven en is ze voor niks alleen geëindigd.

2

Op een vroege ochtend, na mijn nachtdienst in de gaarkeuken, ruik ik een heerlijke, indringende geur. Een geur zoals we die bijna nooit meer ruiken in ons vleesloze bestaan. De dampen worden sterker als ik dichter bij ons huis kom. Wat gek… Zou Vera misschien een kat geslacht hebben? Ineens, met een misselijkmakende schrik, ren ik naar onze tuin. Ik schop de lege ren omver, schreeuw naar mijn zus. 'Waar is hij? Waar?!'

'Het spijt me… Ik… Ik sliep.'

Ik duik boven op haar. 'Wat heb je gedaan? Wat heb je…'

'Rosa, stop!' Mammie staat in de deuropening. 'Vera kan er niks aan doen.'

'Zij zou op hem passen, dat had ze me beloofd.'

'Vandaag of morgen zou hij sowieso zijn weggehaald. Heb ik je niet vaak genoeg gewaarschuwd?' zegt mammie vlak.

'Omdat jij hem wilde opeten zeker?'

'Nee, omdat het onhoudbaar was. Je zet toch ook geen kantjil in een kooi met tijgers, of wel?'

'Jij! Jij hebt hem zeker verkocht!' Ik pak mammie bij haar schouders.

'Rosa, hou op!' Vera is opgestaan en trekt aan mijn arm.

Ik sla haar arm van me af en duw haar hard naar achteren. 'Jullie hebben geen idee. Geen enkel idee!'

'Mammie, wat is er?' Greta komt naar buiten gelopen.

'Niks, Greta, de buren hebben Brammetje gestolen,' zegt mammie sussend tegen haar. 'Dus Rosa is een beetje boos.'

'Een beetje boos?'

'Brammetje is dood. Mijn konijn…' Ik schreeuw, terwijl de tranen in mijn ogen springen, en ik sla met mijn vuisten op de grond. Dit is het moment dat ik mijn verstand verlies. Al die tijd heb ik me sterk kunnen houden, mijn zenuwen bedwongen, maar nu gaat het niet meer. Ik voel een hand op mijn rug. 'Lieverd, ik denk dat je moet bidden tot God, hij zal je pijn verzachten.'

Ik draai me om en kijk in het gezicht van Vera. 'Ga toch weg met je God. Vindt God dit goed?' Ik kijk om me heen, met gespreide armen. 'Deze ellende heeft jouw God gemaakt, toch?'

Greta begint te huilen. 'Niet doen, Rosa…'

'Die God kan alleen maar haten! Anders zou hij dit nooit doen.'

Ik ren naar de buren. 'Hé, lekker aan het eten van mijn konijn?' Ik zie een paar mensen wegschieten voor het raam. 'Nou, geniet er maar van! Morgen kom ik jullie kinderen halen om ze aan het spit te rijgen!'

'Rosa!' Mammie en Vera proberen me weg te trekken. 'Kom mee, verman je!'

'Blijf van me af. Laat me los. Laat me los!'

'Rosa, stil, de jappen komen eraan, ze kunnen je bij de poort horen schreeuwen.' Het is mijn tante Liesbeth, die ons komt waarschuwen. 'Wil je soms opgepakt worden?'

'Wat is er met jou?' vraagt de leidster van de sjouwploeg een paar dagen later.

'Niks,' antwoord ik nors.

'Weet je zeker dat er niks is?' vraagt het meisje nog een keer.

Nu bemoeit ook een ander zich ermee. 'Ja, je loopt al drie dagen rond als een zombie.'

'Mijn konijn is dood,' zeg ik. 'Getjakt door de buren.'

'Dus je hebt een heel konijn vetgemest en er geen hap van gegeten?' vraagt een van de anderen.

'Ik wilde hem niet opeten! Het was... Het was mijn huisdier.'

'Da's best klote,' zegt de leidster.

Ze staren me allemaal aan. Ik voel me ongemakkelijk.

'Mijn moeder is vorige week gestorven,' zegt een van de meisjes dan.

Ik ben de enige die nieuw is in deze ploeg. Gek genoeg hebben we veel lol als we met elkaar werken, alsof we bij elkaar op school zitten. Hardop fantaseren we over eten, jongens en dansen. Een van de meiden stelde laatst voor om te gaan tongzoenen, om een beetje in vorm te blijven. Dat ging mij te ver, maar iemand anders meldde zich vrijwillig. Ik wilde niet truttig overkomen en zei dat ik wel heel goed een seksende vrouw kon nadoen, waarop ik gilde als een baviaan. We hebben de hele middag in een deuk gelegen en apengeluiden gemaakt.

Diezelfde middag krijgen we de opdracht om op verschillende adressen mensen op te halen en naar de poort te brengen. 'Kunnen ze zich niet gewoon zelf melden?' vraag ik.

De leidster geeft antwoord. 'Nee, ze zijn dood.'

'Moeten wij voortaan de doden ophalen?' vraag ik vol ongeloof.

'Ja, het zijn er elke dag meer, en sommige blijven liggen. Dat is niet goed.'

In grove ronde manden tillen we de lijken uit de huizen. De hoofddoekjes die meisjes dragen, zijn voor hun mond gebonden tegen de stank. Een van de meiden heeft een extra doekje voor mij. Ik neem het dankbaar aan en knoop het voor mijn mond.

Het is gek, maar ik voel er niks bij. Als ik een arm of een been beetpak om een vrouw met 'één, twee, drie' op te tillen en in de mand te duwen, voel ik niks. Helemaal niks. Terwijl de tranen me meteen weer in de ogen schieten wanneer ik aan Brammetje denk. Is dat niet gek? Ben ik gek aan het worden? Het lijkt alsof dit allemaal niet echt is, niet echt gebeurt. De dode ogen waarin de vliegen al eitjes proberen te leggen. De gapende monden zonder tekst. De magere ledematen die uit de gaten van de manden vallen wanneer we de kar over de ongelijke grond voortduwen. De inlanders die de manden op '*satu, dua, tiga*' leeggooien in hun vrachtwagen. 'Wat gebeurt er met hen?' vraag ik fluisterend aan een van de mannen.

Hij kijkt me aan alsof ik dom ben. 'Begraven, njonja.'

Thuisgekomen moet ik in de tuin overgeven, maar er zit niks in mijn maag. Mammie vraagt wat er is. Ik zeg dat er niks is. Maar er is wel iets. Ik schaam me voor mijn gedrag. Voor mijn kwaadheid en boosheid om een konijn. Ik schaam me zo diep dat ik besluit om iets voor mijn familie te betekenen. Wij zullen niet als vuilnis uit het kamp worden gereden! Het zal nooit het dode handje van mijn zusje zijn dat slap uit een mand bungelt. Dat beloof ik ze in mijn stomme hoofd.

3

De buikloop die heerst laat je leeglopen, en vierentwintig uur later ben je dood. Kinderen krijgen een soort hartkrampen, waardoor ze geen adem meer kunnen halen en langzaam blauw aanlopen tot ze dood zijn. Ik bid dat dit Greta niet zal overkomen. Ik bid weer, ja. Nu we elke dag zoveel lijken moeten wegdragen, is het me duidelijk dat we hier allemaal zullen sterven als er niet snel iets gebeurt. De oorlog in Europa is al maanden afgelopen, maar hier dreigen we er nog allemaal aan ten onder te gaan. Langzaam rijpt mijn plan om uit te breken. Ik klim weer in de kersenboom in onze tuin om nog een keer heel goed te kijken zodat ik een goede inschatting kan maken. Het gedek ligt op zo'n veertig meter van onze tuin. Het is niet zo heel hoog, ik schat zo'n tweeënhalve meter. Dat is het eerste grote probleem, om daaroverheen te komen. Ik zie nergens iets wat als voetsteun kan dienen, of prikkeldraad waartegen ik me kan afzetten. Direct achter de schutting ligt een pad dat ik niet kan zien vanuit de boom, maar waarop de inlandse bewakers altijd wachtlopen. Buiten het hek, richting de kampong, kan ik een brede akker zien liggen, daarachter loopt een kanaal met water. De ingang van de kampong is aan de linkerkant. Daar moet ik weg zien te blijven. Het risico bestaat dat ze zodra ze mij zien op de *tong-tong* gaan slaan, de houten gong waarmee ze kampongbewoners waarschuwen voor gevaar. Ik ben van plan om meteen de Chinese handelaar aan te spreken, in de hoop dat hij nog steeds loyaal is aan de Hollanders – wij Belanda's en indo's hebben altijd veel zaken met ze gedaan. De beschaafde en goedverzorgde kolonistenvrouw die hij kende van vroeger en het vieze scharminkel dat voor hem zal staan, zijn twee totaal verschillende wezens.

Tijdens een van mijn corveediensten zie ik een stevig touw liggen dat ik meepak. 'Wat ga je daarmee doen?' vraagt de leidster op gedempte toon.

'Mezelf opknopen,' zeg ik grappend. Inmiddels heeft ze me als haar rechterhand geaccepteerd.

'Als je het maar geruisloos doet.' Plechtig kijkt ze me aan. Ze weet dat ik wat in mijn schild voer.

Als ik te laat ga, heeft de Chinees zijn toko al gesloten. Maar het moet wel donker zijn, anders word ik meteen gesnapt. Ik betrek Vera niet in mijn plan en wacht tot we weer van corveedienst wisselen. Nu zij de vroege dienst draait en ik de late, kan ik eindelijk toeslaan.

Tegen mammie zeg ik dat ik heb afgesproken met tante Liesbeth. 'Kijk maar uit,' zegt ze vanaf haar bed. Ze staart naar iets op het plafond en kijkt me niet aan.

Met het touw in mijn handen en een doek met spullen die ik op mijn rug heb gebonden, loop ik zo nonchalant mogelijk weg.

'Waarom neem je dat touw mee?' Greta is me achterna komen rennen.

'O, dat heeft tante Liesbeth nodig,' verzin ik snel.

'Wat gaat ze daarmee doen?'

'Dat weet ik niet. Ga maar terug naar huis. Het is al bijna donker.'

'Maar jij gaat toch ook weg?'

'Ik ben groter.'

'Maar jij krijgt meer straf dan ik. Nippon haat kinderen minder.'

Ik krijg het op mijn heupen. 'Ga naar mammie.'

'Stomme zus!'

Eindelijk laat ze me gaan. Maar dan bedenk ik me. 'Greta, wacht.' Mijn zusje blijft stilstaan. Ik kniel bij haar neer. 'Mag ik een heel dikke zussenknuffel van jou? De allerdikste die je kunt geven, zodat ik geen adem meer krijg.'

Ze krijgt een ondeugende blik in haar ogen. 'Pas maar op, hoor, ik ben heel sterk.'

'O ja? Hoe sterk?'

Ze slaat haar iele armpjes om mijn nek en drukt me met al haar kracht tegen zich aan.

'Help, help, ik kan niet meer. Genade!'

Dan laat ze me lachend los. 'Ik kan je zo doodmaken, hoor!'

'Dat weet ik, kleine krachtpatser. Ga nu maar weer op mammie passen.'

Ze rolt met haar ogen en loopt dan met een overdreven loopje weg.

Via een omweg kom ik uit op een plekje bij het gedek, buiten het zicht van mijn familie, waar twee schotten zijn verbonden door een bamboepaal. Eerst zoek ik met mijn ogen de omgeving af om er zeker van te zijn dat niemand me in de gaten heeft. Ik spits mijn oren op verdachte geluiden. Met het zweet in mijn handpalmen rol ik dan het touw uit. Ik heb bovenaan een grote lus gemaakt en als mijn berekeningen kloppen, komt de tweede lus tot halverwege de schutting. Terwijl ik tegelijkertijd omhoogspring, gooi ik het touw om de bamboepaal. In één keer gelukt! Ik ga aan het touw hangen om te zien of het houdt. Ik kijk nog een laatste keer om me heen en dan trek ik mezelf omhoog. Verdorie, die lus zit te hoog! Ik kom totaal dwars te hangen terwijl ik mijn voet in de lus probeer te steken.

Als het dan eindelijk lukt, kost het me ongelofelijk veel kracht om mezelf overeind te trekken. Ik zet mijn handen op de schutting, die behoorlijk scherp is aan de bovenrand. Dan strek ik mijn armen, terwijl ik mijn bovenlijf omhoogduw. Ik laat me naar beneden zakken en kijk naar mijn bloedende handen, mijn pijnlijke knieën en dijbeen, waar het bamboe mijn huid heeft opengekrast. Geen tijd om bij stil te staan. Ik verstop het touw onder wat aarde bij de paal, steek het pad van de kampwacht over en ren gebukt door de oebie, waar ik vlak voor het kanaal in een greppel ga liggen. Hier verstop ik me tot de wacht voorbij is gekomen, zodat ik zeker weet dat ik genoeg tijd heb om daarna heen en weer te gaan naar de kampong. Terwijl ik op de aarde tussen de bladeren lig, voel ik een vreemd soort sensatie. Alsof wat ik nu aan het doen ben niet echt plaatsvindt, maar slechts een illusie is. Een droombeeld. Ik ben buiten! Voor het eerst in bijna drie jaar ben ik alleen en zonder toezicht buiten. In mijn hoofd lijken kleine ballonnetjes van geluk, opwinding, angst en hoop zich op te blazen.

Het duurt lang voordat de wachten eindelijk voorbijlopen. Al pratend en op hun gemak doen ze plichtmatig de ronde. Zodra ze uit het zicht zijn, sta ik op en loop naar het kanaal. Het water is als een zwarte spiegel in het maanlicht. Ik breek het gladde oppervlak met mijn voet en voel de glibberige bodem. Langzaam waad ik door het water, terwijl ik mijn ruilhandel in de doek omhooghoud. Dieper dan mijn dijen is het kanaal gelukkig niet. Aan de andere kant klim ik tegen de aarden wal omhoog. Met een snelle blik naar de dorpsingang, waar vanavond gelukkig niemand de wacht houdt, loop ik in een rechte lijn naar de toko. De Chinees kijkt me wantrouwend aan van achter zijn kar met uitgestalde spullen. Ik kan zijn hersenen bijna horen kraken: wie is deze witte meid en wat doet ze hier? Ik spreek mijn geoefende woorden uit. 'Hallo, meneer, aangenaam, Rosa is mijn naam. U bent een peranakan Chinees, ik ben een peranakan Belanda. Hetzelfde, allebei halfbloed.' Ondertussen knoop ik de doek open om mijn waar te laten zien. 'Ruilen?'

Hij loopt om zijn kar heen en buigt zich over mijn doek. Zijn achterdocht is meteen weg en uitnodigend wijst hij naar wat hij op zijn kar heeft staan. Met weinig woorden en veel gebaren ruilen we spullen uit, tot ik niks meer heb. Zorgvuldig stop ik de dendeng van gedroogd vlees en gedroogde vis, de koekjes en de suiker in mijn batik, en ik knoop de doek stevig dicht. Ik knik een bedankje naar de Chinees en begin aan mijn terugweg.

Wanneer ik weer over het gedek klauter, gaat ineens het luchtalarm af. Ik schrik me rot. De mensen die naar buiten komen en nieuwsgierig naar de ronkende toestellen in de lucht kijken, letten niet op mij wanneer ik quasinonchalant naar onze tuin slenter.

'Waar heb jij gezeten?' Ik schrik van mammie, die buiten op mijn brits zit. 'Tante Liesbeth wist van niks.'

'Heb je het luchtalarm gehoord?' zeg ik.

'Wat heeft dat er nou mee te maken?' zegt mammie.

'Sst...' doe ik tegen haar. 'Niets laten merken.'

Ze kijkt me niet-begrijpend aan. Dan knoop ik de doek open en laat haar mijn schat zien. Mammies ogen worden vochtig. Ze vraagt of ik Greta wakker wil maken. Ik loop naar de deur. 'Rosa,' zegt mammie dan, 'vraag Bernadette ook maar.'

Schichtig smikkelen we een deel van onze spullen op. Daarna moet ik gaan slapen. Ik heb nog maar een paar uur voordat mijn nachtdienst begint.

Als twee dagen later alles op is, besluit ik de tocht nog een keer te maken. Met meer zekerheid doorloop ik alle stappen, tot ik met mijn handel weer voor de Chinees sta. Hij kijkt minder verrast, maar lijkt banger. Gejaagd wisselen we onze spullen uit. Opnieuw kom ik enkel met wat schrammen op mijn huid terug in ons kamp. Ongelofelijk wat het met een mens doet als hij weer wat te eten krijgt. De apathie verdwijnt onmiddellijk, evenals het lethargische gevoel dat niks er nog toe doet. De reactie van de Chinees heeft me echter wel duidelijk gemaakt dat ik in de kampong over de tong ben gegaan. Het is te onveilig om nog een keer te gaan. Maar na vier dagen is het nog steeds rustig in ons kamp, er is geen alarm geslagen, er is geen klopjacht geweest op een jonge vrouw die in de kampong is gesignaleerd. Dat kan betekenen dat ze me goedgezind zijn in de kampong en niks zullen doorbrieven aan onze kampleider. De vijfde avond kan ik me niet meer bedwingen. Als er voedsel binnen handbereik is, moet ik het riskeren.

Ik raak steeds bedrevener in dit avontuur. Deze keer schudt de Chinees echter van 'nee'. Hij wijst me op zijn lege stopflessen: hij heeft niks meer. Met veel armgebaren en onverstaanbare woorden maakt hij me duidelijk dat ik naar de warung verderop moet gaan. Het voelt niet goed, de vijandige blik waarmee de *kretek* rokende Indonesiërs me bekijken boezemt me angst in. Je intuïtie volgen is het belangrijkste in dit soort situaties. Ik zal met lege handen moeten teruggaan. Met mijn spullen weer op mijn rug besluit ik toch anders. Schuifelend ga ik naar de mannen toe. In het Maleis groet ik ze. 'Eten, ruilen voor dure spullen?' fluister ik. De vijandigheid op de gezichten lijkt te veranderen in nieuwsgierigheid. Opnieuw knoop ik mijn doek open en laat zien wat ik heb meegenomen. Deze keer zitten er twee zilveren bekers bij, wat schooluniformen, een thermometer, een tabakspijp en een stamper in een leren tasje, en de lap organza. Gespannen wacht ik af. Dan staat een van de mannen op en gaat me voor naar zijn warung. In ruil voor al mijn spullen biedt hij me wat dendeng, kroepoek, gekookte oebie en suiker. Het is geen eerlijke deal, maar de markt bepaalt de prijs. 'Alles behalve deze stof,' zeg ik, terwijl ik de organza ertussenuit trek. Hij gaat akkoord.

Plotseling wordt er op de tong-tong geslagen. Zo snel ik kan pak ik de spulletjes bij elkaar, stop ze in de doek en ren terug naar het kanaal. Druipnat ren ik al struikelend door het oebieveld, waar ik me met kloppend hart schuilhoud tussen het gewas. Net op tijd, want ik zie dat de wachten komen aanlopen. Ze kijken over mij heen naar de kampong. Wat zou daar toch aan de hand kunnen zijn? Zodra ze voorbij zijn, haast ik me naar de afrastering, waar ik het touw verstopt heb. Tot mijn schrik ligt het er niet. Hoe kan dat? Is het weggehaald? Of ben ik niet op de goede plek? Ik ren naar een andere paal. Ook daar vind ik het touw niet. Ik kijk naar de daken van de huizen om te zien welke kant ik op moet, maar de stand van de maan is veranderd, waardoor ik nu veel minder kan zien. In paniek neem ik een grote aanloop en stort me al klauwend met handen en voeten op het gedek. Ik grijp de bovenrand vast en probeer mezelf omhoog te trekken, waarbij ik met mijn trappende voeten tegen de wand veel te veel kabaal maak. Ik hoor iemand '*maling*, *maling*' roepen: dieven! Ik laat mijn *boengkoes* naar beneden vallen en ik wil mijn been over de rand van het gedek gooien als ik in een flits zie dat ik drie huizen te ver ben. Ik hoor vrouwen roepen. 'Daar is iemand!' 'Waar, waar?!' Snel laat ik me aan de achterkant weer naar beneden glijden. Kampbewoners slaan alarm door met pannendeksels tegen elkaar te slaan. Zo jagen we normaal gesproken de inlanders weg als ze met een lange bamboespeer de was van onze lijnen proberen te hengelen. Nu ik weet waar ik ben, schiet ik terug naar de juiste plek, waar het touw nog gewoon hangt. Inmiddels klinkt ook de sirene van de jap. Hoe kon ik zo stom zijn? Met behulp van mijn touw klim ik zo vlug ik kan over de schutting, spring naar beneden, haast me naar ons huis en gris twee theedoeken mee van de waslijn. Mammie komt overeind en begint te vragen: 'Rosa, wat ga je…' maar ik maak met een snijdend handgebaar onder mijn kin duidelijk dat ze haar mond moet houden. Al zwaaiend met de theedoeken ga ik mee in de commotie van heen en weer dravende mensen en roep: 'Waar zijn ze? Waar dan? Ze hebben ook bij ons gestolen!' Bij het bilik zie ik dat nog niemand mijn pakje heeft ontdekt. Ik loop erheen, duw de theedoeken en de batikdoek met etenswaar bij elkaar op een hoop en roep: 'Ik heb ons wasgoed gevonden! Het lag helemaal aan de andere kant.' Er klinkt een bel, de hantjous roepen om dat we voor onze huizen op appel moeten staan. Ik haast me naar onze tuin. 'Opzij, mammie!' Ik til het matras op, ruk het klemmende deksel van een van de kisten open en gooi de spullen daarin.

Bezweet en met gejaagde hartslag sta ik tussen de opgestelde rijen vrouwen, terwijl bewakers naar binnen gaan om ons huis te controleren. Ze vinden niks.

Diezelfde avond vertelt tante Liesbeth ons dat de jappen furieus zijn omdat een gevangene hun dorp heeft bezocht. Het zou om een lang meisje met blond haar gaan. Streng spreekt ze me toe: 'Als jij je nu niet gedeisd houdt, zijn we er straks allemaal geweest.'

Zijn we dat niet sowieso, wil ik antwoorden, maar ik hou mijn mond. Nog een keer uitbreken zit er helaas niet meer in, waardoor we extra spaarzaam zijn met het bemachtigde voedsel. Toch is het na een week weer op.

Met de sjouwploeg wandelen we door het kamp, omdat de hantjou ons heeft opgeroepen. We vragen haar wat de bedoeling is, maar de hantjou weet het zelf ook niet. We volgen haar naar het kampkantoor, waar het naar de varkens ruikt die daar niet ver vandaan in de modder staan te wroeten. Ik heb gehoord dat ze de bubur, die de laatste weken uit een wat dikkere substantie bestaat, vermengen met het voer dat ook de varkens krijgen. Op het pleintje voor het kantoor staan twee vrouwen met gebogen hoofd en bij elkaar gebonden handen in de felle zon. Mijn tante Liesbeth komt uit het kantoor. Terwijl ze naar onze hantjou gaat, zie ik dat ze mijn blik heel bewust mijdt. Ik hoor haar fluisteren. 'Ze hebben vannacht krokot van het land geplukt voor zichzelf.' De velden met postelein, waar de landbouwploeg elke dag zwoegt om iets eetbaars uit de grond te krijgen, zijn bedoeld voor de gaarkeuken en dus voor algemeen gebruik.

'En wat hebben wij hiermee te maken?' vraagt onze hantjou.

'Dat weet ik niet precies,' zegt mijn tante. 'Hij wil een voorbeeld stellen, geloof ik.'

'Zeker omdat die meid nog niet is gepakt. Maar ik zweer je, Liesbeth, dat is geen van mijn meiden,' zegt de hantjou stellig.

'Sst!' doet mijn tante.

De kampcommandant van Halmaheira komt met twee van zijn bewakers naar buiten. Na een uitzinnige speech zoals ik die sinds Sonei niet meer heb gehoord, begint hij op de vrouwen in te beuken. Ik probeer het niet te zien en kijk afwisselend naar de twee bewakers. De ene staat erbij te lachen, de andere heeft zijn ogen afgewend. Ik zie dat hij met zijn vingers nerveus tegen zijn broek tikt na elke krachtsinspanning van zijn commandant en de vrouwenschreeuw die daarop volgt. Niet luisteren! Ik moet mijn gehoor afsluiten voor de pijnkreten en de doffe klappen van de wapenstok op hun botten. Ik moet me concentreren om niet de geur van urine te ruiken, niet vanuit mijn ooghoeken de druppels rood te zien die bol op de stenen blijven liggen. Ik moet mezelf inhouden, tegenhouden, vasthouden, om het niet te doen. Om niet naar voren te springen en te schreeuwen: 'Hou op! Ik was het. Ik ben de meid die jullie zoeken.' Mijn schouders staan zo strak dat het me nog maar net lukt om mijn longen te blijven vullen met adem. In en uit. Even verslap ik en zie dat de commandant zich uitput op de lijven die het allang hebben begeven. Mijn blik schiet naar mijn tante. Zij voelt het en kijkt me smekend aan: niet doen, Rosa, niet doen. Maar ik kan niet meer, ik kan hier niet langer getuige van zijn. Ik doe een stap naar voren. 'Ik was...'

'Genoeg!' Mijn tante werpt zich onverwacht tussen de vrouwen. 'Ze zijn gestraft.'

Nu richt zijn agressie zich tegen mijn tante. Hij geeft haar een harde klap, waardoor ook onze hantjou naar voren schiet. 'Alstublieft, commandant.'

De twee bewakers grijpen naar hun pistolen. Mijn tante zakt op haar knieën, met haar ineengevouwen handen boven zich. De hantjou volgt haar voorbeeld. Ook ik kniel op de stenen. De een na de ander zakt op haar knieën, tot we allemaal op de grond zitten, met ons hoofd gebogen en onze smekende handen naar boven gestoken. Ik probeer mijn kolkende bloed tot kalmte te manen, mijn opgewonden hartslag te laten dalen. Toe maar, schiet ons maar allemaal dood. Het is goed. De commandant snauwt tegen zijn bewakers en een van hen zegt iets terug. Plotseling begint hij te lachen en de twee andere mannen lachen mee. 'Afvoeren!' zegt hij dan bot, waarna hij zonder om te kijken wegloopt. We komen overeind. Mijn tante dept haar bloedende neus met een zakdoek en deelt onze groep in tweeën. 'Jullie dragen die vrouwen naar binnen,' zegt ze tegen de ene groep. 'En jullie gaan aan het werk,' zegt ze tegen de groep waar ook ik onderdeel van ben. Even kijkt ze me nog aan. Het verwijt op haar gezicht valt niet te missen.

Het verhaal dat de twee vrouwen zijn vastgebonden bij de poort zoemt rond. Wanneer het ochtendappel is afgelopen, moeten we met de sjouwploeg met drie lege karren naar de uitgang lopen om meel, suiker en rijst te halen. Aanvankelijk ben ik opgelucht, omdat ik de vrouwen daar helemaal niet zie. Waarschijnlijk was het een overdrijving of misschien waren ze er al weggehaald, maar dan wijst mijn collegaatje naar de straatkant. De vrouwen zijn aan de buitenkant van het kamp met hun rug tegen een hek gebonden. Ze zijn halfnaakt, dragen slechts een dun hemdje. Blootshoofds, met hun ruw kaalgeschoren hoofden, zitten ze in de felle zon, hun gezichten kleuren paars-blauw-rood van de mishandelingen. Achter hun rug zijn hun armen door de spijlen van het varkenshok aan elkaar vastgebonden. De vrouwen kunnen niets doen tegen de varkens die aan hun vingers en handen sabbelen en kluiven. De varkensneuzen kleuren rood van het bloed. We moeten doorlopen, mogen niet gaan staan kijken, mogen ze geen water geven.

Toch ontstaat er als vanzelf een hulpactie. Fluisterend en gebarend stellen we ons zo op dat steeds een van de drie karren langzaam langs de vrouwen rijdt. We zorgen ervoor dat we met de twee andere karren het zicht van de bewaker belemmeren. Zo wisselen we elkaar telkens af en lukt het ons om steeds met de kar langs de vrouwen te rijden, ze stiekem water te geven, hun hoofden en benen te koelen en ze iets eetbaars in de mond te stoppen. Dit herhalen we meerdere keren, tot onze dienst erop zit.

De volgende dag zitten de vrouwen er nog steeds, meer dood dan levend. Opnieuw herhalen we onze acties, tot ze aan het einde van de dag plotseling zijn weggehaald. Ik ga naar tante Liesbeth, die nog steeds kwaad op me is. 'Wat is er met die vrouwen gebeurd?'

Mijn tante kijkt vermoeid uit haar ogen. 'Ze zijn naar het ziekenhuis gebracht.'

'Geloof je dat echt?'

'Dat is wat ze mij hebben verteld.'

Twee dagen later herken ik een van de vrouwen in een mand tussen de andere ontbindende, stinkende lijken. Op dat moment besluit ik dat God niet bestaat.

4

In de lucht klinkt een brommend geluid. Het lijkt wel een vliegtuigmotor. Slaperig open ik mijn ogen. Ik zie niks, maar toch houdt het geluid aan. Stijf sta ik op en loop de tuin in om naar de hemel te kijken.

Wat zou er aan de hand zijn? Waarom gaat er geen luchtalarm af? Hoewel de dagen zich op hun eigen bedroevende wijze voortslepen, voelt er iets anders. Zoals paarden in een wei aanvoelen dat er onweer op komst is voordat het daadwerkelijk begint te donderen. Een paar dagen geleden kregen we ineens een eendenei. Iedereen een heel ei voor zichzelf! Ook zit er plotseling weer wat vlees in de soep. De bewaking gedraagt zich vreemd. Wat betekent dit allemaal? Mensen zijn zo murw dat de geruchtenmachine tot stilstand lijkt te zijn gekomen. Er zijn zoveel vrouwen en kinderen die op sterven liggen.

Het vliegtuig is niet alleen in een rechte lijn op ons afgekomen, het heeft zich ook flink laten zakken, waardoor het nu vlak boven onze hoofden vliegt. Dan zie ik opeens iets waarvan mijn hart bijna stopt met kloppen. Achter de vleugel op de romp staat onze Nederlandse vlag. Rood, wit en blauw. Ik begin te gillen. 'Nederland, ze komen ons halen! Nederland!' Meer vrouwen die het gezien hebben beginnen te schreeuwen.

'Wat is er aan de hand?' Bernadette en Greta komen naar buiten. We rennen naar de voorzijde van het huis, waar de straat volstroomt met mensen. Iedereen kijkt omhoog, mensen zwaaien wild met hun armen, roepen: 'Hier, hier zijn we!' Moeders omhelzen elkaar huilend, kinderen springen op en neer. De teleurstelling is voelbaar als het toestel weer langzaam kleiner wordt.

Wat was dit? Een fantasie van onze doorgedraaide hoofden, een luchtspiegeling? Ze moeten ons gezien hebben, dat kan niet anders. Ik kon zelfs de piloot zien zitten. Waarom hebben ze ons dan geen teken gegeven, waarom hebben ze geen voedsel gedropt? Net als ik me nijdig voel worden, maakt het toestel een ruime bocht en komt opnieuw onze kant op. Dan gaat er een luik open en komen er pamfletten uit, die als reusachtige sneeuwvlokken naar beneden komen dwarrelen. Nu is de vreugde zelfs bij de sceptici niet meer te houden. Iedereen juicht en gilt. 'We zijn vrij!' Ook ik begin uitzinnig te janken en te lachen tegelijk. We hebben het gehaald! We hebben standgehouden, het overleefd, gewonnen! Of ons leven van vroeger nog bestaat weet ik niet, maar er zal op zijn minst een leven zijn zonder honger, vuiligheid, vernedering en pijn. Ik zak op een muurtje en Greta komt naar me toe.

'Niet huilen. Het is leuk!' Ik trek mijn kleine zusje op schoot en hou haar zo stevig vast dat ze ervan moet hoesten. 'Help, ik stik.'

Vera komt thuis van haar nachtdienst. 'We zijn vrij,' zegt ook zij met glanzende ogen. Met zijn drieën maken we een rondedans, tot ik me realiseer dat mammie nog niet naar buiten is gekomen.

Terwijl we teruglopen naar onze tuin komt Bernadette ons tegemoet. 'Het gaat niet goed met jullie moeder.'

'Roep tante Liesbeth!' zeg ik tegen Vera.

Ze hebben mammie naar binnen verplaatst en op de brits van Bernadette gelegd. Ik schrik van haar aanblik. Haar gezicht is grauwgrijs, haar vingers zijn spierwit, haar ogen staren uitdrukkingsloos naar het plafond, terwijl ze murmelend ligt te ijlen. Ze heeft het over Fred, dat hij haar moet komen halen. Ik heb dit eerder gezien bij mensen die stervende waren. Ik probeer contact met haar te maken. 'Mammie, ik ben het, Rosa. Luister... De oorlog is voorbij.' Het lijkt of ik niet meer tot haar kan doordringen. 'We zijn bevrijd, mammie!' zeg ik met mijn gezicht nat van de tranen en snot. 'We komen hieruit, maar je moet volhouden!'

Plotseling begint ze te gillen. 'Nee, nee!' Met handen als klauwen grijpt ze naar een denkbeeldig persoon.

'Mammie, er is niemand, stil maar.' Ik heb haar vastgepakt en druk haar magere lijf tegen me aan, maar ze blijft zich verzetten. Haar bange ogen kijken me aan alsof ik het monster ben waar ze zo bang van is.

De deur zwaait open. Vera komt zwaar hijgend binnen, gevolgd door tante Liesbeth. Ik sta meteen op om plaats te maken voor mijn tante.

'Mientje, lieverd, kom maar, ik ben bij je,' zegt Liesbeth tegen haar jongere zusje. Ze aait zachtjes over haar hoofd. Dan pakt ze behendig een spuit uit haar tas, waarmee ze haar injecteert. Mammie rolt met haar ogen en valt dan weg. Voorzichtig legt mijn tante haar hoofd recht.

Vera en ik kijken naar onze tante. 'Is ze...?'

Mijn tante schudt haar hoofd. 'Penicilline voor noodgevallen. Hopelijk komt het goed met haar.'

Buiten klinkt de bel die ons elke ochtend en elke namiddag op appel liet staan. Zou dit dan echt de laatste keer zijn? Het blokhoofd gaat op een kist staan en begint een lange verklaring voor te lezen. De Amerikanen hebben eerst op Hiroshima een allesvernietigende bom laten vallen, en vervolgens een op Nagasaki. De oorlog is voorbij. Keizer Hirohito heeft op 15 augustus uit de goedheid van zijn hart de algehele wereldvrede getekend. Vera en ik kijken elkaar aan. Op 15 augustus? Het is vandaag 23 augustus, dus het is al een week vrede en wij wisten van niks! Hoeveel mensen hadden ze nog kunnen redden in die acht dagen?

De redevoering gaat nog een hele tijd door, maar ik zit alleen maar te piekeren over waar we zo snel mogelijk medicijnen kunnen halen voor moeder. Ze zeggen dat het beter is om in het kamp te blijven, omdat het buiten onveilig zou zijn. Na afloop van de toespraak wordt het Wilhelmus gezongen en krijgen de meeste moeders het weer te kwaad. 'Goed hè, van de Amerikanen, dat ze die enorme bommen op Japan hebben gegooid,' zegt Vera wanneer de bijeenkomst is afgelopen.

'Ja, heel goed!'

Vrouwen lopen lachend maar ook verdwaasd over straat. Het gevoel van ongeloof is bij iedereen nog altijd groot. Kinderen lijken veel flexibeler, die huppelen blij en zingen hun kelen schor. Ik zie veel moeders als bezetenen in hun tuinen graven. Ik had niet verwacht dat er nog zoveel geld en spullen verstopt zouden zijn door mensen. Er worden blikken met geld, sieraden, zilveren kandelaars en bestek, en zelfs staafjes puur goud uit de grond getrokken. Maar ook paspoorten, rijbewijzen, diploma's en fotoalbums. Ik zie een vrouw die naar voren en naar achteren beweegt en steeds opnieuw het gezicht van de man op de foto kust. 'Harry, we zijn vrij!' murmelt ze. 'Vrij!' Met de uitgegraven spullen rennen de mensen naar het gedek, waar grote gaten in geslagen zijn. Ze kopen zoveel eten als hun armen kunnen dragen. Een groepje vrouwen trekt met vereende krachten een heel schot omver, waardoor handelen met de inlanders nog gemakkelijker wordt. De bewakers zien we niet meer, die hebben zich teruggetrokken in het kampkantoor.

'Toch begrijp ik dit niet,' zegt Vera, die een van de pamfletten heeft opgepakt. 'Zouden ze wel echt weten dat wij hier zitten?' Ze doelt op de tekst die in het Maleis is opgeschreven. Het begint met: 'Gelukkig en vredig nieuwjaar!' Vervolgens wordt er kleding en geld beloofd, als de lokale bevolking de Europeanen met rust laat.

Terwijl er 's avonds muziek wordt gemaakt en er vrouwen rond de kampvuren dansen, waken mijn zusje en ik om beurten bij mammie. Ze is na die injectie niet meer wakker geworden, maar haar ademhaling is rustiger en haar koorts is wat gezakt.

In de nacht schieten mijn gedachten alle kanten op, als een balletje op een speelveld. Emoties volgen elkaar razendsnel op. Eerst ben ik extatisch van geluk dat de vrede is getekend. Dan ben ik heel erg bezorgd over de gezondheid van mijn moeder. Vervolgens denk ik aan mijn vader en ben ik heel erg blij als ik me bedenk dat ik hem snel zal zien. Ik verheug me erop dat ik John weer zal zien en Johanna en William, maar als ik me afvraag of ze het wel overleefd hebben word ik angstig. Zo gaan de uren traag voorbij. Wanneer de zon zich 's ochtends eindelijk weer laat zien, kan ik me niet langer bedwingen. Met een rugzak vol ruilwaar wil ik naar de kampong lopen; ze kennen mij daar tenslotte al.

Bij de poort springt de bewaker op die daar onderuitgezakt op een stoel zat. Uit automatisme wil ik weer omlaagduiken, maar ik realiseer me net op tijd dat ik niet meer hoef te buigen. De man gaat voor me staan om me de doorgang te versperren.

'Laat me gaan. Ik ben vrij,' zeg ik, wijzend op mezelf. 'Weg, jij!'

De jap schudt zijn hoofd. 'Niet veilig. Strikte orders.'

'Strikte orders van wie?' zeg ik fel. 'Jullie zijn hier niet meer de baas.'

Overmoedig probeer ik langs hem heen te glippen. Hij is me net te snel af. 'Laat me gaan!' schreeuw ik opnieuw.

'Rosa, hou je koest!' Mijn tante Liesbeth komt in haar nachtpon aangehold. 'Het waren strikte orders van mij. Het is echt onveilig daarbuiten.'

'We hebben medicijnen nodig voor mammie, we hebben eten nodig.' Mijn stem trilt.

'Daar ben ik mee bezig, Rosa. Vertrouw me.'

'Tante, ik ken het daarbuiten, ik ben er al vaker geweest,' zeg ik smekend in een laatste poging erlangs gelaten te worden. Het is een halszaak geworden om even, heel even maar, hieruit weg te zijn. Om de vrijheid te proeven en weer onder de bevolking te zijn, zonder het stiekem te hoeven doen, zonder mezelf te moeten verstoppen. 'Ik beloof dat ik binnen een uur terug ben.'

Mijn tante pakt me bij mijn arm en loopt een paar meter met me mee als ik door de poort loop. 'Zie je dat daar?' Ze wijst op een wapperende vlag. Geen Japanse vlag, maar een Hollandse vlag, waar de blauwe strook vanaf is gehaald.

'Ja, wat is daarmee?'

'Daar hangt er nog een, en daar!' Ik zie inderdaad meerdere vlaggen hangen. 'Dat is de vlag van de republiek.'

'Wat bedoel je?'

'Soekarno heeft de Republiek Indonesië uitgeroepen, Rosa. De jongeren zijn dol geworden. Ze eisen dit land op.'

Ik kijk mijn kleine tante vol ongeloof aan. 'Hoezo? Dit is óns land.'

'Daar denken zij anders over. En tot er hier Nederlandse troepen landen, kunnen we ons beter gedeisd houden.'

Met piepende remmen komt er een vrachtwagen tot stilstand voor de poort; een wagen die ik maar al te goed ken en zelfs met mijn ogen dicht zou kunnen aanwijzen, omdat hij naar lijken ruikt. Twee Japanners komen met een draagbaar naar buiten gelopen. Het lichaam dat ze dragen wordt afgedekt door een Japanse vlag.

Zonder dat ik ernaar hoef te vragen zegt mijn tante: 'Dat is de commandant. Hij heeft *harakiri* gepleegd.' De man die de twee vrouwen als voer aan het varkenshok had vastgeketend, heeft zichzelf van het leven beroofd. Ik merk dat het me kwaad maakt. De lafaard; ik had hem liever een lang en vooral miserabel leven toegewenst. 'Ga nu maar terug naar je moeder en je zusjes. Ze hebben je nodig.'

VII

'Niet meer voor jullie werken'

Semarang, Bandoeng en Batavia
september 1945 – december 1945

1

Mijn tante kent zoveel Indonesische meisjes in de omgeving die allemaal op haar school hebben gezeten dat het voor haar relatief eenvoudig is om aan eten, medicijnen en vitaminepreparaten te komen. Mammie knapt zienderogen op, de koorts van de malaria is gedaald en haar benen krijgen weer een iets normalere vorm. Maar niet iedereen is nog te redden. Met mijn ploeg gaan we gewoon door met doden wegdragen. Dat zij wel de vrijheid hebben gehaald, maar dat die voor hun gezondheid te laat is gekomen, maakt het extra triest.

Het is vreemd om de eerste Hollandse mannen te zien binnenkomen. Onzeker zoekend kijken ze rond en noemen de naam van hun vrouw, zus of moeder.

Aan de voorkant van ons huis ben ik een *doerian* aan het schoonmaken. Greta kan zich helemaal niet herinneren hoe het vruchtvlees ervan smaakt, en ze klaagt dat het stinkt en smeekt of ik ermee weg wil gaan. Vooruit dan maar. Voor me komt een vrouw aangelopen met een emmer water en een zak wasgoed. Plotseling blijft ze stilstaan en kijkt alsof ze de schrik van haar leven krijgt. Ik volg haar blik en zie een man midden op de straat staan. De vrouw laat alles uit haar handen vallen en rent naar hem toe. Huilend en lachend tegelijk kussen ze elkaar. Ze pakken elkaars handen steeds opnieuw beet, alsof ze het pas echt kunnen geloven als ze het voelen. Dan komen de jongetjes er schuchter bij staan. 'Kinderen,' zegt de moeder plechtig, 'dit is jullie vader.' De man spreidt zijn armen en omhelst zijn gezin. Drieënhalf jaar, besef ik, de meeste stellen hebben elkaar drieënhalf jaar moeten missen.

'Ik dacht al, wat stinkt het hier,' zegt de vader wanneer hij mij ziet staan. Ik voel me betrapt omdat ik zo aan het staren was. 'Ik bedoel die doerian, hoor.' Hij lacht naar me, waardoor zijn sterk gehavende gebit zichtbaar wordt. ‘Mag ik een stukje?’

‘O sorry, natuurlijk.’ Vrijgevig deel ik stukjes van de vrucht uit aan het gezin.

Waar is ónze vader, wanneer kom hij ons hier halen, vraag ik me hoopvol af. Het is nu ruim een week geleden dat we hoorden dat we bevrijd waren en we hebben nog niks van hem vernomen. Ook over William en Johanna hebben we nog niks gehoord. Ik kan uren dagdromen dat John binnenholt, met een bezweet voorhoofd door de haast die hij heeft gemaakt om bij mij te zijn. Dat hij me ten huwelijk vraagt en me naar een huis brengt in onze oude wijk. Dat William ook bij ons komt wonen en dat Vera met haar man, Han, onze buren worden. Ik doe iets met plantenkunde, waardoor John heel trots op me is, en misschien krijgen we een baby. Ik weet dat het onzinnig is om zo ver door te denken, maar het leidt me af van de gedachte dat hij, of een van de andere mensen om wie ik geef, is omgekomen.

Nadat ik de rest van de vrucht naar mijn eigen familie heb gebracht, loop ik naar de toegangspoort. Ik haat deze dagelijkse wandeltocht, omdat ik weet dat mijn wereld er van het ene op het andere moment door kan instorten. Er staan veel kinderen. Sinds er meer mannen terugkomen, hangen er ook meer kinderen rond bij de ingang. Bij elke man die hier aankomt, stellen ze de vraag: ‘Ben jij mijn pappie?’ Aan de andere kant van het hek hebben ze een groot bord neergezet, waar briefjes op geprikt zijn met namen die via het Rode Kruis zijn doorgegeven. Voor het bord staan twee vrouwen in elkaars armen te huilen. De drama’s die zich hier elke dag afspelen zijn zo pijnlijk dat ik altijd zo snel mogelijk weer wegga. Achter de vrouwen langs laat ik mijn blik over de nieuwe briefjes met namen gaan. Opgelucht omdat het geen bekenden zijn, wil ik me snel omdraaien, maar tante Liesbeth wenkt me.

‘Goed nieuws,’ zegt ze met een brede lach wanneer ik in haar kantoortje sta. Ze overhandigt me een postkaart. Ik herken meteen het priegelhandschrift van mijn vader.

Lieve kinderen,

Hier een teken van leven van jullie vader. Ik was uiteindelijk in Tjimahi 5 terechtgekomen, waar ze alle kopstukken van de overheid en het bedrijfsleven hadden vastgezet. Ik verkeer in goede gezondheid. Ik hoop jullie ook. Janneke en ik hopen jullie spoedig te zien. Veel liefs.

'Als dat geen goed bericht is!' zegt mijn tante.

'Ja, fantastisch,' zeg ik zacht. Mijn benen voelen slap.

'Ga er maar snel mee naar je zus.' Ze geeft me een schouderklopje, waarna ik haar hakkelend bedank en vertrek.

'Spoedig te zien?' vraagt Vera verbaasd. 'Waarom komt hij ons niet weghalen uit deze ellende?'

'Ik dacht precies hetzelfde. Ik hou het hier niet meer uit,' zeg ik gefrustreerd. 'Waarom zitten we hier nog steeds in deze gevangenis, waar de bewakers nu ineens pretenderen onze beschermers te zijn? Ik haat ze, nog altijd!'

'Ik ook, maar we kunnen niks doen.'

'Jawel, ik ga weg,' zeg ik beslist. 'Ik ga William en Johanna zoeken, en misschien ook John, als hij me niet is vergeten. Niemand kan me nog tegenhouden.'

'Ga maar,' zegt ze. 'Ik zorg wel voor mammie en Greta. Maar beloof me dat je ook Han voor me opspoort.'

Zelfs mijn tante doet geen poging meer om me tegen te houden. Ze weet dat dat zinloos is. Voor ik de poort uit ga, drukt ze me het adres van Sumarti in de hand, mijn oude kinderoppas. Zij zou me op weg kunnen helpen.

Lopend naar het centrum van Semarang schrik ik van de verloedering. Ruim drie jaar na de Japanse overheersing ziet deze voorheen zo mooie en levendige stad er vreselijk uit. Op de stoep zitten uitgemergelde mensen. Een stervende hond ligt naar adem te happen in een greppel. Er rijden nauwelijks auto's, enkel wat fietsen en karren vol rommel. Het stinkt. De rood-witte onafhankelijkheidsvlaggen, waar tante Liesbeth op had gewezen, wapperen overal. Er heerst een onheilspellende stilte. FREEDOM IS THE GLORY OF ANY NATION, INDONESIA FOR INDONESIANS, staat er op een muur geschreven. Op een spandoek lees ik: WE DON'T LIKE THE DUTCH. Waar komt deze haat ineens vandaan? Zou dit het resultaat zijn van de Japanse propaganda? En waarom schrijven ze die leuzen op in het Engels?

Sumarti, de lieve inheemse vrouw die op ons paste toen we bij tante Liesbeth woonden, ontvangt me met open armen. 'Kind, kind, wat ben je mager,' zegt ze hoofdschuddend. 'En lang!' De laatste keer dat we elkaar zagen, kwam ik tot haar schouders.

Zelf heeft ze ook niet al te veel vet op haar botten, valt me op. 'Ken je mijn zusje nog?' Ze knikt naar de vrouw van mijn leeftijd die aan tafel zit.

'Natuurlijk, we hebben vaak samen gespeeld. Hoe gaat het met je?'

Sumarti's zus kijkt me vijandig aan. Daarna staat ze zonder iets te zeggen op en loopt weg. Sumarti gaat haar achterna, waarna er een discussie ontstaat in het Javaans die ik niet kan volgen.

'Laat haar maar,' zegt ze als ze weer terugkomt in de keuken. 'Ze laat zich te veel meeslepen door haar vrienden.'

'Wat is er allemaal aan de hand in de stad, Sumarti?'

'Kind, kind toch...' Ze gaat naast me aan tafel zitten en pakt mijn hand. Ik schaam me voor de rouwrandjes onder mijn nagels, de ruwe eeltplekken van het sjouwwerk, en het vuil dat ik zonder zeep niet meer krijg weggewassen. 'Er is hier ook veel gebeurd,' legt Sumarti uit. 'Aanvankelijk was de bevolking blij geweest met de komst van de Japanners. Volgens de Djojobojo-legende had een vorst eeuwen geleden voorspeld dat het gele ras zou overheersen op Java na een hevige oorlog. Die strijd zou even lang duren als een maisoogst, drie maanden dus. Maar natuurlijk was de ellende daarna niet voorbij. De totoks waren weg en de Japanners beroofden de ondernemingen en de vorstenhuizen om die oorlog te kunnen betalen. Ze hadden echter geen idee hoe ze de grondstoffen moesten delven, hoe ze op grote schaal rijst moesten verbouwen.' Ze schudt verdrietig haar hoofd.

'Maar jullie mensen wisten toch hoe dat moest?' vraag ik verbaasd. 'Zij deden altijd al het werk op de plantages en op het land.'

'*Adoe!* Onze arbeiders werden gedwongen om aan hun spoorlijnen te gaan werken. Oogsten mislukten, mensen leden honger. Zovelen zijn gestorven van pure uitputting, njon, dat kun je je niet voorstellen.' Ze veegt een traan weg. 'Mijn zusje heeft een ellendige jeugd gehad door dit alles. Ze is boos.'

'Maar ik ook,' zeg ik plotseling met een dikke keel. 'Ik heb ook een ellendige jeugd gehad. Waarom keren ze zich nu tegen ons? Wij kunnen er toch niks aan doen?'

'Ik weet het niet, Rosa... Ik weet het niet. Mensen zoeken graag een boosdoener.'

Ik zucht mijn emotie weg. 'Mag ik me even opfrissen?'

'Ga je gang, lieverd, door die deur links.' Ook Sumarti staat nu op. 'Daarna gaan we eten.'

In de spiegel kom ik iemand tegen die ik niet ken. Deze jonge vrouw met blauwe ogen die hol naar me kijken, met wilde blonde haren, een zongebruinde huid met insectenbulten en opengekrabde wondjes, heeft niks te maken met het schone, blozende kind dat ik drie jaar geleden was. Helemaal niks. Zou John me nog herkennen, als hij nog leeft...? Zou hij me nog willen? Misschien heeft hij allang een ander en spat mijn luchtbel straks uit elkaar. Was het het waard om te blijven dromen over hem? Of is het slechts een manier geweest om een paar minuten per dag te vluchten naar een plek waar alles nog mogelijk was, waar liefde nog bestond?

Even later zitten we aan een eenvoudige maaltijd van rijst met ikan teri, gedroogde visjes, en wat groenten. Het smaakt zo heerlijk dat ik kleine hapjes neem om er extra lang over te doen. De onaardige zus zit tegenover me en mijdt oogcontact. Sumarti babbelt wat over algemeenheden om de sfeer luchtig te houden. Ik zou iets tegen de zus willen zeggen om het voor ons beiden gemakkelijker te maken. Haar over de tafel even willen aanraken om te laten voelen dat ik niet anders ben dan zij. Toch doe ik het niet. Wanneer ze haar bord haastig heeft leeggegeten, staat ze zonder iets te zeggen op om van tafel te gaan.

'Gaat Soekarno het land nu overnemen?' vraag ik in een poging contact te krijgen.

Meteen schiet haar blik naar mij. 'Dat heeft hij al gedaan,' zegt ze in accentloos Nederlands.

'We kunnen toch ook samenwerken?' opper ik. 'Misschien is de Nederlandse regering wel bereid hem een post te geven.'

'Een post?'

'Ja, hij zou minister kunnen worden. Hij is toch ingenieur? Ik weet dat hij gestudeerd heeft aan de hbs in Bandoeng.'

'Jullie snappen er niks van. Wij willen vrijheid. Eindelijk vrijheid.'

Sumarti grijpt in en berispt haar in hun moedertaal, waarna haar zusje kwaad wegloopt.

'Ik begrijp het inderdaad niet,' zeg ik. 'We hebben toch dezelfde gemeenschappelijk vijand?'

Dan kijkt ze me hoofdschuddend aan. 'Ik wil niet dat er hier in huis nog wordt gesproken over politiek. Het is allemaal al moeilijk genoeg.'

Ik zeg dat ik wel op de mat in de woonkamer kan slapen; ik ben het gewend. Maar Sumarti staat erop dat ik bij haar in de kamer slaap. Het lijkt wel of ze bang is dat me iets overkomt. Ze wijst op haar bed, waarin ik kan gaan liggen. Ik verwacht dat ze naast me kruipt, want het matras is breed genoeg, maar ze gaat naast het bed op de vloer liggen.

'Jouw tante is een goed mens,' hoor ik haar zeggen in het donker. 'Ze heeft veel voor anderen over.'

'Dat is zo,' antwoord ik. Daarna zink ik weg in een droomloze slaap.

Wanneer ik de volgende ochtend wakker word, is Sumarti er niet meer. Door het kralengordijn zie ik Sumarti's boze zus zitten. Hoe graag ik ook een kommetje pap of rijst zou willen eten, ik ga er niet naar binnen en loop de tuin in. Achter het huis ligt een slokan, waar ik kikkers hoor kwaken. Zonder te aarzelen loop ik erheen en speur met mijn blik de drassige greppel af. De eerste die ik zie zitten, pak ik vliegensvlug beet. Ik sla hem dood met een kei die ik op de grond vind. Al snel heb ik ook een tweede exemplaar te pakken. Het is alsof ze elkaar kwakend hebben gewaarschuwd, want ineens zijn ze allemaal verdwenen. Ik zoek de omgeving af naar nog meer eten. Op de takken van de boom die over de sloot hangen, zie ik slakken kruipen. Het zijn kleintjes, maar ze laten zich makkelijk pakken. De gedachte aan soep van kikkers en slakken doet me het water al in de mond lopen. Plotseling hoor ik iemand aankomen. In een reflex duik ik achter de struiken. 'Rosa, ik ben het,' zegt Sumarti. 'Ik was naar de bakker voor vers brood.'

Gegeneerd over mijn bange reactie kom ik tevoorschijn. 'Brood?'

'Ja, ik weet nog dat je daar vroeger zo van hield.'

Vers brood, wanneer heb ik dat voor het laatst gegeten? Ik open mijn handen en laat de beestjes zien die ik heb gevangen. 'Kan ik dit ook nog snel koken voordat ik wegga?'

Ze staart naar mijn besmeurde handen met twee slijmerige dode kikkers en de slakkenhuisjes. '*Kassian*, ocharme,' zegt ze zacht. 'Je kunt niet gaan, kind. Het is veel te gevaarlijk.'

'Hoe bedoel je?'

'Op het station is elke dag wel een incident.' Ze kijkt me bezorgd aan.

'Ik móét gaan,' zeg ik beslist. 'Ik moet mijn familie en mijn vrienden gaan zoeken in Bandoeng.'

'Dat begrijp ik, maar ze maken mensen dood, Rosa, Belanda's zoals jij.'

'Ik ben niet bang.' Ik mijd haar blik. 'Mag ik nu wat van het brood?'

Hoe dichter ik bij het station kom, hoe onrustiger het wordt op straat. Groepjes *pemoeda's*, jongeren, staan bij elkaar met lange bamboestokken. Hun bovenlijven zijn ontbloot en om hun hoofd dragen ze een rode band. Eerst zie ik er nog niet echt kwaad in, totdat een van hen op een Indische man afgaat en hem de stuipen op het lijf jaagt met zijn stok, die aan het einde schuin is afgesneden. De man gaat er als een haas vandoor, maar struikelt dan en valt. De jongen trekt zijn speer naar achteren. 'Alsjeblieft, spaar me,' smeekt de man. 'Ik geef jullie alles wat ik heb.' Hij leegt zijn zakken en gooit de inhoud voor de jongen op de grond.

'Zo weinig? Daar doe ik het niet voor!' zegt de jongen, waarna hij zijn speer nog verder naar achteren haalt en met een kreun doet alsof hij de man neersteekt. Toeschouwers zoals ik staan verstijfd te kijken. De man huilt. Dan trekt de jongen zijn speer weer terug. 'De volgende keer steek ik raak,' zegt hij vol bravoure. De hilariteit onder zijn vrienden is groot. 'Je had hem echt dood moeten maken,' zegt een jongen uit de groep met een stem die overslaat. Hij zal niet veel ouder zijn dan mijn broertje. Ineens krijgt hij mij in de gaten. Ik loop snel door. '*Prawan Belanda totok*,' hoor ik achter me. Volbloed Hollands meisje.

Hijgend loop ik het perron op, waar de trein met een snerpend geluid tot stilstand komt. VAN MOOK NO, SOEKARNO YES staat er op het treinstel geschreven. En: INDONESIA MERDEKA! Indonesië onafhankelijk! Ik wil instappen, maar ik hoor de onrust al weer dichterbij komen. Het geroffel van de bamboestokken op de grond, het hoge joelen. Stel dat ze ook in de trein stappen, dan kan ik geen kant op. Ik overweeg om door te lopen, zodat ik aan de andere zijde weer van het perron af kan. Maar zou het daar veiliger zijn? Of staan ze me daar juist op te wachten? Ik besluit toch maar de trein in te gaan en neem plaats naast een oudere man, een moslim met een zwarte topi op zijn hoofd. Ik lach op mijn alleraardigst naar hem, hoewel de angst zichtbaar moet zijn in mijn ogen. Hij kijkt vriendelijk terug, sluit even zijn ogen en knikt dan.

De trein komt in beweging. Als ik uit het raam kijk, zie ik dat er een paar jongens met de trein meerennen, brullend en met uitgestoken nekken. De trein gaat sneller dan ze kunnen bijhouden en ik verlies ze uit het zicht. Ik adem diep in en blaas de spanning weg. Nog vier, vijf uur en dan zal ik eindelijk vader en Janneke terugzien.

Met een ruk gaat de deur van onze coupé open en een hijgende jongen met een rode band in zijn haar komt binnen. In zijn handen houdt hij een *golok*, een kapmes. Met het fanatisme van een roofdier op jacht kijkt hij de coupé rond. Ik reageer zoals ik inmiddels heb geleerd: blik naar beneden en geen onverwachte beweging maken. Zijn magere vingers omklemmen het lemmet. De ribben in zijn bovenlijf bewegen op en neer door zijn opgewonden ademhaling. Dan gaat hij recht tegenover me zitten. Benen wijd, mes naar voren gestoken. Ik voel de man naast me zachtjes tegen mijn been tikken. '*Diem sabar, njon, sabar.*' Hou je rustig, juffrouw, rustig.

Urenlang zit ik tegenover de pemoeda met zijn dodelijke wapen. Zelfs wanneer hij op een bepaald moment in slaap is gevallen met het mes losjes op zijn schoot durf ik niet naar de wc te gaan, zo bang ben ik om het vat vol buskruit te laten ontploffen. Ik staar naar hem, zoals hij daar ligt te dommelen met zijn hoofd schuin hangend en een beetje speeksel in zijn mondhoek. Ik zie het donshaar boven zijn bovenlip en vraag me af hoe het kan dat deze kinderen ineens zo agressief zijn geworden. Vlak voordat de trein op het station van Bandoeng stopt staat de jongen op. Op het moment dat hij het treinstel verlaat, kijkt hij naar me op en kruist zijn blik de mijne. Het lijkt alsof hij wil zeggen: ik had je kunnen doden, maar ik heb het niet gedaan.

2

Vader kijkt me geschrokken aan wanneer hij de deur van zijn benedenwoning voor me opendoet. Dan drukt hij me zo strak tegen zich aan dat ik nauwelijks nog kan ademen. 'Rosa, mijn Rosa,' zegt hij in mijn oor. Achter hem zie ik Janneke staan kijken; de tranen biggelen over haar wangen.

'Is William hier geweest?' is het eerste wat ik vraag. Ik zit met vader in de kamer, met een kop thee die Janneke ons heeft gebracht.

'We hebben hem niet gezien,' zegt vader. 'We hoopten dat hij naar jullie in Halmaheira was gegaan.'

'Hij weet niet eens dat we daar zaten,' zeg ik. 'Hebben jullie elkaar nooit in het mannenkamp gezien? William zat volgens mij ook in Tjimahi.'

De ogen van mijn vader worden groot. 'Dus toch! Ik dacht dat ik hem op een bepaald moment zag lopen, maar toen bedacht ik dat het hem niet kon zijn. Deze jongen was veel langer dan William.'

'Pap, William is gegroeid, hij is nu langer dan ik.'

'Ons kamp was heel groot,' zegt hij verontschuldigend. 'Wij zaten in een aparte afdeling. Die jonge jongens kwamen soms langs als ze aan het werk moesten. Verder zagen we ze nooit.' Zijn mond vertoont een nerveuze trek. Het idee dat hij al die tijd vlak bij zijn eigen zoon heeft gezeten zonder het te weten grijpt hem zichtbaar aan. 'Ik zal morgen mijn contacten op mijn werk inschakelen om William op te sporen.'

'Je werkt al weer?' vraag ik verbaasd.

'Ja, ze hebben me nodig om dit land weer op te bouwen.'

'Wie zijn "ze"? Soekarno en zijn mensen?'

'Ach, heb jij dat ook al gehoord?' zegt hij met een zucht. 'Hij is de hele reden dat dit land zo in oproer is. In plaats van rust te prediken roept hij de onafhankelijkheid uit. Alsof dat in Den Haag serieus genomen wordt.' Zijn hoofd maakt een gekke ongecontroleerde beweging.

'Waar blijven de Nederlanders dan, vader? Hoe kun je een land bevrijden zonder bevrijders?'

'Geduld, meisje, ik weet dat ze ermee bezig zijn. De Britse troepen zijn al geland, dat is de eerste stap.'

Janneke komt de kamer binnen. 'Rosa, ik heb een bad voor je klaargemaakt.'

'Een bad?' vraag ik verwonderd.

'Het is een grote wastobbe, maar met opgetrokken knieën pas je daar wel in,' zegt ze met een glimlach. 'Voor daarna heb ik een Hollandse maaltijd bereid; ik dacht dat je daar wel naar zou smachten.'

Ik smacht nog steeds naar al het eten dat er bestaat, uit welke keuken het ook komt.

Mijn magere lijf zakt in de tobbe, waardoor het water net tot de rand komt. Ik zeep de spons in en wrijf ermee over mijn huid, eerst zacht en dan steeds harder. Ik wil de vuiligheid weg krijgen, de jarenlange smerigheid die in mijn poriën is gaan zitten, onder mijn nagels, in mijn haarvaten. Ondertussen gaan mijn gedachten uit naar William. Waar kan mijn broertje zitten? Het idee dat hij alleen over straat zwerft zonder ons, zijn familie, drukt pijnlijk op mijn borst. Hoe kan het dat hij niet bij vader is aangekomen? Hij weet misschien niet op welk adres hij woont, maar hij had naar papa's werk kunnen gaan om naar hem te informeren, toch? En waarom heeft vader tot dusver geen moeite gedaan om hem te zoeken? Misschien heeft William het niet overleefd en is dat de reden dat niemand iets van hem heeft gehoord. Hij was een sterke jongen, maar ook hij kan dysenterie gekregen hebben, malaria, oedeem, of... Ik durf er niet aan te denken dat ook hij doodgemarteld kan zijn. Stel dat hij zich toch niet heeft kunnen inhouden en in opstand is gekomen. Hij heeft een koppig karakter, net zoals ik. Misschien heeft hij geprobeerd te ontsnappen. Ik neem een hap lucht en steek mijn hoofd tussen mijn benen in het water. Zo lang mogelijk blijf ik onder water, terwijl ik mijn haren was. Morgen ga ik hem zoeken, neem ik me voor.

Ik moet nu echt stoppen met eten voordat mijn maag knapt. Ik heb twee keer opgeschept van de aardappels, boontjes en het stoofvlees. 'Zal ik voor morgen een afspraak bij de kapper maken?' vraagt Janneke.

'Een andere keer,' zeg ik. 'Morgen ga ik William zoeken.'

Na het eten, als vader een borrel gedronken heeft, zie ik dat er iets met hem is. Zijn smalle gezicht vertoont steeds vaker een rare tic. Ik probeer er geen acht op te slaan, terwijl we proberen een hiaat van drie jaar te vullen. Hortend en stotend vertellen we elkaar de ene anekdote na de andere, verhalen die elkaar geen moment overlappen. Vader over zijn jaren in het mannenkamp. Janneke die het gelukt was buiten te blijven, en ik begrijp dat de honger en de angst ook daar steeds nijpender zijn geweest. Zelf vertel ik ook een aantal van mijn avonturen. Tussendoor vallen zuchtende stiltes, waarin alles wat er niet wordt verteld zwaar op ons drukt, en waarin mijn vaders hoofd steeds oncontroleerbaarder schudt.

In de logeerkamer staat een bed dat Janneke voor me heeft opgemaakt, met gesteven witte lakens. Misschien is het de strakke Hollandse manier waarop het bed is opgemaakt die me plotseling zo raakt. In het kussen smoor ik mijn verdriet, zodat ze me niet kunnen horen. Iedereen heeft genoeg aan zijn eigen tranen.

De volgende ochtend probeert vader me tegen te houden. 'Het is te gevaarlijk in de stad, Rosa. Indische en Europese vrouwen worden verkracht.' Met zijn woorden probeert hij impact te maken, maar hij kijkt mat uit zijn ogen.

'Ga dan met me mee,' zeg ik tegen hem.

'Ik moet naar mijn werk. Zolang ik me onmisbaar kan maken bij Verkeer en Waterstaat, zijn Janneke en ik veilig, en is er voldoende te eten in huis.'

'Dan zit er niks anders op,' zeg ik en ik vertrek. Niemand kan me nog iets verbieden, ik ben volwassen.

De eerste plek waar ik zoek is het ziekenhuis, dat vlak bij vaders benedenwoning ligt. In de hal zijn wel honderd briefjes op de muur geplakt van mensen die iemand zoeken. Nadat ik ze allemaal heb bekeken, schrijf ik mijn eigen gegevens op en plak het papiertje op.

Daarna loop ik naar de Grote Postweg, de hoofdstraat van onze stad. De laatste keer dat ik hier ben geweest was met Vera, toen we net bezet waren door de jappen. Van de mooie winkels is weinig meer over. Etalages zijn dichtgetimmerd met planken, toko's hebben hun etenswaar niet uitgestald, er staan geen verkopers op straat. Op de plek waar vroeger het politiekantoor zat zijn nu heel veel mensen, ook hier blijken briefjes te hangen van personen die vrienden of familie zoeken. Weer neem ik alle namen door. Ik zie de naam van een oud-klasgenoot van me die zijn vader zoekt, maar verder staan er geen namen op van mensen die ik ken. Ik vraag aan wat Hollanders, die er net zoals ik armzalig uitzien, of ze van William de Graaf hebben gehoord. Of van John Coenen. Of van Johanna Schmidt. Ze kijken me wezenloos aan.

Na een lange dag zoeken kom ik gefrustreerd terug in het huis van vader en Janneke. Zodra vader thuis is klamp ik hem aan. 'Zou je met me naar Tjioemboeloeit willen rijden? Misschien is William naar ons huis gegaan.'

Vader kijkt me schamper lachend aan. 'Jullie oude wijk bestaat niet meer,' zegt hij, op een toon alsof het raar is dat ik dat niet weet.

'Hoezo? Hebben ze het helemaal platgebombardeerd?' vraag ik geschokt.

'De huizen zijn er nog wel, maar ze zijn ingenomen door de ploppers.'

'Wat zijn ploppers?'

'Die zogenaamde vrijheidsstrijders. Ze hebben zich verenigd alsof ze een militaire eenheid zijn.' Terwijl hij praat krijgt hij weer die zenuwtic die zijn hoofd doet schudden. 'De laatste indo's die niet geïnterneerd waren maar die hun woningen niet wilden opgeven, hebben ze vermoord.'

Ik leg geschrokken mijn hand voor mijn mond en kijk naar Janneke.

'Ik had toen allang begrepen dat het er niet meer veilig was,' zegt Janneke.

'En onze buren dan, de familie Coenen?'

'O, die wonen hier schuin tegenover,' zegt Janneke.

'De moeder van John woont hier schuin tegenover?' herhaal ik vol ongeloof.

Wanneer een kleine tanige vrouw opendoet, denk ik dat ik aan het verkeerde adres ben. Maar voor ik een verontschuldiging kan mompelen, zegt de vrouw in de deuropening: 'Ik ben het, Rosa.' Liefdevol neemt ze me in haar armen. Ze ruikt nog precies zoals toen. 'Kind, je bent een vrouw geworden,' zegt ze hoofdschuddend. 'Kom binnen!'

Ze vertelt dat haar zoon gedurende de hele oorlog op Nieuw-Guinea heeft gezeten. Het zal nu nog maar een kwestie van weken of misschien zelfs dagen zijn voor ik hem zal terugzien. 'Blijf hoop houden, Rosa. Dat doen wij ook. Binnenkort is onze John weer thuis.'

In drie dagen tijd kom ik geen stap verder. Ik denk er zelfs over om maar weer terug te gaan naar Halmaheira, in de hoop dat William daar inmiddels is. De communicatie komt moeizaam op gang en voor berichten zijn we hoofdzakelijk nog afhankelijk van de traagwerkende post.

Uiteindelijk heb ik toch van Janneke de uitnodiging aangenomen om naar de kapper te gaan. In een jurk van haar, die ze voor mij smaller heeft gemaakt, zit ik voor de spiegel in de kleine zaak. Pluk voor pluk worden mijn lange slierten geknipt. In het kamp werden veel vrouwen kaalgeschoren, als strafmaatregel, en soms scheerden ze zelf hun hoofd kaal, omdat ze gek werden van de luizen. Ik dacht steeds: ik moet mijn haar zien te houden. Zolang ik mijn haar heb, heb ik mijn waardigheid. Ik droeg het meestal in een lage knot, zodat het niet opviel hoe lang het inmiddels was. Mammie zei vaak tegen me: wie wil er hier nog mooi zijn, Rosa, knip het toch af. Maar ik weigerde, ondanks de luizen die ook ik had. In Halmaheira waren de parasieten op mijn hoofd ineens weg, alsof zelfs zij er geen heil meer in zagen om nog langer mee te liften op mijn uitgeteerde lijf.

De kapster, een inlands meisje, knipt mijn haar in een keurige boblijn. Na afloop droogt ze de uiteinden onder een kap met krullers. Ik heb er allang weer genoeg van en kan niet wachten om weg te gaan.

Ongeduldig na die lange zit loop ik naar buiten en bots zowat tegen een meid aan. 'Pardon,' zeg ik om in deze onrustige tijden vooral niemand kwaad te maken. 'Rosa?' zegt ze dan. Ik ben even in de war. Ken ik deze vrouw in batikrok en kebaya? Dan ineens valt het kwartje. 'Sonja!'

We gaan naar een warung, waar we achter in de zaak in een klein hoekje rustig kunnen praten. 'Goed idee,' zeg ik tegen Sonja, duidend op haar kleren. Ik ga ervan uit dat het haar manier is om minder op te vallen als indo. Sonja heeft een vrij donkere huidskleur, maar toch kun je ook de westerse trekken in haar gezicht zien.

'Sinds ik in de kampong woon draag ik enkel nog deze kleren,' zegt ze op een toon die het midden houdt tussen ergernis en medelijden.

'Waarom woon je in de kampong? Hebben ze jullie huis ook ingenomen?'

'Ons huis bestaat nog, maar mijn thuis is weg,' zegt ze. 'Mijn moeder is overleden in Bloemenkamp, ook hier in Bandoeng.' Ze lacht wrang. 'Ze was dol op bloemen. Vader is gestorven aan het front.'

'Wat vreselijk, Sonja.' Ik raak haar arm aan, die ze zachtjes losschudt. 'En Rudi? Heeft hij het overleefd?'

Ze tilt haar kin op. 'Dat weet ik niet. Met hem wil ik niks meer te maken hebben sinds hij voor het Nederlandse leger heeft gekozen.'

'Wat rot...' zeg ik, niet wetend hoe ik moet reageren. 'Waar woon je dan nu, Sonja?'

'Ik woon in de kampong met mijn man, Toegirin. We ondersteunen de vrijheidsstrijd.'

Onbedoeld moet ik grinniken. 'Je bent getrouwd met een inlander?'

'Ja, dat kun jij je natuurlijk helemaal niet voorstellen,' zegt ze cynisch.

'Dat is het niet,' zeg ik gauw. 'Ik ben er gewoon verbaasd over, dat is alles. Maar hij is hopelijk geen plopper, je man?'

'"Plopper",' zegt ze me na. 'Hij streeft de onafhankelijkheid na, net zoals onze vrienden, ja. Heb jij enig idee wat er hier in dit land aan de hand is?'

'Eh, ja... Ik weet dat Soekarno de Republiek Indonesië heeft uitgeroepen, maar die wordt toch helemaal niet erkend door onze regering?' Het lachen is me vergaan.

'Rosa, hoe naïef ben jij eigenlijk? Er is hier een revolutie gaande en jij hebt het over de Hollandse regering. Nederlands-Indië bestaat niet meer.' Ze spreekt met een steeds sterker Maleis accent, alsof ze de Nederlandse tongval is vergeten. Ook lijkt ze te zijn vergeten dat haar ouders net zo koningsgezind waren als de mijne.

'Soekarno heeft geheuld met de jappen,' zeg ik provocerend. 'Ze noemen hem een fascist.' Ik moet denken aan de keer dat ik hem in het kamp heb ontmoet. Ik was onder de indruk geweest van zijn persoonlijkheid.

Sonja kijkt me strak aan. 'Hoeveel weet jij eigenlijk van wat er daadwerkelijk aan de hand is? Die samenwerking met de Japanners was een farce. Soekarno is een nationalist en heeft altijd aan de kant van zijn landgenoten gestaan.' Vurig gaat ze door, over dat de pemoeda's niet zomaar losgeslagen jongeren zijn. Het zijn de kinderen van de baboes en de kokkies die in hun jeugd gezien hebben hoe hun ouders voor de Belanda's hebben gesloofd. Toen de Japanners kwamen, hebben ze hun de illusie gegeven dat ze wilden samenwerken. Eén groot Azië met gelijkheid en vrijheid. Maar ook de jappen gebruikten hen alleen maar voor eigen gewin. Ze hebben dit land in het verderf gestort, waarin meer Indonesiërs van de honger zijn omgekomen dan in de kampen. Dus ja, er is boosheid, en zij begrijpt dat. Ze sluit haar betoog af met de woorden: 'Mensen die niet voor de kant van de revolutie kiezen, hebben hier niets meer te zoeken!' De boodschap naar mij is duidelijk. Mij vraagt ze niks. Niet hoe het mij al die jaren is vergaan, hoe ik het heb overleefd.

Ik zeg dat het me spijt, waarna ik opsta. 'Ik heb nooit zo in twee kampen gedacht,' zeg ik voordat ik wegga. 'Ik heb altijd geloofd dat we zouden kunnen samenwerken.' Heel even zie ik in haar ogen de Sonja die ik kende voordat ze een vrijheidsstrijder werd. Daarna draait ze haar gezicht van me weg. Ik kan gaan.

Na twee weken overhandigt Janneke me een briefje dat ene Josef Schmidt voor me had afgegeven. Het komt van zijn vrouw, Johanna, die in het Borromeus-ziekenhuis ligt, hier aan het einde van de straat. Er staat in dat ze naar me op zoek is. Ik wil meteen de deur uit rennen, maar Janneke houdt me tegen; de relschoppers komen steeds dichterbij, de wijk naast de onze is al in brand gestoken. Ik vertrek toch.

In de ziekenzaal voor ernstig zieken vind ik Johanna, de liefste vrouw en moeder die ik ooit in mijn leven heb ontmoet. Ze is er nog slechter aan toe dan toen ik haar had achtergelaten in Tjideng. Op haar gezicht, dat wel van porselein lijkt, verschijnt een glimlach wanneer ze me ziet. 'Hé, meisje,' zegt ze zwak. 'We hebben het allebei overleefd, hè.'

'Natuurlijk hebben we het overleefd, wij zijn sterk,' zeg ik in een poging bemoedigend te klinken.

'Jij zeker,' zegt ze en haar wenkbrauwen gaan even omhoog. Daarna kreunt ze, alsof zelfs die minieme beweging haar pijn gedaan heeft. 'Ik heb het overleefd dankzij die kat van jou. Dat was zo moedig van je...'

'Niks moedig, het moest.' Ik pak haar tere hand vast. 'Je moet wel beter worden, hoor! Wat scheelt er precies aan?'

'De artsen zeggen dat mijn lijf het op sommige plekken heeft opgegeven.' Ze kucht, waarna haar gezicht weer vertrekt van de pijn. Dan verzamelt ze kracht om verder te praten. 'Maar mijn geest heeft het niet opgegeven, hoor, Rosa. Zeker nu Josef bij me is teruggekomen. We zijn weer een gezin.'

'Echt waar? Wat geweldig, Johanna. Hij heeft natuurlijk spijt gekregen. Logisch, met zo'n mooie, lieve vrouw.'

Haar ogen kijken me glimmend aan. In haar mond ontbreken twee tanden. Ik vertel haar hoe het leven in Halmaheira was, tot ik merk dat ze in slaap is gevallen.

Buiten klinken plotseling geweerschoten. Ik loop naar het raam en zie dat de wijk in brand staat. Vanuit de straten komen mensen toegestroomd. Het ziekenhuis is de veiligste plek in de buurt. Het personeel komt de zaal in met de vraag of al het bezoek naar beneden wil vertrekken, want ze sluiten hier de luiken.

Tussen de menigte op de binnenplaats vind ik Janneke. Ze trilt van angst. 'Rosa, het gaat fout, het gaat helemaal fout.' Buiten het ziekenhuis horen we geweerschoten en mortieren. Ineens vliegt er een brandende olielamp over de stenen muur. Janneke en ik kunnen net op tijd wegspringen, maar de man naast ons heeft hem tegen zijn been gekregen, waardoor zijn broekspijp vlam vat. Hij gilt het uit. Ik ren het gebouw in, gris een handdoek van een rek en haast me ermee naar buiten om het vuur op zijn been uit te drukken. Daarna ontfermt een broeder zich over de man. Ondertussen gaat het schieten buiten nog altijd door.

'Verdomme, doe iets!' schreeuwt iemand. 'Maak ze af!' Maar we kunnen niks doen. Als ratten in de val moeten we afwachten. Met mijn armen om Janneke heen bedenk ik gelaten dat ik niet bang ben, alsof de angstsensoren in mijn lijf zijn opgebruikt.

Pas tegen de avond wordt het weer rustig buiten de muren en kunnen we het ziekenhuisterrein verlaten. 'Wacht nog vijf minuten,' zeg ik tegen Janneke. 'Ik ga mijn vriendin gedag zeggen.'

Boven denk ik dat ik me vergist heb in de zaal. Een verpleegster die me ziet zoeken komt naar me toe. 'Kan ik u helpen? Wie zoekt u?'

'Johanna Schmidt,' zeg ik, plotseling aangedaan.

De zuster kijkt op haar lijst. Dan blijft haar potlood bij een naam hangen. 'O ja, ik zie het al. Ze is om drie uur overleden,' zegt de vrouw onbewogen. 'We hebben haar bed al leeggehaald.'

Het huis van Janneke en mijn vader staat er nog. Vader, die inmiddels is thuisgekomen van zijn werk, is ook ongedeerd. Janneke valt hem snikkend in de armen. 'Ach, stil maar, Janneke, stil maar, meisje van me,' zegt vader troostend. Ik loop regelrecht naar de logeerkamer en trek de deur achter me dicht.

3

Zeven dagen lang heb ik gehuild. Elke ochtend wanneer ik met dikke ogen wakker werd, begon de tranenvloed opnieuw. Ik verbaasde me over de hoeveelheid vocht die een mens kan produceren. Verder had ik nauwelijks gedachten, ik kon enkel voelen. Alsof mijn lichaam en hoofd verworden waren tot een hoopje kommerlijke cellen; opgespaard verdriet van jaren.

Na die week komt mijn vader bij me op bed zitten. Met zijn afstandelijke houding vertelt hij me dat ik niet meer bang hoef te zijn, want hij heeft goed nieuws. De Japanners die hier nog steeds wachten tot ze naar huis kunnen, zijn nu door de geallieerden aangesteld om ons te bewaken, tot we de leiding over het land kunnen terugnemen. Dus onze wijk en het ziekenhuis worden nu beschermd. Als ik wil, kan ik er weer op uit gaan. Mits ik voorzichtig ben, natuurlijk.

Ik wil niet. Waarom zou ik nog vrolijk worden als er zoveel verloren is? Mijn vader klopt ongemakkelijk op mijn been. Er is veel om over te treuren, maar uiteindelijk is er nog altijd meer om voor te leven. Bovendien: ik ben een De Graaf, en die geven niet op.

Op zijn werk heeft hij gehoord dat er vanavond een dansfeest is voor jongeren in de hangar op Andir, het vliegveld. In een tuttige jurk van Janneke, die te kort en te breed is, laat ik me door vader naar het feest brengen. Hij heeft gelijk: opgeven is geen optie. Niet zozeer om mijn familienaam, maar juist om al die mensen die zo graag hadden willen doorleven, maar die het niet was gegeven. Zoals Johanna.

Het voelt als een cultuurshock wanneer ik de hangar binnenga. Tegen de driehonderd jonge mensen staan hier bij elkaar, jongens en meiden. Europanen en indo's, géén inlanders, pemoeda's of ploppers. Het is alsof ik weer in de aula van het lyceum terecht ben gekomen. De muziek staat hard, de jonge volwassenen dansen en drinken. Hoewel ik de neiging heb om me om te draaien en weg te lopen, haal ik diep adem en loop naar binnen.

Ik overschreeuw mezelf, zoals ik geneigd ben te doen wanneer ik me ongemakkelijk voel. Ik sta bij een clubje mensen dat ik vaag ken van school en hoor mezelf praten op een toon alsof ik de verhalen over wat ik heb meegemaakt stoer wil laten overkomen. Midden in de anekdote over die avond toen ik was gevallen en de kikkers als een fontein uit mijn pan sprongen, word ik op mijn rug getikt. 'Dat verhaal ken ik.'

Fiona! Vanaf dat moment is er niks geforceerds meer aan die avond en hebben we de grootste lol; niet in de laatste plaats door de alcohol die ik niet gewend ben te drinken.

We ontmoeten een paar Engelse soldaten die regelmatig heen en weer vliegen tussen Bandoeng en Batavia om eten en spullen te vervoeren. 'Mag ik niet een keer meevliegen?' vraag ik brutaal.

Fiona stoot me aan. 'Doe normaal.'

Maar een van de piloten antwoordt: 'Ja hoor, als je niet bang bent aangelegd tenminste.'

'Dat is ze niet!' zegt Fiona.

Ik heb niks meer van die Engelse jongens gehoord, maar plotseling komt Fiona onaangekondigd langs. 'Hé, Rosa! Ik dacht: jij bent wel in voor een avontuur.'

Voor de deur staat een jeep met wat meiden en jongens erin. Ze zwaaien naar me. 'Waar gaan jullie naartoe?' vraag ik verrast.

'We gaan de wapendepots van de jappen leeghalen,' zegt Fiona stoer.

'Doe normaal!'

'Als het Nederlandse leger zo lang op zich laat wachten, moeten we zelf de strijd maar aangaan,' zegt ze laconiek. 'Strijders voor volk en vaderland, noemen we onszelf. Ik dacht: dat is ook echt iets voor jou. Doe je mee?'

Hoewel ik altijd in ben voor een avontuurtje, twijfel ik nu. 'Ik weet het niet.'

Fiona spoort me aan: 'Kom op, Rosa! We hadden elkaar toch gezworen om wraak te nemen?'

'Wraak nemen op de Japanners, toch niet op ons eigen volk?'

'"Ons eigen volk"? Dat is allang ons volk niet meer. De pemoeda's verkrachten vrouwen en slachten onze mensen af. We moeten terugslaan.'

Ik wil niet als een lafaard overkomen, dus stem ik in. 'Even mijn schoenen aantrekken.'

Binnen vraagt vader wat ik ga doen. Ik mompel iets van een clubje vrienden dat voor onze rechten opkomt en loop weer naar buiten.

'Ik wist wel dat je mee zou gaan,' zegt Fiona. Ze buigt zich naar me toe. 'Ik heb gisteren zo'n plopper neergeschoten. Het is niet eng om iemand te doden, het geeft juist een fijn gevoel om iets te kunnen doen.' Achter haar wordt ongeduldig getoeterd. 'Ja, ja. We komen al!'

Misselijk van het idee dat ik moet gaan schieten, of zelfs doden, laat ik me door haar meetrekken.

'Geen sprake van dat jij meegaat.' Het is de stem van mijn vader. Op zijn sloffen staat hij in de deuropening. 'Jij komt nu naar binnen!'

'Het spijt me,' zeg ik tegen Fiona.

'Dan niet.' Terwijl Fiona in de jeep klautert, zie ik een revolver op haar bil hangen. Daarna scheuren ze weg.

De volgende dag hoor ik van vader, die het via via gehoord heeft, dat ze zijn aangevallen. De jongen die naast Fiona zat, op de plek waar ik zou hebben gezeten, is door zijn hoofd geschoten. 'Het heeft geen zin om geweld met geweld neer te slaan,' zegt vader. 'De enige juiste weg is die van diplomatie en samenwerking.'

Dat ik nog steeds geen stap verder ben gekomen in mijn zoektocht naar William maakt me ongeduldig, daarom zoek ik contact met de Engelse piloten. Ik wil naar Batavia gaan om daar te informeren of hij ergens is gezien. Het schijnt dat ze in de hoofdstad bezig zijn met de inventarisatie van de mensen die in de oorlog zijn omgekomen.

Volgens de Engelsen zijn de transporten tijdelijk opgeschort, omdat ploppers het vliegveld van Bandoeng hebben bezet. Zodra ze die lui hebben weggewerkt, zullen ze contact met me opnemen.

4

In al deze chaos zijn de Hollanders bezig het werk weer op te starten, om de scholen te openen en de repatriëring naar Nederland op gang te brengen voor de Hollanders die niet in Indië willen blijven. Ik wil wel hier blijven. Ik ben al aan het navragen hoe ik mijn school kan afmaken, om daarna een diploma te halen tot onderwijzeres. Wanneer dit land weer een beetje normaal functioneert, zal er behoefte zijn aan leerkrachten. Toen ik aan het begin van de oorlog begon met lesgeven aan de kinderen uit Tjioemboeloeit, merkte ik dat ik niet alleen aanleg had om voor een klas te staan, maar dat ik het ook heel erg leuk vond. Terwijl ik in een boek over onderwijskunde zit te lezen, hoor ik de deurbel. Nog altijd op mijn hoede kijk ik door het raam om erachter te komen wie het kan zijn. Ik slaak een gil wanneer ik mijn zus zie staan. Ze schrikt zich rot van mij als ik de deur openzwaai en haar om de nek vlieg. 'Vera! Wat ben ik blij om jou te zien. Mijn lieve grote zus.'

'Jeetje, kalm aan,' zegt mijn zus lachend, terwijl ik haar naar binnen trek en de deur achter haar sluit.

'Heb je honger, wil je eten, drinken? We hebben van alles in huis.'

'Ik wil vooral even zitten,' zegt ze vermoeid. 'Wat een reis, met al die blokkades en opstoppingen.'

'Ben je met de bus gekomen?'

'Ja, de trein is te onveilig geworden.' Ze kijkt om zich heen. 'Is vader er niet?'

'Hij is naar zijn werk, en Janneke volgt een cursus boekhouden.' Ik schenk een koud glas suikerwater voor ons in. 'Zaten jullie nog steeds in het kamp?' Ik heb koekjes gepakt en alles op een dienblad gezet.

'We waren in de school van tante Liesbeth,' zegt ze.

'Wat een geluk dat mammie je eindelijk liet gaan,' zeg ik.

'O, dat was alleen maar omdat William een paar dagen geleden kwam aangewandeld.'

Van schrik laat ik het dienblad op de grond vallen.

'Wat doe je nu?' zegt Vera.

Ik sta voorovergebogen naar de kapotte glazen en gebroken koekjes te kijken. Het lukt me niet meer om te bewegen, om rechtop te komen of om juist naar de grond te zakken.

'Rosa, wat heb je?' vraagt mijn zus bezorgd.

'Ik dacht... Ik dacht dat hij dood was.' Ik begin zo hard te huilen dat het pijn doet in mijn middenrif en in mijn longen.

'Liefje, ach, lieverd toch,' zegt mijn zus sussend tegen me. Voorzichtig zet ze me op een stoel. 'Wij wisten ook al die tijd niet waar hij was, maar hij heeft vrienden gemaakt in het kamp, en met een van hen is hij mee naar diens familie gegaan, ergens op Oost-Java.'

'Dus hij was niet alleen,' zeg ik met een klein stemmetje.

'Nee, hij was niet alleen. Toen hij bij ons aankwam en ontdekte dat jij hier zat, wilde hij meteen vertrekken, maar ik heb hem tegengehouden. Iemand moest bij mammie en Greta blijven. Ze is wel weer redelijk hersteld, maar emotioneel is ze er niet goed aan toe. Dus ik heb tegen William gezegd dat hij nu op haar moest letten, want ik moet Han gaan zoeken.'

'Dat begrijp ik,' zeg ik zacht. 'Ik wil ook John gaan zoeken.'

Het weerzien tussen Vera, vader en Janneke verloopt stroef. Ook in de dagen daarna *tjotjokt,* botert, het niet, vooral niet tussen Vera en Janneke. Zij vindt het vervelend dat Vera zich niet als een dame gedraagt, dat ze haar haren niet vaak genoeg borstelt, dat ze niet de kleding draagt die Janneke haar geeft. Ik moet er stiekem om lachen. Mijn vroeger zo brave zus is in de afgelopen jaren veranderd in een eigenzinnige volwassene.

Zodra ik via de tamtam hoor dat de Japanners het vliegveld hebben bevrijd van de ploppers, zoek ik meteen weer contact met de Engelse piloten met de vraag of ik samen met mijn zus mee zou mogen naar Batavia. Het mag. Nu nog onze vader overtuigen.

'Er gaan al dagen geruchten rond dat de mannen van de Royal Air Force in Batavia geland zijn. Laat me alsjeblieft naar John toe gaan,' zeg ik smekend.

Mijn zus doet er nog een schepje bovenop: 'Ik heb ook begrepen dat ze daar veel meer informatie hebben over waar onze jongens nu zitten, dus is de kans ook veel groter dat ik Han daar zal vinden.'

Toen ik nog alleen wilde vertrekken, voordat Vera bij ons was, had vader het een absurd idee gevonden. Maar omdat we nu samen gaan, en mede door de toegenomen spanningen in huis, gaat hij overstag. 'Goed dan, ik geef jullie het adres van mijn broer, zodat jullie daar kunnen slapen.'

Wij kennen oom Alfons niet goed, maar hij is mijn vaders lievelingsbroer. Als kind zijn ze samen voor tien jaar naar een Hollands jezuïetenklooster gestuurd om een goede opleiding te krijgen. Oom Alfons en mijn vader hebben destijds veel steun aan elkaar gehad. Het schijnt een afschuwelijk klooster te zijn geweest. Vader zei vaak tegen ons: 'Dat zal ik jullie nooit aandoen!' Mammie beweerde altijd dat de jezuïeten van vader een afstandelijke man hadden gemaakt.

We mogen met vier Engelse militairen meevliegen. De twee piloten kende ik al, maar de andere twee heb ik nog nooit gezien. Ze praten Engels met een accent dat we nauwelijks kunnen verstaan. Zij gaan samen met ons in het ruim zitten, waar we ons moeten vastgespen aan de klapstoelen. Ik voel een kriebel in mijn buik wanneer het vliegtuig opstijgt en grijp meteen naar Vera's hand. Ik moet bijna mijn nek verdraaien om door het raampje te kunnen kijken, waardoor ik beneden ons alles kleiner zie worden. Vanuit de lucht lijkt ons land lang niet zo chaotisch te zijn als op de grond. Zodra het toestel recht hangt, maken de twee jongens die tegenover ons zitten hun riemen los. Ze beginnen meteen aan de vracht achter in het toestel te sjorren. We horen ze met een koevoet een van de kisten openbreken. 'Christus, moet je dit zien!' roept een van hen uit. De ander loopt naar de cockpit en trekt het gordijntje opzij. 'Dit hele toestel zit vol met flappen, maat!'

'Dat meen je niet! Het is onze geluksdag!' zegt de copiloot, die zich nu ook losmaakt. '*Holy moly*,' zegt ook deze wanneer hij de inhoud ziet. Het is Japans papiergeld dat nog geldig is. Lachend graaien ze de bankbiljetten eruit en gooien ze omhoog. Mijn zus en ik zitten zwijgend naar dit schouwspel te kijken, waar we hopelijk niet bij betrokken worden. Nu beginnen de mannen zo veel mogelijk geld in hun kleren te stoppen. Ook de kleding van de piloot wordt via de boord van zijn overhemd volgestopt met briefjes. 'Neem ook,' zegt de copiloot tegen ons. 'Ze merken er toch niks van!'

'Wij blijven liever zitten,' zeg ik vrolijk om niet flauw over te komen. 'Maar ga je gang.' Mijn zus werpt een boze blik naar me, die ik even niet weet te interpreteren.

'O, kom maar, ik stop wel wat in je jurkje,' zegt een van de lomperiken, waarna hij naar me toe loopt met wat stapeltjes briefgeld.

Razendsnel maakt mijn zus zich los en werpt zich ertussen. 'Als je haar met één vinger aanraakt, krab ik de ogen uit je kop!' schreeuwt ze.

'O, een vals katje, deze,' grappen de Engelsen. Toch heeft het geholpen, want daarna laten ze ons met rust. Wanneer de euforie vanwege het geld is weggeëbd, maakt het vliegtuig een duikvlucht naar beneden. Wat doen ze in godsnaam? Ik klem mijn handen strak om mijn klapstoel. 'Kijk naar die sukkels! Nog een keer!' schreeuwt een van hen naar de piloten. Het vliegtuig stijgt weer op en maakt dan opnieuw een duikvlucht naar beneden. De hilariteit onder de jongens wanneer ze de arbeiders op de rijstvelden angstig weg zien duiken is stuitend.

Na de landing laten ze aan mij weten dat ik ook weer mee terug mag vliegen. Mijn zus is echter niet meer welkom. Ik lieg dat we al ander vervoer hebben.

In de stad, onderweg naar onze oom Alfons, zie ik iets logs liggen. Ik vraag me af waarom mensen een zak meel of rijst zomaar op straat achterlaten in deze tijd van schaarste. Pas dan zie ik dat het de romp is van een man, waarvan de ledematen en het hoofd zijn afgehakt. Ik zeg niks tegen Vera en probeer niet te kijken. Op het adres van oom Alfons treffen we niemand aan. Vreemd, want het is toch echt het goede adres. Bij de buren doet ook niemand open. 'Laten we naar de kazerne gaan, Rosa,' zegt Vera tegen me.

Maar dan gaat de deur van het buurhuis toch een klein stukje open. Een vrouw kijkt angstig door de kier. 'Goedemiddag, het spijt ons dat we u storen, maar we zijn op zoek naar onze oom Alfons,' zeg ik.

Nu gaat de deur verder open. 'Hij is er niet meer,' zegt het schichtige mens.

'Hoe bedoelt u precies?' vraagt Vera.

'Hij is *getjintjangt*.' Ze kijkt naar Vera en dan naar mij. 'In stukken gehakt,' verduidelijkt ze dan.

Als verdoofd lopen Vera en ik door de stad. 'Hoe moeten we dat aan vader vertellen?' vraag ik me hardop af.

'Misschien gewoon niet,' zegt Vera.

We waren van plan geweest om pas de volgende dag naar de kazerne te gaan om te informeren naar onze vriendjes. Nu kunnen we niet anders dan daar meteen naartoe gaan, want we hebben een veilige slaapplek nodig voordat het donker wordt.

Het is alsof ik ineens een sensor heb voor alles wat niet klopt in het straatbeeld. Ik zie ledematen, stukken mens, een kinderlichaam. Graatmagere mensen zoeken in het afval naar eten. Ik hoef me niet af te vragen of Vera het ook ziet. Ik voel het aan haar hand, die steeds strakker de mijne vasthoudt.

Bang bewegen we ons door de stad, waar anarchie en wetteloosheid heersen, waar de gruwelen niet meer weg te gummen zijn uit het straatbeeld. Opgelucht omdat we er zonder kleerscheuren doorheen gekomen zijn, melden we ons bij het kazernekantoor. We worden in een kamertje gezet, waar we twee uur wachten.

'Ik heb al een heel leger nodig om ongeduldige vrouwen als jullie gerust te stellen,' moppert de Engelse officier wanneer hij binnenkomt.

'Pardon,' reageert Vera aangebrand. 'Het is al bijna drie maanden vrede en ik heb nog steeds niks van mijn verloofde gehoord.'

De man trekt zijn wenkbrauwen op. 'Noem je wat er in deze stad heerst "vrede", jongedame? Geloof me, wij proberen er alles aan te doen om jullie jongens veilig te houden en de situatie hier niet nog verder uit de hand te laten lopen.'

'Het spijt ons, officier, maar we zijn heel erg bezorgd,' zeg ik in een poging hem gunstig te stemmen. 'Hebt u zelf geen vrouw thuis zitten?'

De man zucht diep. 'Namen!'

'Zestiende bataljon infanterie, Han Kock,' zegt Vera. De man schiet in de lach en richt zich hoofdschuddend op de lijst. Lijst na lijst loopt hij zuchtend door, tot hij hem kennelijk heeft gevonden. 'Het goede nieuws is dat hij leeft, het slechte nieuws is dat hij met nog zevenduizend maten vastzit in de buurt van Bangkok in Thailand.'

'Thailand?'

'Yep, Thailand. Volgende?' Hij kijkt naar mij.

'John Coenen, Royal Air Force, vijfde squadron.'

Hij heeft John sneller gevonden dan Han. 'Die zit in Biak, op Nieuw-Guinea. Voor hem geldt hetzelfde: voorlopig mogen er geen Nederlandse militairen op Java landen. Dat was het, dames.'

'Wacht,' zeg ik. 'We hebben een plek nodig om te overnachten.'

De man haalt adem om opnieuw diep te zuchten.

We worden naar kamp Adek gestuurd, vlak bij de kazerne. Het bestaat uit loodsen die voor de oorlog door koelies werden gebruikt, maar de afgelopen jaren ook diende als interneringskamp. Meteen hebben we weer het gevoel terug te vallen in de smerigheid. Opnieuw zitten we opgesloten en staan er Japanse militairen bij de hekken en in de uitkijktorens. Alleen zijn ze er nu niet om ons gevangen te houden, maar om ons te beschermen tegen indringers.

'Dit verzin je toch niet,' zeg ik gefrustreerd tegen Vera als we weer in een rij staan voor de gaarkeuken.

'Ik denk dat we ons er maar bij moeten neerleggen dat de wereld gek is geworden.' Mijn zus neemt een bakje van de keukenhulp aan met daarin een dunne soep, met wat rijst en postelein.

'Ik wil me daar helemaal niet bij neerleggen,' zeg ik. 'Het zou al een heel stuk schelen als ik het zou begrijpen.'

Wanneer we ons eten bijna ophebben, komt de vrouw die ons de soep gaf bij ons zitten. 'Wat begrijpen jullie niet, meiden?' vraagt ze vriendelijk. 'Ik hoor nog weleens wat.'

'Waarom mogen onze jongens niet terugkeren?' vraag ik meteen aan haar.

Vera stoot me aan. Misschien is ze bang dat deze vrouw niet te vertrouwen is, maar wat kan het voor kwaad om vragen te stellen?

'Goede vraag,' zegt de vrouw, die een wat mannelijk voorkomen heeft. '*Prisoners of peace*, noemen ze zichzelf inmiddels. Kijk, het is hier nogal een explosieve situatie geworden, met al die boze jongeren. Nou wil de Britse legerleider, Mountbatten, geen olie op het vuur gooien door die KNIL-jongens hier toe te laten. Dan wordt het opnieuw oorlog. Niet tegen de Japanners, maar tegen de nationalisten. De Nederlandse regering erkent vooralsnog de revolutie van Soekarno niet, dus volgens de Britten moet er eerst gepraat worden.'

'Maar dat willen de Hollanders niet?'

'Precies. Ze hebben nu speciale *key areas* ingesteld, waar de Britten hun gezag kunnen handhaven met behulp van de Japanners.'

'Maar die Japanners hebben zelf toch geen wapens meer?'

'In principe niet, die hebben ze moeten inleveren. Het probleem is dat de wapendepots massaal zijn leeggeroofd door de vrijheidsstrijders.'

En door Fiona en haar bende, bedenk ik gelaten.

'Nog meer vragen?'

'Nee, bedankt,' zegt Vera.

'Wacht, ik heb nog wel een vraag. Zitten er nog veel luizen hier?'

'Dat weet je nooit,' zegt de vrouw, waarna ze de doek op haar hoofd recht duwt.

In de avond word ik opgeschrikt door tromgeroffel. Ik maak Vera wakker en loop naar buiten. Het geluid komt van de kampong, die naast dit kamp ligt. De muur verhindert het uitzicht, maar daarboven is een oranje gloed te zien. Steeds meer mensen komen nerveus en angstig uit de loodsen.

'Wat is er aan de hand?' vraagt Vera, die slaperig naast me komt staan.

'Luister maar,' zeg ik.

'*Bersiap*, *hanta*, Belanda!' wordt er als een soort mantra geroepen. 'Kom op, pak de Hollanders!' We horen het gestamp en de opzwepende klanken van de jongens steeds dichterbij komen. Mensen om ons heen beginnen te rennen.

'Waar kunnen we naartoe?' gilt Vera.

'Hierheen, hierheen!' Ik trek haar mee naar achteren, waar de meeste mensen heen vluchten, zo ver mogelijk bij het geschreeuw vandaan. Maar het geluid verplaatst zich, net zoals de groep zich langzaam verplaatst, als een kudde opgejaagde beesten. Dan zien we dat er een brandende fakkel over de muur gegooid wordt. We horen ze tegen de muur schoppen. Nog een paar tellen en ze breken erdoorheen. Mensen beginnen te huilen en schreeuwen in paniek: 'Help, help ons dan!'

'Bersiap, hanta, Belanda!' Dan klinkt er enorm geschreeuw. 'Dood de Belanda!' De eerste jongeren klauteren over de muur. In hun handen houden ze geen bamboesperen, maar geweren, die ze op ons richten. 'Dood de Belanda!' Er wordt geschoten. We kruipen in elkaar, knijpen onze ogen dicht. Was dit het? Worden we nu uiteindelijk toch nog gedood? Niet door de jappen, maar door de mensen waarmee we sinds onze geboorte hebben samengeleefd? Plotseling wordt het geschut heel grof: het geluid van mitrailleurs. Dan het brommende lawaai van een tank die het kamp komt binnenrijden. Het zijn de jappen! Met grof geweld weren ze de aanval af. De kogels vliegen ons om de oren. Ook buiten de muur klinken hevige vuurgevechten. Tot het stiller wordt.

In het eerste daglicht zien we dat de lijken worden opgestapeld: honderden jonge vrijheidsstrijders, tientallen Japanners en een enkele Belanda.

5

Na die nacht in kamp Adek ben ik mijn strijdlust en mijn weerbaarheid kwijtgeraakt. Ik wil ineens niet meer. De oude oorlog heeft plaatsgemaakt voor een nieuwe oorlog. Wat moet je in een land dat verscheurd is, met wonden die zo diep zijn dat ze de komende jaren niet meer zullen helen? Een niemandsland bovendien, een jungle, waarin alle menselijke beschaving lijkt te zijn verdwenen. Vera besluit naar familie van Han te gaan zoeken. Ik ga naar de bergen boven Semarang om eindelijk mijn broertje terug te zien, maar ook mammie, Greta en tante Liesbeth.

Wanneer ik na een lange reis uit de pick-uptruck stap die me het laatste stuk heeft gebracht, zie ik als eerste William staan. Zoals gewoonlijk staat hij te knutselen. 'William!' roep ik naar hem.

Hij kijkt verbaasd op. Daarna komt hij de heuvel af gerend. 'Rosa, je bent er!' Zijn stem is zwaar, als die van een man, en hij is langer dan ik ben, maar toch neem ik hem in mijn armen alsof hij nog steeds mijn kleine broertje is.

Hij kijkt me lachend aan. 'We hadden het beloofd, hè.'

'Ja,' zeg ik, 'we hadden het beloofd.' Gearmd lopen we naar boven, naar de rest van de familie. Mammie staat in de grote keuken en kijkt me bevreemd aan, alsof ze zeggen wil: wat doe jij nou hier? Dan herstelt ze zich. 'Rosa, kind, je bent terug.' Nog voor ze me kan omhelzen is mijn kleine zusje haar voor. 'Rosa!'

'Hé, dit kan niet mijn kleine Greta zijn,' zeg ik grappend. 'Hoe kom jij zo groot?'

Mijn zusje lacht trots naar me.

De school van mijn tante doet nu dienst als kazerne voor Engelse parachutisten en later zijn daar nog Indiase Gurkha's bijgekomen, de elitetroepen van Brits-Indië. We zitten hier in de luwte, ver van de ellende die zich in het land afspeelt. Mammie vraagt me niet waar ik heb uitgehangen of hoe het met me gaat. Na een paar dagen begrijp ik waarom. Ze is verliefd geworden op een van de militairen; zijn foto staat op haar nachtkastje. Ze lacht haar charmante lach en probeert haar perfecte zelf van vroeger te imiteren.

De Engelsen moeten elke dag de bergen in om de opstandelingen neer te slaan, maar fanatiek zijn ze niet. Ze hebben geen zin meer in de oorlog nadat ze tegen de Duitsers hebben gevochten, en de Slag om Arnhem ternauwernood overleefd hebben. Ook de Gurkha's, die normaal het meest gedreven schijnen te zijn, hebben een hevige strijd gevoerd in Birma en zijn moe. Bovendien vragen ze zich af voor wie ze nou eigenlijk vechten in deze oorlog. Ze proberen het minimale uit te voeren en drinken liever thee met ons, spelen kaart, of maken muziek. William leert Engels van ze. Kennelijk heeft hij besloten dat het gedaan moet zijn met zijn Duits. En Greta leert dansen. Die jongens kunnen fantastisch jiven en er wordt volop geswingd op Amerikaanse muziek. Wat is dit voor een wereld waarin we leven, vraag ik me die eerste dagen af. Dit bestaan is zo gefragmenteerd dat je geluk of pech enkel afhangt van waar je toevallig terechtkomt.

Ik laat me overhalen om mee te dansen in de avonden; iets wat mammie ziedend maakt. Ik begrijp niet waarom, want Greta danst toch ook? Maar Greta is een kind en ik ben een volwassene, dat is het verschil, volgens mammie. De werkelijke reden is haar jaloezie. De jongen met wie mammie het had aangelegd, heeft zijn oog op mij laten vallen en heeft haar afgedankt. Wat kan ik eraan doen? Hij is van mijn leeftijd. Bovendien doe ik niks met al die aandacht; ik wacht op John.

Eindelijk krijg ik bericht van mevrouw Coenen. Ze heeft goed nieuws: John zal nu echt binnen afzienbare tijd terugkeren. Hoe vaak heb ik dat nu al gehoord? Ik ben moe en wil mijn jonge leven niet langer verspillen in deze wachtstand. Ik wil écht vrij zijn. Dus wanneer Vera na veel omzwervingen ook weer in Semarang terugkomt, met twee kaartjes voor een schip naar Nederland die ze heeft weten te bemachtigen, hoef ik niet lang na te denken. Mammie vraagt waarom ze voor haar geen ticket heeft kunnen regelen. 'Je mag in mijn plaats gaan,' bied ik genereus aan.

'Dat kan niet, Mien,' zegt mijn tante. 'Het zijn jongerentickets, omdat ze moeten meehelpen aan boord, als personeel.'

Nu bedankt ze er toch liever voor. Dan bied ik mijn broer het ticket aan: 'Als jij graag naar Nederland wil, mag jij in mijn plaats.'

'Weet je,' zegt hij ernstig, 'eerst wilde ik heel graag naar Duitsland terug, omdat ik daar geboren ben.'

'Daar ben je niet geboren,' snerpt mammie.

'Oké, daar ben ik niet geboren,' zegt hij kalm. 'Maar daar spelen wel mijn eerste herinneringen. Nu ben ik al zo lang weg dat ik heb besloten om een Gurkha te worden.' Meer eensgezindheid had hij niet kunnen creëren. We staren hem met open mond aan. Zelfs Greta kijkt met een gezicht waar de verbazing vanaf spat. Zodra we bijna gelijktijdig bezwaar willen maken, heft hij zijn hand. 'Ik kan het uitleggen. In de oorlog leefde ik van dag tot dag. Ik dacht: er komt een moment waarop mijn leven echt begint. Toen ik de eerste avond met de Gurkha's praatte en ze me uitlegden wat ze doen, wist ik plotseling dat dat moment gekomen was.'

Twee dagen later nemen Vera en ik afscheid van onze familie. Ik omhels mammie, wat me altijd enige weerzin oplevert. 'We zien elkaar toch al snel weer, hè!'

'Nou, je weet nooit of ik hier nog geschaakt word,' zegt ze koket.

'Mam, doe normaal!'

'Grapje. Jij hebt ook geen gevoel voor humor, hè,' zegt ze.

Liesbeth kijkt me liefdevol aan. 'Ik hoor dat je ook het onderwijs in wilt, toch? Je weet waar je altijd terechtkunt, goed?'

Ik knik en moet een brok in mijn keel wegslikken.

Greta, die nog niet goed doorheeft dat dit geen afscheid voor het leven is, heeft het op een brullen gezet. Ik til haar schokkende lijfje op en zeg: 'Greta, weet jij dat er heel veel koeien naar jou genoemd zijn in Nederland?'

Ze houdt meteen op met huilen. 'Echt?'

'Ja, Greta 1, Greta 2, Greta 3...'

'Hè, wat flauw,' zegt mammie berispend.

'Nou, jij hebt ook geen gevoel voor humor,' zeg ik plagend tegen haar. 'Grapje, hè, Greta.'

Mijn zusje giert het uit en roept: 'Boe!'

Als laatste neem ik afscheid van William. 'Wat zie ik nou? Je bent al een baard aan het kweken.' Ik trek plagend aan de enkele haren op zijn kin.

'Ja, lukt al goed, hè!' Hij laat zijn mooie lach zien. Een die meisjes later zal doen smelten, daar ben ik van overtuigd. 'Auf Wiedersehen dan maar, broer!'

'Tot ergens en ooit, zus.'

'Zullen we wel beloven dat we elkaar weer terugzien?'

'Dat beloven we,' zegt hij zacht.

Na een laatste omhelzing maak ik me van hem los. Daarna vertrekken Vera en ik.

Via een sluiproute door de bergen rijden we met bussen naar het vliegveld, waar tante een klein transportvliegtuig heeft weten te regelen. Als we het laatste stuk afleggen, vlak voor het open veld waar de landingsbanen zijn, zien we plotseling een open truck met ploppers aan komen rijden. Zou dan nu, net voor het einde, ons geluk toch op zijn? Als vanzelf grijpen Vera en ik elkaar vast en duiken omlaag. De beschietingen volgen rap daarna. In elkaars armen wachten we op het schot dat ons fataal zal zijn, maar er gebeurt iets geks. Geen van de ramen van onze bus sneuvelen, we horen de kogels niet inslaan op het metaal. Langzaam durven we omhoog te komen en dan zie we dat de Japanners ons opnieuw op het nippertje hebben gered. Ze beschieten nog steeds de vrachtwagen, waarin geen enkele vrijheidsstrijder meer overeind staat, en de laatste levenden proberen dekking te zoeken in de laadbak terwijl de truck wegscheurt. In het stof op de grond blijven de bebloede lichamen van de jonge jongens achter.

Inmiddels is Batavia weer een veilige zone geworden, vol militaire bewaking van de Engelsen en Gurkha's. Vader heeft tot ons vertrek een onderkomen voor Vera en mij kunnen regelen in een huis van Shell. De villa is fris opgeknapt en witgeverfd, en ook de huizen eromheen worden grondig gerenoveerd. Het lijkt alsof de kolonie dit stukje land heeft teruggewonnen. De opruiende leuzen, het bloed en de kogelgaten zijn vakkundig weggewerkt. De bewoners van de villa – een ingenieur met zijn popperige vrouw – zijn vers aangekomen uit Wassenaar. Ze lijken geen idee te hebben van wat wij hier hebben meegemaakt. Ze vinden ons niet alleen arme sloebers, maar ze behandelen ons ook alsof we ongeschoolde, onopgevoede meiden zijn, alsof we niet beschaafd zouden zijn. Het stomme is dat het niet eens slecht bedoeld is.

Ze vraagt haar bediende, een baboe die ons niet aankijkt, of ze ons lekker kan verwennen. 'Die meisjes kunnen wel wat extra spek gebruiken voor in Holland.'

'Wat een geluk dat jullie nu pas gaan,' zegt de ingenieursvrouw. 'In de oorlog had je daar echt niet willen zijn.'

'Nou, hier ook niet,' antwoord ik zwakjes.

Ze gaat er niet op in, maar buigt zich naar ons toe. Op zachte, samenzweerderige toon zegt ze: 'Jullie moeten weten dat het Nederlandse volk vreselijk heeft geleden in Holland. Veel arme mensen zijn gestorven in de Hongerwinter, veel gebouwen zijn stuk. Dat is een trauma, daar moet je voorzichtig mee omgaan.' Ze kijkt even om zich heen, alsof er iemand zou kunnen meeluisteren. De baboe die de hapjes voor ons neerzet telt kennelijk niet. 'Weten jullie eigenlijk wel dat heel veel Joden die Duitse concentratiekampen niet hebben overleefd? Het is daar nog wel tien keer erger geweest dan hier. Jullie hebben hier in elk geval nooit kou hoeven lijden.'

Vera, die naast me op de nieuwe gebloemde bank zit, duwt haar been tegen me aan. Ik duw terug. Het is een woordeloos teken dat we hier beter niet op kunnen reageren. Dat we niet moeten zeggen dat je de ene oorlog niet met de andere moet vergelijken. Dat ze allemaal verschrikkelijk zijn, elke vorm van geweld, elk conflict waarbij soldaten en burgers gedood worden.

'Hoe vinden jullie de inrichting eigenlijk?' Van de oorlog gaat ze naadloos over op het interieur van haar huis. 'Het was wel een gedoe, hoor, om alles hier te krijgen. En weet je wat ik zo fan-tas-tisch vind aan dit land? De bloemen!' Ze staat op, pakt de grote vaas met bloemen die op de eettafel staat en zet hem voor ons op de salontafel. 'Kijk nou naar die kleuren, de verschillende vormen. Dat is toch schitterend?' Ze draait de vaas rond zodat we de bloemen nog eens extra goed kunnen bewonderen.

'Rosa weet heel veel van bloemen en planten,' zegt Vera zacht.

Hierop kijkt de vrouw me met een bevlogen uitdrukking aan. 'Dan kun jij misschien wel onze tuin bijhouden.' Ze zegt het alsof dat het beste idee van de wereld is. 'Ik kan maar geen keybon vinden. Personeel is echt lastig te krijgen deze dagen.'

'Kebon,' zeg ik.

'Pardon?'

'Het is niet keybon, maar kebon.'

Ze is al ergens anders met haar aandacht. 'Zeg, meiden, ik moet nodig mijn *tea party* gaan voorbereiden. Er komen dames van Phillips en wat artsenvrouwen,' zegt ze met haar zangerige intonatie. 'Wat vinden jullie ervan om mij te helpen, als tegenprestatie voor onze gastvrijheid?'

Even later bindt ze ons witte schortjes voor. 'Zo lopen jullie er keurig bij,' zegt ze tevreden.

De opluchting is groot wanneer we na een paar weken eindelijk kunnen vertrekken.

Epiloog

Batavia
februari 1946

In de haven van Tandjong Priok ligt het schip De Oranje klaar voor vertrek. Geen feestelijk afscheid met muziek deze keer, geen zwaaiende menigte. De kleine plukjes mensen op de kade staan er verstild bij. Britse militairen staan met hun rug naar het schip gekeerd en turen landinwaarts om een eventuele aanval neer te slaan. We zijn pas veilig als we vertrokken zijn, weet ik inmiddels. En zelfs dan is het de vraag of we niet op een vergeten mijn stoten en deze verdomde tijd alsnog niet overleven. Ik had mijn geboortegrond niet willen verlaten en had juist willen meehelpen aan de wederopbouw. Ik had bij vader en Janneke willen gaan wonen in Bandoeng om mijn school af te maken. Ik had weer met mijn vrienden in het zwembad willen gaan liggen. Maar het liep anders, alles liep anders.

De loopplank wordt naar binnen gehaald en de trossen worden losgegooid. Ik verwacht elk moment het geluid van de scheepshoorn te horen, maar het blijft stil wanneer we langzaam in beweging komen. Daarmee lijkt zelfs de trots van dit immense schip, een voormalig pronkstuk van onze natie, te zijn gebroken.

'Daar gaan we,' zegt Vera. 'Eindelijk op weg naar een betere toekomst.'

Vanbinnen brul ik dat híér mijn toekomst lag, dat dít mijn land is. Dat het oneerlijk is dat het van me is afgenomen, en dat ik er alles aan gedaan zou hebben om meer gelijkheid te creëren, precies zoals koningin Wilhelmina het ooit bedoeld had in haar rede. We waren op weg, we waren goed op weg! Maar nu lijkt alles verloren.

'Hé, we mogen blij zijn, echt...'

'Blij?' Ik schud mismoedig mijn hoofd. 'Dat ben ik niet.'

'Kom op, we moeten aan de slag.'

Mijn zus en ik kunnen de kade bijna niet meer zien. We lopen naar het onderste dek, waar we bij de rest van het personeel slapen. De weinige bagage die we hebben, leggen we in de hangmatten die ons zijn toebedeeld in dit gigantische slaapruim. 'Die Wassenaarse vrouw heeft ons trouwens nog wat lekkers meegegeven,' zegt Vera.

'Laat eens zien.'

Vera haalt een pakje uit haar rugzak en trekt het touwtje waarmee het is dichtgebonden open. Er zit een blik in met wat spekkoek, twee lempers en twee risolles. Ik steek mijn hand al uit, maar de bel klinkt: we moeten aantreden. 'Straks, Rosa,' zegt Vera. Ze wil de lekkernijen al weer wegstoppen.

'Wacht even.' Onder in het blik lijkt nog iets te zitten. Ik til het op en zie een brief liggen waar het adres een paar keer van is doorgestreept, en die uiteindelijk is geadresseerd aan ons logeeradres in Batavia. De naam 'Rosa de Graaf' is blijven staan in het handschrift van de briefschrijver. Mijn handen beginnen te trillen. Opnieuw klinkt de bel.

'Kom, lees dat straks maar.'

Ik gris de brief weg en stop hem onder mijn blouse. Terwijl we bovendeks staan, waar ons de taakverdeling wordt meegedeeld, kan ik aan niets anders denken dan die brief. Zodra de instructie voorbij is, loop ik naar een stil plekje op het voordek, waar ik tussen de grote scheepstouwen ga zitten. Trillend trek ik de envelop onder mijn kleren vandaan en ik maak hem voorzichtig open.

Brisbane, februari 1946

Lieve Rosa,

Het spijt me dat we elkaar zijn misgelopen. Toen ik eindelijk terug was in onze stad hoorde ik dat je naar Semarang was gegaan, naar de school van je tante. Ik had maar twee dagen verlof en ben direct naar Semarang gegaan om je op te zoeken. Je moeder vertelde me dat ik je net had gemist. Je was net naar Batavia vertrokken. Waar je precies was, wist je moeder niet. Ik had je willen meenemen naar Australië, waar ik voorlopig gestationeerd word. Ik had je willen zeggen dat ik altijd aan je

ben blijven denken. Aan onze wandelingen samen, aan jouw zoenen.
In de bijna vier jaar die inmiddels zijn verstreken, heb ik nooit aan jou getwijfeld, behalve deze laatste dagen. Of eigenlijk sinds ik bij je familie was, waar je mammie afstandelijk reageerde op mijn komst. Ik kon diezelfde dag niet meer terug en moest in de school overnachten. De Engelse militairen die ik 's avonds sprak waren vol lof over jou; je kon heel goed dansen, zeiden ze. Ik vermoed zelfs dat je een paar van hun harten hebt gestolen. Op dat moment ben ik eraan gaan twijfelen of de liefde die ik voor jou voel wel wederzijds is. Misschien is wat er tussen ons bloeide een eigen leven gaan leiden in mijn hoofd en in mijn hart. Misschien is het voorbij...
Je gaat naar Nederland, Rosa. Ik wens je een goede reis toe en wie weet zien we elkaar nog eens hier of daar. Ik zal je nooit vergeten.

John Coenen

Hij is altijd aan me blijven denken. Hij wilde me meenemen. Als ik nog een paar dagen in Semarang was gebleven, dan had ik nu met hem in Australië gezeten. Waarom had mammie zo kil gereageerd? Waarom had ze niet geprobeerd mijn vader te bereiken om mijn adres sneller te achterhalen? Gunde ze me dan echt mijn liefde niet, omdat ze vond dat ik de hare had gestolen?

Ik sta op en schreeuw, ik schreeuw tegen de wind naar de oneindige zee. Om alles wat verloren is, om alles wat had kunnen zijn. Ik schreeuw tot ik niet meer kan schreeuwen en krachteloos voor me uit blijf staren. Tot de lucht mijn tranen heeft gedroogd en mijn gevoel heeft weggeblazen. Dan draai ik me om en ga naar de eetzaal van de eerste klas, waar ik de tafels moet dekken.

'Waar bleef je nou?' sist Vera.

'Nergens,' zeg ik. 'Ik bleef nergens.'

Tot slot

Rosa en de meeste van haar familieleden kwamen in Nederland terecht. Voor het leed dat ze hebben moeten doorstaan in de kampen was weinig aandacht. Het oorlogstrauma waarmee de Nederlandse bevolking kampte, met name nadat duidelijk was geworden wat er met de Joden was gebeurd in de concentratiekampen, liet daar weinig ruimte voor.

Rosa probeerde zo snel mogelijk het gymnasium af te maken om te gaan studeren. Tijdens haar eindexamen droeg ze een indigo jurk van de lap organza die ze uit het kamp had overgehouden. Hoewel ze liever naar de universiteit van Wageningen was gegaan, leek het haar moeder beter dat ze onderwijzeres werd en naar de kweekschool ging, waar ze een eenjarige opleiding speciaal voor repatrianten kon volgen.

Rosa was een aantrekkelijke jonge vrouw en kreeg veel aandacht van jongens. Een aantal van hen kende ze nog uit Indië, of ze hadden net zoals zij een verleden dat zich daar had afgespeeld. Op een dansavond was ze zo'n jongen tegengekomen, die zeer doortastend bleek. Zo gaf hij Rosa een foto van zichzelf in een lijstje, voor op haar nachtkastje. Het verbaasde haar, want meestal hadden jongens om een foto van haar gevraagd.

Anderhalf jaar na haar terugkomst zag ze eindelijk John terug. Ze hadden in de tussentijd wel gecorrespondeerd en Rosa keurde af dat hij gevechtsvlieger bleef; ze wilde niet dat hij tegen zijn landgenoten ging vechten. Wat ze niet wist, was dat John nadat hij haar brief had gelezen vliegangst had voorgewend, waardoor hij ontslagen was uit het leger. Daarna was hij naar Nederland gekomen om haar op te zoeken. Zijn komst was onverwachts geweest en Rosa had snel de foto van haar vriendje achter een gordijntje in de kast gezet. Maar terwijl zij in de keuken thee aan het zetten was, had John de foto gezien en de terechte conclusie getrokken dat ze het al met iemand anders had aangelegd. Rosa was er kapot van geweest.

Ze had met haar vriend willen breken, maar op dat moment bleek ze zwanger van hem te zijn. Het had haar serieus verbaasd. Natuurlijk was er wel wat gebeurd tussen hen, maar hij had haar verzekerd dat daar geen kinderen van konden komen. Rosa was op dit gebied naïef genoeg om dat te geloven. Hiermee werd haar toekomstdroom abrupt afgebroken. Ze kon haar opleiding niet afmaken en moest trouwen. Het werd een huwelijk dat aanvankelijk nog niet zo slecht leek en waar uiteindelijk drie kinderen uit voortkwamen.

Vera trouwde uiteindelijk met haar Han. Ze hadden elkaar zeven jaar niet gezien.

De relatie die Rosa met haar moeder had, werd nooit echt goed. Vader en Janneke woonden hun hele leven te ver weg om een goede relatie met hen te kunnen opbouwen.

William werd geen Gurkha. Ook hij moest terug naar Nederland, waar hij net als zijn vader ging studeren in Delft en ingenieur werd.

In 1950 hoorde Rosa op een dag om acht uur 's ochtends op het radiojournaal dat er een KLM-vliegtuig was neergestort. John Coenen was een van de omgekomen piloten. Rosa is meteen naar mevrouw Coenen gereden. Samen hebben ze gehuild om John. Vanaf dat moment heeft mevrouw Coenen de oma-rol op zich genomen ten opzichte van Rosa's kinderen.

Na vijfentwintig jaar moest Rosa terug naar Indonesië om de wond te helen. Dat was ook het moment waarop haar huwelijk strandde. Ze werd er opgevangen door haar vroegere kindermeisje Sumarti, die haar hielp met het rouwproces. Ook ontmoette ze veel Indonesische leraressen die ze nog kende uit de tijd dat ze bij haar tante Liesbeth woonde. Ze hadden nu goede banen, en sommigen hadden zelfs een uitzonderlijke carrière. Allemaal waren ze tante Liesbeth en de school dankbaar.

Op hoge leeftijd ontmoette Rosa de dochter van Johanna, Lotta, die acht jaar was toen haar moeder stierf. Samen hebben ze uren met elkaar gepraat over de tijd in het kamp. Lotta bedankte haar met terugwerkende kracht voor de kat die ze had gedood in een poging haar moeder te redden. Rosa zei dat het juist Lotta's moeder was geweest die háár had gered.

Nawoord

Het schrijven van dit boek was een intense ervaring voor mij: zowel de periode van onderzoek als het schrijven zelf. Ik hoop dat ik het verhaal op zo'n manier heb kunnen overbrengen dat de lezer niet alleen meer te weten is gekomen over de Tweede Wereldoorlog in Azië en hoe die zich in Nederlands-Indië ontwikkelde, maar dat die zich vooral heeft kunnen voorstellen hoe het was voor een jonge meid zoals Rosa om te moeten vechten voor je eigen leven en vóor je familie.

Rosa, het hoofdpersonage in deze roman, is gebaseerd op het leven van Mary Hens. Dit avontuur begon voor mij toen ik een e-mail kreeg van haar zoon, Bas. Naar aanleiding van mijn eerdere boek *De crèche* vroeg hij of ik er misschien in geïnteresseerd zou zijn om een boek te schrijven over zijn moeder, die in haar jeugd in Nederlands-Indië zoveel had meegemaakt. Ik bedankte hem vriendelijk. Er zijn immers voldoende schrijvers binnen de Indische gemeenschap die hier wellicht iets mee zouden kunnen. Ik gaf hem wat suggesties, maar hij liet zich niet afwimpelen.

Na zijn tweede e-mail, waarin hij iets meer uit de doeken deed over zijn moeder, antwoordde ik hem wederom vriendelijk dat ik geen biografieën schrijf maar romans, waarin ik mijn eigen interpretatie geef van de gebeurtenissen en de personages. Ik was ervan overtuigd dat het hiermee klaar was. Maar opnieuw mailde hij me: 'Ja, dat willen we.'

Ik ging er aarzelend mee akkoord om zijn moeder een keer te ontmoeten, maar wilde geen toezeggingen doen. Toen Mary de deur opendeed, begreep ik dat Bas twee onwelwillende mensen aan elkaar had gekoppeld. Zijn moeder wist van niks, of ze was Oost-Indisch doof geweest toen hij het haar had aangekondigd. 'Wat wil je dan?' vroeg ze achterdochtig. 'Een boek over mijn leven? Onzin!'

Gelukkig was Bas zelf ook aanwezig om het gesprek in goede banen te leiden. De vijfennegentigjarige dame vuurde met bevlogenheid en energie vragen op me af; wat voor boeken ik had geschreven, en wat ik met de Indische gemeenschap had. Ik vertelde haar dat ik twee Indische kinderen en een Indische schoonfamilie heb. Hierop keek ze me nukkig aan. 'Ik kan ook goed luisteren,' voegde ik eraan toe.

'Dat is in elk geval wat,' besloot Mary.

Een appelpunt en een kop thee verder besloot ze dat het wel tjotjokte tussen ons. Ik vroeg wat dat betekende. 'Kijk,' zei ze tegen Bas. 'Dit bedoel ik nou!' Het was voor haar een voorbeeld dat ik niks van haar cultuur en haar tweede taal begreep.

Ondanks dit stroeve begin klikte het inderdaad tussen ons, en Bas voelde zich al snel overbodig tussen die twee babbelende vrouwen. Maandenlang heb ik twee, drie keer per week bij Mary in haar zonnige flat in Voorburg gezeten, waar ze nog geheel zelfstandig woonde. Ze kon prachtig vertellen, en ondanks haar hoge leeftijd had haar geest zijn veerkracht en scherpzinnigheid nog lang niet verloren. Steeds kwamen er nieuwe herinneringen omhoog die ik nog niet had gehoord. Het gesprek kwam altijd weer uit bij haar moeder, door wie ze zich in de steek gelaten had gevoeld, en bij haar stiefvader, die haar was ontvallen. Ook kwam ze vaak terug op 'die verdomde oorlog' en het verlies van haar geliefde Indië, waardoor haar leven anders was gelopen dan ze had gewild.

Wanneer ze niet op een naam kon komen, kon ze dat niet uitstaan. Geruststellend zei ik dan dat ik ook zo vaak niet op namen kon komen, maar dat hielp niet. In het dagboek dat ze in haar jeugd had bijgehouden, kon ik lezen dat ze zich destijds al net zo kon ergeren aan de 'chaos in haar hoofd'. Ik vond het juist prachtig om te merken dat die jonge meid, die aan het papier haar gedachten, haar onzekerheden, haar angsten, haar ergernissen en haar verliefdheden op jongens toevertrouwde, nog precies dezelfde vrouw was die tegenover me zat.

Na al mijn gesprekken met haar, en na de research die ik had gedaan, was het moment gekomen om te gaan schrijven. Mary was hier zichtbaar teleurgesteld over, want nu zou ik niet meer zo vaak langskomen. Ik wist dat ze veel bezoek kreeg. Haar oudste zoon Luuk kwam elk weekend langs. Haar dochter Margo kwam vaak logeren en ook Bas bezocht zijn moeder vaak wanneer hij niet in het buitenland zat voor zijn werk. Ze had ook nog twee bonuskinderen over wie ze zich had ontfermd sinds hun kindertijd en met wie ze dagelijks contact had. Er kwamen vrienden en kennissen over de vloer, en ze belde en correspondeerde met goede bekenden en familie over de hele wereld. Toch voelde ze zich soms eenzaam.

Na de zomer vertelde ze me dat ze niet meer verder wilde leven. In het bijzijn van haar kinderen is ze heel rustig ingeslapen.

De laatste vraag die ik aan haar heb kunnen stellen was: 'Vertel, wat is het allerbelangrijkste in het leven?'

'De liefde. Ik heb liefdes gekend, maar de liefde van mijn leven heb ik voorbij laten gaan. Toch is de liefde het belangrijkst.'

Ik vertrouw erop dat Mary de rust heeft gevonden waar ze zo naar verlangde. Ze was een ongelofelijk moedig en eerlijk mens. Grappig, markant, veerkrachtig en soms boos, maar altijd met het hart op de juiste plek. Het was een feest om haar te mogen kennen.

Werkwijze

Voor deze historische roman waren de interviews met Mary Hens, haar dagboek en de verschillende brieven die ze in die tijd heeft ontvangen belangrijke bronnen. Als schrijfster heb ik de ruimte genomen om haar leven te romantiseren. Daarnaast heb ik andere getuigenverslagen en historische naslagwerken gebruikt om dit boek te kunnen schrijven.

Ik vind het belangrijk om te melden dat ik de karakters van familieleden grotendeels zelf heb geïnterpreteerd, vandaar dat ik ook fictieve namen heb gebruikt.

Voor wat betreft de historische context van mijn boek heb ik geprobeerd om zo zuiver mogelijk te zijn in mijn weergave van de geschiedenis en de informatie over de verschillende interneringskampen. Hoe er in die tijd werd gedacht over de Tweede Wereldoorlog en de situatie in Nederlands-Indië heb ik uit getuigenverslagen, dagboekfragmenten, correspondentie en krantenberichten.

De meeste anekdotes zijn afkomstig van Mary zelf. Daar waar ik heb moeten aanvullen, invullen en interpreteren om haar verhalen te verwerken tot een roman, heb ik altijd gezocht naar gebeurtenissen uit de dagelijkse realiteit die precies in dezelfde periode hebben plaatsgevonden. Mogelijkerwijs had de hoofdpersoon daar dus bij kunnen zijn.

Ik ben me bewust van de lading die bepaalde woorden als inlander of jap tegenwoordig hebben. Voor de juiste terminologie heb ik geprobeerd de woorden te gebruiken zoals die destijds gangbaar waren en zoals een jonge vrouw ze gebruikt zou hebben.

Mijn boeken gaan over gewone mensen die in bijzondere omstandigheden terechtkomen. Door de ogen van die persoon probeer ik de geschiedenis tot leven te brengen, waarmee ik hoop het invoelbaar en begrijpelijk te maken. Voor jonge mensen lijkt de Tweede Wereldoorlog iets van heel lang geleden, maar die trauma's bepalen nog altijd ons heden. Bovendien leert de realiteit ons dat oorlogen nooit ver weg zijn.

Jongeren in de tijd van dit verhaal hadden dezelfde gevoelens en gedachten als jongeren van nu hebben. Ze hadden dezelfde issues met hun ouders en ze leden evenveel onder een echtscheiding. Ook bredere thema's uit die tijd komen overeen met waar we vandaag de dag nog steeds mee worstelen: ongelijkheid, racisme, standsverschillen. Vandaar dat ik het belangrijk vond om de brief die Mary ontving van Rudi en waarin hij uitlegt wat racisme betekent bijna in zijn geheel te gebruiken. Ook de brief van Janneke heb ik letterlijk overgenomen, omdat hij helder laat zien hoe men in die tijd dacht over het kolonialisme.

'Je kunt erover schrijven,' zei Mary, 'maar rechtschapen krijg je de wereld niet.' Misschien niet, maar toch geloof ik dat de lessen uit het verleden ons een stukje dichter bij een betere wereld kunnen brengen.

Dankwoord

Als eerste wil ik mijn man en kinderen bedanken. Zij blijven me altijd aanmoedigen en steunen, zelfs wanneer ik op mijn 'schrijfeiland' zit.

Dan wil ik Martijn Griffioen, directeur van Overamstel Uitgevers, bedanken, de man die mij vanaf dag één het vertrouwen heeft gegeven dat ik iets kan. Hij geeft me de kansen en mogelijkheden om mezelf te ontwikkelen. Dank je, Martijn!

Verder bedank ik uitgever Elco Lenstra voor zijn stabiele optimisme als het gaat over mijn werk. Ik geloof hem weliswaar niet altijd, maar uiteindelijk helpt het me wel vooruit. In dat optimisme durft hij overigens stevige kritiek te geven, maar nooit zonder het vertrouwen in mij te verliezen. En dat is zo ongelofelijk belangrijk als je in een creatief proces zit.

Ik bedank redacteur Jacques Schalken, die op zijn eerste werkdag bij Hollands Diep meteen deze klus in zijn maag gesplitst kreeg. Hoeveel werk het zou zijn, met ook behoorlijk wat druk op de ketel, wist hij toen nog niet. Ik heb zo ongelofelijk veel aan zijn feedback en redactiewerk gehad. Ik heb nu al zin om een tweede roman samen met hem te maken, maar laten we daar nog maar even mee wachten.

Misschien wel het allerspannendst was het moment dat journalist, neerlandicus en Indiëkenner Ricci Scheldwacht mijn manuscript las. Ik bedank hem voor zijn scherpe lezersoog en zijn feedback. Ook bedank ik collega-schrijfster en vriendin Marion Pauw voor een heel uitvoerig en nuttig leesrapport. Persklaarmaker Saskia van Schip bedank ik voor haar nauwkeurige werk. Verder gaat mijn dank uit naar mijn agent Joris van Wijk, Christine Visser, die mijn steun en toeverlaat is qua publiciteit, en het hele team van Overamstel – Meike, Maartje, Jochem, Ruth, Melinda en Adriënne – voor hun betrokkenheid en hun inspanningen, elke dag weer.

Ik bedank Marion Bloem – de oma van mijn kinderen Katelijne en Helena –, die me een stukje Indië heeft gegeven en door wie ik door de jaren heen zoveel meer heb begrepen van dit gevoelige onderwerp.

Tot slot wil ik de kinderen van Mary bedanken voor hun bijzondere betrokkenheid en stimulans om dit project tot een goed einde te brengen. Dank, lieve Margo, Bas en Luuk.

Bronnen

Ik heb gebruikgemaakt van de volgende bronnen:

Het dagboek van Mary Hens, de brieven die aan haar gericht waren uit die tijd, de tekeningen uit het boekje dat ze gekregen heeft van haar zus, diverse foto's en de door haar later opgetekende verhalen.

Van Reybrouck, David, *Revolusi. Indonesië en het ontstaan van de moderne wereld.* Uitgeverij De Bezige Bij, Amsterdam, 2020.

Fenton Huie, Shirley, *Vergeten. Vrouwen en kinderen in de Japanse interneringskampen*. Uitgeverij Mingus, Baarn, 1994.

Ruijs, Trees, *Het uitgeleende kind.* Eigen Beheer, Castricum, 2013.

Lagendijk, Ronald, *Rubbertijd.* Eigen Beheer, 2017.

Biessen-Dohmen, Mieke, *De klok. Het kampkind in mij spreekt nu.* BV Bonneville, Bergen, 1995.

Van Raalte-Geel, Henriette. *Mogen wij altijd in dit kamp blijven. Een ode aan de moeders in Japanse interneringskampen*. Uitgeverij Mozaïk, Zoetermeer, 2005.

Velden, Dr. D. van, *De Japanse burgerkampen.* Uitgeverij T. Wever B.V., met steun van de Nederlandse Organisatie voor Zuiver-Wetenschappelijk Onderzoek, Franeker, 1963.

Bloem, Marion, *Indo. Een persoonlijke geschiedenis over identiteit.* Uitgeverij De Arbeiderspers, Amsterdam, 2020.

Stouw-Lengkeek, Elise G. van der. *De hel van Tjideng. Herinneringen van Bep Groen, ex-gevangene jappenkamp, oktober '42 – december '45.* Uitgeverij De Vuurbaak, Barneveld, 1995.

De Geest Overwint, Stichting Nationale Herdenking, 15 augustus 1945. LM Publishers, 2020.

Blokland, Toos, *Vrouwenleed. Dagboek van een jonge vrouw vanuit Darmo-wijkkamp (Soerabaja) en Halmaheira (Semarang), Nederlands Indië, 1942-1946.* Uitgeverij Gopher, Harderwijk, 2012.

Verder heb ik gebruikgemaakt van informatie, getuigenverklaringen en beeldmateriaal die ik op verschillende websites heb gevonden.

Ik heb informatie gevonden op de website van het NIOD Instituut voor Oorlogs-, Holocaust- en Genocidestudies, en ik heb toegang gekregen tot filmmateriaal over de overtocht en de Indische kampen van het Nederlands Instituut voor Beeld en Geluid.

Verklarende woordenlijst

adoe	uitroep van ontzetting
akeru	open
asemboom	tamarindeboom
baboe	kindermeisje, dienstmeisje
banyak tabee	veel groeten
barang	bagage, spullen
batik	bedrukt katoen
betjak	fietstaxi
boengkoes	bundel
bultzak	dun matras gevuld met kapok
bubur	pap
datang	komt eraan
dendeng	reepjes gedroogd vlees
djongos	bediende
doerian	grote stekelige Indische vrucht, met sterke geur
frikadel	gehaktbrood
gedek	afrastering van gevlochten bamboe
goeling	rolkussen
golok	Javaans kapmes
hantjou	kampleidster
heiho	Indonesische hulpsoldaten
hidup Asia Raja	Leve Groot-Azië
ichi, ni, san, shi, go, roku, shichi, hachi, kyuu, juu	1 t/m 10 in het Japans
ikan teri	gedroogde visjes
kabaja	boven een sarong gedragen blouse of jasje

kabar angin	verhaal dat op de wind wordt gedragen
kali	rivier
kambing	geit
kangkung	groente, waterplant
kantjil	dwerghert
kapok	zaakpluis van de kapokboom
kassian	ocharm, uitroep van medelijden
kebon	tuinman
keirei	buigen
kempeitai	Japanse militaire politie
kiotske	geef acht
koempoel	appel (Maleis)
klewang	kort, breed zwaard
kretek	kruidnagelsigaret
krokot	postelein
krossi males	ligstoel
latrines	geïmproviseerde toiletten
lemper	rolletje kleefrijst gevuld met kerrie-kip
lilin	ijsje
maling maling	dieven
moesson	tropische wind
njonja, njon	dame, mevrouw
noare	oprichten
oebie	zoete aardappel, stengelknol
opelet	vervoersbusje
pasar	markt
patjol	hak, spade
pemoeda	jongeren, jeugd
prawan Belanda totok	volbloed Nederlandse meid
pergi	ga
pinjemmen	lenen
pikolan	draagstok van bamboe

plopper	Indonesische vrijheidsstrijders
rambutan	ovaalvormige vrucht
rampokken	beroven, plunderen
rempejek	pindakoek
risolles	gepaneerde snack veelal gevuld met kip en groenten
sama sama	graag gedaan
sarong	omslagdoek
sawa	nat rijstveld
satu, dua, tiga	een, twee, drie
slokan	greppel, goot
tenko	appel (Japans)
terima kasih	dank u
tjakken	inpikken, stelen (kampjargon)
tjawat	lendendoek
tjendol	drank gemaakt van gezoete kokosmelk met sliertjes rijstmeel en geraspt ijs
tjintjangen	in stukjes hakken
tjotjokken	klikken, boteren
toko	winkel
tomaru	blijf
tong-tong	een uitgeholde boomstam die werd gebruikt als alarmklok en seininstrument
trassi	gefermenteerde garnalenpasta
tuan	heer, meneer
tuan listrik	meneer elektriciteit, elektricien
waringin	luchtwortelboom
warung	winkel, eethuis
yasume	op de plaats rust